努兹蔓泪淌腮边,凄然吟起了诗。贝都因老劫匪听完姑娘吟诵的诗,同情怜悯之心顿生,递给她一个大麦饼。

《第五十五夜》(利昂·卡雷 绘)

老太婆带来五个妙龄少女,不但长相漂亮,而且人人会读《古兰经》,通晓哲学,熟知先贤史绩。

《第七十八夜》(利昂·卡雷 绘)

那里泉水流淌，草木青翠，花香鸟语，美景处处，野兽出没，羚羊戏耍，美丽的大地就像人间天堂。

《第九十四夜》（利昂·卡雷　绘）

殿堂中央放着一张杜松木宝座，满镶珍珠宝石，四条象牙腿，金丝绣花绿缎垫，顶悬罗纱帐。泽哈尔国王正襟危坐于宝座之上。

《第一百零七夜》（利昂·卡雷 绘）

泽哈尔国王特别为新娘子准备了一顶金花轿，上面镶嵌着无数颗珍珠宝石，由四十匹骡子拖着行进。

《第一百零八夜》（利昂·卡雷 绘）

整个京城，万人空巷，排队夹道欢迎新娘子。但听锣鼓喧天，号声响亮，彩旗招展，香气飘溢，人欢马叫，热闹非常。

《第一百零九夜》(利昂·卡雷　绘)

我走到餐桌前,揭开罩巾,但见当中的一个大瓷盘里放着四只红烧鸡,色香味俱佳,大盘周围放着钵碗。

《第一百一十六夜》(利昂·卡雷 绘)

姑娘看见我堂妹的坟墓,便扑了上去,一阵失声痛哭。之后,她掏出铁笔和袖珍锤子,在坟前石头上刻下了一首诗。

《第一百二十一夜》(利昂·卡雷 绘)

看见公主时，我还以为是月亮从天上落在了地上，惊异、爱慕之情顿生心底，我思恋她，如同口渴的人思水。

《第一百二十九夜》（利昂·卡雷　绘）

布拉克本全译本

THE
ARABIAN
一千零一夜
NIGHTS

ألف ليلة وليلة

[阿拉伯]佚名 著
李唯中 译
[法]利昂·卡雷 [英]达尔齐尔兄弟 等绘

CONTENTS
目录

1261	第二百一十九夜	1376	第二百三十七夜
1269	第二百二十夜	1382	第二百三十八夜
1278	第二百二十一夜	1389	第二百三十九夜
1286	第二百二十二夜	1395	第二百四十夜
1293	第二百二十三夜	1398	第二百四十一夜
1298	第二百二十四夜	1401	第二百四十二夜
1304	第二百二十五夜	1404	第二百四十三夜
1310	第二百二十六夜	1408	第二百四十四夜
1314	第二百二十七夜	1411	第二百四十五夜
1321	第二百二十八夜	1415	第二百四十六夜
1329	第二百二十九夜	1420	第二百四十七夜
1335	第二百三十夜	1427	第二百四十八夜
1341	第二百三十一夜	1431	第二百四十九夜
1348	第二百三十二夜	1438	第二百五十夜
1354	第二百三十三夜	1442	第二百五十一夜
1361	第二百三十四夜	1446	第二百五十二夜
1366	第二百三十五夜	1448	第二百五十三夜
1371	第二百三十六夜	1451	第二百五十四夜

1455	第二百五十五夜	1579	第二百八十四夜
1458	第二百五十六夜	1581	第二百八十五夜
1464	第二百五十七夜	1583	第二百八十六夜
1468	第二百五十八夜	1585	第二百八十七夜
1473	第二百五十九夜	1587	第二百八十八夜
1476	第二百六十夜	1589	第二百八十九夜
1479	第二百六十一夜	1592	第二百九十夜
1482	第二百六十二夜	1597	第二百九十一夜
1487	第二百六十三夜	1600	第二百九十二夜
1491	第二百六十四夜	1602	第二百九十三夜
1495	第二百六十五夜	1604	第二百九十四夜
1501	第二百六十六夜	1607	第二百九十五夜
1506	第二百六十七夜	1610	第二百九十六夜
1511	第二百六十八夜	1614	第二百九十七夜
1515	第二百六十九夜	1617	第二百九十八夜
1520	第二百七十夜	1620	第二百九十九夜
1522	第二百七十一夜	1624	第三百夜
1526	第二百七十二夜	1628	第三百零一夜
1533	第二百七十三夜	1633	第三百零二夜
1540	第二百七十四夜	1636	第三百零三夜
1548	第二百七十五夜	1640	第三百零四夜
1554	第二百七十六夜	1644	第三百零五夜
1558	第二百七十七夜	1648	第三百零六夜
1564	第二百七十八夜	1651	第三百零七夜
1566	第二百七十九夜	1654	第三百零八夜
1569	第二百八十夜	1658	第三百零九夜
1572	第二百八十一夜	1661	第三百一十夜
1573	第二百八十二夜	1666	第三百一十一夜
1577	第二百八十三夜	1670	第三百一十二夜

第二百一十九夜

夜幕垂降,莎赫札德接着讲故事:

幸福的国王陛下,法德勒及手下人站起身来,其中一名侍卫走到院子里,令仆人们鞴好马匹。法德勒边对方哈斯说着客气、赞扬之类的话,边用缠头巾将自己的鼻子和嘴遮住,以期掩饰自己来此处的真实目的。

法德勒正朝院门走来,忽听一阵吵嚷声传来,继而看见一群相互厮打的人,一个个短衣外披斗篷,像是着意化过装似的;但看他们头上戴的烟囱帽,认出他们是官兵……第一位让军队穿这种服装的是艾布·贾法尔·曼苏尔。法德勒感到不解的是他们为什么外罩斗篷。时隔不久,只听一个人喊道:"我是法德勒·伊本·莱比阿的手下人……你们放开我吧!"

法德勒听到自己的名字,走上前去,戴烟囱帽的人纷纷为他让路,但见他们绑着一个人,而那个被绑的人千方百计想挣脱……

法德勒一眼认出那是艾布·阿塔希亚,见他陷入如此境地,心中惊讶不已。法德勒左顾右盼,见胡同一个角落里站着一蒙面女人,正指手画脚,示意他们捆绑艾布·阿塔希亚。那个女人看到法德勒,竭力退缩隐藏。官兵们绑起艾布·阿塔希亚,而艾布·阿塔希亚则威胁他们说自己是法德勒手下的人。官兵们说:"我们与法德勒有何相干?你还是去回答哈里发的问话吧!"

法德勒的目光与艾布·阿塔希亚目光相遇,只见艾布·阿塔希亚在向他使眼色，要法德勒救他，一旦事成，定有厚报。

法德勒对那伙人喊道："你们把这个人放开……谁让你们抓他的？"

他们边紧绳索，边头也不回地答道："这是哈里发的命令！"

"谁跟你们说哈里发要抓他？他与你们有何牵连？"

他们当中的一个人走上前来，那是他们的领队；从衣着上看，像是巴格达的一位大人物，但鼻子和嘴全都用围巾捂住。他望着法德勒，说："我们是哈里发的部队，是奉哈里发的命令来抓这个人的。"

法德勒说："我看你们不像兵，因为你们没佩戴国家规定的徽章符号……"

那领队微微一笑，表现出对法德勒的话不屑一顾的样子，然后解开斗篷，扭过脸去，让法德勒看绣在双肩之间的字，只见那里绣有"大慈大悲的安拉将保护你们"的字样。之后，那位领队又指着自己的腰间，让法德勒看挂在腰带上的宝剑。

法德勒一笑，说道："这是曼苏尔时代的旧服装，是曼苏尔命令他的手下人在自己衣服上绣这种字样的。虽然你们腰佩刀剑，这并不能说明你们真是官兵，也许是你们从退伍老兵那里买来这些旧军服，企图冒充官军；如果不是这样，怎么连哈里发拉希德的名字也没有呢？"

那领队伸出胳膊，法德勒看到他的肩膀上有用金线绣的拉希德的名字——"信士们的长官哈伦·伊本·马赫迪"。之后，领队摇头晃脑地离开了法德勒，向自己手下的人走去，催促他们把艾布·阿塔希亚捆绑结实。

法德勒的人仍然站在那里，等待法德勒下令救艾布·阿塔希亚，因为他们猜想那位领队化装前来会有什么特别意图，但没有主人的指示，不敢动手。

法德勒见领队瞧不起自己，便用平静而带着威胁的口气说："可是，他对你们说过，他是法德勒·伊本·莱比阿的人！"

"谁相信他的话……就算他说的是真话，我们是奉命来抓他的。"

那领队头也没回。法德勒喊道："我也对你说过，他是法德勒的人，放开他！"

领队听到面前这个人用这种语气跟自己说话，便转过脸来，仔细打量法德勒的面孔，然后再回头看看站在附近的那个女人，见她正往人群里躲藏，判断她想逃走，同时知道正和自己说话的这个人有些来头。不过，他并不在乎，照旧对着手下人喊："立即把他绑起来！"

方哈斯起初站在法德勒身旁，对发生在自己家中抓艾布·阿塔希亚的事很伤脑筋，并不知道原因何在。他有心挺身而出去救那位诗人，且也有力量，因为家中有很多大汉，但他想起自己曾经答应把卖女奴的钱分给艾布·阿塔希亚一些，他见艾布·阿塔希亚被抓，觉得可趁此机会免除自己的许诺。

可是，没过多大一会儿，哈亚来了，把昨天发生的事情及阿蒂白要他把诗人留下的事全都告诉了方哈斯。方哈斯知道阿蒂白的女主人是哈里发的至亲……这才放弃了自己的想法，决计沉默不语。回到家中，他便装作忙一些无关紧要的事情。

法德勒听到那领队带有威胁的话语，往前走了两步，说："不……我们不应该绑他，除非我们知道他犯了什么罪……不然的话，哈里发怪罪下来，你们要承担全部责任。"

领队望着法德勒，问："你究竟是什么人，敢以哈里发的名义威胁我们？走你的吧，不要多管闲事！"

法德勒手下人听到那些蔑视的话，差点儿一齐扑向那个领队，或者把真实情况吐露出来，但他们终于没有行动，还是把主动权留给了法德勒，依旧等在那里，听候法德勒下令。

法德勒镇定从容，指使手下人动手解救艾布·阿塔希亚，但见他们一起冲了上去，不仅人多势众，而且个个壮如牛虎。一时呐喊声突起，官兵们摩拳擦掌，欲拔剑出鞘。

法德勒大喊："用不着拔剑……你们就把这个人放开吧！如果有人问起他，你们就说法德勒·伊本·莱比阿把他从你们手中要走了。假若哈里发或其他人需要他，就请他找我来要！"

众兵士一听，大吃一惊，纷纷缩回手来。领队走到法德勒跟前，口气也变了，说："哈里发要这个人……我们怎好抓住他之后再把他放掉呢？如果向我们问起他来，我们何言以对？"

"你就说他在我这里……就说在法德勒·伊本·莱比阿或王储大人那里……"

法德勒边说边摘下蒙面巾。

领队知道面前这个人无疑就是法德勒，又朝四下打量了一下，听见手下一个人小声对他说："你在跟大臣说话……他就是法德勒。"

领队恭恭敬敬地走到法德勒面前，说："大人何不早讲，我们当然服从大人的命令！"

接着，他示意手下人为艾布·阿塔希亚松绑，众士兵立即执行，然后退去。

诗人走到法德勒侍从跟前，缠头巾也掉了，露出乱蓬蓬的头发，相貌奇丑。侍从们把他带到法德勒跟前，诗人弯腰下跪，试图亲吻法德勒的衣角，法德勒急忙把他扶起，并问："你是一位禁欲主义诗人，怎么落到这般地步？"

说罢一笑，他还以为诗人因为违反苦行僧规矩而被抓的呢！

"至于原因，与你有关，容我后讲。"诗人答道。

法德勒示意诗人跟他们一道走，后令侍从牵来马，各骑一匹，大队人马一起向艾敏宫进发。

那位领队带领手下人到阿芭萨宫殿去了。

原来派他们抓艾布·阿塔希亚的是阿芭萨公主，且与阿蒂白商量过。

前面已经交代过，那主仆二人后半夜方才回到宫中，阿蒂白对艾布·阿塔希亚的事一直放心不下，认为诗人可能知晓公主的秘密。

二人回到宫中，阿芭萨进屋睡觉去了。一夜之中，阿蒂白忐忑不安，好容易挨到东方透出鱼肚白。她去叫醒阿芭萨，把看到的情况如实相告，建议公主尽快设法派人捉拿诗人艾布·阿塔希亚，以防泄露秘密。阿芭萨觉得问题严重，生怕秘密外泄，认为只有抓住艾布·阿塔希亚才能避免意外发生……她要阿蒂白立即派守卫在那里的部分兵士，称奉哈里发之命去捉拿艾布·阿塔希亚。

阿蒂白和士兵们一道出发，当他们来到方哈斯公馆时，法德勒已在那里，并且进了奴隶大院。艾布·阿塔希亚想偷偷出去，企图不让法德勒知道他在那里，怕法德勒知道他与方哈斯有什么密谋……但他万万没有想到有人找他。

哈亚知道有人找他，边和诗人聊天，边等待主人从奴隶大院回来，以便将阿蒂白的嘱咐告诉方哈斯。艾布·阿塔希亚觉得法德勒快要出来时，急忙走去；与此同时，那位领队已经带着兵来了，哈亚指令他们抓住艾布·阿塔希亚，只见大兵们一齐围了上去……艾布·阿塔希亚看见阿蒂白，知道他们的目的何在，便设法拖延时间，直至法德勒到来方才把他救出。

领队回阿芭萨宫去了。阿蒂白已先回到了宫里,把与法德勒相遇的事告诉了公主。领队赶到宫中,把法德勒救走艾布·阿塔希亚的事一讲,公主深感事态严重,觉得自己的秘密很快会传到法德勒耳里……暗暗叹息自己命苦。

公主叫来阿蒂白,单独与她商量此事,阿蒂白说:"公主,别无良策,我们只有求助于宰相大人了。"

阿芭萨问:"他今天和我哥哥打马球去了,怎么把消息告诉给他呢?"

按照惯例,那天是他们在永宫附近的场地上打马球的日子。

阿蒂白说:"一定要告诉他……如果你同意,我来负责完成这个任务。"

阿芭萨表示感谢,然后说:"你就做安排吧……我现在都不晓得该怎么办了。"

"我把他叫到你这里来,行吗?"

"你看着办吧!我真担心,在没有想出逃脱之计前,我们的事情就会被揭露。"

"蒙安拉默许,我来为你安排此事吧!"

说罢,阿蒂白就想外出。阿芭萨叫住她,对她说:"给他带张条子去!"

阿芭萨提笔给贾法尔写道:

我们已陷敌人魔掌,切望火速救援。

阿芭萨把纸条叠好,递给阿蒂白。阿蒂白接过纸条,藏在衣下,用围巾捂住鼻口,将自己打扮成来自呼罗珊的使者的样子,疾速出了房门……她骑上一匹马,扬鞭向离阿芭萨宫不远的球场飞奔而去。

阿蒂白来到球场时，日已过午，只见用木桩和绳子围起来的球场上有许多朝政要员骑着马列在那里。场地的四周站着手持武器的卫兵，不让人入内。

阿蒂白勒住马，举目寻觅贾法尔，先得知道他所在的地方，再设法去见他。她发现球场一角有一顶大帐篷，看到拉希德骑着马出了大帐，头上裹着打马球专用的缠头巾，手握马球曲棍。朝政要员们骑在马上，各个手握曲棍，人人跃跃欲试，分成两排站立，其中一队是拉希德的队友。拉希德扬棍开球，只见球从地面飞向天空，众骑士纷纷纵马争抢，比赛开始了……

宰相贾法尔策马驰骋球场，只见他骑着一匹乌锥宝马，身穿开襟毛衫，腰扎绣花宽腰带，头戴一顶小帽，外包轻便缠头巾。

阿蒂白留神细看，发觉除了那位宰相，谁也不敢靠近哈里发拉希德；其余的球员只是骑着马在球场上奔跑，明显地在应和、迁就哈里发，谁也不肯真与他争抢比赛，恐怕胜了哈里发……由于大家过分客气，不肯争抢，那么，可能获胜者则仅剩下宰相贾法尔。贾法尔与拉希德争抢，而拉希德对他却很客气……倘若贾法尔犯规，拉希德便笑一笑，继之高声呼喊他，拿他开开玩笑；与此同时，贾法尔装出无力战胜拉希德的样子。

哈里发的球棍用竹子制成，外包金皮，端部是纯金的。贾法尔的球棍也是竹质的，但外部没有包裹什么。他们打的球是一团乱蚕丝，外裹着结实的绸布，再用坚硬的皮弦捆绑而成。一骑士挥曲棍将球用力击打，球即飞向空中，众骑士望着飞起的球，纵马追赶……没多大一会儿，人与马无不汗流浃背，然而人不叫苦，马不知乏。拉希德十分喜欢打马球，朝政要员要想接近他，也须精通这项运动，并且还要经常和他一道玩球。

贾法尔看到自己的两个孩子之后，一夜没得安睡。里亚士在去方哈斯公馆之前，曾把两个孩子带到贾法尔面前……贾法尔不住地亲吻孩子，和孩子共度了一些时辰，就像孩子的母亲一样，怜子之情在父亲心中荡起层层波浪，加之那两个孩子貌美可爱，在父母亲看来，宛若北斗二星，胜似掌上明珠。之所以让两个孩子离开父母，原因在于怕孩子遭意外横祸。

一夜里，贾法尔想象着阿芭萨拥抱、亲吻孩子的情景，深知她思子心切，惧怕骨肉分离，加上自己陷入惆怅、恐惧的旋涡，因而彻夜未曾合眼……他与拉希德有约在先，准备第二天早晨去打马球。虽然贾法尔明明知道周围有许多人嫉妒、中伤他，然而次日清晨，他还是装出很高兴的样子，带着球友和侍从们按时到球场去了。因为他认为拉希德相信自己，故对那些嫉妒者及中伤者并不感到畏惧。

拉希德究竟在想什么，那些中伤者究竟向拉希德说了些什么……贾法尔曾反复考虑过这些事情。那些人为了激起拉希德仇恨贾法尔，他们对拉希德说：巴尔马克家族的权势日益增大，如今已庄园万顷，宫殿数座，家财万贯，就连哈里发也不能与之相比；此外，贾法尔独揽国事大权，专横跋扈，连拉希德的话都不听，而哈里发却总是表扬、称赞他，且把公事与私事全部委托给了他，甚至允许他自由出入哈里发宫，把国库钥匙也交给了他；不仅如此，拉希德还让贾法尔的父亲叶海亚在哈里发宫中自由行动，想看什么就看什么，甚至离开那里时，把宫门锁上，将钥匙带走。拉希德离不开贾法尔，还将胞妹阿芭萨许配给他，以便让他名正言顺地看她；拉希德的客厅里总也少不了贾法尔和阿芭萨的身影，此事终于导致二人秘密云雨交欢……

贾法尔认为，他与阿芭萨结亲完全是合法的，但他总是隐瞒着此事，原因在于怕拉希德生气动怒。他不想向任何人透露这个秘密。仿佛时间的推移使他忘掉了一切，使他对周围嫉妒者的言论和行动听而不闻，视而不见……也许贾法尔有自我得意的理由，因为他觉得周围的人都在竭力讨好他，而且看上去那样尊敬、关心他。贾法尔不会看不出那些人的虚情假意，然而因为他终日陶醉于哈里发拉希德对自己的宠爱和敬重之中，且把许多大事委托给自己，不免得意扬扬，忘乎所以。

这一天，贾法尔陪同哈里发哈伦·拉希德去球场打球……

讲到这里，眼看东方透出黎明的曙光，莎赫札德戛然止声。

第二百二十夜

夜幕垂降，莎赫札德接着讲故事：

幸福的国王陛下，这一天，贾法尔陪同哈里发哈伦·拉希德去球场打球。

阿蒂白仔细观察每一位球员，终于看到了贾法尔，只是离她很远，又隔着人墙和绳柱，无法接近。她站在那里，费尽心思想办法，以便在他人不知不觉的情况下把条子送到贾法尔的手里。

正当她为难之时，看到贾法尔的一个用人。那个用人有事常去阿芭萨的长公主宫，她也很信任他，于是趁人不注意之时，给他打了个手势。只见他单独走过来，阿蒂白喊道："喂，哈姆丹……"

这个哈姆丹是跟贾法尔时间最长的用人之一。贾法尔很小的时候,哈姆丹就在他家服侍贾法尔的父亲叶海亚,常抱着小贾法尔玩。贾法尔非常喜欢这个用人,几乎达到崇拜的地步。哈姆丹虽已五十有余,然而活力不减当年。他是出生在呼罗珊的波斯人。贾法尔很尊敬他,他可以随意去看这位当朝宰相,而贾法尔也总是待他若亲朋好友。

哈姆丹听阿蒂白呼唤自己的名字,便一下认出她来,知道她来定有什么要事。哈姆丹问:"有什么事吗?"

"我给宰相捎来书信一封……怎样才能送到他手里去呢?"阿蒂白问。

"他们很快就要打完了,宰相会到帐篷里去休息的,很容易就能把信送到他手里……把信交给我,让我送去好啦!"

阿蒂白感到高兴,随手将信递给哈姆丹。哈姆丹把信藏在衣服里,然后对阿蒂白说:"你走吧,只管放心就是了……我会马上把信送到宰相手中的。"

阿蒂白回到宫中,只见公主在心急火燎地等着她。她把事情向公主讲了一遍,主仆二人坐下,焦急地等待着贾法尔的到来。

阿芭萨的宫殿坐落在底格里斯河畔,在祖贝黛所居住的静宫与拉希德的永宫之间。她居住的那个房间有两个阳台,其一临底格里斯河,另一个则面对着马球场,通向球场的那条路,正是阿蒂白返回之路。

阿芭萨坐在阳台上,透过面纱向那条路望去,一个人影也没有看见……她两眼注视着天边,等了许久,才看到一个人影,她认为那就是她哥哥的宰相或她的情人、丈夫和希望。

红日沉西,长长的宣礼塔阴影落在巴格达的宫殿上,随之宣礼声四起……平日里,阿芭萨很爱听宣礼声,而今日却觉得刺耳。因为宣礼声标志着白日结束,夜幕就要垂降,就看不清天边和道路了。

阿蒂白站在她的身边，听到宣礼声，看到主人的烦躁表情，心中更是不安。她对公主说："我猜想他故意要晚来些，以待夜幕垂降。"

"为什么？"

"他想悄悄来看你，既不让哈里发发觉，也不想让他人知晓。"

"没有人告他的状，宫门的钥匙都握在他父亲的手里，哥哥何时监视过他的出入往来行动呢……我真担心他迟迟不来会另有原因。那个卖陶罐的诗人知道了我们的秘密之后，我自感生命处于危险之中……"

说罢，阿芭萨咽了口唾沫。阿蒂白说："公主，不必为这种猜测伤脑筋。我不相信艾布·阿塔希亚已经知道我们的秘密。我已经告了他一状，为防万一，我希望把他抓起来。就算他已经了解这个秘密……谁又敢对哈里发说呢？"

阿芭萨想到这些，周身战栗，恐怕哥哥发脾气。她知道，哥哥一旦动怒，便会杀人，谁也无法劝止他。她还知道，没有任何人敢于在他面前提及那件事。但是，她说："即使我不害怕艾布·阿塔希亚对我哥哥谈那件事，然而我担心他对嫉妒贾法尔的那些人谈及，致使他们利用此事陷害贾法尔……其实，我最害怕的还是那个女人。"

阿蒂白知道公主指的是她的嫂子祖贝黛。阿蒂白晓得那姑嫂之间有矛盾，尤其是拉希德明显表现出喜欢妹妹、不愿让她远去的倾向，而祖贝黛则常常以自己出身哈什姆门第自居，瞧不起哈里发的其余妻室。因为祖贝黛是曼苏尔的孙女、拉希德的堂妹，故盛气凌人，不可一世。拉希德也很爱祖贝黛，总是有求必应，但祖贝黛不以此为满足，仍然对拉希德偏爱妹妹而忌恨在心。

也许阿芭萨在拉希德那里得宠加重了她的忌恨心理，尤其知道阿芭萨与贾法尔之间有了那种关系之后。

阿蒂白并不是不知道这种情况,也许比公主本人还清楚,只是听到什么消息之后没有再传罢了。特别在那个时代,人们通常用阿谀奉承、讨好献媚等手段接近达官贵人,总是竭力避免向他们传达有损他们的话。也许有这样的情况:一个人犯了什么罪,自认为守口如瓶,无人知晓,其实别人在自己的活动场所里都在议论他的罪过,只是谁也不敢当面讲给他听罢了。

阿蒂白听阿芭萨讲自己怕祖贝黛,便说:"我看你现在没有害怕她的理由嘛!"

阿芭萨反问道:"怎么没有?祖贝黛对我有什么看法,你是一清二楚的……如果她知道了这个秘密,她会怎样呢?"

阿蒂白微微一笑,说:"你以为祖贝黛到现在还不知道吗?"

阿芭萨大惊失色,忙问:"她知道啦……谁告诉她的?"

"你是位聪明人……像你这样的人是不会被现象所迷惑的。你想想,这样的事怎能瞒得住人呢……宰相阁下出入这座宫殿那样随便,从不遮掩,毫无顾忌……"

阿芭萨打断她的话:"这宫中的其他人也知道此事吗?"

阿蒂白为主人担忧,急忙答道:"不会的……我猜想是祖贝黛通过与你有关的那些女仆和用人打探到的……虽然她晓得此事,但不一定敢向哈里发提及,即使不怕哈里发发火,也会怕宰相阁下生气,要知道,宰相大权在握,国家的事情都得听他的安排,谁敢惹他呢?"

夜色已浓,主仆坐在那个阳台上,但见其余房间烛光通明……那座宫殿里的男仆女婢,除了阿蒂白,既不与公主对坐聊天,也不晓得公主在想些什么。

阿蒂白打老哈里发马赫迪在位时起,就在宫中与孩提时代的阿芭萨公主朝夕相处,公主十分信得过这个女仆……那天晚上,阿芭萨边与阿蒂白说话,边不时遥望着天边,虽然眼前一片漆黑,什么也看不见……但是，她的目光也时而不由自主地转向右侧永宫和左侧静宫的辉煌灯火，仿佛那两座宫中都有什么人在监视着她似的。

久等不见贾法尔来，阿芭萨心中如乱马交枪，边站起身来边说："我们到对面底格里斯河的那个阳台上看看去吧！也许他会打那儿来……"

就在这时，走廊里响起了啪啪嗒嗒的脚步声，似有人正向这里走来。阿芭萨一听到那种动静，心怦怦跳个不止，因为那很像贾法尔的脚步声，急忙说道："我猜是他来了！"

阿蒂白走到公主面前，说："公主，你先回那个房间去，然后我把他带到你那里去，以免让人看见……"

阿芭萨从之，转身向那个房间走去。阿蒂白走进烛光明亮的走廊，看到贾法尔进来了，只见他身穿宽袖黑袍，头戴烟囱帽，标准官服打扮。阿蒂白走上前去，吻了吻他的手，听他开口问道："公主在哪儿？"

"就在她的房间里，已等候你多时。"阿蒂白回答。

贾法尔前面走，阿蒂白跟后面，一直行至房门前。阿蒂白帮他脱下鞋子，然后照常离去了。

贾法尔时年三十有七，堂堂仪表，中等身材，面孔和善，常带微笑，胡须稀疏，褐色的头发微显斑白……双目间闪烁着聪慧的光芒。他的烟囱帽略略后倾，露出白白的前额，不免显现出些许忧虑神情。

情感细腻、强烈的人，感情总是表露在面孔上，无法隐藏，不能抑制。表情与性情密切相关，有的人性情暴躁，容易发怒；有的人富有涵养，胸怀开阔，其间有着千差万别，无法细讲。贾法尔则属于急性子人，明眼人一看，便知道他与法德勒·伊本·莱比阿之间存在着矛盾和分歧。

阿芭萨站在自己的房间里，爱情、恐惧、埋怨与希望等种种情感交织在一起,一齐向她袭来,使她心难平静,双腿颤抖不止,两膝不住地相撞。尽管房间宽敞无比,烛台数支,绘画掩壁,地毯满铺,然而在她看来,等待的那一短暂时刻,简直比大半个白天还要长。

片刻过后,她听到门外传来脚步声,又听到阿蒂白帮助贾法尔脱鞋,并把鞋子挂在鞋架上的声音,继之离去。

阿芭萨向房门走去,她身着便衣,外披一件金线绣边宽袍,原用发针别在头上的那根辫子披散下来;面孔上挂着忧郁的神情,使她显得更加端庄、俊秀。

阿芭萨一看到贾法尔,禁不住露出微笑,将准备好的责备严词忘了个一干二净,恐惧心理随之烟消云散,往日会见时的那种欢乐顿时充满心间……真挚的爱情可以压倒一切悲伤。不管遇到什么痛苦、灾难和周折,只要看见自己的意中人,便会忘记一切。爱情是一种真正的幸福,苦难只会使之愈加甘甜,如同真金、烈火能使之更加纯美。

尽管贾法尔看到阿芭萨那样爱他,但他并没有忘记她是位血统高贵的女子,因为她是一位阿拉伯哈什姆族女性,同时又是老哈里发的公主、今哈里发的胞妹。而他自己呢,不是阿拉伯人,而是个波斯人;尽管大权在握,说话举足轻重,而且在当时的情况下,任何一个非阿拉伯人,不管他有多大权势、地位,连帝王将相在内,自伊斯兰教出现至回历十五世纪中叶,都不曾敢贪图自己得到的殊荣。

尽管如此,按照当时的说法,贾法尔仍然在被护民之列。第一个做过这样尝试的是泰尔比克·赛勒朱基国王。他想娶哈里发的女儿,哈里发甚为不悦,一直到回历四五四年才被迫答应了他的要求,让他与女儿订婚。当时,阿拔斯王朝的哈里发们正处于懦弱时期;而到了拉希德时期,那是他们的黄金时代。知道了这一点,就不难理解贾法尔为什么那样怕自己的事情被揭露,为何那样怕拉希德知道他与阿芭萨已经结为夫妻。拉希德让妹妹与贾法尔订婚,只是为便于贾法尔合法地看到阿芭萨;而且认为看看阿芭萨,也满足了他的宰相、朋友、掌管国家者的最高愿望。贾法尔和阿芭萨敢于冒险交欢云雨、生儿育女,完全是受了爱神的驱使。

情侣相见,各自将会面的目的忘了个干干净净。那样的时刻,正如诗人盖斯所云:

至爱莱伊拉,我求万分迫?夜晚见到你,忘掉需什么!

阿芭萨觉察到自己已面临某种危险,于是开始说话了。她撒娇,先是责备对方,也许那是情侣之间的开头语,或是彼此相互诉苦的借口;而相互诉苦,则是摩擦洁净心灵的良策,可使爱情之火烧得更旺。阿芭萨说:"贾法尔到现在才答复阿芭萨的要求!"

贾法尔眷恋地凝视着阿芭萨,回答道:"阿芭萨的要求当然不容回绝……可是客观条件使我迟至此时此刻才来,因为怕监视者的眼睛啊……我是乘船从底格里斯河来的,同时派奴仆送来一匹马,准备回程骑乘。"

阿芭萨明白了在阳台上没有看见他到来的原因。她拉住贾法尔的手,在一个绣花靠枕上坐了下来,同时请他坐在自己的身旁……贾法尔感觉得出,阿芭萨的手是那样凉,且颤抖不止。

贾法尔在阿芭萨身边的靠枕上坐了下来,目不转睛地望着她,等待她说些什么。阿芭萨声音颤抖地说:"喂,贾法尔,我们这样提心吊胆,到什么时候才能结束呢……现在是决定生死的时刻了……"

贾法尔猜想阿芭萨暗指的是拉希德的事,那是他俩担惊受怕的根源。贾法尔叹了口气说:"命运在你我之间设下了一道门第屏障,使你成为高贵的哈什姆人,而我成为被护民,注定我们要承受这份惊怕。"

阿芭萨用责备的目光望着贾法尔,说:"那是一道假设的屏障。实际上,在我的眼里,你比高贵人更高贵,比所有的哈什姆人都高贵。可是……"

她没有再说下去。

"你这样急于叫我来……莫非有什么新情况?"

刚一见面时的喜悦消失了,代之而来的是恐惧与不安。阿芭萨的眼泪迅速浸湿了眼角,回答说:"是的……我实在无力承受这般恐惧,要么死去,要么好好活着!"

贾法尔大吃一惊,忙问:"究竟出了什么事,致使我们害怕到这种地步……只要能让你安乐,我死而无悔。"

阿芭萨声音颤抖地说:"假若我们的事情被发觉,我哥哥很快就会知道我们的秘密……"

话未说完,声音已经哽咽。

"什么秘密……谁发觉的……怎样发觉的……什么时候发觉的?"

"昨天,我在方哈斯公馆亲吻我们那两个孩子时,有人发现了我们的秘密……"

"谁……哪个如此大胆……"

"可恶的艾布·阿塔希亚……"

贾法尔一听,惊喊道:"艾布·阿塔希亚?应该立即把他杀掉!"

"我已经想到了,知道他还在那里,今天早晨派了一些卫兵去抓他,但他逃掉了。"

"他怎么能从大兵手里逃掉呢……那帮无用的东西!"

"你那个可恶的敌人救了他。"

"哪个敌人……我的敌人很多呀!"

"说得对……敌人确实多！可是，我指的是最忌恨你，千方百计中伤、陷害你的那个人……难道你还不晓得是谁？"

"我猜想你说的是法德勒·伊本·莱比阿，是吗？"

"正是他！"

话刚出口，阿芭萨哭了起来。

看到阿芭萨落泪，贾法尔怒气冲天，几乎要撕破衣服，说："好个不要脸的法德勒！莫非他不畏惧我的权势？难道他想以身试试我的宝剑？他敢于如此不知耻辱，谁给了他这么大的胆量？"

"祖贝黛的儿子穆罕默德呗！你也知道，那个女人的话，在我哥哥那里有多大分量的……碰巧法德勒去奴隶大院为那个放荡公子买歌女，正当他出门时，看到我们的士兵抓了艾布·阿塔希亚，艾布·阿塔希亚向他求救。我的女仆阿蒂白看见艾布·阿塔希亚向法德勒使眼色，好像答应向他报告一桩与他有关的秘密，法德勒便依仗自己人多势众，救走了艾布·阿塔希亚。我们人少力单，只有放开艾布·阿塔希亚，空手而回。他们把情况一讲，我差点儿把衣服扯破，一时不知如何是好……我那个忠实的女仆建议我把真实情况告诉你，由她带上那张条子去找你；当时，你正在打马球，她便托哈姆丹把条子送到你手里……我已等候你多时，好容易盼到你来了……这就是我想要告诉你的事，你说怎么办呢……我如今在这里，没有一丝安稳之感，好像巴格达的石头、底格里斯河的水都知道我的秘密……仿佛我的男仆女婢人人皆兵，都要抓我似的……如果倒霉的是我一个人，那倒没什么，可是我怕哥哥对你发脾气、动干戈！"

说着说着，阿芭萨哭了起来，掏出手帕，连连擦泪。

贾法尔边听边睁大双眼注视着她，心怦怦跳，气得胡子直打战。

阿芭萨说完话,贾法尔再也抑制不住自己的愤怒,突然站立起来,说道:"亲爱的,你不要害怕!他们绝不敢动你一根毫毛,除非他们不要命了!"

阿芭萨拉住贾法尔的袍角,让他坐下来,对他说:"你不要发这样大的火!需要沉着、忍耐。因为敌人是信士们的长官哈里发,是哈什姆人和其他阿拉伯人以及他们的朋党、军队。有不计其数的嫉妒虫,正在那里等待你犯某种过错,以便找到借口整治你……因此,我担心你一旦行事过分激烈,必定身陷巨大危险之中。"

讲到这里,眼看东方透出黎明的曙光,莎赫札德戛然止声。

第二百二十一夜

夜幕垂降,莎赫札德接着讲故事:

幸福的国王陛下,阿芭萨拉住贾法尔的袍角,让他坐下来,对他说:"你不要发这样大的火!需要沉着、忍耐。因为敌人是信士们的长官哈里发,是哈什姆人和其他阿拉伯人以及他们的朋党、军队。有不计其数的嫉妒虫,正在那里等待你犯某种过错,以便找到借口整治你……因此,我担心你一旦行事过分激烈,必定身陷巨大危险之中。"

贾法尔双唇及两眼含着怒气,微微一笑,说:"别以为你的情侣在开玩笑,我已做好一切准备,以应付任何可能出现的事变……你所指的那些哈什姆人及国家要员,谁也不会同拉希德站在一边,因为我已塞饱了他们的私囊,给他们办过无数件好事。我的那些慷慨行动都不是儿戏，也不是无的放矢，而是预先付出的某种代价，期望他们在我遇到类似难题或更大的困难时帮助我。至于军队，那些波斯将领都恨你的哥哥，因为你哥哥驱赶阿里派人士行动过火，手段残忍。在呼罗珊，有数千名听从我的命令的勇将。自打你的祖父艾布·加法尔·曼苏尔杀死他的将军、阿拔斯王朝的开国元勋之一艾卜·穆斯里姆·呼罗珊尼之后，他们无不憎恨阿拔斯人……亲爱的，恕我直言，除了你之外，我还没有对任何人讲过。但愿你听到你祖父和你哥哥的事情，不要生气……我之所以如此明说，因为我看到你太害怕了……"

阿芭萨听了贾法尔的计划，惊叹他的勇气，遂低下头去，没有答话。贾法尔说："你听了一点儿消息，好像害怕得很。假若你不赞成我同你哈里发哥哥做斗争，那就请直说吧！"

阿芭萨抬眼望着贾法尔，双目中浮现出忧虑和深思的神色，说道："你如此直言不讳，不妨我就把心里话照实讲给你听。你要知道，在这个世界上，除了你，谁都与我无关；你的敌人，也就是我的敌人，不管敌人是谁……但是，我认为你想干的那件事是可以避免的，完全能够想另外一种办法，把事情办得更稳妥一些……亲爱的，你要知道，在这个世界上，我只希望生活在你的身边，让我们的两个孩子跟着我们，因为那是我们心心相印的果实啊……"

说到这里，为了避免哭泣，阿芭萨咽了口唾沫，又接着说："不管相聚在宫殿，还是生活在茅屋，那是无关紧要的……身居宫殿，担惊受怕的生活，我感到厌恶……请你赶快设法，使我们弃离这个城市，逃到一个安稳的地方去吧！让我们远离官府宝座，抛开权势，甩掉那些充满灾难的权位吧！一个人，无论他多么高寿，或者权力多么大，其最后所得到的，不过是一把掩埋尸首的黄沙……"

话未说完，她用手帕捂住眼，哭了起来。

贾法尔听完她这番话,又见她哭成那个样子,差点儿和她一道落泪。他克制着自己的情感,然而他听到阿芭萨提及两个孩子,不免激动难抑,随后摘掉烟囱帽,低下头去……片刻后,他抓住胡子,仔细考虑自己匆忙显露敌对情绪的想法,头脑渐渐清醒过来,认为阿芭萨的思路更稳妥一些,于是把她的手从眼睛上拉开,说:"亲爱的,别哭啦!照你说的办……你说得对!必须从容、慎重行事……我这就出个主意,想你定会赞同。"

阿芭萨含着眼泪,微微一笑;因为哭,她的双眼乏神,睫毛偏倒,只是用征询的目光望着贾法尔,似乎有话要问,但未说出口。贾法尔微笑着说:"你何必这样怕消息传到你哥哥的耳朵里呢?在国家要员当中,不论是法德勒,还是其他人,谁也不敢在他面前提及或暗示你所怕的那件事。我最了解情况……在相当长一段时间内,我们没有什么危险;在此期间,我们可以想方设法离开巴格达,躲到一个安全的地方去……"

阿芭萨伸长脖子,问:"想个什么办法呢?"

"我对你说过,呼罗珊在我的手中,那里的人都听我的;假若我到了那里,不管是你哥哥,还是别人,都对我奈何不得……此外,还有阿里派,他们都会跟着我战斗到生命最后一刻……难道不是这样吗?"

"是的……"

"我早就想离开内阁,改任呼罗珊总督,而且你哥哥也答应过我……倘若我想明天得到这一职位,你哥哥会立即同意的。"

"你说的是真的……我担心他的许诺是假的,不能相信他这样的单方面约言。"

"他答应过我,而且强调过决不反悔……那些嫉妒、中伤我的人将会帮助我,以便把我赶出宫廷,由他们独享权势。我只要说一句话,便可实现这一愿望。"

阿芭萨脸上绽现出了笑容。她说:"凭安拉起誓,我看这是再好不过的了,你何不赶快实现这一愿望呢?你一旦到了呼罗珊,我将从速赶到,带上我们的两个孩子,一道共享天伦之乐,该有多好啊!我想,因为拉希德恋财,所以我们到了那里,他将不会找我们的麻烦。"

"你只管放心就是了!此事需要长久忍耐。"

"我已觉得不那么担心了。正如你所说的,我相信谁也不敢在我哥哥面前提及那两个孩子的事,因为他们知道他的脾气……我相信,谁打探这个秘密,谁就面临被杀的危险。"

"照这样说,你认为我的意见是正确的啦?"

"是的……这个意见多好哇……在众证婚人面前,你成为我的丈夫,让我们的两个孩子永远和我们在一起……这个愿望能化为现实吗……假若嫉妒者们诚心与你为敌,我哥哥又站在他们一边,情况将会怎样呢?"

说着,阿芭萨咬得牙齿吱吱作响。

贾法尔边站起来边说:"亲爱的,我多么希望留在这里,与你永不分离呀!可是,我却得立即走,因为我是偷偷来的……我们已决心隐瞒此事,所以我得很快离去,以免他们造谣陷害我。"

阿芭萨拉住贾法尔的手,让他坐下,说:"不……你不要走……我……"

她没说下去,咽了口唾沫。

"我看你又害怕起来了……你不要怕!我们很快就会见面的。"

"一定会见面的,因为我们没有犯任何罪。我们结婚是合法的,只是我哥哥想坚持自己的意见,不让我们得到安拉赐予的合法权利。不是他让你我订婚的吗?"

贾法尔满不在乎地摇着头说:"是的……但是,他认为除了他,谁也没有权利享受那种天伦之乐。"

贾法尔站起来,阿芭萨随之站起……贾法尔拉住阿芭萨的手,与之告别,而他的心却不忍别离。他站了片刻,二人相互眷恋凝视着,眼神之间交换着难以表达的情感……贾法尔用另一只手正了正烟囱帽,然后走去。阿芭萨陪着他走到门口……贾法尔穿上鞋子,用力握着阿芭萨的手,告别道:"你安心等在这里,我不久就会派来吉祥的使者。"

阿芭萨真不想放开他的手,说:"我的主人,你走吧!安拉保佑你,默助你,万事顺心如意!"

贾法尔边朝后退,边朝阿芭萨投去责备的目光,说道:"别喊我主人,因为我是你的奴隶。按照他们的法规,你是我的主人,与哈里发胞妹相比,我又算得了什么呢!"

阿芭萨抽回自己的手,瞟了贾法尔一眼,用撒娇、责怪的语气说:"抛开他们的法规吧!按照安拉的法规和公证人的习惯,你就是我的主人。"

贾法尔笑了,一把抓住阿芭萨的手,说:"我求安拉保佑你,直至你我相会,永不分离……这几天,我最好不来看你,以便设法在一个安全的地方见面……"

"我真不愿意让你远离我……为了保证得以永久在一起,我不能不承受这暂时分别的痛苦。"

阿芭萨照平日习惯拍了拍巴掌,阿蒂白应声赶来……她对女仆说:"你在前面为老爷带路,领他出宫门不要让任何人发觉。"

女仆示意从命,带着贾法尔步入走廊,只见那里的蜡烛已熄灭。贾法尔跟着阿蒂白走出宫门,来到哈姆丹牵着马等候的地方,骑上马,转回相府。

阿芭萨独自站在那里，直至听不见贾法尔的脚步声，方才又感到忧思满怀，很希望阿蒂白快些回来……

阿蒂白回来之后，阿芭萨把自己与贾法尔之间的部分谈话告诉了她，并把贾法尔的想法讲给她听，阿蒂白同意贾法尔的意见……之后，阿芭萨上床睡觉去了。

法德勒带着手下人及艾布·阿塔希亚自奴隶大院离去。

艾布·阿塔希亚对阿蒂白及其女主人满怀怨恨，在他看来，即使她并不是故意那样伤害他，但他自己的良心已经受到谴责，因为他企图通过泄露那项秘密而获得一笔钱财……也许他由衷同情那两个孩子，或者羞于陷害阿芭萨，或许害怕贾法尔、拉希德，说不定想过一段时间，等待有接近法德勒的机会，再向他透露那项秘密。可是，那种虐待终究是他泄露秘密的理由；法德勒恰好在那里，亲眼看到了那种待遇，也正好为泄露秘密铺平了道路。

法德勒早就像了解发生了什么事，他及手下人骑上马，同时下令给艾布·阿塔希亚一匹马……艾布·阿塔希亚更想把发生的事情告诉法德勒，于是纵身跃上马背。

法德勒一行骑马直奔艾敏宫，途中必经巴格达桥。他们走过奴隶大院街，左转穿行广场，见国家要员们陆续前往马球场，便绕过马棚，拐向通往巴格达桥的那条街。

日悬中天，桥上行人熙熙攘攘，彼此拥挤。那是一座浮桥，全部用船搭成，相互用绳索及铁链接连，上面架着木板，供人畜通过。法德勒知道桥上有秘密警卫在监视着过往行人的行动。因为当时人们总是想尽办法互相侦察，所以法德勒及手下部分人一出奴隶大院便蒙上了嘴和鼻子。

他们走过大桥，然后向左拐至拉萨法，打那里向东朝迈赫来姆走去，路途多半是靠着河走，一直行至艾敏宫。

那天早晨，法德勒一大早便赶到奴隶大院，目的在于尽快完成那项任务，争取午前回到艾敏那里，也好不误吃早饭。

艾敏希望那天就听到白女奴的歌声。法德勒为了接近艾敏，千方百计讨好他，想尽办法让他高兴，答应让他那天听到白女奴唱歌。

法德勒知道艾敏是王储，而艾敏也希望通过他来征服巴尔马克家族。艾敏憎恶波斯人，因为他们不是阿拉伯人……尤其憎恨巴尔马克家族，特别是宰相贾法尔。之所以如此，原因在于贾法尔帮助艾敏的同父异母兄弟马蒙与他争夺王储地位，尽管马蒙的母亲是一个女奴，而艾敏则是哈什姆女人，即有名的祖贝黛所生。

在管理国家大事或出谋划策、征收税务、讨好哈里发拉希德等项工作中，法德勒把国家大权交给贾法尔，任其自主行事。

法德勒足智多谋，知艾敏憎恶波斯人，其原因已在前面提及，便完全倒向艾敏一边，用种种办法接近、讨好艾敏，就连不该他过问的事，他都不放过，例如像买女奴的事，他都管。法德勒本无须亲自前往奴隶大院，但他还是带人策马去了，企图向艾敏表明他热爱王储，竭诚为王储效劳。

因为选看奴隶，后又遇上艾布·阿塔希亚被抓之事，耽误了一些时间。当来到艾敏宫前的时候，太阳已过当午；尽管如此，他还是决定在进宫见艾敏之前，先了解一下艾布·阿塔希亚的秘密。正如前面说到的，法德勒是个慢性子人，遇事能够忍耐，从不因有约会而不安，亦不急于探听某项秘密，与急性子人大不相同。

有的人天生性急，一旦答应告诉他人某一消息，便忐忑不安，迫不及待，直到事情完结，方能平静下来。因此，这种急性子人不适于搞什么政治阴谋，也不适于从事那种需要谋略、镇静、忍耐的工作。

法德勒想尽快知道秘密,却没有急于打听之,但他发现了一个帮助他达到目的的办法。当他看到王子的宫殿时,指使手下人牵马各回各自的地方,只留下他和艾卜·阿塔希亚。

二人下马步行,通过一条林荫大道,来到一个大广场,中央有一座宫门……其实,那不是宫门,而是花园门,宫殿位于花园一角,下临底格里斯河,与河仅隔一道宫墙。

按照当时建宫殿的习惯,他们通常把墙垣筑得高且坚固,颇像城堡的墙,或许在墙上设有射箭口或飞石窗,以便应付风云突变、政权更迭时发生的对攻争战。

花园门大而牢固,外面锁着,内加门闩,非成群壮士猛攻,断无可能将门打开。大门紧闭,卫兵们守在那里,寸步不离……有人来了,他们方才开门。假如来者是一名骑士,必须在门外下马,将牲口、马夫或奴仆留在那里,由马夫或奴仆照看牲口,或者将牲口牵到围墙旁边的马棚里去,那里有拴牲口的石桩……尤其在王储宫门前,拴马的木柱、石桩更多。那时候,人们为了得到王储的器重,以求来日弄个一官半职,便千方百计讨好王储,反反复复出入王储宫门。

法德勒和艾布·阿塔希亚离鞍下马后,拐到大路旁边,开始打探情况,一问一答。起初,法德勒觉得有些奇怪,不大相信艾布·阿塔希亚的话。艾布·阿塔希亚说完,法德勒认为他的话可信,但只是低着头,没有说什么。片刻过后,法德勒抬起头来,望着艾布·阿塔希亚,故意说他编假话:"你编造这种故事,可要小心呀!我不相信有这种事情,说不定你是被骗了,以为我们的阿芭萨公主根本不会有这种事。你要当心,千万不要向任何人讲,免得自己吃苦头!"

艾布·阿塔希亚知道法德勒的用意,说道:"我无意嘲弄我们的公主，只是把亲眼所见之事讲讲罢了……若不是您救了我，我本不想对您讲的。虽然如此，我却不晓得我的两只眼睛是否欺骗了我自己；眼睛倒是常会欺骗明眼人，致使自己跌入连瞎子也不会跌入的陷坑中……"

说到这里，艾布·阿塔希亚耸了耸双肩，低下头去，仿佛在说："这一切与我又有何相干呢?!"

讲到这里，眼看东方透出黎明的曙光，莎赫札德戛然止声。

❖❖ 第二百二十二夜 ❖❖

夜幕垂降，莎赫札德接着讲故事：

幸福的国王陛下，艾布·阿塔希亚知道法德勒的用意，说道："我无意嘲弄我们的公主，只是把亲眼所见之事讲讲罢了……若不是您救了我，我本不想对您讲的。虽然如此，我却不晓得我的两只眼睛是否欺骗了我自己；眼睛倒是常会欺骗明眼人，致使自己跌入连瞎子也不会跌入的陷坑中……"

说到这里，艾布·阿塔希亚耸了耸双肩，低下头去，仿佛在说："这一切与我又有何相干呢?!"

法德勒素知艾布·阿塔希亚贪财，晓得他想通过传播此项消息获得一大笔奖金。他想让艾布·阿塔希亚高兴高兴，也许有类似任务时再用得着这位诗人，于是伸手从口袋里掏出一袋钱递过去，同时说："你是诗人，诗人说的话，纵然非诗，也会言简意赅……这点儿奖金,你先拿着!到了我们的王子艾敏那里,你定能得到加倍的奖励。他听说我们成功地买到了白色女奴,定会兴高采烈。我将告诉他,你帮了我们的大忙……"

说着,他扑哧一笑,闻其声,但不见笑容,仿佛他在装笑。之后,他手搭着艾布·阿塔希亚的肩膀,说:"安拉为你祝福!"

说罢,转身走去。艾布·阿塔希亚觉察到法德勒想独自走去,便上前吻他的手,同他告别,然后转过身来……法德勒说:"你不要去那个宰相知道的地方,他们会抓住你,让你吃苦头的!你最好留在这个宫里,与我的手下人在一起,或者到我的住处去,那里较为安全……不管怎样,你不要离我太远!"

艾布·阿塔希亚低下头,转身走了。

法德勒知道自己已经来到安全地带,便摘掉蒙面巾,行至花园旁的广场。见两扇大门敞开着,卫兵们正和一些陌生人谈话,看他们的模样,法德勒知道他们是巴士拉人,多半是奴仆或马夫……有的在谈天,有的在照看牲口马匹,或拴缰绳,或喂草料,或休整鞍鞯笼头。片刻之后,法德勒扭头向花园里望去,知道他们是加法尔·伊本·穆萨·马赫迪的随从,因为他发现加法尔正与艾敏一起在花园一角散步……法德勒刚一走近门,卫兵们便认出了他,争先恐后服侍、照顾他。

加法尔是拉希德的哥哥穆萨·哈迪哈里发的儿子。哈迪先于自己的弟弟拉希德继承哈里发职位,在位时间不长,原因容后详谈。

老哈里发马赫迪立自己的两个儿子穆萨·哈迪、哈伦·拉希德为王储,哈迪名字在前,拉希德在后。回历一六九年,马赫迪去世,哈迪继任哈里发,有心废除弟弟拉希德,立儿子加法尔为王储,以便继承哈里发职位……他向幕僚宣布了自己的意见,幕僚们一致表示同意废除拉希德,随即向加法尔宣誓效忠。因为拉希德无力反抗，只有表示接受。国家要员们也都支持哈里发，但叶海亚·伊本·哈立德·巴尔马克例外，他来到拉希德面前，鼓励拉希德站起来，保证其定能夺得哈里发职位，并表示为了维护拉希德的王储地位、废除加法尔·伊本·哈迪不惜冒生命危险。

哈迪知道此事，勃然大怒，将叶海亚关押起来，并以杀头相威胁……但是，叶海亚终于用智慧和强有力的论据说服了哈迪，使之承认弟弟拉希德的王储地位，待加法尔长大成人后，再废除拉希德，让他向加法尔宣誓效忠。未过多久，哈迪病倒，继之突然死去，执政仅一年零三个月。

哈迪病逝那天，有消息传出，说是他母亲赫祖兰加速了他的死亡，对他进行报复，因为他想阻止她参与国事，同时他嫉妒他弟弟拉希德。当天夜里，叶海亚·巴尔马克前往拉希德那里报喜，拥护他就任哈里发……因此，拉希德对叶海亚感恩不尽，放手让其主持国务，遇大事必与之商量……并且任命他的儿子贾法尔为宰相，允许贾法尔自由处理任何事情。

加法尔·伊本·哈迪在其父亲去世时年纪尚小，什么事也干不了，只能保持沉默，而对叶海亚及其儿子们则深深怀恨在心，认定拉希德抢占了哈里发宝座，串通叶海亚、赫祖兰，杀害了他的父亲……此事在他的心中埋藏了许多年。他一直住在巴士拉，拉希德像对待其他哈什姆族人一样，给了他大片封地、高额俸禄。当时，必须靠慷慨以防止发生事端。

哈里发知道，一旦登上宝座，众人的目光会都集中到自己身上，嫉妒者大有人在，包括亲戚在内；假如对方是个明白人，他就为他们广开生财门路，多方照顾他们，为他们提供种种奢侈、享乐条件，削弱他们的意志，使他们不再谋求与哈里发职位有关的事情。因此，自拉希德时代起，哈什姆人多沉湎于娱乐、享受，忙于挑选歌手，到花园吃喝、玩耍，弄来各个等级的女奴，听她们唱歌，借她们销魂，要她们服侍。那些哈什姆人的公馆多建在巴士拉，只有领薪俸、买女奴或家什之类东西时，方才去巴格达一趟；而在大多数情况下，都是拉希德派人送去薪水，他们在公馆坐等，连门也不用出。

加法尔·伊本·哈迪便是享受高薪的哈什姆人之一。他住在巴士拉，然而豪华的生活并没有消磨掉他对叔父拉希德的怨恨之心，亦未减对叶海亚·巴尔马克及其儿子们的憎恨之意，更甚者，贾法尔·巴尔马克的权势加深了他的忌恨心情。虽然如此，他认为自己要登上哈里发宝座，还得等到拉希德过世之后。当他看到拉希德立自己的儿子艾敏、马蒙为王储时，自认失败无疑，决计进行报复……他无法接近拉希德，也没有人帮助他，直到遇上法德勒·伊本·莱比阿，二人都厌恶贾法尔·巴尔马克，并且均对统治集团不满，这才商议相互合作，开始从事推翻政权的活动。

加法尔首先想把贾法尔·巴尔马克从内阁中挤出去……一旦贾法尔·巴尔马克垮台，马蒙即失去王储地位，因为策划马蒙当上王储的就是贾法尔……到那时候，可与他争夺哈里发宝座的就只剩下艾敏，而且他深知艾敏懦弱、淫荡，完全可以采用拉希德保王位的办法达到自己的目的，那就是让哈什姆人尽情享乐，让他们整日迷恋女奴，沉醉在歌声之中。

加法尔见艾敏整天纵酒作乐，不但不加以阻止，反而为之提供种种方便，哪怕有时显得低三下四，卑躬屈膝。艾敏则从未意识到有人在打他的主意，准备取而代之。

几天之前，加法尔来到巴格达，装作领取薪俸，在艾敏宫下榻，艾敏特别为他腾空自己住处旁边的房子，二人从早到晚把盏交杯，纵情狂欢……提醒艾敏挑选白奴的正是加法尔，并且催促法德勒天一亮就去买歌女，早点前赶回宫中，以便他们边进早餐，边听赏歌曲。

久等不见法德勒回来，艾敏心神不安，便登上面对底格里斯河的一个阳台，坐在那里，凝目注视河上，但期望到法德勒乘船而归。

日近中午，仍不见法德勒的身影，艾敏等得心烦意乱，便和堂兄加法尔·伊本·哈迪一起走到花园里赏风观景。

花园里有几个房子大小的鸟笼，笼中有许多五颜六色的鸟儿，有的来自印度，有的来自中非；那里还有若干个铁笼子，有的关着猛狮，有的关着大象或老虎……

二人观赏毕，法德勒仍然没有回来，艾敏吩咐养羊人弄来两只羝羊，准备坐观羝羊顶角。艾敏走到花园中央，正要和堂兄加法尔到绿荫下的凉亭中落座，忽见仆人匆匆跑来报告，说法德勒到了。艾敏以为法德勒一定带来了白奴歌女，随即令仆人将他叫来。

法德勒步入花园，见艾敏和其堂兄加法尔身着宴会礼服正朝凉亭下走去。

花园分成数块花圃，之间隔着用彩色石子儿铺成的路；各种树木穿插其中，有巴格达当地土生土长的，有移自印度、呼罗珊、土耳其斯坦的，各具特色，美不胜收；树木之间种满奇花异草，色彩斑斓，整齐有致，园丁将花木修整成种种形状，有的像孔雀或其他飞禽，有的像狮虎或别的猛兽……假若有人走在花坛旁或树木、异草周围，会以为那里有雄狮伏卧或飞禽站枝，令人心荡神驰，遐想绵绵。花圃间有多汪池水，下有暗渠相通，池水清澈，锦鳞游泳；园丁们从王府膳房取来剩饭残食，喂养那些形色各异的金鱼。此外，园中那些路面，有用彩色石子儿排成的各种图案，或似花鸟，或似狮子、大象，如同用马赛克镶嵌而成。从事这些园艺工作的工匠，都是从波斯、罗马、印度请来的，他们不仅精通种植技术，而且善于整修园林。

奇花异草，争芳斗艳，香气扑鼻；然而与王储麝香四溢的锦衣华服相比，不免黯然失色乏味。那时候，王公大臣们有个习惯：每当饮酒或赏歌，他们便脱掉官服，换上彩色服装，或红或绿，称之为"酒宴礼服"。这种礼服通常是内穿薄衬衣，外披有光泽的宽袍。

那天，艾敏内穿红色薄衬衣，外披黄色宽袍，光泽耀眼夺目。他头上戴的既非缠头巾，也不是烟囱帽，而是一个用香花异草编织的华美王冠；脚上穿着一双信德产的长靴。他的堂兄加法尔同样打扮，只是外披绿色宽袍，头戴一顶小帽，外缠金线绣花小头巾，梳着当时巴格达青年中盛行的发型，即将长发盘缠在前额、鬓角、耳上方、后脑勺。

艾敏及其堂兄坐在凉亭下，等待牵羝羊的人到来。如果法德勒果真带来了歌女，那么，艾敏则更急于见法德勒……听到凉亭附近的石子儿路上传来脚步声，艾敏喊道："法德勒，你有什么消息吗？"

"主公，全是好消息呀！"法德勒边走边回答道。

"女奴、歌女在哪儿？"

"马上就到……"法德勒看到艾敏的打扮及其神态，禁不住笑了。

"你看我的花冠和衣饰如何？"艾敏主动开口问法德勒。

"你真是人貌天使！"

当时，艾敏十七岁，络腮胡子乍显，一脸青春虎气，面容英俊，身材修长，肤色白皙，一双小眼，鹰钩鼻子，头发软长，肌体健壮，大有遇雄狮亦敢于搏斗之势。他勇敢强悍，口齿伶俐，通文学，善修辞……人见之，必生敬畏之感。但是，他无见地，挥霍无度，朝思暮想要获得奴婢，沉醉于纵酒狂欢之中。也许有人故意引导他走上邪路，以便夺取王储地位；或者有人刻意讨好他，期待他慷慨破财。

加法尔虽相貌俊秀，但身体单薄，个子矮小，络腮胡子稀疏，双目则明亮有神。他比艾敏年龄大，见识也多，之所以迎合艾敏的奢侈腐化、寻欢作乐习惯，有他自己的目的。

法德勒来到凉亭下，艾敏大声对他说："快脱掉你这身衣服，换上礼服吧！你到现在才来，不要影响我们的娱乐安排。早点时间已过，就让我们欢欢喜喜地度过今日的其余时光吧！"

说罢，艾敏拍了拍巴掌，只见一个土耳其美男子应声来到他面前。那小伙子面孔白皙，不见络腮胡子，上身穿着红马甲，腰束宽绣金线腰带，头上偏戴一顶棱锥形绣金丝边小帽，帽顶上有一枚银质新月，帽穗飒然下垂……因小伙子眉清目秀、俊美出奇，故更像姑娘；加之他柔声细气，远不具有男子那种粗犷气质，所以一听他说话，还以为他是一位女子，因为他是一个被阉割了的男性。艾敏宫中有许多这样的阉人，都是从土耳其、吉尔吉斯招来的，让他们在宫中为他及他的座上客服务。

小伙子恭恭敬敬地站在那里，艾敏问他："门外站的诗人有谁？"

"哈桑·伊本·哈尼，即艾卜·努瓦斯，还有艾布·阿塔希亚……"

艾敏打断小伙子的话："艾布·阿塔希亚对我们有何用？他是个苦行僧，与我们这种欢乐聚会格格不入。哈桑·伊本·哈尼倒是位风趣诗人。"

说罢，艾敏笑了，然后望着小伙子，又说："除了哈桑·伊本·哈尼，其他诗人全让他们走吧！你告诉茶房，给我们备一桌茶点。"

法德勒说："主公,艾布·阿塔希亚也是位风趣诗人,人们说他出家修道,这对您无妨。"

艾敏喊道："把艾布·阿塔希亚也叫来!"

小伙子走去,开始做必要的准备。

讲到这里,眼看东方透出黎明的曙光,莎赫札德戛然止声。

第二百二十三夜

夜幕垂降,莎赫札德接着讲故事:

幸福的国王陛下,法德勒说："主公,艾布·阿塔希亚也是位风趣诗人,人们说他出家修道,这对您无妨。"

艾敏喊道："把艾布·阿塔希亚也叫来!"

小伙子离开,开始做必要的准备。

艾敏嫌牵羊人动作迟缓,拍了拍巴掌,又来了个小伙子。艾敏问他："我想让我的堂兄观赏一下羝羊顶角,怎么迟迟不见牵羊人来?在巴格达、巴士拉和伊拉克其他地方,都没有这样的两只羝羊。"

那小伙子说："两个时辰前就做好了准备,只因凉亭的地面是马赛克砌成的,羝羊顶角时无法站稳,所以没把羊牵来。如果主公一定要看,那么,我们就换个地方,移到凉亭后面的那块地上去。"

"好吧……"

艾敏说罢,站起身来走去。加法尔、法德勒跟着走去,谁都不解这位王储为什么喜欢那种童子游戏,心想:"他怎么配当国王?他怎么能够治理一个东起印度洋、西至大西洋的大王国呢?难道他不晓得在这个国家种族复杂,风俗习惯各异,相互之间矛盾甚多?此外还有多种政治派别,贪恋权势者数不胜数……"

二人边想边跟着艾敏走去。艾敏身披彩袍,头戴奇花异草编织的高帽,带着加法尔、法德勒来到一个小圆草坪上,只见草坪中央站着一个留着大胡子、戴着商人帽子的男子,看上去像印度人。那男子面前有两只白色大羝羊,羊身上有用五颜六色画的图像,脖子上各挂着宝石项链,其中一只羊的双角染成绿色,另一只羊的双角涂着红色。

见艾敏到来,那男子迎上前去,想亲吻他的手,艾敏未让他吻,开口问道:"哪只羊是我的?"

那男子指着那只红角羊,说:"主公,这头便是。"

艾敏望着法德勒,说:"那么,另一只羊就是你的了……让这两只羊相互顶角,哪只羊得胜,失败的那只羊的主人就得另买一串项链,挂在获胜的那只羊的脖子上。"

法德勒只能感谢这种恩赐,连忙说:"我期望主公的羝羊获胜。假若我那只羊得胜,那会使我不好意思的。"

艾敏笑得前仰后合,说道:"求安拉保佑,期望得胜的不是你那只羊,并非因为它属于你,而是因为……"

话未说完,艾敏干笑了起来。法德勒不明白他的用意何在,便朝加法尔·伊本·哈迪望去,见加法尔也在微笑。法德勒用眼神询问,只听艾敏低声说:"因为他姓巴尔马克。"

法德勒明白了艾敏的意图,他是说:如果"巴尔马克"羊得胜,就像贾法尔·巴尔马克获得了胜利……为了尊重堂兄加法尔·

伊本·哈迪，故没有直唤法德勒那只羊为"贾法尔"。

两只羊开始顶角。养羊人知道艾敏想让自己那只羊获胜，便竭力成全他的理想，终于使艾敏如愿以偿。艾敏见自己那只羊获胜，高兴地笑起来，立即给予奖励。片刻之后，那个小伙子走来，说："主公，养斗鸡的人来了，这就观看斗鸡吗？"

"刚看完斗羊，不看斗鸡了，让他回去吧！现在，我们该开膳进食了。"

艾敏说罢，踏上园中的石子儿小径向宫殿走去。

艾敏的宫殿坐落在底格里斯河的左岸，部分窗户、阳台面朝着河。宫殿后有一个客厅，很像一座宽敞的凉亭，地面上铺着彩色的大理石，天花板上绘着彩画，似是波斯画匠的杰作，或者是波斯和罗马艺术结合的精品；客厅顶坐在涂着金粉的大理石柱子上。假若没有高大的外围墙，坐在大厅里便可看见底格里斯河上过往的船只。围墙上有个大门，人们可以出大门到河边的码头去，那里停泊着大大小小的船只。艾敏喜欢占有各式各样的船，为此耗费了许多钱财，让人们为他建造此类船只，有的像狮子，也有的像鹰、蛇或马，均停泊在底格里斯河面上。

宫殿的正门朝向花园，那是宾客进出的地方。正门开在半圆形的墙上，门内有几级台阶，门外两侧有大理石凳，靠围墙摆放着。门楣上刻着漂亮的库法体字样："穆罕默德·艾敏·哈伦·拉希德"。整个宫殿有高墙围着，这是当时建造宫殿的习惯。

艾敏走在花园里，奴仆和太监们总是赶在他的前面，及时传递他到来的消息。

艾敏来到宫门前，卫兵们向他立正敬礼，而他却没有任何表示，径直拾级而上，步入宫门。法德勒、加法尔紧随其后进了大门。

他们穿过走廊,来到一个圆形庭院,那里有座门,通向另一条走廊,走廊的尽头便是女子院,其部分房间就通往前面提到的那个大客厅。圆形庭院的右侧有一个门,与一条走廊相通,其尽头有许多间房子,那是仆人、奴隶等居住的地方。圆形庭院的一扇门通向客舍……那里有房子多间,还有厨房和餐厅,简直就像一个小王国。

艾敏行至那个圆形庭院,黑肤色的大太监走来为他撩开通往女子院的那个绣花门帘,艾敏步入走廊,招呼法德勒、加法尔快步跟上。

走廊里铺的全是塔布尔斯坦产的厚毛地毯,所以他们走上去,连脚步声都听不到。行至走廊尽头,只见一个栽满奇花异草的花园出现在眼前,旁边便是女子院。往前走,穿花园,登上六级红色大理石台阶,但见天蓝色的贵重绸门帘上用金线绣着哈帖木·塔伊的诗句:

> 牵驼来饮水,去鞍无法乘。
> 你是驼主人,驼跪便可乘。
> 若不听命令,即刻处重刑。

诗意是希望这家主人慷慨些,而艾敏就是一个很慷慨的人。

大太监走在前面,将门帘撩起,艾敏一行走进一个颇有些像贵宾室的大厅,两侧各有几个小厅,各个厅的摆设自具特色,各不相同。艾敏并不想去那个大厅里,而是要到那座房子后面的涂金大理石柱客厅里去。

法德勒、加法尔刚刚进入那个大厅,便听到零乱的四弦琴声传入耳际,原来有人在隔壁练琴。他俩未动声色,等待艾敏发号施令。

大厅里的家什上蒙着绣金绸缎；墙上绘有波斯、罗马若干位国王的骑马英姿及多种海中和陆上的动物……其中许多图画是用纯金或象牙嵌在黑檀木板上制成的，连挂画的钉子都是金质的；厅门内侧门帘挂在巨大的银钉上；地上铺着整块地毯，长与宽各有二十腕尺；地毯周围靠墙的地方放着鸵鸟毛靠枕，外包锦缎套子……大厅各个角落里摆放着银烛台，上面插着蜡烛，那是专供夜晚照明用的。

艾敏来到大厅，听见隔壁传来的琴声，随即在一张嵌有象牙的黑檀木椅子上坐下来，然后示意法德勒、加法尔落座，接着向大太监使了个眼色，只见大太监心领神会，点了点头，出了厅门。

法德勒心中忐忑不安，急于知道格兰法尔及其两位女同伴是否已经到来。加法尔微笑地望着艾敏，而心中却埋藏着许多大事，假如说出来，简直会变成火，足以烧掉大厅内的一切；但是，他强压着怒气，未动声色。

过了一会儿，只听琴声齐鸣，曲子奏响，忽见大厅的一个门开启了，走出一群怀抱四弦琴的女婢……十个一队，同弹一曲，合唱一歌，穿过大厅，从另一个门出去；一伙刚过，又来一群，个个怀抱四弦琴，同唱着另外一支歌……如此出出入入，穿厅弹琴唱歌的女奴共计十群。

在法德勒和加法尔看来，这些表演并不新鲜，因为他俩在巴尔马克处和拉希德宫中曾经欣赏过多次；使他感到奇怪的是，歌女之后出现的那一群男仆和太监，一个个身穿昂贵衣衫，华丽非常，伊斯兰史上绝无先例。

艾敏不惜耗费大量钱财，从各地招来大批阉人。他就任哈里发之后，更是挥金如土，变本加厉，让阉人们日夜陪他聊天、吃喝，将他们称为"基拉迪亚",发给他们固定薪水;他又弄来一帮埃塞俄比亚人,称他们为"埃拉比亚",也给他们规定了工钱。人们已经习惯了他的做法,纷纷赋诗赞颂。艾敏继承王位之后,一直喜爱这种娱乐活动。

男仆们一群一伙地进入大厅,头发长垂,梳成一根或两根辫子,手拿铃鼓、竖琴或四弦琴,边弹边唱。

艾敏听到歌乐声,欣兴不已,不时朗声大笑。因为他想到宫殿后的大理石柱厅去饮酒,故在此不曾喝过什么。

讲到这里,眼看东方透出黎明的曙光,莎赫札德戛然止声。

第二百二十四夜

夜幕垂降,莎赫札德接着讲故事:

幸福的国王陛下,艾敏听到歌乐声,欣兴不已,不时朗声大笑。因为他想到宫殿后的大理石柱厅去饮酒,故在此不曾喝过什么。

男仆们全走过去,回头向大太监打了个手势。

艾敏向法德勒、加法尔使了个眼色,二人随即站起,一同向厅门走去。大太监赶在前面,为他们打开门,他们走下几级台阶,来到走廊,两侧有通向数个房间和厅堂的门,只是全都锁着。

行至走廊尽头,来到大理石柱厅,如同出了帐篷,步入原野,大有空旷无限之感。大厅铺满地毯,正堂上有一个黑檀木镶金宝座,上面放着厚厚的坐垫,人只有登上椅子,才能坐上去。宝座周围摆放着椅子,柱子和墙附近放着靠枕。地毯中央有一张圆形矮桌,蒙着丝绸台布,上面摆放着水晶壶或银壶,里面盛着各种饮料、椰枣酒,周围有形状色泽各不相同的杯盏,满盛水果、熟肉的盘子及花瓶穿插其间,五彩纷呈,香气四溢⋯⋯

艾敏登上宝座,示意堂兄加法尔坐下,然后望着法德勒,说:"你怎么还穿着那套衣服?赶快脱掉,换上酒宴礼服嘛!"

法德勒表示从之。艾敏喊道:"来人哪⋯⋯送套宴会礼服来!"

仆人们送来一套红礼服。艾敏坚持不让法德勒戴他那样的花冠,法德勒欣然依从。艾敏拍了拍巴掌,大太监应声而至。艾敏说:"让歌女上场吧⋯⋯今天有新歌女吗?"

"主公,没有。但是,我们这里有巴格达最好的歌女,且不止一个,就连哈里发宫中也是不多见的⋯⋯把她们都带来吗?"

"先把打扇的宫女喊来,然后再叫一个最好的歌女,边听赏演唱,边等那些人。"

大太监出去不久,一个宫女走了进来,立刻引起全场人的注目。看那宫女的容貌,像是格鲁吉亚女子⋯⋯她像一只从猎人罗网中有幸逃出来的羚羊,连蹦带跳地进了大厅。她身穿蝉翼似的透明衣衫,外披开襟斗篷,面色白中透红,刘海遮着前额,额带上有用金线绣的两行诗:

> 我箭已离弦,未将君射中;你箭未离弦,已将我射中。

她两鬓圆圆,眉毛弯弯,双眼饱含魅力,鼻子似玉柱,樱桃小口红润可爱,手持一把大鸵鸟毛扇,蒙着浮花锦缎,上有金线绣的诗句:

> 寒舍迎贵客,欣兴无言陈。天热人感闷,令我忘忧临。
> 王面浮春风,气爽福漫门。谁堪比君貌,王善世绝伦。

她的指甲染得红红的,手指上戴着戒指,腕上镯子成串,随着扇子的舞动,发出悦耳的铿锵响声。她胸前挂着一弯嵌着宝石的金质新月,上刻两行诗:

> 我本下凡仙,人见吾魂醉。

加法尔、法德勒目不转睛地望着那个宫女。但是,他俩心中又有几分惧意,因为知道那是艾敏的贴身宫女,是来给他打扇的。

那美女迈着轻盈的步子走近艾敏,然后登上宝座旁的椅子,为艾敏打扇。她另一只手里拿着手帕,不时地揩拭艾敏额头上的汗。

过了一会儿,又进来一名宫女,看外貌像罗马人。她身穿红色开襟羊毛衫,若干条辫子像串串葡萄垂在背后,头顶镶嵌着宝石的凤冠,脖子上挂着华贵的项链,下缀金十字架。凤冠上刻着艾卜·努瓦斯的四句诗:

> 虽是射箭人,不晓己作为。岂知箭离弦,头到吾心里。
> 羽箭随灵魂,不入人体里。魂虽业疲倦,心却恋着你。

她束着腰带,腰带上挂着一把扇子,扇子上刻有这样的诗句:

> 君若沉湎于,无疯狂生活;也便无须乎,观察人眼色。

艾敏向这位宫女使了个眼色,只见她立即站在加法尔身旁,开始为加法尔打扇。

第三个宫女的装束与前两个大不相同,梳着赛基娜式的额发。半个多世纪之前,侯赛因的女儿赛基娜首创这种发式,故而得名。她没有缠额带,但前额上写着两句诗:

宫阙升新月,我朝你膜拜!我遭爱火烧,不知夜短哉!

她穿着白天鹅绒衬衫,左侧绣着:

君眼写情书,传入我心海;字里与行间,充满恩与爱。

右侧绣的是:

你的双目光,带来灾与难;我患相思病,满心居悲观。

这位宫女一进大厅,法德勒就知道她是来为自己打扇的。果不出他所料,看过艾敏的眼色,她便走到法德勒身边站下,开始给他打扇。

一队端着酒器的男仆走来,一个个身着彩虹色服装,红、黄、绿及红、黄相间等色衣衫均有,煞是耀眼夺目。他们各个年轻力壮,容貌俊美,肤色白皙。他们多数人不会讲阿拉伯语,即使有会说几句阿拉伯语的,人们一听便知那不是他们的母语。因为他们有的是斯拉夫人,有的是格鲁吉亚人,有的是土耳其人,有的是罗马人,大部分刚刚在巴格达住下,多数是被阉割了的……大太监十分重视打扮那些阉人;而照管前面提到的那些宫女的老嬷嬷,则特别注意她们的服饰。

有个宫女披着斗篷,右肩上绣着这样的诗句:

绿叶配青枝,皓月当空照。芳香沁肺腑,神魂皆轻巧。

左肩上绣着:

皓月与人面,相映生光辉。人面好一似,胜过皓月美。

男仆们一手把酒壶,一手拿着酒杯。酒杯晶莹透明,有红色的,有蓝色的,有绿色的。另外还有纯金的杯盏,上刻赞美酒的诗句,其中有这样的一首:

手把金杯饮,唇接唇亲吻。
轻解女裙带,腰细须当心。
人们莫怨我,因爱避红尘。

艾敏与两同伴坐等歌女们来到。

时隔不久,厅外传来铿锵悦耳的琴声,紧接着出现了一名歌女,弹着琴、唱着歌走来,后面跟着四个怀抱四弦琴的女奴,合着乐曲起舞。

艾敏听到歌声,喊道:"把掌酒人叫来!"

掌酒人应声而至,指挥仆人为宾主上酒,并派一人给艾敏送去一杯酒,艾敏举杯一饮而尽;然后又令之为法德勒、加法尔送酒……两人接过酒杯,但没有喝,装出喝酒的样子,只是为了迎合艾敏。

酒过三巡,艾敏高兴地问:"艾卜·努瓦斯在哪儿?"

"他在宾馆里，主公！"大太监回答。

"马上把他叫到这儿来！"

大太监转身去叫，艾敏又把他喊回来，叮嘱道："千万让他穿着酒宴礼服来！"

大太监点头从命，转身出门，片刻就回来了，禀报说："艾卜·努瓦斯就在门外……"

艾敏欢天喜地，忙说："让他进来！"

艾卜·努瓦斯走进大厅，但见那是一位英俊男子，虽已年过四十，然而风华犹存。因为他的母亲是艾哈瓦兹人，故他的外貌颇似艾哈瓦兹人。他稀疏的胡子垂在胸前，已显斑白。他那两只蓝色眼睛里闪烁着智慧、聪明的光芒。他没戴烟囱帽，也没缠着头巾，而是戴着一顶红色瓜皮帽，身穿纯黄酒宴礼服，青春朝气焕然洋溢。

艾敏一看到他，当即喊道："欢迎你，我们的诗人！这次盛会不能没有诗人参加……诗人能给歌会助兴、添彩。"

艾卜·努瓦斯躬腰施礼，然后站立。

艾敏示意一仆人送一只靠枕给他，他在歌女们的旁边坐下。

法德勒想起艾布·阿塔希亚，觉得这正是适于他活动的时候；分别时，已把此事告诉那位诗人，担心诗人已将此事忘到脑后去了……法德勒边欣赏眼前的节日，边思考加法尔委托给自己的那些事情，脸上露出几分为难的表情。

加法尔趁艾敏沉醉于歌声之机，向法德勒问起关于女奴以及她们何时才能来的事，只见法德勒把五指收拢，意思是"稍等一会儿"，仿佛在说："她们马上就会来的。"之后，法德勒望着艾卜·努瓦斯，说道："你何不即席赋上几首诗，令歌女唱唱，让王储高兴高兴呢？"

艾敏已有几分醉意，听法德勒一说，忙答言道："不，不，不……诗人不喝下一酒升酒,他是吟不出诗来的。"

说罢,即示意上酒人倒一酒升酒,送给诗人。但见艾卜·努瓦斯接过酒升,一饮而尽,随后将酒升还给上酒人,点头示意说:"再来一酒升……"

讲到这里,眼看东方透出黎明的曙光,莎赫札德戛然止声。

第二百二十五夜

夜幕垂降,莎赫札德接着讲故事:

幸福的国王陛下,艾敏已有几分醉意,听法德勒一说,忙答言道:"不,不,不……诗人不喝下一酒升酒,他是吟不出诗来的。"

说罢,即示意上酒人倒一酒升酒,送给诗人。但见艾卜·努瓦斯接过酒升,一饮而尽,随后将酒升还给上酒人,点头示意说:"再来一酒升……"

见艾卜·努瓦斯那样贪酒,艾敏觉得奇怪,笑得前仰后合。

艾敏手拿一只苹果,咬了一口,边嚼边说:"喂,艾哈瓦兹人,给我们助助兴吧!"

诗人面带诙谐表情,回答道:"主公希望以颂扬助兴,还是以诋毁取乐?"

法德勒急忙插嘴:"你还在开玩笑呀……怎么能向王储提这样的问题?怎么能以诋毁取乐!他只是让你即席赋几首诗,让这些歌女唱唱,给我们的主公增欢添乐罢了。"

艾卜·努瓦斯瞟着法德勒，面部的诙谐表情仍在，反问道："你晓得什么可使王储欢乐？难道你想让他整日沉醉于酒宴狂歌之中，把入主王宫一事忘到脑后去吗？我在和主公对话，主公明白我的意图！"

法德勒对他的勇气感到吃惊，便想立即答话，却听艾敏说道："我明白他的意图。"

艾敏又望着艾卜·努瓦斯，说："你就以中伤为我们助兴，让法德勒开开眼界，使他看看用诋毁可以收到颂扬难以收到的效果……你就即席向歌女口授一两首诗吧！"

在座者的面上浮现出惊异的神采，全场肃静，鸦雀无声，目光凝视着艾卜·努瓦斯，只见他与旁边一个怀抱四弦琴的歌女交头接耳，一阵悄声低语。片刻之后，那歌女拨动琴弦，在座者侧耳聆听歌女唱道：

> 君王拉希德，操事欠思量：
> 焉让贾法尔，出任朝宰相？
> 小气贾法尔，世间难寻双；
> 财多又吝啬，名已远近扬。
> 偶有慷慨举，人言其发狂。

歌女每唱完一句，艾敏便情不自禁地欢呼喝彩一次。

自打歌女唱第一句诗时，法德勒就明白了全诗大意，知道艾卜·努瓦斯在诋毁他的劲敌贾法尔·巴尔马克，因而他比艾敏还高兴。在场者中最高兴的还是加法尔，他向诗人喊道："好极了！妙极了！"

加法尔手里拿着一串宝石项链，很想把它扔给诗人，但想到自己是在王储面前,不宜抢先嘉奖诗人,于是望了望艾敏,艾敏示意允之,这才将项链抛了过去,正好落在艾卜·努瓦斯的怀中。

诗人拿起项链,望着艾敏,仿佛向王储请示。艾敏一笑,说道:"我看你想找一个放项链的地方……"

"就放在这里吧……她也属于你,但要等到酒宴结束之后。你的诗越多,我们给你的嘉奖也越多!"

艾卜·努瓦斯站起来致谢,艾敏示意他坐下,然后又令掌酒人端来苹果、葡萄酒,但见红、绿、黄、灰、褐,五彩纷呈,闪闪放光。掌酒人即吩咐一个太监为艾卜·努瓦斯送上一杯酒。

那太监年轻貌美,卷发中分。艾卜·努瓦斯醉眼迷离,先望望那太监,又望望艾敏。听艾敏说:"把这个小奴才送给你,你为他吟首诗吧!"

艾卜·努瓦斯从太监手中接过酒,然后吟道:

> 酒童是女还是男,人若遇之眼望穿。
> 卷曲刘海似瓦乌①,误认法乌②两鬓悬。
> 目光锐利世罕见,足当武器破敌胆。
> 抬望少年眸明亮,酒未入肚醉成仙。

艾敏听完,忙说:"够啦,够啦!把他赏给你!"

法德勒见艾敏已有几分酒意便抓住此机会,问道:"莫非主公忘记了白色女奴?"

"你这个该死的,我怎会忘记呢?她们来了吗?"

艾敏边说,边用征询的目光望着大太监,大太监回答道:"主

---

① 瓦乌,阿拉伯文的第二十个字母。
② 法乌,阿拉伯文的第二十七个字母。

公,她们一个时辰前就到啦。"

这时,忽然走进一个人来,只见他头戴棱锥形小帽子,上缀着几个小铃铛,像猴子一样哈哈大笑着走进厅门,然后连蹦带跳地跑到大厅中央,开始跳起舞来。

艾敏见之,咯咯笑个不止,在场的人全都笑得前仰后合,一时间嚷成一片。艾敏说:"这不是艾布·侯赛因·海里阿吗?"

大太监回答道:"是的,主公,正是他!这个该死的,差点儿把我的魂吓跑了!"

"让他到宫女们那里去!"

艾布·侯赛因·海里阿随即走去,在场人大笑不止。

片刻后,大太监带来了歌女格兰法尔,只见她怀抱四弦琴,边弹边走;她身着艳装,眼帘搽墨,长发披肩,身后还跟着两个怀抱四弦琴的歌女。格兰法尔弹奏着悦耳的乐曲,走到艾敏面前。艾敏示意她坐下,她坐下来,唱道:

> 他的生身母,原是被卖奴;不曾效仿人,欺世又跋扈。

法德勒一直注视着艾敏的举动,只见他高兴地用脚击打着地面,喊道:"说得对……唱得好……你这个该死的!"

法德勒并不感到奇怪,相反这恰是他预料中的事,因为正是他暗示艾布·阿塔希亚教歌女唱这几句的,以便激起艾敏对其同父异母兄弟马蒙的憎恨;与此同时,该诗暗指拉希德曾与法德勒争夺一个女奴,结果那个女奴和拉希德结合在了一起。

笑声朗朗,欢歌阵阵。红日西沉,狗吠声打断了他们的喧闹声。那些狗都是艾敏特意安置在大厅后的底格里斯河边的,见到生人便会狂吠……听吠声不止,艾敏派一宫仆去打探原因。

宫仆出了通往河岸的秘密门，不多时迅速转回，禀报说："我看到有一只船正要靠岸，看上去像伊斯梅尔·伊本·叶海亚·哈什姆的那只船。"

听到那个名字，在场人无不惊慌失措，似开水浇头，一个个浑身颤抖；加法尔·伊本·哈迪尤甚，心惊肉跳，面色如土。艾敏示意歌女们停唱，全场鸦雀无声，只听门外传来船长呼唤船手放下风帆、迅速靠岸的喊声，艾敏吓得说不出话来，酒意已经消散一光，他竭力克制着自己的情感，想起了自己的处境，立即摘掉头上的花冠，仿佛想掩饰自己的滑稽丑态。其余的人也仿效艾敏行动起来……然而他们个个手举酒杯，壶里满是酒，面前摆着美味佳肴，人人身着酒宴礼服，娱乐设施齐备，一片欢乐气氛，他们又怎能遮盖住自己的诙谐、嬉戏表情呢？

艾敏站起来，令一宫仆去问问船主是何人。宫仆回来禀报说："伊斯梅尔·伊本·叶海亚求见。"

"欢迎，欢迎……让他进来！"

在座者察觉到艾敏有意掩盖他们的丑态，于是让海里阿走了出去，要宫女们不要作声，大家都静静地坐在那里，等待伊斯梅尔到来。

那宫仆刚一回到大厅，便有一老者跟着进了厅门，只见他身材修长，仪表堂堂，身穿黑色宽袍，头戴烟囱帽，外缠头巾，那是阿拔斯王朝的官服。

伊斯梅尔·伊本·叶海亚与哈里发同族，系哈什姆族人中的长者，才智超群，意志高强；因为年迈，显得更加庄重严肃，高高的额头，宽宽的肩膀，长长的胡须，满头白发，因不喜今世浮华虚饰，胡须与头发均不曾染。

伊斯梅尔目光锐利，料事恰如其分，看人根据其才华能力，从来不只注意门第及外表。虽然他是哈什姆族人，又是哈里发的叔伯辈，但他不认为哈什姆族人优于其他部族，除非他们振奋精神，从善如流。他关心国家大事，熟知百姓的要求。他不因拉希德是哈什姆族人而喜欢之，也不因贾法尔·巴尔马克是波斯人而憎恶之，而是看事情的本来面貌。他的首要目的是期望阿拔斯帝国平安无事，摆脱面临的种种失败危险，而究竟由谁来实现他的愿望，那倒无关紧要。

伊斯梅尔一直关注着拉希德与其宰相贾法尔·巴尔马克之间、艾敏与其兄马蒙之间以及其他各党派之间的矛盾。他总是以理智的目光看待那些分歧，竭力避免发生他所担心的野心家之间的争权夺利事件；只要国家昌盛，百姓安乐，至于哈里发由谁继任，那并不是他所关心的。

伊斯梅尔最了解拉希德及其宰相贾法尔的弱点和长处。拉希德和贾法尔都很听伊斯梅尔的话，尤其是拉希德对老人更是敬重备至，言听计从，百依百顺，因为他深信老人聪慧出众，心诚意善，见地高超。像他这样的人，人们自然会尊敬他，包括帝王在内，无论他们多么狂妄自大，都会听从他的意见，认为他的劝告完全出自内心诚意，自感他的见地高出自己的水平……更何况伊斯梅尔门第高贵、气质非凡、年高德劭呢！

既然伊斯梅尔在拉希德或国家要员心目中赢得了这样崇高的地位，那就足以知道他为国家的安全和利益付出了多少心血。但是，他只要说话，便开门见山，一针见血……当他感到需要转弯抹角、口是心非时，他会避而远之或闭口不谈。因此，艾敏不喜欢这位老者，认为他的劝告无用，常常躲避他，不让他来自己府上做客。

讲到这里，眼看东方透出黎明的曙光，莎赫札德戛然止声。

第二百二十六夜

夜幕垂降，莎赫札德接着讲故事：

幸福的国王陛下，艾敏不喜欢这位老者，认为他的劝告无用，常常躲避他，不让他来自己府上做客。

那天，伊斯梅尔老人之所以到艾敏宫中来，是因为他是加法尔·伊本·哈迪的监护人，素知加法尔对拉希德和巴尔马克家族怀恨在心。他听说加法尔与艾敏对饮聊天，心中很不高兴。伊斯梅尔与加法尔像大多数退隐的哈什姆族人一样，住在巴士拉，享用着哈里发拨给的俸禄、钱财和封地，整日沉醉在花天酒地、欢歌曼舞之中。哈里发之所以为他们提供这样的舒适条件，目的在于削弱他们的意志，根除他们争夺哈里发职位的欲望，使他们终日贪恋金樽银盏、歌姬舞女，远离政治天地、权力斗争。

伊斯梅尔廉洁坚定，痛恨那些人吃喝玩乐、无所用心的腐败风气。不过，他知道劝说他们是无用的，因而不曾对他们寄托过什么希望。但是，他却没有忽视对加法尔·伊本·哈迪的管教，因为自打加法尔的父亲死后，一直由他照看加法尔。加法尔既不喝酒，也不贪恋娱乐；他与艾敏对坐，怂恿艾敏狂欢暴饮，有自己的目的，伊斯梅尔对此一清二楚。

伊斯梅尔老人担心加法尔未改初衷，因为他认为那对国家不利……他常劝说加法尔放弃原来的想法，而加法尔也已答应，只不过屡屡自食其言。在巴士拉时，伊斯梅尔老人便知道加法尔到巴格达来了，但认为他来这里，不过是为了散散心，或者办点儿什么事，或者领取俸禄。见加法尔迟迟不归，恐有什么变故，老人装作自己有件什么事情要办，便来巴格达找加法尔。老人来到巴格达一打听，知道加法尔落脚艾敏宫，一进未出，认定只有到那里去见他了。老人有一只船，来巴格达时，必乘船逆底格里斯河水而上。

正是那天，他坐船来到艾敏宫，看到了大厅中的歌舞酒宴盛景。

伊斯梅尔步入大厅，那里的人无不面现惧色，包括王储艾敏在内，尽管他表情滑稽，已有几分醉意……艾敏镇定了一下情绪，站起来迎接那位可敬的老人，他做梦也未曾想到老人会看到自己的这副模样。加法尔早已躲到一个角落里，周身颤抖不止。只有法德勒比较沉着镇静，笑容可掬地走上前去，欢迎伊斯梅尔老人，边亲吻老人的手，边说："老人家，欢迎你！"

说着，随手递给老人一把椅子。艾敏也离开了宝座，对老人表示欢迎。

老人望了望周围的宫女、太监、宫仆、金樽银盏和种种娱乐器具，自知与他们坐在一起会使他们感到不方便，于是装出无意此时此刻来访的样子，同时装出没有看见加法尔，只是说自己仿佛听到了加法尔说话的声音。

加法尔面浮惊慌神情，竭力克制着自己的情感，恭恭敬敬地走了出来。他知道老人不希望他到那里饮酒娱乐，于是说："我本想今天早晨离去，但王储执意留我，想让我听听白女奴唱歌，所以要我换上了酒宴礼服。如果叔公有什么事要我效劳，我定尽力而为。"

伊斯梅尔老人显出很高兴的样子，说道："没什么事，孩子，我想看看你。你如果想离去，那就跟我一块儿坐船走吧！让他们坐着吧……我在这里对他们不利。"

说罢，转身走去。

加法尔请求更衣，然后跟老人出了厅门，在座者一个个魂飞魄散，噤若寒蝉，只有艾敏感到松了一口气。

加法尔快步回到房间，戴上烟囱帽，换上黑长袍，迅速赶至船边，见老人的帽子略略后倾，眉宇间和眼睛里绽现着忧虑的神情。加法尔走过去，抱住老人的双手亲吻，老人抽回自己的手，说："免了吧……"

加法尔后退了两步，低下头，没有答话。伊斯梅尔令船长把船划往离宫殿远些的一个码头，然后拉着加法尔的手向船尾走去。二人坐下，伊斯梅尔说："我万万没有想到你会到这种场合中来。你来这里戏耍嬉戏，合适吗？"

"你看我身上有喝酒的痕迹吗？凭安拉起誓，我滴酒未沾……"

加法尔叹了口气，把目光转向船头，望着水手把船撑向安全的地方去。伊斯梅尔见加法尔默不作声，知道他心中有事，于是问："我看你们对这些人怀有恶意，好像你的贪心仍旧未消……"

加法尔禁不住打断老人的话："叔公，你不要说我是贪心人！我并不贪心，只不过是想得到应该得到的权力罢了……"

"什么权力？"

"我是说……"

加法尔左顾右盼，恐怕有人听到，压低声音说："我是说这些家伙杀死了我的父亲，从我手中夺去了哈里发王位，剥夺了我的权力，你对此事最清楚不过……"

伊斯梅尔老人装出满不在意的样子，说："关于你所说的权力，我与你没有争议。不过，我认为你的要求与你的作为之间毫无关系……你想得到哈里发权位与你参加此种聚会有何相干呢？你既然用同样的话反驳过我，那么，你问问我，你的权力是什么？当向谁要求此种权力?"

加法尔眉宇间展现出怒色,说道:"请让我说说心里话。可是,我在你面前感到害怕,不敢说……"

"说吧!不要怕!如果我认为你的要求是正当的,定会支持你的;不然的话,我会劝你改变主意,替你保密。"

"如你所知,按照我祖父马赫迪的遗嘱,我父亲哈迪登上了哈里发宝座;我父亲立有遗嘱,要我在他之后继任哈里发。"

"我猜你想执行他的遗嘱。你要知道,他这样立遗嘱,实际上犯了个错误。因为马赫迪嘱咐先由你父亲继任哈里发,之后的继任者则是你的叔父拉希德。你父亲登上哈里发宝座之后,想取消你叔父拉希德的继承权,试图立你为王储,你认为这样合适吗?"

"我不否认,我父亲那样做是违背祖父遗嘱的。但是,他们劝阻了他,而且他也改变了主张,重立拉希德为王储,条件是在其后由我继任哈里发……难道你不记得了吗?"

"记得……我记得。"

"他们为何在我父亲刚刚就任哈里发王位一年多之时,就把他杀掉了呢?"

伊斯梅尔老人大吃一惊,说:"他们把他杀啦?谁杀的?我不晓得他是被杀死的,只知道他死于疾病……假若说,他不亲近赫祖兰是他被杀的主要原因,我看这个说法不无道理;至于别的说法,则并无根据……"

加法尔一笑,说:"正像他们说的那样,赫祖兰犯这样的罪不是没有道理的,因为我父亲不让她插手国家事务,所以激怒了她。但是,她是在那个波斯人的引诱下行事的……"

只听加法尔把牙咬得吱吱作响:

"你指的是叶海亚·伊本·哈立德吧?"

"是的，正是他……他反对我父亲，阻止我父亲安排继位之事，这就是有力证明。拉希德本已同意让位，自愿把继承权转给我，但叶海亚策动拉希德拒绝让权，终于迫使我父亲同意他先继位，之后再允许我就任哈里发。我父亲同意了他的要求，他很快便背弃了我父亲，没过几夜，就听到我父亲暴死的消息。他们说是我祖母下的毒手，也是在叶海亚的诱使下干的。第一个知道我父亲死讯的是叶海亚，他连夜去向拉希德报喜，你还记得吗……拉希德感戴叶海亚的恩德，故让他执掌朝政大权，这些你都一清二楚。如今大权落在了他的儿子、当朝宰相贾法尔的手中。正如你所知，此人权势无限大，致使人们说真正的哈里发不是拉希德，而是他。"

讲到这里，眼看东方透出黎明的曙光，莎赫札德戛然止声。

第二百二十七夜

夜幕垂降，莎赫札德接着讲故事：

大福大贵的国王陛下，加法尔说："如今大权落在了他的儿子、当朝宰相贾法尔的手中；正如您所知，此人权势无限大，致使人们说真正的哈里发不是拉希德，而是他。"

加法尔说着，额头上的汗珠不断往下淌。

伊斯梅尔老人留心细听，也许他有同样看法，但没有鼓励加法尔那样干，因为他认为那样对国家有百害而无一利，说不定会导致国家分裂。因此，老人表示反对，说："我看你对巴尔马克家族有成见，好像同意敌人对巴尔马克家族成员的诋毁。你知道巴尔马克家族对这个国家做出的贡献是无与伦比的。如你所知，我是哈什姆人，哈里发是我的骨肉同胞，我与他们同悲欢、共祸福。可是，我认为你们对待这些被护民有些不公，忘记了自他们的祖父哈立德时代以来，他们曾为建立这个国家立下汗马功劳。在从伍麦叶人手里夺取这个国家权力的斗争中，哈立德曾经是艾卜·穆斯里姆的最得力助手之一。艾布·贾法尔·曼苏尔杀了艾卜·穆斯里姆，波斯人和库尔德族人奋起造反，多亏哈立德及时救助，从中说和，没动一兵一剑，劝退了愤怒的人们，方才保住了这个国家。此外，在组织政务机关、主持行政事务工作中，哈立德及其儿子叶海亚、孙子法得勒和贾法尔都有不可忽视的功德……"

老人稍稍停顿，接着说："孩子，巴尔马克家族是这个国家的支柱和栋梁……在巴格达，无论你走到哪里，都能看到他们留下的业绩。他们建起了数所学院，那里有图书馆、经院、兵营、病院、法官府和警察所……你已看到知识、哲学广泛传播，被护民们翻译了大量希腊及波斯经典，这就是巴尔马克家族大力提倡和资助的结果。第一个主持把《天文巨集》从希腊文译成阿拉伯文的不就是叶海亚·伊本·哈立德吗？把印度医生请到我们这里传播医术的也是巴尔马克家族；这些医生至今仍在我们中间，曼凯·印迪就是其中最有名的医生。叶海亚患了重病，我们几乎对他的生命已经绝望，但他建议拉希德把曼凯·印迪医生请来为自己看病，结果医到病除，叶海亚很快恢复了健康。

"鼓励拉希德建医院的也是巴尔马克家族的人，并且把医院交给一位印度医生主管。他们还为自己建造了一座医院，并将之委托给印度医生伊本·德欣管理。法得勒·伊本·叶海亚在使用纸上立下了大功。以前，我们的政府公文全都写在细羊皮上，官册、卷簿也都是用犊皮纸装订而成,分量、体积很大,颇令公务人员伤脑筋,直到法得勒引进了纸张,在巴格达建起了纸厂,方才解决了这个大难题。巴尔马克家族的贡献是多方面的,一言难尽,说来话长。你也知道,我与哈什姆人有亲缘关系,且对这个国家充满希望,期待它繁荣昌盛……"

说到这里,伊斯梅尔老人叹了口气,接着说:"我这样说,并不是因为神经错乱,或者别有用心,而是讲真理、说实话。想必你已经看出,伊本·莱比阿等人之所以那样恨巴尔马克家族,千方百计诬蔑、中伤人家,原因在于他们嫉妒巴尔马克家族,不堪与人家一比高低。"

老人谈话时,加法尔一直低着头,望着船边悠悠远去的流水,仿佛深深陷入忧思之中,全然不解所听到的那些话。加法尔十分忌恨巴尔马克家族,听了伊斯梅尔那番赞扬的话,心中感到不是滋味,但又找不到任何相反的证据反驳老人的言谈话语,只有开口也谈谈巴尔马克家族。

加法尔说:"就算他们是天使,他们不是也杀了我的父亲,夺走了我的权位吗?"

老人说:"你的说法没有根据,或者至少可以说不肯定。因为没有一个人说过叶海亚·伊本·哈立德杀了你的父亲或想杀他,以便从你手中夺取王权。"

"毫无疑问,就是他杀的,虽然很多人不知道。他之所以那样干,正是为了从我手中夺取王位。因此,在我父亲同意拉希德先我继承王位之后,他们迫不及待地杀死了我的父亲,免得人们向我宣誓效忠。拉希德登上哈里发宝座之后,不立我为王储,反立他这个整日沉湎于吃喝玩乐之中的儿子为王位继承人。我本以为拉希德打算让我在他的儿子艾敏之后继任哈里发,然而他的宰相贾法尔却鼓动他立另一个儿子马蒙为王位继承人……照这样下去,我就变成了两手空空之人。凭安拉起誓,假若……"

加法尔正急于说下去,伊斯梅尔微微一笑,打断他的话:"你的言与行相互矛盾,真使我感到奇怪。你既然恨那个人,却又为什么与他对坐共饮、亲若密友呢?再则,我也不明白这种憎恶的含义,更不晓得你怎么才能达到自己的目的……这个拉希德高居哈里发宝座,周围有兵士护卫,身后有哈什姆族人支持,且已立他的两个儿子为王储,他们无疑将在他死后继任哈里发……因此,我认为你恨他不起作用,也无法达到你的目的……你知道拉希德是最易发怒的,还是放弃你孩童般幼稚的想法吧!一旦拉希德知道了你在想什么,你的骨和肉必将被扬弃在天地之间……不过,我会为你保密的,因为我期望你回心转意,改弦更张。假如你仍然固执己见,那么,为了国家的长治久安,我会把你抛弃掉的,除非我发现你的作为是正确的……你给我说一说,你打算怎样取得哈里发的权位呢?"

伊斯梅尔老人的这句威胁性话语,重重击打在加法尔的心上。加法尔不仅敬重他,而且对他还有几分惧意,故心中感到特别难过,幸亏有眼泪流出,不然会憋闷死的。

加法尔羞惭地低下头去,脸上露出为难的表情,但还是忍不住地答话了:"我认为你瞧不起我和我的作为,以为我是在信口开河……叔公,你要知道,我自己无力与重兵护卫下的拉希德对抗,而且也没有想过那样做……但是,我期望在他之后取得哈里发权位;假如他的宰相贾法尔·巴尔马克倒了台,此期望就可以轻而易举地实现……"

"怎么会呢?"

"请听我把话说完!拉希德一旦死去,哈里发权位首先落入这个艾敏的手中;因为此人整日沉醉于吃喝玩乐之中,我断言他不适于担当哈里发大任,国家必将由其兄马蒙掌管。说实在的,马蒙倒是一个理智健全、意志坚强的人,但我认为哈什姆族人当中没有一个会喜欢他,因为他是波斯人的外甥。你也知道,贾法尔·巴尔马克很希望为马蒙登上哈里发宝座而尽力,原因在于他想把这个国家从我们手中夺走……"

老人连连挥手,似乎示意不想听下去了,但加法尔说:"叔公,我求你把我的话听完……我收复哈里发权位的唯一障碍,就是这个波斯人;即使不考虑报杀父之仇,也应该干掉这个波斯人,因为他把国家的大批钱财装入了他自己和他亲属的腰包之中。你会知道,他们庄园与国库收入相差无几。赛赫勒·伊本·哈伦对此了如指掌。他告诉我,这些被护民的庄园与附属产业的年总收入达两千万第纳尔,而我们这个王国,从东到西,版图这么大,年财政收入比这个数字多不了多少……我才从掌管国库的人那里得知,全国年财政总收入仅仅两千七百万第纳尔……我们这些领取一千或一万第纳尔俸禄的哈什姆人,不过像讨饭的叫花子。此外,你想必已经看到,贾法尔·巴尔马克家门外骏马成群,比拉希德门外的马匹多数倍;至于家族中男女老少所享用的富贵荣华,那就不必多谈了。他们巨财在握,一旦拉希德归真,艾敏又如此不务正业,整日花天酒地,醉卧宫中,这个国家岂不就要落入异族人手中了吗?关于马蒙,我承认他果敢坚强,但我认为他未必热心于把哈里发权位保留在他的家人手里,也许原因在于他系波斯女奴所生,血统与波斯人相连,又因在贾法尔·巴尔马克家长大,遇事定听贾法尔的意见……"

伊斯梅尔老人很赞赏加法尔的想法,也许认为其中有正确的成分。但是,老人认为这样干对于国家无益,因而表示反对,说:"巴尔马克家族财产无数,我并不否认这个事实,但他们利用这些钱财为人们办了许多好事……你想想，我们这些人，谁没有得到过贾法尔·巴尔马克发放的俸禄或礼物呢？我从他们的司库那里得知，他们从这些收入中取出一千二百万第纳尔，就是说拿出总数的一多半，每一万第纳尔装入一只钱袋，然后封好，写上国家要员或其他人的名字，准备赠送给他们。还钱入国库或放到国民手里，我认为作为哈里发，至多也不过如此。再说，杀死这个人，哈里发权位也将受到威胁……就连拉希德本人也没有办法除掉他，因为多数国家要人支持他，而他早就给过他们许多好处……你就抛弃这些想法，听我一劝吧！我最珍视你的青春和生命。依我之见，你应该设法接近拉希德，那对你有百利而无一害……我保你能与他结为亲戚关系，并且亲自动手，促成此事。"

加法尔见老人竭力劝阻自己，又怕老人一旦发怒，将自己的想法泄露出去，于是假装接受意见，说："有何办法结为亲戚呢？"

伊斯梅尔觉得加法尔有可能听自己的劝告，庆幸国家前进道路上的障碍即将扫除。老人说："要想与哈里发攀亲，还有比娶他们的女儿为妻更好的办法吗？我担保拉希德把他的女儿阿丽娅嫁给你……你看如何？"

加法尔认为此桩婚事一旦成功，不仅不妨碍他达到自己的目的，反而会助他一臂之力，因此觉得再好不过。但是，他说："这当然是一件好事，可是，假若拉希德与他的宰相一商量，他会不同意的！"

听罢，伊斯梅尔笑了："你不要这样不相信拉希德！其实，他比你猜想的要果断、坚强得多……不管怎样，此事包在我身上，我保你成功。你先回巴士拉，等我的准信儿就是了！"

"听你的，我这就回去。不过，我暂时留下来，等任务完成再走也无妨……"

"好吧！你现在到我的公馆去，我明天就去找拉希德谈此事。"

"我的行李还放在艾敏的宫中。我先去他那里告别一下，在那里宿一夜再走，你看如何？"

"去吧，安拉保佑你！"

红日快要西沉，加法尔要求下船，换乘小舟回艾敏宫去，伊斯梅尔老人允之。

加法尔回到艾敏宫时，夜幕已经垂降，但闻狗的狂吠声不绝于耳。船在离大厅远远的地方停下来，一时拿不定主意，不晓得该在那里下船，还是从花园后面的另一个门进宫。他发觉大厅里空无一人，既听不到歌声，也看不见灯光，决计继续坐船前进，绕远路打另一座门入宫。

加法尔正沉思之时，忽然见大厅里出现了亮光，继而见那亮光渐渐靠近宫墙，同时传来轻轻的话音，接着看见一只端着灯的手伸到宫墙上，狗看到灯，吠声戛然而止。

片刻过后，一个人探出头来，加法尔一眼认出那是大太监，便开口叫了一声。

"你是加法尔老爷？"大太监问。

"是的……我打这儿进，行吗？"

大太监低声说："请稍等，我马上来！"

大太监端着灯离去。加法尔站在船上，边等边思考如此谨慎的原因……仅过片刻，灯光出现了，并且听到大太监说："请慢慢地上来！"

加法尔见大太监那样小心，颇感不解。他从船上下来，走近那座秘密便门，只见大太监端着灯迎上来，说："老爷，请进！"

大太监在前面领路，加法尔跟在后面。经过大厅时，见残食剩酒依旧摆在那里，仿佛人离去不久……加法尔惊异不已，想问原因何在，但话刚到嘴边，又咽下去了。二人一直来到女子院，只见厅内角角落落点着蜡烛，但一个人都没有。加法尔忍不住问道："王储大人在哪儿？"

大太监说："我们现在就去找他，请跟我来，不要着急……"

讲到这里，眼看东方透出黎明的曙光，莎赫札德戛然止声。

第二百二十八夜

夜幕垂降，莎赫札德接着讲故事：

幸福的国王陛下，加法尔忍不住地问道："王储大人在哪儿？"
大太监说："我们现在就去找他，请跟我来，不要着急……"
加法尔跟着大太监从一个厅出来，又走进一个厅，厅厅烛火通明，摆设阔气豪华，形状与色调各不相同。

来到一房门前，见门关着，加法尔轻轻叩门……门开了，法德勒·伊本·莱比阿探出头来，依旧穿着酒宴礼服。法德勒拉住加法尔的手，不声不响地将他领进房间。走进房门，见只有艾敏坐在地毯上，酒宴礼服也还没有脱，旁有一女子，身披斗篷，露着脸面，一看便知是个侍女，脸上挂着忧虑的神情。

加法尔向大家问过安好，然后站着。艾敏对加法尔说："请坐吧！一块听听这段奇妙故事吧！"

加法尔坐下，法德勒坐在加法尔的身旁。艾敏说："这个侍女带来了一个与你我有关的消息……她是我的一个宫女，我们派她侦察了那位宰相的情况,请听她讲讲那位宰相的背叛行径吧!"

加法尔一听,不禁心中暗喜,遂伸长脖子,一声不响地侧耳细听。宫女对艾敏说:"主公,你知道,叶赫亚·伊本·阿卜杜拉·伊本·哈桑·阿莱维曾在迪勒穆山举兵叛乱,身边聚集了一批阿里派教徒,他们都憎恨阿拔斯人,一心想夺取哈里发权位。哈里发拉希德先后派几位将领率兵前往镇压,但那些人越战越勇,直至派宰相贾法尔的弟弟法得勒·伊本·叶海亚领兵前去,形势方才出现了转机。法得勒到达塔勒干,得知叶赫亚藏在迪勒穆山中的一个暗堡里,便设计将他诱出,答应给他种种好处。因为法得勒也是阿里派人士,故叶赫亚相信了他的许诺。叶赫亚下山之后,法得勒待之甚好,并要他跟自己前往巴格达,到哈里发那里自首,叶赫亚拒绝了这个要求。法得勒敦促叶赫亚下山,并按其要求,给拉希德写了一封信……二人达成协议之后,正如你知道的那样,法得勒把叶赫亚送到巴格达,受到了哈里发的热情接待。其后不久,哈里发从一些算命先生那里得知,叶赫亚反叛之心仍未平息……"

艾敏打断宫女的话,摇着头说:"是啊……那个人仍然心怀恶意。我们与他们敌对到这等地步,那些阿里派人士会对我们放心吗?再说,我们也对他们放心不下呀!"

加法尔说:"谁能够保证法得勒没有和他的同伴叶赫亚达成秘密协议,拖延一段时间,然后起兵反对我们所有人呢?"

法德勒说:"看来这正是哈里发所考虑的问题。因为他正像你们听说的那样,他说了话,然后会反悔的。"

宫女望着艾敏,继续说:"是的……我们的主公拉希德果然背弃了那个约言,原因不得而知,但我晓得祖伯尔族人说了那个阿里派人士的坏话……于是,哈里发下令将之关押起来,你们定以为他现在在牢中。"

艾敏感到奇怪，说道："那是毫无疑问的。"

宫女微笑着说："不，主公……他现在正在探亲的路上呢！"

"什么？谁把他放掉啦？"艾敏大声问。

"宰相贾法尔把他放掉的。"

"怎么会呢……他哪里有这等胆量？"

"请让我跟你们讲讲今天黄昏时分我亲眼所见到的情景吧！"

艾敏侧耳倾听。宫女说："今天晡时时分，宰相坐在宫中自己的房间里。当时，除了我，其余的太监、宫女都在忙于自己的工作。我留心观察着每一位进出宫殿的人。我看到刚才提及的那个叶赫亚一个侍卫也没带，独自鬼鬼祟祟地进了宫门。知道他是偷着来的，我仔细留意他的行走路线，发现他径直朝宰相房间走去。我急忙躲到一个房间，从那里可以看到宰相房间里的情况。我看到叶赫亚进了房门，宰相站起身来迎接他，然后让他在自己的身旁坐了下来，随后吩咐仆人关上了房门，房间内只剩下他俩，没有第三个人，知道他俩定有什么秘密事情相商。二人坐好，宰相问及坐牢的情况，叶赫亚哭着说：'喂，贾法尔，你就祈求安拉保佑我吧！你设法把我放出去吧！凭安拉起誓，我没做什么坏事，何必把我关押起来呢！'叶赫亚说完，宰相安慰了他一番，听不清说了些什么，但有一句话还是听明白了，宰相说：'随你的便，自选一个地方，到那里去吧！'"

宫女说到这里，艾敏面现惊愕神情，说："他好大的胆啊！这简直是背叛……他怎敢放我父亲下令关押的俘虏呢？他想干什么？"

"我听那个人说：'我如何走得掉呢？我担心再次被他们抓住，重新投入牢中……'"宫女说。

"凭安拉起誓，他说得对呀！"法德勒说。

"那么，他怎么放掉叶赫亚的呢？"加法尔问。

宫女说:"宰相要叶赫亚放心,并答应派侍卫数名,将他送到安全的地方。我听到叶赫亚连声感谢宰相,而宰相则鼓励叶赫亚放心大胆离去……"

"照这样说,他已经跑掉啦?"艾敏大声问。

"是的,主公。叶赫亚刚一出门,我便想立即跑来向你报告消息……但一时未能脱身。"

艾敏望着加法尔,仿佛想听听他的意见。加法尔示意把宫女打发走,艾敏知道加法尔不想在宫女在场的情况下说什么。艾敏示意宫女到管家婆那里去领赏。宫女站起来,吻了吻艾敏的衣袍,然后出了房门。

房间里只剩下加法尔、艾敏和法德勒,加法尔开始用听到的消息威吓那两个人,以便引诱他俩杀贾法尔·巴尔马克。加法尔说:"容忍这种侵犯权利的行为,那是一种软弱。"

加法尔等待艾敏有什么表示,却见他哈哈大笑不止。加法尔感到奇怪,遂问:"主公为什么笑呢?我猜想主公定以为说面临大难是可笑的!"

"不是的……我想,假若你听到你到来之前法德勒对我说的那些话,你一定会觉得疑惑不解。"

艾敏说罢,即将目光转向法德勒,好像命令他再把那些话讲一遍。

加法尔望着法德勒,只听法德勒对艾敏说:"我认为主公指的是关于阿芭萨公主的消息,对吗?"

艾敏点头说道:"正是……"

加法尔更想听听那个消息了。法德勒把那天拂晓时分发生在奴隶大院的事情和艾布·阿塔希亚向他讲的故事以及所见所闻,从头到尾讲了一遍。

加法尔听后大为吃惊。法德勒刚刚说完,加法尔禁不住站了起来,大声喊道:"多么无耻的背叛!你们怎能忍受得住呢?哈里发为什么不晓得此事?"

法德勒说:"有关阿芭萨的消息,谁也不敢告诉哈里发;不然,拉希德大发雷霆,传达消息的人就会面临死神的威胁。"

加法尔说:"我们明知此项背叛行径,怎可隐而不报呢?隐而不报,也是一种背叛呀……"

法德勒说:"一定要设法通过歌女用手势或暗示的方法告诉哈里发。至于那个阿里派人士逃跑的消息,则是很容易传到哈里发耳中去的。"

加法尔相信,仅仅放走那个阿里派人士一事,足以置宰相贾法尔·巴尔马克于死地。这也是他的愿望。因此,加法尔鼓动法德勒从速将此事告诉拉希德。

片刻过后,加法尔好像想到一件什么重要事情,望着法德勒说:"阿芭萨的那两个孩子在哪儿?我希望你们要不失时机地将他俩抓住,好好保护起来,以备到时做证;只传消息,没有证人,万一哈里发怪罪下来,传消息的人要吃苦头的!"

法德勒说:"我不会天真到这种地步……听到这个消息后,我立即派出数人,艾布·阿塔希亚也在其中,去抓那两个孩子,尚不知情况如何……但是,我不担心他们抓不到他俩……"

正在这时,隔壁房间传来脚步声,然后听到有人敲门,艾敏一听便知有仆人前来报信儿。

法德勒站起来,走去将门拉开,但见仆人仍然站在门外,艾敏知道定有什么事需要单独向自己报告。加法尔和法德勒也明白了仆人的意思,随后告别艾敏,先后走出房门。

仆人来到艾敏面前,报告说:"一雇工在门外等候见主公阁下。"

艾敏一听便知是母亲祖贝黛派来了差使,因她是第一个使用雇工传递书信的人。艾敏问:"他有什么事?"

"他来请你到王后祖贝黛那里去,说王后想在明晨见见你,有要事相商。"

"告诉雇工,我明日一早就去。"

仆人走出房门,时值夜幕垂空,各自上床歇息去了。

祖贝黛是贾法尔·伊本·艾比·贾法尔·曼苏尔的女儿、拉希德的堂妹;回历一六五年,堂兄、堂妹结为夫妻。

祖贝黛常以自己是哈什姆人为荣,因为拉希德的其余妻子都是异族人。因此,祖贝黛在拉希德那里享有至高无上的地位。

祖贝黛容貌俊秀,原名"乌姆·加法尔",因其皮肤细嫩,姿色超凡,故祖父曼苏尔特为她起了这么个名字。她的话在拉希德那里特别有分量,拉希德遇事总要和她商量。她在伊斯兰的历史上留下了无与伦比的业绩……由她主持,在希贾兹开凿了著名的"迈沙什泉";不仅开了水源,而且修了通向高地、洼地、平原和山区的水渠,总长度达十二英里,直通麦加城,耗资一百七十万第纳尔;此外,还在希贾兹建了工厂、房舍,挖了许多井和水塘,亦耗资不菲;与此同时,她还拨出许多钱济助穷人。她有一百名宫女,每个宫女会背十节《古兰经》经文,因此,在她的宫中常可听到蜂鸣似的念经声。

祖贝黛首先使用镶嵌宝石的金银器皿。她穿的金银丝绣花衣,仅刺绣一项,便花费多达五万第纳尔。她是第一位使用男女雇工的人。她也是第一位用银、黑檀和紫檀木制作华盖的人;她的华盖内外挂钩全用金银制成,帷子则是五彩绸缎,上有金丝银线绣成的图案。

祖贝黛穿的软底靴上缀着宝石。她用的烛台都是金的……许多人纷纷仿而效之。

祖贝黛有一座宫殿,坐落在巴格达城底格里斯河的西岸,名叫"祖贝黛宫",被人们称为静宫,位于曼苏尔城东永宫的南侧,周围有花园环抱,花木繁茂,雅致无比。

祖贝黛具有强烈的哈什姆人意识,由衷憎恨巴尔马克家族,尤其厌恶贾法尔·巴尔马克。因为这位宰相抑制她的儿子艾敏,抬高其兄马蒙,虽然马蒙系一波斯女奴所生……更使她恨之入骨的,则是贾法尔迫使拉希德同时立马蒙和艾敏为王储,而她只希望立艾敏为王太子。

回历一八六年,拉希德携妻带子及大臣、武将、法官数人前往麦加朝觐,其中就有艾敏和马蒙,以便在那里立兄弟俩同为王储。当时,贾法尔·巴尔马克在场做证,并写了两份证书,挂在天房上,并要兄弟俩宣誓守约。祖贝黛出席了这一仪式。艾敏宣完誓,正要步出天房时,贾法尔将之召回,对他说:"倘若你背弃了你的哥哥,安拉会惩罚你的。"然后要艾敏连续三次宣誓,艾敏只有依从……因此,祖贝黛对贾法尔怀恨在心,决计找机会进行报复,动手制服之。

在祖贝黛的眼里,巴尔马克家族是她最可恨的敌人,故而千方百计打探他们的消息,以期寻机行事,置之于死地。祖贝黛知道贾法尔常到阿芭萨那里去,但不晓得那两个孩子的情况……假若她知道两个孩子的情况,她会随时在她丈夫面前谈起;因为她在拉希德那里有至高无上的地位,所以不担心他会对她大发雷霆。

那天早晨,奴隶大院里吵吵嚷嚷,祖贝黛派去的一个侦探,打探到了那两个孩子的消息。消息传到祖贝黛的耳里,她便决定尽快告诉拉希德,但她想先和她的儿子艾敏商量一下,于是差人去叫艾敏。

第二天一大早，艾敏应母亲之邀前往静宫。

按照当时的习惯，王储出门，前有持矛骑士开道，左右有众仆役护卫。艾敏身穿黑衣服，头戴烟囱帽，骑着骏马，在众侍卫簇拥下，沿着底格里斯河东岸行进。一行人马跨过苏福利大桥，来到河西岸，便看到了静宫。

一路上，人们看见王储的队伍，纷纷停下脚步，向艾敏行礼致意，祝愿他健康长寿，尤其是那些具有强烈民族意识的阿拉伯人，更加热情非凡，欢声不绝。艾敏容光焕发，频频向人们挥手还礼，脸上洋溢着青春的俊美与帝王的尊严。

祖贝黛急切地等待着儿子的到来，虽明知两宫距离遥远，心中却嫌儿子行动迟缓。这倒是人之常情：对于等待来说，哪怕等的时间很短，却总觉得漫长。

艾敏是祖贝黛的独生子，故母亲常挂念儿子，并且把全部希望都寄托在儿子的身上，所以早就为儿子准备好了应有的一切。她令宫女们在花园中的道路上撒满鲜花，并且为儿子准备了一张散发着麝香和龙涎香气的椅子。她为儿子安排的那个房间，天花板用檀香木制成，表面贴着各种色彩艳丽的绸缎做装饰；四壁罩着缎帐，上有金线绣成的字，或是诗句，或是格言，均挂在金钩上。地上铺着整块的华贵地毯，上织有波斯国王狩猎图，做工精细，形象逼真；四个角上，有金线绣成的字样，全是诗句；当中有孔雀图，羽毛用金银线织就，眼睛用宝石制成，光彩夺目。

祖贝黛的静宫中有房屋数间，陈设备不相同，其中有一间阿尔明尼亚式的，里面的礼拜毯、靠枕等家什皆备十套，总价要在五千第纳尔以上，而且不算地毯、窗帘、壁帐以及金烛台；那里点的龙涎香蜡烛是最贵重的东西，在祖贝黛之前，根本不曾有人使用过……

讲到这里，眼看东方透出黎明的曙光，莎赫札德戛然止声。

第二百二十九夜

夜幕垂降，莎赫札德接着讲故事：

幸福的国王陛下，祖贝黛的静宫中有房数间，陈设各不相同，其中有一间阿尔明尼亚式的，里面的礼拜毯、靠枕等家什皆备十套，总价要在五千第纳尔以上，而且不算地毯、窗帘、壁帐以及金烛台；那里点的龙涎香蜡烛是最贵重的东西，在祖贝黛之前，根本不曾有人使用过。

艾敏来到花园，众男仆忙迎上去，伺候他离鞍下马。持矛骑士已经下马带路。行至花瓣覆盖着的园中蹊径，但觉浓郁芳香扑鼻而来，其中夹带着香水的气味……持矛骑士躬身让路，艾敏独自行至宫门前，见母亲已站在那里等候他。

艾敏走近母亲，母亲把他搂在怀里，想念之情难以言表，禁不住频频狂吻。艾敏亲吻母亲的手，只觉母亲的手细嫩柔软。祖贝黛脸色红里透白，虽面挂哈什姆人的严肃表情，然而遮不住面相的甜润与俊美。她生着一对乌亮的大眼睛，闪烁着聪明、睿智的光芒。她的面颊圆而舒展，一看便知生活富裕，心境坦然。她生有樱桃小口，鼻梁高挺，下巴微凸；下巴与锁骨之间，既无突起的地方，也没有凹陷之处。

祖贝黛皮肤白皙，身材修长，体躯微胖……倘若走路速度略快，两肩与大腿便悄然颤抖起来。她身披紫色长袍，将内衣遮盖得严严实实，外束金色腰带，环状腰带上镶嵌着宝石。她梳着一根辫子，头缠额带，但未缀宝石。当时，额带刚刚兴起，还没有传到一般妇女那里，仅仅限于哈里发及王子家中的女子使用，情况类似于每个时代的衣饰，一种新式衣服，总是部分宫女先穿，同龄人仿而效之，然后再传到普通妇女那里去。

额带本系拉希德的胞妹阿芭萨公主的创造，是用来遮掩额头的缺点的，并且缀上宝石，人们认为很美，争相仿效起来……而祖贝黛认为自己出身名门，面相俊秀，聪颖超凡，没有必要去效仿任何人，故采用不缀宝石的普通额带，以避模仿之嫌。她的脖子上没有挂项链，手指上没有戴戒指，手腕上没有镯子，一心希望别人效仿她。

艾敏看见母亲的额带，禁不住微微一笑，说道："我看你在模仿姑姑的装饰。母亲，这额带好看极了！可是，你的额带上连一颗宝石也没有缀。"

祖贝黛笑了，然后用食指朝自己的脚指去。艾敏一看母亲的双脚，见她的靴上镶着宝石，禁不住惊叹母亲的奢华、高傲，因为她是第一个穿镶宝石靴子的人。

艾敏跟着母亲走去，但不知她要把自己带往哪里。他随母亲穿过走廊，登上若干台阶，又穿过一道走廊，来到前面提到过的那个大厅里……那里的豪华摆设，并没有使艾敏感到奇怪，但那里另有一番景象，为艾敏见所未见，闻所未闻，使他感到惊讶不已。

艾敏探头向大厅望去，只觉麝香味扑鼻而来，同时看到门口站着两排窈窕淑女，一个个头缠方巾，蓄着额发或鬓发，身着长袍，腰系镶金嵌银腰带，个个身材匀称，人人胸脯丰满，手持麝香杯或香水瓶……艾敏万分惊异,而母亲却面无笑容。

艾敏望着母亲的脸,母亲笑了。艾敏问:"母亲,这都是些什么打扮?我看你把这些宫女打扮成男仆了……"

"孩子,我就是仿照你行事的呀……我见你把那些男仆打扮得像宫女一样,于是我便让这些宫女女扮男装,但我称她们为'窈窕淑女',准备把她们当作礼物送给你。"

艾敏听后甚为高兴。母子俩行至大厅中央,在为他俩准备好的镶金檀木椅子上坐了下来。祖贝黛坐的椅垫是绣花缎子面,里边装的是鸵鸟绒。

艾敏坐在母亲身边,母亲的目光一直盯在儿子的脸上,仿佛总是看不够似的。祖贝黛朝在场的男女仆人使了个眼色,他们相继离开了大厅。

厅里仅剩下母子二人,祖贝黛脸上的微笑与和气消失了,代之而来的是严肃与庄重表情,两只黑亮的眼睛里闪烁着聪慧的光芒,她开口问道:"喂,穆罕默德,你昨天是怎样过的呀?"

"母亲,正像你希望的那样,我是在欢乐中度过的。"艾敏回答。

"晚上……你为什么隐藏起来呢?"

"谁告诉你的?"

"我派去的雇工告诉我的。你躲避到哪儿去了呢?"

"我躲到一个能够听到消息的地方去了。我本想来告诉你一个消息,想你听了之后,一定会感到高兴。你派人把我叫来,究竟有什么事呢?"

艾敏的肩膀靠在母亲身上,母亲用手抚摩着儿子的头发,深情地望着儿子。母亲听儿子那样一问,微微笑着说:"我也有要事告诉你,希望你设法摆脱那个波斯人。"

艾敏知道母亲指的是贾法尔·巴尔马克，禁不住一惊："我要告诉你的，也是有关他的消息……你要说的究竟是他与那个阿里派分子的事，还是与我姑姑阿芭萨的事呢？"

祖贝黛大惊，血液直往脸上涌，眼睛里闪现出惊慌神情，忙问："你也知道阿芭萨的消息？"

"是啊……知道啊！我差点儿发火动怒。但是，我认为那件事近日对我们说来无关紧要，而那个阿里派分子的事，倒值得我们重视。"

"哪个阿里派分子？他有什么事？我还没有听说过嘛！"

艾敏正了正坐姿，随后把昨晚从宫女那里听来的话，一五一十讲给母亲。祖贝黛边听边望着儿子，两眼中不时闪烁着惊诧的神色。

艾敏说完，祖贝黛叹了口气，说："那都是不珍惜安拉赐予的权利的人应得的报应啊……你父亲虽然聪明果断，但他已经向那个波斯人投降了，就连哈里发职权也让出去了，你父亲仅仅留下一个空名……不过，不义之徒终究会自食其果的。"

"我不否认是父亲放手让那个人处理国家事务的……可是，难道母亲不认为那有助于保证工作正常进行吗？哈里发能够亲自经办所有的事吗？"

祖贝黛表情严肃地说："放手让他人处理国务，也许他有他自己的理由。可是，他有什么理由让人随意干预自家的女人们的事呢……你的祖父马赫迪，虽然也使用、信任巴尔马克家族的人，但从未放手到这种地步……你的叔父哈迪也不曾做过类似的事，好像谁也没有像你父亲那样放手……"

说着说着，祖贝黛忍不住怒容满面，令人望而生畏。

"母亲，你说什么干预女人的事，那是什么意思？"艾敏问。

"我是说,你父亲让贾法尔自由出入女子院,向他举荐自己的宫女、妹妹和女儿,诡称他俩之间情如一母同胞。因此,贾法尔出入哈里发妻室、女儿与兄弟的宫殿毫无顾忌,难怪贾法尔胆大妄为,出了那样的事……"

祖贝黛叹了口气,显出十分生气的样子。她手里拿着一只杯子,里面放着麝香,边说话,边不时地放在鼻子上闻一闻。她终于盛怒难抑,手指颤抖起来,杯子跌落在地上,麝香片撒在了地毯上。

艾敏边捡麝香片,边说:"他也闯入你的宫中来了吗?"

艾敏的脸上显露出忌恨的表情。祖贝黛提高嗓门说道:"没有……这个被护民哪敢抬眼看我呀!他从未来过我的宫里,我没托过他,也不会托他办任何事……"

艾敏捡完麝香片,放入杯子,还给母亲,然后说:"现在该怎么办呢?我们不应该掩饰这个人的所作所为。不然的话,事情就不好办了,会因为这个人在我姑姑那里犯有过错,给我们带来难以抹掉的耻辱……"

母亲打断儿子的话:"孩子,我对你说过,关于你姑姑的事,应该责怪你父亲,因为是他允许他的宰相到你姑姑的宫中去,同她说话,为她办事的。再说,贾法尔年轻貌美,衣冠楚楚,香气四溢,而你姑姑也不曾见过他以外的男子,恐怕是烈火遇到干柴呀……当然,这不能为他开脱背叛之罪。"

说完,祖贝黛边望着地毯上的孔雀图,边又开始摆弄起麝香碎片来了。

艾敏心中甚不愉快,因为话说了那么多,但仍未入正题,他始终不敢要求杀掉贾法尔,或者说他的什么坏话。当他感到无能为力时,只有低下头去,面孔上显现出进退两难、不知如何是好的神情。

母亲察觉到了这一点,急忙安慰儿子:"我猜想,你想知道我打算如何处置这个人,是吗?"

艾敏情不自禁地叫道:"是的,母亲!我都快憋闷死了。"

"你认为我们把你姑姑的事情告诉你父亲,如何?"

"我不知道好不好……我想只有杀掉这个人,天下才能太平。"

祖贝黛笑了,伸出胳膊,抱住儿子的脖子,亲吻起来;假若不是觉得一时事情难办,怜悯的眼泪定会夺眶而出。她说:"我本不想把你姑姑的事告诉你父亲,但考虑到传达这样的消息,会惹怒你父亲,传言者的生命也会受到威胁,故只有作罢。现在,只能把那个阿里派分子的消息告诉他……"

她压低声音,伸手从衣袋里掏出一张卡片,递给艾敏,说:"你不要以为我忘掉了为你报仇的大事……我永远忘不了他去年在天房逼你写誓约的情景,他厚颜无耻到了敢当着我的面侮辱你的地步……我已经写好了几行诗,诗中说明了我们的处境,想秘密地把它送到你父亲的手里。我在诗中告诉你父亲,这个人可能给我们的整个国家带来危害……如果这样警告还不起作用,我们再想另外的好办法。"

艾敏接过卡片,见上面写着:

> 发号施令一国王,宰相家财富满堂。
> 其财胜过所有人,与你之富齐等量。
> 豪华房舍建造多,波斯印度亦无双。
> 地铺玉石与珍珠,香气四溢又芬芳。
> 我们内心恐与惧,担忧君去他称王。
> 奴与主人共享乐,不仅放肆且猖狂。

艾敏阅罢，心中豁然开朗。他说："我想，这首诗定能送他一死……你决计把它送出去吗……怎么送呢？"

"你用不着多操心，我将派一个探子把它丢到你父亲的礼拜室去；只要你父亲发现了它，打开一看，那就达到了目的。否则，我另有成竹在胸，保险奏效……"

祖贝黛说罢，然后站起身来。艾敏知道母亲要出去，也站了起来。母子并肩走去，母亲说："我猜想你已经饿了……饭已备好，我们一道去吃吧！"

"母亲猜对了……我已很饿。我吃完饭就回宫去吗？"

"孩子，我很想你……我们就一起待一天吧！"

母子一道朝餐厅走去……

讲到这里，眼看东方透出黎明的曙光，莎赫札德戛然止声。

第二百三十夜

夜幕垂降，莎赫札德接着讲故事：

幸福的国王陛下，且请母子进餐，让我们回过头看看伊斯梅尔·伊本·叶海亚及他到拉希德那里执行任务的情况吧。

昨天晚上，伊斯梅尔老人离开加法尔，决计明天前往拜访拉希德，谈哈迪之子加法尔及拉希德之女阿丽娅的事。次日天一亮，伊斯梅尔穿上黑大袍，戴好烟囱帽，骑上马，直奔拉希德的永宫而去……他知道，拉希德性情暴躁，一旦发火，后果不堪设想，因而边骑在马背上，边费尽心机，思考着如何开口谈贾法尔的事……可是，他还没有靠近宫殿，却看见市场上的人迅速朝向宫殿通往大桥的那条街拥去。

伊斯梅尔急忙差人去打探原因，差使不久转回报告说："哈里发到舍马西亚去参加赛马……"

伊斯梅尔痛惜事情如此不巧，心想任务难以完成，知道不仅仅早上见不到拉希德，即使等到晚上也无济于事。因为舍马西亚在巴格达的东郊，而且赛马要一整天。伊斯梅尔离鞍下马，躲到一个地方，他看不见哈里发的队伍，别人也看不到他。

时隔不久，他看见人们你拥我挤，争相逃离，仿佛在被人驱赶，又见一群小奴仆，他们边跑边用弹弓射击拦路的人们，为哈里发的队伍开道。跟在后面的是步兵，人人佩戴着国家规定的标志，有的手持利剑，有的举着圆棒。走在步兵队伍后面的是弓箭手，个个面部表情严肃，一声不响。然后出现的是哈里发，只见他骑着一匹枣红、鞴有金鞍的骏马，其余的马匹则披着锦缎。拉希德头戴高烟囱帽，身穿黑袍，袍角长垂，遮住了马背……因为众侍卫步行，只有哈里发拉希德一人骑马，再加上他的帽子特别高，故人们一眼便可认出他来。

拉希德时年四十有一，面色红里透白，生着一双大眼睛，炯炯有神，闪着聪慧之光。他的胡须稀疏，唇间总是含着微微笑意。他右手握着一根黑檀木杖，杖端镶嵌着纯金饰物。金鞍枣红马趾高气扬，缓步朝前走去，好像知道自己背上坐的是何人似的。哈里发的身后有人撑着鸵鸟毛大伞为他遮阳，其后便是文武大臣的马队，却不见宰相贾法尔的身影。再往后是比赛用的马匹，鞴的全是轻鞍，各有马夫牵着，骑在马上的那位是马夫班长，土耳其人，养马技术高超。跟在队伍最后的又是一群小奴仆，驱赶着人们，不让他们跟在队伍后面。

伊斯梅尔站在那里,用哲学家、思想家的目光望着那支队伍,惊叹人们为什么重虚假外表胜过严峻现实……他望着拉希德身旁的那些显贵、将帅和哈什姆人,完全知道他们在想些什么……其中不管对拉希德恨之入骨、盼之早死的还是热爱那位哈里发的,都竭诚为之服务,不过是为了自己的私利罢了。他想到自己,想到此行的目的,忧国之心难平,衷心期待国民相安无事。

伊斯梅尔一早出发,却没有完成任务,深感遗憾,只有上马回返,准备来日清晨再做努力。

第二天早晨,伊斯梅尔穿好衣服,即带上两个仆人,直奔永宫而去。

永宫有四道围墙,经过四道门,方才能够到哈里发的议事大厅,而且每道门上都有卫兵把守。伊斯梅尔骑着马穿过第一道门,卫兵立正敬礼,因知道他是哈什姆族显贵,且在拉希德那里享有崇高地位,故未加阻拦。进入第二、第三道门,卫兵照样向他致意行礼。来到第四道门,一个仆从接过马缰,伊斯梅尔在宫仆的引导下,向平民接待院走去。

来到哈里发接见平民的大院里,但见那里有房数间,里面有许多位诗人、文学家及宾客,或坐或站,等待着拉希德呼唤他们。因为那里人声鼎沸,而且没有卫兵站岗,伊斯梅尔知道拉希德不在那里,故感到有些奇怪。他正想找人问一问,却见拉希德的掌刑官迈斯鲁尔跑来,心中并不高兴,因知道他是加法尔的人,性情粗暴无比。

迈斯鲁尔低下头亲吻伊斯梅尔的手,老人急忙缩回,继而问哈里发在哪里。迈斯鲁尔答道:"哈里发在贵宾接待院。"

"今天是接待平民的日子,怎么会在那儿呢?"

"他本想坐在这里，但印度国王派遣的代表团来了，于是，他决定去贵宾接待院会客，因为那样更庄重一些。"

伊斯梅尔向贵宾接待院走去。他还没有走到贵宾院，便看见两排土耳其雇佣卫兵站在那里，甲胄裹身盖面，仅仅露着两只眼睛。

见此情景，伊斯梅尔忍不住问迈斯鲁尔："这些兵怎么啦？他们身裹甲胄，像在战场上，原因何在呢？"

迈斯鲁尔说："哈里发得知印度国王派来使者，想给他们个下马威，好让他们告诉他们的国王，亲眼看到了伊斯兰的力量，所以命令这些卫兵如此列队迎候。"

得知拉希德有意显示国威，伊斯梅尔心中暗喜；但是，他马上又想到国家面临的隐患，不免忧虑顿生。他克制着自己的情感，穿过披甲持剑的两排卫兵，登上白色与绿色大理石砌成的数级宽大台阶，走近宫院大门……迈斯鲁尔首先报告门卫官，请求进门入院。

片刻之后，迈斯鲁尔出来唤伊斯梅尔进去……在门卫官的引领下，伊斯梅尔进入一条铺着红瓷砖的走廊。行至走廊尽头，看到三条雄狮似的大狗，脖子上系着铁链子，由三个男子牵着；从他们的相貌和肤色上看，知道他们是印度人，都光着头……看到那样大的狗，且眼中闪着凶光，伊斯梅尔颇感害怕，心里不住地打鼓。

伊斯梅尔终于壮起胆子，穿过柱廊，仆人们一一向他致意，来到一个铺满华贵地毯的大厅，而且地毯上盖着狮虎毛皮，角落里放着烛台，插着五彩蜡烛。伊斯梅尔站下来，装作细心观看刻在四壁上的诗句、格言，心想要见哈里发，也许还要取得第二次许可才行。

少顷，门卫官出来了，示意他往前走，像他这样的，无须得到再次允许。

伊斯梅尔行至一座挂着金丝绣花缎帘的门前，见门卫官用左手掀起门帘，伸出右手示意老人进门。

伊斯梅尔抬脚迈步，走进一座长宽各三十腕尺①的大厅，柱子全是大理石的，墙上有用金银线条勾勒的陆海景物图，其间穿插着用金水描的诗句与格言。大厅的地上铺着一块黄丝地毯，好像是仿照波斯地毯精心制作而成的，上面织有彩色艳丽的图，树木、河流、飞禽、走兽、鱼俱全，人站在那里一看，仿佛置身于花园之中：金黄色的果子挂满枝头，小溪流水哗啦作响，百鸟放开歌喉鸣唱。地毯的边角上织有美丽的图案花纹。大厅的巨大圆顶坐在三个圆拱上，而每个圆拱又由五根圆柱支撑着；圆屋顶上绘着彩画、描有文字。大厅中间悬挂着用中国丝绸制成的幔帐，将厅堂分成两部分，把哈里发与客人们隔开；按照当时的习惯，只有哈里发叫到某个人时，才能撩开幔帐，走去拜见君王。

幔帐外供哈什姆族人坐的椅子上空无一人……当时，哈什姆族人被称为王孙贵族。放在那些椅子前的靠枕，则是供文武官员用的……头戴金银丝绣帽子的几个印度人就坐在那里，他们穿着印度织物做成的衣服，衣服上印有彩画，画的多是象之类的大动物。他们的脖子上挂着贵重宝石项链，上面穿着金质辟邪符，代表着他们崇拜的偶像。他们谦恭、畏缩地坐在那里，等待着哈里发呼唤……面前的地毯上放着他们国家制造的宝剑，名叫"青石锋"。

伊斯梅尔一看便知他们就是印度国土派来的代表团，走廊尽头那几个牵狗的人也是代表团的成员。

掀幔帐的人示意伊斯梅尔入内，或者坐在椅子上，等候拉希德接见那些印度人之后再进去。伊斯梅尔已经听到拉希德清嗓子的声音，知道他在里面的宝椅上坐着。因担心宾客在场，影响他与哈里发畅谈，决计坐等接见结束再说。之后，便听到拉希德通过译官与

---

① 腕尺，古代埃及、希腊和罗马等国家和地区常用的测量单位，指从肘关节到中指端的距离。

印度客人交谈,而担任翻译的正是掀幔帐的那个人;当时,他们也专挑通晓数国语言的人来充当掀帐人。拉希德问代表团团长:"你们给我们带来了些什么?"

"带来了无比锐利的宝剑——'青石锋'。"印度代表团团长回答道。

拉希德让侍卫取来阿慕尔·伊本·慕阿迪·克尔布使用的"萨姆"宝剑,令一土耳其雇佣兵举起"萨姆"宝剑,将印度人送来的"青石锋"一剑砍断,再让印度人看那口宝剑。

见此情景,印度人一个个瞠目结舌,魂不附体,垂头丧气。

拉希德又问:"你们还有什么?"

"我们带来了足以斗过雄狮的宝犬。"印度人异口同声回答。

伊斯梅尔一听,心里更加害怕。拉希德说:"我们这里有狮子……请你们放出一条狗,让它与雄狮斗一番……我们通过天窗观战。"

掀帐人外出通知印度人把狗牵到厅外,同时令一仆人告诉养狮人放出一只雄狮,让狗与狮子在一块空地上搏斗。

伊斯梅尔确信那条大狗定能将雄狮撕个稀烂……果然不出所料,雄狮顿时皮肉分家,拉希德隔着天窗望到了狮狗搏斗的全部过程。宾主回到大厅,拉希德问团长:"你们从哪里弄来的这种狗?系何品种?"

他们回答道:"这是苏尤尔狗,就生活在我国,举世无双。"

"我想留下它……请你们随意挑选我们的国宝。"

"我们只想要砍断我们'青石锋'的那口宝剑……"

"按照我们的宗教习俗,我们是不能送给你们武器的;如若不然,我们不会舍不得把它送给你们。还是请你们另挑选别的宝剑吧!"

"我们不想要别的。"

"宝剑不能作为礼物送人!"

拉希德随后下令送给他们大量珍宝,给了他们最高奖赏。印度人离去了,一个个打内心惧怕哈里发的威严……

讲到这里,眼看东方透出黎明的曙光,莎赫札德戛然止声。

第二百三十一夜

夜幕垂降,莎赫札德接着讲故事:

幸福的国王陛下,拉希德下令送给他们大量珍宝,给了他们最高奖赏。印度人离去了,一个个打内心惧怕哈里发的威严。

伊斯梅尔等在外面,又思考起自己来访的目的,想跟哈里发单独谈谈,不期望有其他哈什姆族人或别人在场。他决定抓住机会,完成自己的任务。

印度代表团刚一离开,掀帐人便走来对伊斯梅尔说:"哈里发知道你来了,当即让我唤你去见他。"

伊斯梅尔说:"在我与哈里发谈完之前,你不要让任何人进来。"

伊斯梅尔来到幔帐另一侧,只见拉希德坐在镶嵌着宝石的纯金御椅上。御椅放在位于大厅中央两根裹着金线织物柱子之间的讲台上。每根柱子的旁边,都站着手持拂尘或绢帕的宫仆。讲台后面两侧站着两个雇佣兵,各持一把出鞘的利剑。那讲台上有伞状顶,由镶嵌着乌檀的木柱支撑着；黑锦缎做的顶棚上，有用金线绣成的美丽图案；前面及两侧垂有穗状饰物，每个穗状饰物上挂着一枚金质新月，新月上系着硕大的珍珠或红、黄、蓝色宝石，排列整齐有序，光泽耀眼夺目。

拉希德端坐在伞下的御椅上，身穿接见来访帝王或代表的专用礼服，令人望之便可以一览伊斯兰教尊严、伊斯兰帝国国威及哈里发英姿。

那天，拉希德头戴矮烟囱帽，包着黑绣花头巾，外缠几条宝石串珠，头巾皱褶处填满宝石。他的前额上方有一刘海式的装饰物，全部用金丝编织而成，上面嵌着红、绿宝石，向前凸起，好像孔雀冠，其根部镶着三颗鸽子蛋大小的珍珠。他身着一件黑大袍，外罩先知曾经穿过的披风。

来到这样一座讲台前，谁能不感到望而生畏呢？但伊斯梅尔并没有什么畏惧感，因为这对于他来说已是习以为常。这位老人是个有识之士，不会被豪华、威严的外表所迷惑。虽然如此，但他一直在考虑着哈里发权位的现状，担心哈里发的统治每况愈下……他知道拉希德容易激动，而且一旦发怒，往往鲁莽行事，不顾后果。

伊斯梅尔一看见哈里发，便高声说："臣恭请哈里发圣安……愿安拉保佑哈里发！"

拉希德微微一动身子，仿佛想站起来，以示敬重伊斯梅尔老人，然后笑着说："大叔，你好……欢迎你！"

伊斯梅尔快步走过去，不让哈里发站起来。拉希德稍稍起立，伸手去握伊斯梅尔的手，同时说："大叔，你来这里像走亲戚，何必还要取得许可后才进来！"

接着示意宫仆搬张椅子，放在御椅旁边，亲切地请老人落座。

伊斯梅尔坐下，连声称赞主人盛情，并为拉希德祝福，然后默不作声了。

按照当时的习惯,坐在哈里发面前的人,不便主动开口说话。见老人如此彬彬有礼,拉希德心中高兴,且深知老人自尊心很强,于是说:"大叔为我们带来了吉祥如意。你已有数天不来了。你只要一来,必有要事,或带来什么有益忠告,而我们每天都在盼望着你来呀!"

"我住在巴士拉,很少到巴格达来。假若我知道来见哈里发有益,那么,我会在哈里发面前欢度天年的。我今天来,就是为了求哈里发施恩,虽然我久享圣上的惠德。"

"有什么你就直说吧!我们处理事情,离不开你的教导。"

老人感谢哈里发的抬举,满意地低下头,双手交叉抚胸,说道:"大事全靠圣上决断,因为安拉赋予哈里发以无可争议的权力和恩泽。如果圣上容我进一言,那就准许我与你单独一谈吧!"

拉希德示意左右退下,身子倾向伊斯梅尔,双目闪着亮光,知道老人要求单独谈话,定有什么要事相禀。

伊斯梅尔望着拉希德,问:"我可以说了吗?"

"你说吧……有什么话,直说就是了。"

"主公知道,哈迪兄弟的儿子加法尔是你的贤侄之一。"

拉希德一听到加法尔的名字,心中疑惧顿生,恐怕老人提出什么难以执行的建议。但是,他仍然显出温和的表情,说道:"是的,他是我的侄子。他需要什么吗?"

"不需要什么……因为他像其他哈什姆族人一样,沐浴着哈里发的浩荡恩泽。但是,他想多得一份荣誉。"

拉希德看出老人是代之求婚的,但故装不知,说:"与安拉的使者血缘相承,就是他和我们的最高荣誉。"

"是啊……是这样的。但是,他想与哈里发亲上加亲。"

拉希德断定老人是来替加法尔向他的女儿求婚的，便主动说："大叔，你的意思就是为阿丽娅提亲了？"

伊斯梅尔一惊，忙答："我正是为此事而来……如果此事合宜，那就请哈里发定夺，我们必将服从哈里发的旨意，并祝哈里发健康长寿……既然如此，容我再提一个问题，但期不使主公为难。"

"你说吧！你是有权利问的。"

"也许哈里发认为贤侄配不上我们的阿丽娅公主……那么，王孙和公主的堂兄当中，谁与公主更般配些呢？"

拉希德手里拨弄着权杖，说："要说般配，正如你说的那样，没有谁能与加法尔相争……可是，有人捷足先登，阿丽娅已经许配人家了。"

伊斯梅尔不相信公主已经许配人家，再说他也没有听说过阿丽娅订婚的消息，因此认定拉希德那样说是为了拒绝他的要求。他说："阿丽娅订婚啦……我不知道呀！假如早知此事，我是不会开这个口的。我认为，除了公主的堂兄，谁也配不上她。"

拉希德微改坐姿，目光转向地毯，以掩饰自己的激动神情，说："是的……可是，我们的宰相贾法尔出面求婚，将阿丽娅许配我们的堂侄易卜拉欣·萨里阿，我们无法回绝……"

伊斯梅尔一听，随后低下头，咽了口唾沫，深深为自己此行的失败感到难过。不过，更使他生气的，是贾法尔的权势竟然膨胀到了这种地步。他怕惹怒哈里发，甚至会憎恨他，因而竭力克制着自己的情感，一直低头不语。

拉希德注视着老人的表情，不想再往下谈此事。拉希德打破沉默局面，说道："我不能答应你的要求，深感遗憾。婚约已定，此类事又不宜反悔……愿我们的贤侄另择良缘。"

伊斯梅尔抬起眼，抓住拉希德拒绝了他的要求，又想进行弥补的机会,说:"主公说得对,出尔反尔与身份不大相称。我一口答应了贤侄想得到这份荣誉的要求,如今空手而回,使我不胜难过。我匆忙应见,实欠妥当,可是,我这样做的目的在于维护国家利益;主公知道我对国家的安全充满热情。"

拉希德明白老人的意思,那是暗示他设法满足侄子的一个欲望,以便不让其争夺哈里发职位,或者阻拦他人继任哈里发。拉希德习惯于伊斯梅尔有话直说,而其他人在他面前是不敢直言的。虽然阿拔斯王朝的哈里发们并不因为听到暗示的意思会发火,然而老人的那种暗示终于激怒了拉希德。不过,拉希德还是竭力克制着自己的愤怒情感,佯装不明白老人的话,说道:"你老对帝国忠诚无比,名闻四方;我们的国家也正因为得到像你老之辈为数不多有识之士的支持,方才强盛无敌。我那位贤侄儿,亲若骨肉,我当然乐意满足他的要求了。除了向阿丽娅求婚,还有别的吗?"

"安拉赐哈里发健康长寿!我看主公对我太客气了,但期主公知道我的用意……希望主公能给贤侄一个事儿干……鉴于他与哈里发是近亲,我求主公任命他为埃及或呼罗珊总督……"

拉希德一听,心中不快,双目间透出惊异神色,摇着头,说:"大叔,此事已无希望。因为我昨天早晨已答应我的宰相任命刚才提到的那个易卜拉欣担任埃及总督。至于呼罗珊嘛,我也在几天前委托宰相下委任状了,只是一直保着密,没告诉任何人;如果你不是伊斯梅尔,我也是不会明讲的……"

如此屡遭失败,伊斯梅尔老人大为不悦,又低下头去,开始沉思。思来想去,认为只有明说了……想到自己在哈里发面前有直述衷肠的自由,完全忘记了自己的处境,更没去多考虑哈里发一旦发怒的后果如何。于是说:"请哈里发允许我说句心里话……我只把哈里发看作哈伦·伊本·穆罕默德,而我则是其堂兄伊斯梅尔·伊本·叶海亚……"

伊斯梅尔清了清嗓子，正了正坐姿。拉希德耐着性子听他往下说，而双眼圆睁，几乎像要把老人吞进去似的。老人接着说："你知道，我对这个国家的安全是何等关注，强烈期望印把子永远握在哈伦手中，愿这件披风永不离开哈伦的双肩。你也知道，你的贤侄心中在想什么……而我晓得，他是无法实现自己意愿的。但是，共同的利益和良好的政策要求我们避免发生动乱，免得我们的众多敌人乘虚而入，尤其是君士坦丁堡的东罗马人及安达鲁斯的伍麦叶人……当然，他们是不可能得逞的。但是，出于理智，我们应该相互合作，团结一致。假如拉希德能运用自己的聪明智慧，实现这一点，则是轻而易举的，足以让有贪欲的亲人努力为国效劳，以免使自己担惊受怕……"

拉希德怕老人把话说得更明白，致使他情感难抑，甚至大发雷霆，急忙打断老人的话："如果不是早已说定让易卜拉欣出任埃及总督，我们本可以任命那位贤侄赴埃及的……你看还有别的补救办法吗？"

伊斯梅尔成竹在胸，顺口回答道："我有一个主意……"

"什么主意？"

老人手掌扶着膝盖，像是要站起来的样子，说道："让他在穆罕默德和阿卜杜拉①之后做王储……就是让他欢喜一下也好啊……"

拉希德一听，当即将权杖丢在御座上，突然站起身来，快步走到地毯上，披风险些脱离肩膀落到地上，似乎完全忘掉了自己所在的地方，同时也忽略了伊斯梅尔在他心目中的地位。他正了正披风，在大厅里踱来踱去……伊斯梅尔知道自己留在那里已经有害无

---

① 指艾敏和马蒙。

益，决计另找机会再谈，也站起来。他看到哈里发准备外出，知道那是哈里发们逐客的方式，于是朝后退了一步，但不想那样离去，以免拉希德对他产生误会。

伊斯梅尔说："我想哈里发已悔不该让我直言。我想，我的话也有些过头，干涉了不应参与的事……望恕我胆大妄为……"

拉希德站下来，装着看刻在墙上的两句诗。他听老人那样说，便转过脸来，勉强一笑，然而掩饰不住怒容，然后说："你老在我心目中的地位，你心里明白。你老言善意诚，利国利民。看见我突然站起来，请你老不要吃惊。即使我生气，也不是为了你，并非生你的气；我怎好对哈什姆族人的老者、阿拔斯人的智士发火呢？但是，使我感到为难的，是你没有提出一项能够让我立即答应你的事情，虽然我很想关照、敬重你……"

从拉希德的话中，老人听得出他想掩盖自己的怒气，试图竭力把答话变得温和一些。老人说："感谢主公的善心美意。看来，加法尔的运气不佳，故失去了良机……每个时辰都有吉星，好像这个时辰的吉星与他的命运不合……请主公允许我现在离去，日后另找机会再谈吧！"

在这种情况下，老人要求离去，拉希德感到高兴，说："大叔，你想走，我就不留你啦！"

伊斯梅尔照往日习惯，退到幔帐旁，然后转身出了大厅，而拉希德则一直站在那里，心中怒气难平……

讲到这里，眼看东方透出黎明的曙光，莎赫札德戛然止声。

第二百三十二夜

夜幕垂降,莎赫札德接着讲故事:

大福大贵的国王陛下,伊斯梅尔照往日习惯,退到幔帐旁,然后转身出了大厅,而拉希德则一直站在那里,心中怒气难平,但希望以后再谈,目送老人退下。

伊斯梅尔出了宫门,径直向马走去,对自己此次来访深感后悔……主仆骑马上路,两仆人都不晓得老人心中怒潮在翻滚着,更不知道老人面对群党各怀私心、相互争斗的局面,忧国忧民的沉重心情。

老人回到公馆,日已悬中天,见加法尔正等着他。加法尔问情况如何,老人将部分消息告诉了他,并对他说了拉希德不能把阿丽娅许配给他的理由,同时尽力为拉希德辩护,免得激怒加法尔……但没把要求出任总督、担当王储的事情告诉他。老人说:"很抱歉,我没有完成任务,而拉希德比我还要难过。没有什么办法,你还是理智点儿,忍耐一下吧!我们将另择时间谈这件事。拉希德对你的印象颇好……"

伊斯梅尔老人把事情说得那样轻松,其目的是瞒不过加法尔的。但是,加法尔随声附和说:"我听你的……你晓得为什么将阿丽娅许配给易卜拉欣吗?"

"不晓得啊……"老人说,"不过,宰相与哈里发素有交情,阿卜杜·迈里克与宰相关系不错,他又是阿丽娅的堂兄,与之正好般配,故求宰相到哈里发那里求婚,哈里发便立即应允了。"

"如果事情是这样的,那就好办了。让我跟你讲讲原因,足以使你相信我对你说过的,这些被护民是何等瞧不起哈里发及其亲眷……"

加法尔开始详细讲那其中原因:

我派到贾法尔·巴尔马克那里的一个探子,今天早晨告诉我,这位宰相与其朋友对坐聊天时,身穿绫罗绸缎,洒着香水……他的朋友们也照此行事。他命令侍卫官只让阿卜杜·迈里克·伊本·白哈朗·葛尔马奈进去,其余的人一律在外等候……侍卫官只听到"阿卜杜·迈里克",没听清"伊本·白哈朗"。

我的堂兄阿卜杜·迈里克·伊本·萨里哈早就盼望有机会跟宰相谈谈自己的要求。我的这位堂兄听说宰相那里有个聚会,便届时赶到了相府。侍卫官看到他,立即报告贾法尔,说:"阿卜杜·迈里克就在门外。"

宰相一听,以为那无疑就是他叫的那个"阿卜杜·迈里克·伊本·白哈朗",于是当即说:"叫他进来!"

我这位堂兄身穿黑长袍,头戴烟囱帽,走进厅堂一看,却见人们都穿着酒宴礼服。

宰相贾法尔看见进来的是他,登时板起面孔。你知道,阿卜杜·迈里克素不饮酒。可是,他看到那番景象,脱下衣帽,要求换上礼服,并且进门去向大家问安,说道:"让你们跟我们一道欢乐吧!让我们像你们一样行事吧!"

仆人取来礼服,给他穿上;端来饭菜,他没客气;送来一磅酒,他一饮而尽。然后,他对贾法尔说:"凭安拉起誓,以前我从未喝过酒。"

贾法尔给他添了酒,并拿来香水让他洒身。他与大家对坐畅饮,在宰相面前完全没有任何羞涩感了。

他想离去时,贾法尔对他说:"你需要什么,你就说。我无法论你的功行赏。"

他说:"哈里发对我怀恨在心,请你设法消除他心中的仇恨,为我美言几句吧!"

贾法尔说:"哈里发已经对你有好感,原来的成见业已消失。"

"借给我四千迪尔汗吧!"

"拿去就是了,何必说借!但是,最好让哈里发给你,可使你显得更体面,同时也证明哈里发对你有好感。"

"我的儿子易卜拉欣希望与哈里发攀亲,想借此提高自己的身份。"

贾法尔说:"哈里发已决定将女儿阿丽娅许配给他了。"

阿卜杜·迈里克说:"更要紧的是该给他一官半职。"

贾法尔说:"哈里发已经任命他为埃及总督。"

说到这里,加法尔叹道:"你瞧瞧这份勇气,多么大的勇气啊!除了拉希德之外,谁还能和他相比呢?贾法尔·巴尔马克这样做,仅仅是为了奖励那个人喝酒,而我们却责备我的堂兄艾敏年幼喝酒,还把他看作放荡的人,并说这种放荡行为危害王权。虽然如此,拉希德还是听从了他的宰相,完全没顾及由于国王懦弱而可能产生的后果。"

伊斯梅尔老人听加法尔这样一说,差点儿大发脾气。但是,他想表示出不大关心此事的样子,简单地回答道:"探子这样告诉你,话中不乏夸张的成分……虽然如此,事情并不严重。我们之间的谈话,一定不能外传。你要耐心等一等,看看情况究竟如何。"

加法尔没有作声，只是出于对老人的敬重，并非完全同意他的看法。伊斯梅尔说："你回巴士拉吧！过两天，我就回去。"

"好的！"

加法尔告别老人，装作准备起程了，但伊斯梅尔仍然有些放心不下。加法尔藏了一天，然后来到法德勒·伊本·莱比阿家中……当时，法德勒仍然在考虑采用什么方式，把那个阿里派分子逃跑的消息告诉拉希德。

艾敏已经回来了，且把母亲与他谈到有关阿里派分子的消息以及母亲对巴尔马克家族的看法告诉了法德勒。其实，法德勒对那些情况并不是不知道。法德勒见加法尔来了，表示热烈欢迎，加法尔便把阿卜杜·迈里克·伊本·萨里阿及婚配阿丽娅之事告诉了法德勒，认为那是哈里发懦弱、巴尔马克家族专断的最好证明，鼓动法德勒将阿里派分子逃跑之事告诉拉希德。

法德勒说："我已经做好了准备……"

"你选定谁担当此任呢？"加法尔问。

"只有艾布·阿塔希亚可用，他与哈里发素有交往，你可用钱收买他。"

加法尔仿佛想起一件已经忘却了的事："他打探那两个孩子的踪迹，回来了吗？"

"回来了，且抓住了那两个孩子，将他俩关在了一个安全的地方，以便应急。"

加法尔容光焕发，欣兴地说："巴尔马克定死无疑……你马上设法把消息告诉拉希德！我要离开巴格达，因为我叔父伊斯梅尔再三催促我离去。我相信你能够完成任务……"

"放心吧！"

加法尔告别法德勒，自认已经成功利用法德勒为自己服务；而法德勒则认为也可让加法尔为自己效劳,因巴尔马克家族一旦倒台,宰相大权就会落在他的手中。

加法尔心中在想什么,法德勒一清二楚,知道他在为自己的利益而努力,想夺回哈里发权位。因此,法德勒认为在帮助加法尔夺回哈里发权位的同时,自己也可以夺回宰相宝椅……至于侍奉拉希德,还是效力他人,那倒无关紧要。虽然目的、手段、途径千差万别,然而目标是一致的,那就是千方百计打倒巴尔马克家族。安拉有意成事,办法总会有的。

暂且不谈法德勒,让我们回头看看拉希德的情况。

伊斯梅尔老人虽然在拉希德那里享有崇高地位和威严,但那样退出厅堂,使拉希德深感不安。厅内只留下拉希德一个人,他回想他俩之间的谈话及自己对老人说了些什么,但认为自己也只能那样说。

拉希德在厅堂里踱来踱去,怒气消了,代之而来的是忧思满怀。他想到与宰相相处的情况,想到宰相的话在自己心目中的权威性,惊叹宰相已经胜过自己的堂兄弟。片刻过后,他恢复了理智,认为自己无可奈何,由于种种原因,不得不那样行事。因为宰相掌管着国家行政大权,料理国事得当,大大减轻了哈里发的负担。此外,拉希德与贾法尔关系亲密,加之贾法尔的父亲叶海亚曾为他登上哈里发宝座做过贡献,恩德难以忘怀。他又想到伊斯梅尔素来倾向于阿里派,且因此遭到许多人攻击,但他认为原因在于人们嫉妒老人。

拉希德边踱步边思考,无意中一回头,看到放在御座上的权杖,便走过去,想把它拿起来,不料抬眼之际,看到靠枕后面有一张纸片。他伏身拾起纸片,见上面写着几行诗,就是前面提到的、他妻子读给他儿子艾敏的那几行诗。他看到末尾两句:

我们内心恐与惧,担忧君去他称王。
奴与主人共享乐,不仅放肆且猖狂。

拉希德一读,不禁血朝上涌,怒火难以抑制。他又读了一遍,因为心情极不平静,忘记了沉思将纸片放在那里的原因。他想起贾法尔·巴尔马克……此人不仅家财万贯,专横跋扈,且与哈里发的女儿结成了眷属,随意任命某地总督,贪占钱财,无所畏惧,不怕有人检举、告发……

想到这些,拉希德自言自语说:"喂,哈伦呀,你该是从沉睡中苏醒过来的时候了!你应该注意一下这个被护民的种种行径作为了!可以肯定,他的手不久将伸得更长!求安拉保佑吧!"他手持权杖一跳,像是进攻敌人的样子,同时吟诵道:

我们的箭厉害无双,射向敌人定会灭亡。
敌人懦弱酷似虫蚁,及时灭之莫生翅膀。

吟罢诗句,拉希德后退几步,环视四周的豪华摆设,想象着自己离世之后,那一切将要落到贾法尔的手里……他素知儿子艾敏懦弱,同时也知道马蒙坚强;而马蒙虽是他的儿子,只是心向波斯人,因为他是在贾法尔的教育培养下长人的,自幼热爱阿里派。假若一旦马蒙掌权,且贾法尔还活着的话,那么,阿拔斯人将会失去哈里发权位。

拉希德悔不该当初将马蒙托付给贾法尔,而忽略了一件重大事情:即国家能否留在阿拔斯人手中的问题。他想起贾法尔怎样鼓动他号召人们向马蒙宣誓效忠的情景;当时,他没有拒绝贾法尔的要求,反而依从了他。

拉希德终于猜透了贾法尔的用意:贾法尔原来打算在艾敏失去

大权之后，将哈里发权位转入阿里派人士手中。拉希德后悔不已，咬牙切齿地摇晃着脑袋吟诵道：

    我的意见本已清，但我突改变主张。
    事情真是千奇怪，挤出的奶怎返房？
    定局之事又变故，似搓好绳子放松。

  拉希德头脑清醒过来，认真思考现实情况，只觉得打内心怕贾法尔·巴尔马克……因为他知道国家要员中，有大批人支持贾法尔，而且贾法尔用大恩大惠俘虏了众多哈什姆族人……

  拉希德背着手在大厅里走来走去，心中有说不尽的忧虑。片刻之后，他在幔帐前站了下来，看见幔帐上绣着这样几行诗：

    千万莫干很多事！不然会使你尴尬。
    人不可自我宽容，为人所不能接纳。

  读完诗，他冷静思考片刻，然后望了望手中的诗卡，自语道："也许这首诗是嫉妒贾法尔的人写的，因为嫉妒者为数众多。无论如何，我要忍耐，等待时机……"

  讲到这里，眼看东方透出黎明的曙光，莎赫札德戛然止声。

❖ 第二百三十三夜 ❖

  夜幕垂降，莎赫札德接着讲故事：

幸福的国王陛下，拉希德读完诗，冷静思考片刻，然后望了望手中的诗卡，自语道："也许这首诗是嫉妒贾法尔的人写的，因为嫉妒者为数众多。无论如何，我要忍耐，等待时机，再看事情真实情况如何！"

拉希德时而忧心忡忡，时而站起走走。侍卫官突然进来禀报道："平民院门外，打早晨开始，就站满了诗人、酒友，因为今天是和他们聚会的日子……究竟让他们留下，还是打发他们离去，请哈里发下令！"

拉希德一听，不由一惊，似从梦中醒来，一时拿不定主意，因为目前的情况不宜与诗人、酒友对坐，只是希望独处幽思。但是，他不想让他人觉察出他的不安情绪，故不能将诗人统统打发走。他问："站在门外的是些什么人？"

"人很多，有居住在巴格达领取俸禄、薪水的，也有来自边远省份觅职、求助的……"

"远道而来的那些人，另安排时间见他们，先打发他们走！告诉司库，给他们些钱，好言安慰他们一番……食俸禄者有谁？"

"其中有学者艾斯迈伊、基萨义、艾布·奥贝德……"

拉希德打断侍卫官的话，用手示意说："别提那些学者了，说其他人吧！"

"诗人当中有哈桑·伊本·哈尼（即艾卜·努瓦斯）、艾布·阿塔希亚、迈尔旺·伊本·艾比·哈夫萨……至于……"

听到迈尔旺的名字，拉希德容光焕发，精神抖擞。拉希德很喜欢迈尔旺的诗，因为诗里有抨击阿里派分子的字句。可是，他无心听诗或欣赏文学，只想听听歌曲。他说："只把那三位诗人请进宫中宴会厅来吧！站在门外的有酒友、歌手吗？"

"歌手当中，有你的兄弟易卜拉欣·伊本·马赫迪大人的几位朋友，他们都是照他的路子演唱的，如伊本·加米阿、伊本·纳比、伊本·艾比·奥拉、叶海亚·迈莱基……还有伊斯哈格·穆苏里的几位朋友，他们欣赏他的唱法。我听他们在讨论哪一种唱法好……"

拉希德打断他的话："不谈这些了吧！我今天不想听关于唱法的讨论……你去把吹笛子的白尔苏姆、盲人四弦琴师艾布·祖卡尔、侯赛因·海里阿叫来！要论歌声，我还是喜欢听宫廷歌手们唱的……"

拉希德低头沉思片刻，然后又说："可是，不能没有易卜拉欣·穆苏里在场啊……给我把掌刑官迈斯鲁尔喊来！"

侍卫官从命出了大厅……过了一会儿，迈斯鲁尔腰挂宝剑，急急忙忙赶来。

拉希德对他说："快去把歌手易卜拉欣叫来！"

迈斯鲁尔仍然站在原地不动……拉希德知道他有话要说，便问："你怎么还不去呢！"

"我不知道现在到什么地方去找他，因为哈里发已允许他每个礼拜探亲一天，一天不找他……今天正好是他探亲的日子。"

"找不到他，你不要回来见我……"

迈斯鲁尔只有从命，转身离去。拉希德拍了拍巴掌，一个宫仆应声而至。拉希德说："喊衣官来，给我换上酒宴礼服！"

宫仆出去不久，几个衣官端着礼服来了。那是一套夏礼服，包括金线绣边长衫、绣花缠头巾和斗篷。另几个宫仆提着香炉，里面焚烧着沉香和龙涎香，还有几个宫仆拿着香水杯。

拉希德换上酒宴礼服，走出通向女子院的厅门，穿过几条柱廊，走过大理石墁地、金银线织物贴墙的大厅，来到另一个类似的厅堂里，但见那里摆着一把檀木椅，厅中间吊着一面绣花幔帐，厅四周放着绣花靠枕，但不见一个人坐在那里，原来诗人们都在幔帐的另一侧坐着。

拉希德坐下，见两个宫仆站在面前，想起自己还饿着肚子，打早晨就没吃过饭，于是吩咐宫仆给他送饭来。

宫仆手脚灵活勤快，转眼间送来一盘菜，又送来开胃提神的肉醋汤，接着又上了焖豆子、烤鸡、烤松鸡，然后端来了烤鱼、炖肉，佐料齐全，色味俱佳；继之送来的是半圆馅饼，内加肉和油，上撒辣椒、姜粉之类的调味品；之后送来甜食，有蜜制凉粉、杏仁馅饼；最后上来的是水果、点心等餐后食品，那是助消化的。

拉希德边吃边思索着什么，看上去心神颇为不安。他刚吃完饭，便听到有四弦琴声传来，且十分悦耳，弹奏的是他从未听过的乐曲，还有人随曲子歌唱。

拉希德侧耳细听，听得出歌声来自幔帐另一侧，只觉心情渐渐舒畅起来，知道那是一个宫女在唱歌。但是，他故意问道："谁在柱廊下唱歌……安拉赐福给她！"

帐后有人回答："那是格兰法尔！她的声音就像她的气味那样香甜。"

拉希德一听便知说话的是侯赛因·海里阿，随口喊道："你这个该死的……她是哪个格兰法尔？"

"就是今天早晨王储大人送给哈里发的那个宫女哟！"

侯赛因对歌女说："格兰法尔，你唱呀！哈里发爱听你的歌声，你该是多么幸福啊……假若我能像你那样，至少可以免挨耳光……"

听侯赛因说话如此诙谐，拉希德笑了，别人也笑了起来。侯赛因笑着说："这就是我接近哈里发们的命运：我哭，而他们笑……

如果我能走运，有幸变成格兰法尔或一朵玫瑰花，人们嗅我，听我的歌声，或者怜悯我的皮肤，安拉答应了我的要求，命中注定让我变成西瓜或肉醋汤，让人们把我吃掉……我求安拉让我维持现状……有人说我只会受罪，不知享福……"

拉希德笑得前仰后合，所有的人都咯咯笑了起来。过了一会儿，大家静了下来，等待拉希德的吩咐。

能够看到拉希德的只有守在旁边的宫仆和为他打扇的宫女，而诗人、酒友全不在哈里发面前。

拉希德想到那天早晨发生的事情，禁不住忧思重来。他沉默片刻，然后说："宫中歌女虽多，但我一听，就知这个歌女是新来的……易卜拉欣·穆苏里这个该死的……他到哪儿去啦？"

侍卫官答："迈斯鲁尔找他去了，到现在还没回来。"

拉希德说："撩开幔帐，让这个歌女进来，并把宫中由易卜拉欣教出来的最佳乐师喊来为她伴奏……拿酒来……"

听哈里发有意让大家一饱耳福，众人不胜高兴。

拉希德宫中有歌女三百，弹四弦琴的，拍镲的，打铃鼓的，应有尽有，因长相俊美程度及演奏技艺高低，在哈里发心目中占有不同地位。此外，宫中还有两千名不会唱歌的宫娥，她们都是哈里发的妃子。

宫仆们听命忙去进行安排……迈斯鲁尔不在，就由大太监代之发号施令。酒官从命送来酒桌及水晶、金银酒壶、酒杯，酒器上的花纹图案精美无比。紧接着，端来了各种酒，有葡萄酒、椰枣酒、苹果酒、杏酒，还有蜜汁、糖浆制成的各色饮料。

歌女们开始演唱，酒官走去为拉希德斟酒。拉希德与歌女、诗人之间均隔着幔帐，而在他面前的仅有白尔苏姆、艾布·祖卡尔。

拉希德边饮酒，边听赏歌曲；每当一个歌女唱完，他总要赞美两句，呼唤歌女的名字。过了一会儿，拉希德喊来侍卫官，吩咐道："告诉艾卜·努瓦斯，让他唱两首诗！"

艾卜·努瓦斯奉命照习惯唱了两首新作，拉希德甚为高兴。拉希德又喊道："喂，伊本·艾比·哈夫赛，你呢？"

"我在这儿，哈里发！"

伊本·艾比·哈夫赛唱了自作的一首诗，诗中充满赞扬拉希德、嘲弄阿里派的词句，几乎使哈里发忘掉心中的忧虑。拉希德说："现在别唱这些了……问一问艾布·阿塔希亚，他仍然坚持过苦行僧生活吗？"

艾布·阿塔希亚说："尊敬的大王，我们取乐的方式数不胜数，其一便是用弩炮攻打苦行僧……"

拉希德欣赏诗人的表达习惯，笑着说："这就是诗……来一两首哟！"

"遵命……容我思考片刻，因为我久未吟诗作赋。"

正在这个时候，迈斯鲁尔进来了，拉希德即问："你这个该死的……找到易卜拉欣没有？"

"大王，他已在门外……我是从天边把他找回来的……"

"让他进来，教一教这些歌女！"

易卜拉欣进了大厅，向哈里发请安问好。拉希德令之坐下，然后说："我们喊你来，出乎意料，实在打扰了……可是，没有你，我们就难以尽兴……请原谅！"

哈里发如此客气，易卜拉欣有些不好意思，忙说："我们都是哈里发的奴仆，能为哈里发效劳，是我们的光荣……"

拉希德打断他的话："听首新歌吧！"

然后转脸对守幔帐的宫女说："歌手们的大教师易卜拉欣想听听那支新歌。"

"喂,格兰法尔,请唱吧!"那宫女说。

易卜拉欣听到那个名字,微微一笑,说道:"格兰法尔在这儿?这个歌手声音圆润,唱技娴熟,我早就希望把她招进宫中……她是我亲手教出的最优秀的白肤色歌女之一。"

拉希德说:"她是我的儿子穆罕默德今晨送给我们的,我还没有看见她的面孔呢……"

"主公,她的容貌羞花闭月,沉鱼落雁!"

站在幔帐后面的侯赛因·海里阿喊道:"赞美安拉,我们的大教师仅仅教她唱歌,并没有给她以美貌啊!"

拉希德笑了,随令酒官为自己和易卜拉欣斟上酒,然后说:"侯赛因很活泼哟……喂,易卜拉欣,请喝下这杯酒!"

侯赛因又喊道:"安拉嘉奖哈里发!因为哈里发平等对待我和歌手,赐我以活泼,赐歌手以美酒,好像活泼者不宜喝酒,免得身子变轻,飞上天空。"

拉希德一笑,然后对易卜拉欣说:"这个该死的,来了个一箭双雕……不知不觉把我列入可恶者行列之中去了。"

侯赛因在帐外听得一清二楚,急忙纠正错误,说:"请哈里发宽谅!我虽没喝酒,人却已醉得说胡话了……开个玩笑嘛!自己最了解自己。我猜想,我的话是不会超过易卜拉欣的话的……"

易卜拉欣笑了,说:"喂,侯赛因,你就放心吧!我已经把我的嘴封住了……"

讲到这里,眼看东方透出黎明的曙光,莎赫札德戛然止声。

第二百三十四夜

夜幕垂降，莎赫札德接着讲故事：

幸福的国王陛下，侯赛因在帐外听得一清二楚，急忙纠正错误，说："请哈里发宽谅！我虽没喝酒，人却已醉得说胡话了……开个玩笑嘛……自己最了解自己。我猜想，我的话是不会超过易卜拉欣的话的……"

易卜拉欣笑了，然后说："喂，侯赛因，你就放心吧！我已经把我的嘴封住了……"

"喂，格兰法尔，唱一段，让我们听听呀！"

拉希德话音未消，格兰法尔便自弹自唱起来。拉希德竭力赞扬她的音色，致使她的女伴们嫉妒她了，其中包括平日颇得哈里发青睐的歌女。

拉希德听到帐后一阵窃窃私语，继之笑声一片，问道："她们在笑什么？"

司幔帐的宫女说："齐娅说：'哈里发喜欢格兰法尔，而她就会唱你所喜欢的一两首歌；假若令一诗人即兴赋诗两首让她唱，真实情况就清楚了。'"

"你说得好，说得妙……喂，艾布·阿塔希亚，即席吟上一两首吧！"

"遵命！"艾布·阿塔希亚回答，"假若我吟诵的是旧作，主公可恕我无罪？"

在座者一听，觉得问的奇怪，尤其是拉希德更感迷惑不解。不过，拉希德认为诗人在开玩笑，或许怕宫仆们说些什么，于是答道："恕你无罪！"

"主公能宽限我一点儿时间吗？因为我许久没有作过诗……"

听他提出这个条件，拉希德愈加感到奇怪，但仍然以为他在逗笑，便顺口答道："给你一点儿时间！"

"容许我单独见见主公的面吗？"

拉希德觉得厌烦，但还是忍耐住了，说："也答应你……"

"喂，主公，切莫怪罪我的勇气！有道是……"

他吟诵道：

奴与主人共享乐，不仅放肆且猖狂。

众人听后，都以为诗人指的是自己的勇气，因为别人都不曾在哈里发面前提出那些条件。而拉希德听了那句话，则想到一个时辰之前，自己曾在那张纸片上看到同一诗句，顿感心神不安，尤其听诗人提出单独见面的条件，知道定有什么话要说。拉希德表情突变……完全忘记了自己正在欢乐的酒宴上，一心急于知道那张纸片的秘密，当即站起身来。众人随后站起，谁也不晓得哈里发有什么心事，因为他们对那首诗一无所知。

拉希德拍了拍巴掌，迈斯鲁尔应声而至。拉希德吩咐他将诗人们与宫仆打发走，只把艾布·阿塔希亚叫来。易卜拉欣·穆苏里自觉该走，遂告辞出了厅门……其余人相继离去。

嘈杂声消失，大厅里一片寂静。迈斯鲁尔揪着艾布·阿塔希亚的脖子走来，因为他认为这个诗人是破坏欢宴的唯一因素，哈里发定将下令割下此人的首级。

艾布·阿塔希亚之所以敢冒此险，目的在于得到法德勒·伊本·莱比阿的那一大笔钱；虽然他胆怯、懦弱，但被贪欲所征服，致使他敢冒大险，看过那首诗之后，策划了这个阴谋。那首诗是他给乌姆·加法尔写的，这并不是不可能的。他知道乌姆·加法尔一大早就把那首诗送进去了，放在贵宾院的哈里发的御座上，而且拉希德已经读过了。他对拉希德提到诗中的字句，估计拉希德会要他再多背几句；情况如果真如所料，就把放走阿里派分子的消息告诉哈里发。可是，他看到酒宴上的欢乐气氛突然消失，继之大厅被一片寂静笼罩，这才感到自己所面临的危险何等严重，不禁心惊肉跳，担心生命难保，尤其是迈斯鲁尔揪住他的脖子，将他拉到哈里发面前之后。

艾布·阿塔希亚被扭送到哈里发面前，头巾歪歪斜斜，胡子乱蓬蓬的，两手颤抖不止，双膝不住相撞，再也站立不起来了。他一看见拉希德，一下扑到拉希德脚前，边哭边吻拉希德的双脚。

见此情景，迈斯鲁尔认定艾布·阿塔希亚有罪，相信哈里发马上会下令杀掉他，于是手握剑柄站在那里，双眼注视着拉希德的双唇。

拉希德本已恕诗人无罪，又看到艾布·阿塔希亚惊恐、屈辱、狼狈到如此地步，禁不住由衷同情。拉希德说："喂，艾布·阿塔希亚，你怕什么……你是我们的诗人，我们是敬重诗人的……站起来吧！不要害怕！"

听拉希德这样一说，艾布·阿塔希亚站了起来，然而目光一直盯着地面，双膝和双手仍在哆嗦，吓得不敢作声。听到拉希德命令迈斯鲁尔出去，他才瞟了迈斯鲁尔一眼……知道迈斯鲁尔确实出去了，他才抬起眼，谦恭地望着哈里发拉希德……

拉希德靠在椅子上，示意艾布·阿塔希亚坐下……艾布·阿塔希亚跪坐在地毯上,而眼里仍然噙着泪花。拉希德说:"艾布·阿塔希亚,不要害怕!你平安无事。"

诗人声音哽咽地问:"哈里发,我真的平安无事?"

"只要说实话,就没事。"

"你和你的宰相都会宽恕我?"

"别多问啦……只要哈里发相信你,别的一概没有什么可怕的!"

艾布·阿塔希亚松了一口气,然后说:"主公要知道,我冒此等大险,完全为了效忠于你。"

拉希德等得有些不耐烦:"告诉我,你从哪里知道这首诗的?谁让你看的?"

"谁也没让我看……"

"你怎么晓得……莫非是你写的?"

"正是……"

"你为什么要写这样一首诗?"

"有那么一件事情,迫使我写这首诗。我知道,在你的手下人当中,没有人敢把这件事告诉你,所以我采取了这个计策,但期不因之而使我和我的亲属受牵连。"

"不碍事的。那是件什么事?与我们的宰相有何关系?"

"此事仅与宰相有关,我马上讲给你听。假如真有此事,我会安然无恙;如若不然,我的首级难保……"

"讲吧,不要害怕!"

艾布·阿塔希亚把贾法尔·巴尔马克放走那个阿里派分子的事,从头到尾讲给哈里发听,诗人的声音颤抖,时断时续;哈里发聚精会神,侧耳倾听。

诗人话音刚落,哈里发便问:"你相信真有此事?"

"假若我不相信确有此事,岂敢冒生命危险呢?"

拉希德想到自己同贾法尔之间的关系及他在自己心目中的地位,认定诗人蓄意从中挑拨离间,决定予以搪塞,于是牵强地一笑,说道:"毫无疑问,你来举报此事,完全出于对国家利益的关心,因此,你理当得到感谢与嘉奖……不过,你为此事过分劳神了,因为我们的宰相是根据指示放掉那个阿里派分子的,而且确知放走他无碍大局。"

诗人一听,顿觉茫然失措,羞怯不已。但是,他对自己的生命安全已感放心,法德勒许给他的那笔钱也已握在手中……不过他想,此等中伤言辞一旦传到贾法尔那里,情况可就不妙了。诗人说:"赞美安拉,原来这是按哈里发的意见办的,宰相的生命安全已有保证。可是,一旦宰相得知传这个消息的人是我,将我视作敌人,我的性命只怕难得保全……"

拉希德打断他的话:"你不要害怕!我不会告诉他,你只管放心!"

说罢,拉希德站起身来。

艾布·阿塔希亚心神稍安,跟着站了起来。拉希德打内心厌恶诗人,真想抽他几耳光,但他竭力抑制着自己的愤怒,目的在于不让贾法尔的敌人知道自己的真实想法。拉希德知道,艾布·阿塔希亚来见他并非自愿,而是法德勒派他来的……不过,听他说说,倒也无妨。

拉希德拍了拍巴掌,迈斯鲁尔应声而至。拉希德说:"带艾布·阿塔希亚去司库那里领一千第纳尔,送他回家。"

"遵命!"

迈斯鲁尔领着诗人出了厅门。

厅内只剩下拉希德自己,禁不住愁绪再次涌上心头,遂想起那天早晨他与伊斯梅尔老人之间的谈话,想起自己仅仅为了维护贾法尔的权益,竟然不顾亲戚关系与情面,回绝了老人的要求……他又想:"贾法尔怎敢自作主张,将委托他代管的俘虏放走呢?"这时候,他才相信人们对宰相的控告了;原来贾法尔果真心向阿里派,宁要他们当政,也不喜欢阿拔斯人掌权。

想到这里,拉希德怒火中烧,忘记了自己的处境,开始在厅内踱来踱去,心想:"难道我是在梦中?贾法尔犯下了此等大罪,我却还在爱护他,敬重他,把国家大权全交给他,让他信手处理国务,岂有此理!莫非我听到的这些话全都是嫉妒者们的中伤、诽谤之言?不可能……不会的……既然贾法尔知道我憎恶阿里派分子,那么,怎能想象他敢公然背弃我,把我交给他的俘虏放掉呢?他那样干,难道说不怕掉脑袋?这不可能……除非他的神志出了毛病……因为他知道,一旦哈伦·拉希德发怒,那将意味着什么……"

讲到这里,眼看东方透出黎明的曙光,莎赫札德戛然止声。

第二百三十五夜

夜幕垂降,莎赫札德接着讲故事:

幸福的国王陛下,拉希德边想,边自言自语,坐立不宁,不知不觉一个时辰过去了。最后,他的怒气终于平息了,心中对老人说过的事情有些怀疑,决定亲自问问贾法尔,一旦证明消息属实,随即进行报复。他竭力抑制着愤怒之情,虽然容易发火,但他有一种奇异的抑制能力，足以掩饰心中的一切。

拉希德拍了拍巴掌，迈斯鲁尔应声赶到。拉希德说："有件事情，需要宰相来一下，你先把厨师叫来，然后去叫宰相。"

"我跟宰相说什么？"迈斯鲁尔问。

"就说哈里发请他来吃晚饭，不要说别的！"

"听命！"

说罢，迈斯鲁尔转身出了房门。

夕阳眼看落山。厨师赶来，拉希德说："准备一桌饭菜，丰盛一些，我要请宰相与我共进晚餐……"

厨师从命，随后出了房门。

拉希德独自在房中沉思，已感疲倦，想趁贾法尔还没有来，到花园里赏风观景，于是令衣官为自己换鞋更衣。

拉希德披着斗篷来到花园，漫步在草木之间，不知不觉到了猛兽笼子旁。平日里，拉希德很爱站在笼子外戏斗雄狮。拉希德的目光一落在猛兽笼子上，只觉有一种什么东西引起了他的注意，人看见笼中的狮子或其他猛兽时，常有这样一种精神振奋感，或许因为赞赏猛兽的力量，或许因为喜欢猛兽的壮观外貌；平静时的猛兽外貌就给人一种兴奋感，更何况是猛兽发怒狂吼之时呢？

拉希德站在笼子旁，令看守官给狮子投些食物，看守官随即端来一盆羊肉，一块块投到笼子里，雄狮一口一块吞下去。拉希德令看守官停止投食，雄狮便开始吼叫，继之在笼子里走来走去，背弯成弓形，瞪着大眼。看守官站在远处投食，只要投得慢一点儿，那雄狮不是用头就是用爪撞击笼子铁条，同时两只大眼睛盯着看守官手中的肉块，龇着牙发怒吼叫，而看守官和拉希德则笑个不止。雄狮怒不可遏，几乎要冲出铁笼，将看守官吞而食之。而拉希德则仿佛想象着自己与雄狮一样盛怒，因为他与贾法尔酷似雄狮与看守官之间的情形。

猛兽身在笼中,愤怒与不安的情景尽可表露,无拘无束,然而有理性的人,则必须控制自己的喜怒哀乐,不可动辄诛杀眼前的人。拉希德自以为是头有理智的雄狮,假若不能克制自己的情感,岂不就成了无理性的畜生!

拉希德沉思着……看守官等待着哈里发下令投食。雄狮一声怒吼,拉希德始才集中注意力,令看守官投去一块肉,雄狮一口吞了下去。看守官相继投去数块肉,雄狮终于吃饱,方才卧在地上,头伏在两条腿之间,一动不动了,而它的双眼仍然闪着凶光,仇恨之情丝毫未减。

拉希德观赏此景,直到心满意足。这时,他才更加相信:沉着镇静的人,一旦大权在握,又能自我克制,方不失为有理智的雄狮;那天夜里,他就想成为那样一头雄狮。

红日西沉,夜幕渐渐笼罩巴格达宫阙及园林花丛。拉希德穿过庭院花木间,回到自己的宫中。宫仆们发觉他怒容满面,且有的知其原因,故离他稍远,以示敬重。

拉希德自认为无人知道他的秘密。正当这个时候,门外传来马的嘶鸣声,且伴有人的喧嚷声。拉希德知道是贾法尔一行来了,但故作不知,直到行至贵宾院大门,方见迈斯鲁尔匆匆赶来,报告说宰相一行人马已在门外等候。拉希德说:"让他到我们今天傍晚聚会的大厅里见我!"

拉希德步入大厅,但见那里的金烛台上的蜡烛均已点亮,香气扑鼻而来,令人顿觉神爽。他坐下不久,侍卫官便报告说贾法尔来了。

"请宰相进来!"拉希德说。

贾法尔迈步走进厅门,只见他像平日觐见哈里发时一样,头戴烟囱帽,身穿黑宽袍,这是阿拔斯王朝的官服。

听到哈里发有请的话音,贾法尔半日神魂不安,因为他知道艾布·阿塔希亚打探到了他的秘密,亲眼看到了他的那两个孩子,估计到嫉妒者们会造他与阿芭萨关系的种种谣言。

迈斯鲁尔说哈里发叫他去,贾法尔心里直打鼓,问有何事,回答说"不知道"。他从迈斯鲁尔的表情上,倒没看出什么坏意,于是按时骑上马,带着数名忠实强悍的骑士,破例直至永宫的第四道门前。照平日习惯,只有哈什姆族人、宰相及近臣们,才能径直行至第四道门前。

贾法尔离鞍下马,向贵宾院走去;迈斯鲁尔为他引路,一声不响地走在前面。

宰相贾法尔强作笑脸走进大厅,表面上显得从容镇静,其实则胆战心惊,怕得要命。拉希德面带微笑,对贾法尔表示欢迎,并且说:"今日是便宴,你穿像我这样的衣服来,那该多好啊!"

拉希德请宰相落座,贾法尔便在哈里发身旁坐下来,二人开始谈天。拉希德一番亲切话语之后,说:"我请你来,想散散心,因为白天接待印度代表团时心中感到有些厌烦。"

接着,拉希德讲述了印度代表团带来的"青石锋"宝剑及苏尤尔狗,且述说了苏尤尔狗如何凶猛、咬死雄狮的情景。贾法尔说:"永宫仍然是威严、豪迈的源泉。哈里发蒙安拉佐助,必将永受诸国帝王敬重。"

列位想必欲知宰相贾法尔何等害怕拉希德,也想晓得拉希德一旦了解到贾法尔与阿芭萨之间的事,晓得贾法尔想带走自己的胞妹,他会如何处置这位当朝宰相。

哈里发和宰相各怀心事,相互敷衍,直到晚餐时间到来。桌子已经摆好,相继端上肉食、菜肴、水果多种,宫仆提壶把盏伺候。

二人坐下，拉希德对贾法尔热情照料，时而递递肉饼、苹果，时而对笑、谈天，时而碰杯对饮。时隔许久，方才提及那个阿里派分子的事。拉希德问："我交给你的那个阿里派分子怎么样啦？"

"照哈里发的命令，他仍被关押着。"贾法尔答道。

拉希德微微一笑，又问："还在那里？"

"是的，尊敬的哈里发。"

"敢以我的性命起誓？"

贾法尔深知这一问非同寻常，面部顿现惊慌神情，忙答："不敢起誓……其实，我已把他放了，因为我没有发现他有什么罪恶，也没什么可怕的……此外，我还让他立了字据，保证今后不再犯过错。"

拉希德一笑，将手中的一个桃子递给贾法尔，同时说："你办得好……这正是我所期望的。你的作为没有超过我的想法。"

贾法尔打内心里感到哈里发和蔼可亲，尤其是拉希德改换了话题，说过笑话之后。

吃罢晚饭，宫仆端来脸盆，二人洗过手，坐下谈了一个时辰，贾法尔要走，拉希德允之，随即送别至大厅门口。

贾法尔离去之后，拉希德转身回到厅中央，咬牙切齿地自言自语道："我不杀掉他，安拉就会要我的命！"

拉希德虚情假意、逢场作戏并没能使贾法尔受骗上当。贾法尔辞别哈里发，边走边思考拉希德说的那些话，知道他并无意释放那个阿里派分子，因而自感处境危险。那个阿里派分子带着拉希德的亲笔赦免书走了，而拉希德却仍然想追回赦免书，将人抓回，重新投入监牢，贾法尔怎么能信拉希德的话呢？贾法尔素知拉希德善于抑制心中愤怒，遇事不慌不忙，安能相信他有放掉那个阿里派分子的想法呢？

尽管如此，贾法尔装作相信拉希德的话。就这样，二人你欺我骗，互相敷衍，彼此分手了，都认为把对方欺骗了；而实质上，他俩都是欺骗者，同时也是受骗者。

讲到这里，眼看东方透出黎明的曙光，莎赫札德戛然止声。

第二百三十六夜

夜幕垂降，莎赫札德接着讲故事：

幸福的国王陛下，尽管如此，贾法尔装作相信拉希德的话。就这样，二人你欺我骗，互相敷衍，彼此分手了，都认为把对方欺骗了；而实质上，他俩都是欺骗者，同时也是受骗者。

拉希德送走贾法尔，回到自己的卧室，开始回顾那天所经历的件件怪事。他想起那天早晨伊斯梅尔来访，想到自己仅仅为了照顾宰相贾法尔的情面，拒绝了老人的所有要求；之后便了解到宰相独断专行，竟然放走了那个阿里派分子，致使他因之产生了杀掉贾法尔的想法。拉希德始信老人心正意诚，认为自己亏待了那位老者，很想立即将老人请来，把贾法尔的所作所为及欲杀之的想法告诉老人。因为拉希德相信伊斯梅尔胜过相信任何亲戚或其他国家要员，很想通过一次长谈，就自己回绝老人要求之事，向老人表示歉意。

拉希德心中烦闷难耐，觉得消愁解闷的最好方法莫过于外出打猎。

次日一早，拉希德喊来迈斯鲁尔，命令他吩咐狩猎官收拾猎具,准备去巴格达郊外的达吉尔猎场狩猎。拉希德问:"你知道伊斯梅尔·伊本·叶海亚的住处吗?"

"知道,主公大人!"迈斯鲁尔回答。

"你去请他来!可要注意话语别太粗鲁哟!"

"如果他问哈里发为何叫他来呢?"

"就说我想打猎去,请他与我同往。"

迈斯鲁尔从命去找训猎豹手、架鹰人、骑手和养鹰隼、猎犬的,以及管猎具、兽笼的奴仆,告诉他们准备向达吉尔猎场进发。他们都是常随哈里发外出打猎的老手,只待下令,便可立即出发,无须进行安排与训练。

他们常去的达吉尔猎场,占地数平方法尔萨赫,一面有用柱子和绳索扎起来的半圆网墙。他们打猎时,习惯于骑着马,带着猎犬、猎豹,把猎物轰出丛林,赶向网墙。猎物被包围在半圆网墙内后,哈里发及随从方才走来,搭弓放箭,射死他们想猎取的禽兽,放其余野兽返林归山。

拉希德出猎之时,总要骑着马在巴格达郊外的林间及田野闲逛上大半天,只有得知猎物已被包围的消息后,方才赶去亲手放箭射杀,或者放鹰隼犬豹捕之。要问这位哈里发究竟怎样调用那些架鹰驯犬的宫仆,说来话可就长了。拉希德这次外出打猎的目的,只不过是想借机与伊斯梅尔老人谈谈心罢了。

伊斯梅尔接到哈里发要他陪同出猎的命令,当即换上猎装,骑马奔永宫而去。

拉希德带领狩猎队伍,等候伊斯梅尔来到。这支狩猎队与其他队伍大不相同。伊斯梅尔来到宫门前,只见猎手们一个个身穿轻薄猎装,架着猎鹰,牵着猎犬、猎豹,正朝门外走,其中有的人头戴毡帽……眼见此拥彼挤,耳闻嘈杂声阵阵。他们当中,有的善玩鹰，纵鹰飞扑掠过上空的小鸟，只见鹰扶摇直上，小鸟顿时沦为鹰爪下猎物；有的用铁链子牵着猎豹；有的怂恿猎狗去树后捕捉猎物，可是那猎狗一动不动，因为它没有闻到任何猎物的气息。此时，马嘶、狗吠声与猎具、鞍鞯、辔头的撞击、摩擦声混合交响，听起来热闹非常。

伊斯梅尔走进第二道宫门，迈斯鲁尔迎上前去，说："请主公不要下马，这是哈里发的吩咐，他已率队出门。"

伊斯梅尔勒缰住马，抬头望见拉希德在众骑士护卫下骑马走来。老人当即下马，拉希德忙说："大叔，不要下马！让你的马与我的马齐头并进吧！"

伊斯梅尔跃上马背，出于对哈里发的敬重，想按照习惯，让自己的马稍后几步行进。拉希德说："大叔不必遵守这种传统规矩……我今天请你和我一道外出狩猎，就是为了和你好好叙谈一番。"

人与马双双齐头并进地向前走去。拉希德令迈斯鲁尔通知随从打猎的仆人，要他们照往日习惯，到达吉尔猎场分头围猎，等他开弓射杀。

拉希德与伊斯梅尔并行，谁也不说话；兴许出于礼貌，谁也不便开口。其实，拉希德因愁思缠心，不想说什么。就这样，一行人马出了巴格达，来到郊外田野园林。

拉希德勒马环顾四周，众骑士即刻明白哈里发想单独活动一下，于是迅速散开，只剩下他和伊斯梅尔继续朝前走去。拉希德望了望伊斯梅尔，面带愁容地问："你昨天从我这里出来后，想过些什么呢？"

"我只是暗暗祈祷，但期你健康长寿，王权牢握在手。"老人动情地回答道。

"那我是知道的。不过,你有理由责备埋怨哈伦,因为我为了一个既不尊重我的权力,也不关心阿拔斯族人利益的人而亏待了你……"

说着,拉希德回头望了望,仿佛恐怕有人听见他的话似的。然后,他抻了抻马鞍上的坐垫,继之伸手梳理马鬃,等待伊斯梅尔说些什么。

伊斯梅尔素知拉希德对宰相贾法尔心怀不满,也晓得贾法尔给国家带来了巨大损失。但是,老人假装一无所知,照旧感谢拉希德的良言美意,说:"依我之见,哈里发太敬重我了。哈伦没有什么可埋怨之处,就是那样做了,哈里发也不应受到责备。使我感到不安的是,哈里发对手下的被护民不大放心;假若圣上能把心底里的话明讲给我听,那么,我也就算得到极大恩典了……"

拉希德打断老人的话:"大叔,我以为你是故作不知。像你这样的老者,是不会不晓得我在想什么的。"

"如果我猜得不错,那么,便是拉希德正为宰相伤脑筋。"

"我把大权都交给了他,任他放手料理国务……我还把亲人、眷属都委托给了他,而他却要置我于死地,怎么能不让人感到吃惊!"

"安拉不容啊……哈里发,你的那位宰相,不过是你手下的被护民而已;我素知他为国效忠,尽心尽力啊……"

二人边谈边走,来到一条林荫大道下,路两旁树木茂盛,枝叶交织,遮天盖地,不知不觉已离开巴格达城很远了,来到一座大庄园前,但见那里房舍整齐,牲畜成群……二人沿着庄园周围的路行至园门附近,拉希德一眼望见打谷场,发现那里堆满谷物,周围有许多牲口。

拉希德回头望了望伊斯梅尔,问道:"老人家,这是谁家的庄园?"

伊斯梅尔知道是贾法尔的庄园,且晓得拉希德想以此作为根据抨击宰相,于是回答道:"这是你的兄弟贾法尔·伊本·叶海亚的家产。"

拉希德一声长叹,然后说:"假若我问城郊那些庄园的主人是谁,你也会这样回答的,因为被你称为我的'兄弟'的那个人,他家人占了巴格达郊区的所有庄园田野……你想必已经看到,我是怎样富了这个巴尔马克家族,而让我们的阿拔斯族人坐守赤贫,致使整个国家成了巴尔马克家族的私有财产,他们的队伍比我们的队伍还大,他们的钱财比我们的钱财还多!既然城郊的庄园都已属于他们,那么,别处的庄园怎能免于落入他们之手的命运呢?"

伊斯梅尔极度关心国家安危,难以正面回答哈里发的问话,只是说:"巴尔马克家族中的人,都是你的奴隶与仆人;他们的田地、庄园,也无不是哈里发的田园与财产。正所谓'普天之下,莫非王土;率土之滨,莫非王臣'。"

拉希德本以为伊斯梅尔会对贾法尔怀恨在心,随口迎合自己的言谈,万万没有想到他会为那位专权宰相辩护,虽然昨晚他为加法尔求情失败的原因完全在宰相身上。因此,老人在拉希德心目中的地位顿时提高了许多。拉希德说:"看来,你对我的敌人的印象还不错,还把他们看作我的奴仆。不是的,老人家!恰恰相反,巴尔马克人把哈什姆人看作奴仆,而他们则是国家的主人;阿拔斯人没有什么恩惠好说,而巴尔马克人倒是阿拔斯人的恩主。"

伊斯梅尔觉得不便再为巴尔马克家族辩护,免得拉希德冲他发脾气,只是说:"哈里发最了解自己的奴仆。"

拉希德知道老人怕自己发火,心中有话,不敢明说。但是,他很想听听老人的意见,于是说:"大叔,这并不是我今天请你来的目的,而且我也知道,你不是这样的人……你总是这样迎合我说话,大概是怕我生气吧?"

伊斯梅尔一时犹豫不决,不知该照直回答,还是坚持把话埋在心中。虽然老人知道自己在哈里发的心中享有崇高地位,但他一直保持克制态度,谨防拉希德发怒。因为他知道拉希德变化无常,很容易对他产生误解……就以贾法尔为例吧,他与拉希德的交情并不深,而拉希德很快称之为"兄弟",称其父亲叶海亚为他的"父亲";可是,拉希德一旦对贾法尔生疑,那么,贾法尔的生命便面临着朝不保夕的危险。

伊斯梅尔静默沉思,走在拉希德身旁,不知自己被领向了何方。

伊斯梅尔稍一留意,发觉自己已站在城门前,便改换话题,问道:"我们已经回到巴格达,还打什么猎呀?"

"我本无意打猎,只不过是为了找你谈谈天而已。我已委托人代我办事去了……你是哈什姆人的长者和有识之士,我想从你口中听到那些座上客讲不出的话语。你可不要这样话不由衷哟……"

"哈里发对我的印象极好,感谢安拉,我能交此佳运……可是,我想听到哈里发的坦率问话,也好让我便于回答……"

讲到这里,眼看东方透出黎明的曙光,莎赫札德戛然止声。

第二百三十七夜

夜幕垂降,莎赫札德接着讲故事:

幸福的国王陛下，伊斯梅尔说："哈里发对我的印象极好，感谢安拉，我能交此佳运……可是，我想听到哈里发的坦率问话，也好让我便于回答……"

拉希德进了城，见队伍早已回到城中。拉希德对伊斯梅尔说："进城了，我们马上回永宫单独谈谈吧！"

伊斯梅尔暗暗为谈话的结果而担忧，但他表面上颇为镇静，一声不吭。二人进宫门后离鞍下马，然后向一个专用房间走去。二人进屋后坐下，伊斯梅尔仍然低头无语，等待拉希德开口。拉希德说："你就别为那些人辩护了，有话直说吧！这些异族人欺压我们，控制我们的国家，吞食我们的国家资财，莫非你没有看到？"

"看到了……可是，他们是根据哈里发的旨意行事的呀！假若他们知道哈里发不让他们那样干，他们定会从命罢手。"

"难道说我让他们占有一切，连我也不给留一点儿了吗？"

伊斯梅尔没有立即回答，不知道该为巴尔马克家族评功摆好，还是顺着拉希德的话说。时隔片刻，老人终于拿定了主意，说道："既然哈里发对我这样信任，我不该把什么话埋在心中不讲……巴尔马克家族都是主公的奴仆与被护民，这是毫无疑问的。他们从祖父一辈哈立德开始，就侍奉你的祖父曼苏尔，为国尽力效忠非少，这是你最清楚不过的。尊贵的曼苏尔国王深知哈立德恩重如山，因而十分器重他，同样，你也十分器重他的儿子叶海亚及其孙子贾法尔。你对他们在效忠国家、处理国务上的功劳了如指掌，同时也晓得他们在提高这个国家的文化知识素养上所做出的贡献：正是他们把哲学家和医学家从印度、波斯请到了巴格达；他们还建起了医院，引进了造纸技术，繁荣了巴格达的文化……他们的这些作为，都得到了哈里发的嘉许……怕是我说的太多了吧……"

伊斯梅尔边说，边注视着拉希德的表情，仿佛从他的脸上看出他对那些赞美之词有反感，似乎更坚定了他除杀他们的决心。老人急忙改变语气，说："当然，从另一方面说，我不否认他们吞占了大批财富……人嘛，生性贪婪，欲壑难填。不过，我从权威人士那里得知，他们每年的谷物收入无论多高，他们还是将大部分钱财分给了穷苦人。"

拉希德牵强一笑，摇了摇头："他们那样干，目的不在于办好事，而在于收买党羽。他们不久就要对我们动兵了！"说罢，深深地叹了口气。伊斯梅尔忙说："那不会的……"

拉希德打断他的话："怎么不会……被你称为我的'兄弟'的这位宰相偏袒阿里派而反对我们……"

伊斯梅尔大吃一惊："哦，他偏袒他们？"

"正是……他放走了叶赫亚·伊本·阿卜杜拉。"

"叶赫亚·阿卜杜拉？"

"未经我许可，就把他放走了。这是毫无疑问的，他本人也供认不讳。"

伊斯梅尔再也找不到辩护理由，他知道拉希德对阿里派怀恨在心，相信他不会回心转意，于是说："多大的损失啊……你认为他存心不良，故意那样干的？"

"不管他用意何在，他的这种行为是无法容忍的……"

"怎么办呢？"

"办法嘛……只有杀掉他……"

哈里发如此坦率，伊斯梅尔倍感敬重。老人说："哈里发大权在握，杀掉一个奴仆，易如反掌……可是，此事会造成什么后果，哈里发比我清楚。你刚才已经向我说过，巴尔马克家族用钱财收买党羽……"

二人都低下头去，开始沉思……片刻过后，拉希德抬眼问道："你有什么办法呢？"

"为了把他与他的党羽分开，给他在巴格达以外的某个地方安排个差事不好吗？"

拉希德听到这个意见，神采飞扬，立即说："这正是我所想的。我将任命他为呼罗珊总督……等他远离巴格达之后，我们再谋他事……"

伊斯梅尔听哈里发接受了自己的意见，心中快活无比，忙答："这个意见好极了……"

"这个意见是正确的。之后，我们再相机行事吧！"

拉希德又朝伊斯梅尔身旁移动了一下，然后打量着他的面孔，说："喂，伊斯梅尔，你知道，我之所以把心底的秘密透露给你，因为我完全信任你……你千万要保密呀！除了你，谁也不晓得这件事；假若有人得知此事，那就是你传出去的，明白吗？"

这种威胁口气，令伊斯梅尔大惊。亲耳听到这种口气，伊斯梅尔方才领略到：君王的谋臣们，一旦不迎合、不献媚君王，他们的生命便危在旦夕，真是伴君如伴虎，高处不胜寒。伊斯梅尔说："哈里发，凭安拉起誓，我绝不泄露你的秘密！"

拉希德动了一下坐姿，伊斯梅尔知道他要离去，便站起身来告辞。伊斯梅尔知道拉希德决计处死宰相，深深为国运担忧。他回到家中，决计耐心等待，看拉希德是否照自己的言谈行事。

第二天早晨，伊斯梅尔得知拉希德派人叫来贾法尔。贾法尔来到永宫，拉希德笑脸相迎，十分客气，谈了一个时辰，送了大批礼物，其中包括一名贴身奴仆，其相貌、禀性居宫仆之冠，不仅机智聪颖，而且能写会算，贾法尔感到非常高兴。

拉希德如此善于掩饰内心的愤怒、憎恶情感，令伊斯梅尔感到奇怪,致使他认为拉希德已经改变想法;假若不是贾法尔放掉那个阿里派分子,拉希德是不会恨他的,只不过是怕阿里派威胁自己的王权罢了。

两天过后,伊斯梅尔得知拉希德罢免了贾法尔的宰相职务,委任其为呼罗珊总督,而他则认为这是哈里发真诚对待贾法尔……伊斯梅尔真希望通过这种办法,让仇恨云消雾散,令水归渠中,尤其是获悉贾法尔对这次委任表示满意,且急于催促人马赶至巴格达城外的奈赫鲁宛的消息之后。

贾法尔的手下人确实很快赶到了奈赫鲁宛,在那里扎起了帐篷,准备远行呼罗珊。因为目的地很远,需要带行李和粮草若干,不能不好好准备一番。

伊斯梅尔得知贾法尔行期已近,决定前去做告别访问,以便设法清除他对哈里发的什么看法。其实,那并不能消除他对哈里发的不良想法,他反倒认为去呼罗珊正好使自己摆脱困境。贾法尔决心去找阿芭萨,商议一起逃走事宜。

就在人们庆祝罢免宰相贾法尔职务那天,贾法尔回到位于舍马西亚的公馆里。那是位于那个地区的巴尔马克家族宫殿群中的一座公馆。巴尔马克家族有宫殿数座,其中最著名的有坐落在舍马西亚门附近的叶海亚·伊本·哈立德宫;另有一座宫殿位于白尔达门。那年,贾法尔常住在舍马西亚附近的宫里,该宫殿之豪华,绝不亚于哈里发的王宫。诗人曾赋诗形容:

　　不论波斯或印度,不曾建过此宫房;
　　珍珠宝石当作基,龙涎香铺地粉墙。

这仅仅是巴尔马克家族部分宫殿的点滴写照,只因篇幅有限,难以详说细述，幸好前面已经描写过永宫、静宫及艾敏的宫殿内景，请列位可以自行比较。

贾法尔回到自己的宫中，简直不敢相信自己已被任命为呼罗珊总督，虽然哈里发不止一次答应过他。他认为哈里发并不恨自己，而哈里发任命他为呼罗珊总督，原因在于怕他久留巴格达，会对国家带来什么不利。因此，贾法尔认为自己强大无比，而哈里发是懦弱的，忘却了对哈里发的畏惧。

贾法尔随即命令管家立即上路，嘱咐侍女、奴仆管理官及文书明日起程。贾法尔见哈里发送给他的那个男仆文质彬彬，且眉清目秀，心中甚是喜欢。那男仆跟着贾法尔走进一个铺着天蓝色地毯的大厅；在贾法尔看来，古人崇尚天蓝色，故铺这种颜色的地毯。

时隔不久，侍卫官走进来，禀报道："伊斯梅尔·伊本·叶海亚在门外等候……"

贾法尔起立迎客进门，然后让伊斯梅尔坐在中心位置。贾法尔极为敬重、信任伊斯梅尔，因为他相信老人心善意诚。但是，谈话当中，贾法尔发觉老人有什么要紧的话要说，故让在座的其他人退下，厅内只剩下他俩。

这时，贾法尔贴近伊斯梅尔，只听老人对他说："主公，你已决计到一个资源丰富、面积广大、地位重要的地方去，若能将你的部分庄园让给哈里发的儿子，定可赢得哈里发的欢心。"

贾法尔一听，当即猜想他是哈里发派来说情的，于是更加看不起哈里发，同时也更加自信起来。他想到哈里发的所作所为使自己痛遭磨难的往事，恨透了这位哈里发，自认为趁阿芭萨的事情还未暴露之机，远走呼罗珊，就等于摆脱了哈里发的控制。

贾法尔对伊斯梅尔的印象尚好。贾法尔常在伊斯梅尔面前谈起自家对国家的贡献，伊斯梅尔每每表示同意他的意见，因为老人有同样的看法。因此，贾法尔听老人那样一说，敢于直率地谈自己的想法。贾法尔说："喂，伊斯梅尔，凭安拉起誓，没有我，你的堂弟连发面饼也吃不上。如果没有我们的努力，这个国家也建不起来。有我在，他可以一事不问，就连他个人、孩子、侍卫和臣民的事都在内。由于我的努力，使他的钱粮库里钱富粮足。如今，我仍在安排着重大事情，以便让他亲眼看看我为我的子孙后代积累下了多少财富，为他们选择了什么道路。可是，哈什姆人的嫉妒心压倒了他，使他的贪婪之心膨胀起来了。凭安拉起誓，假若他开口问起我的事来，我敢说，他必将面临灭顶之灾。"

伊斯梅尔顿感气氛紧张，后悔自己此时此刻来访，担心此事传到哈里发耳中，自己会落得个泄密罪名，于是改变话题，终于找到机会，告辞而去……

讲到这里，眼看东方透出黎明的曙光，莎赫札德戛然止声。

❖— 第二百三十八夜 —❖

夜幕垂降，莎赫札德接着讲故事：

幸福的国王陛下，听了贾法尔一番话，伊斯梅尔顿感气氛紧张，后悔自己此时此刻来访，担心此事传到哈里发的耳中，自己落得个泄密罪名，于是改变话题，终于找到机会，告辞而去了。

伊斯梅尔走后，贾法尔神志清醒过来，认为自己犯了个大错误，不该攻击哈什姆人；当时没有细想，伊斯梅尔就是哈什姆人中的一员。贾法尔猜想伊斯梅尔也许会把听到的这些话告诉哈里发,那样,调和的余地就不复存在了,因此带着阿芭萨和两个孩子逃走的决心更加强烈。

想到这里,贾法尔拍了拍巴掌,贴身奴仆哈姆丹应声而至。他很信任哈姆丹,向之吐露了自己的打算,然后说:"我们明天起程,到奈赫鲁宛的大营里去。你马上去找阿蒂白,让她派人接她的女主人到我这里来……明白了吗?"

"明白了,主公阁下。"哈姆丹说罢,转身出了房门,执行任务去了。

阿芭萨自打最近一次见到贾法尔,听到他要带她去呼罗珊的消息之后,左思右想,疑虑重重,简直不敢相信自己的愿望能够实现。她早就想过,宁愿与丈夫、孩子平平安安生活在茅屋里,也不愿提心吊胆地住在受人监视的豪华宫殿中,尤其是艾布·阿塔希亚了解到了她的秘密,亲眼看到她的两个孩子及种种事情发生之后。

打那之后,阿芭萨终日心神不安,恐怕消息传到她哥哥哈里发的耳里。每当她看到两个人交头接耳,总以为二人在议论她;每看到一队骑士路经她的宫墙附近,便以为抓她的人来了。唯一能使她得到宽慰的,就是跟女仆阿蒂白见见面,向她倾吐一下心中的疑惧,而阿蒂白总是耐心安慰公主一番。直到那一天,阿芭萨得知哈里发任命贾法尔为呼罗珊总督,看到人们走出街巷欢呼庆祝,她这才高兴得要飞起来。

阿芭萨估计贾法尔很快就会派人来接她,可是,几个时辰过去,得知贾法尔手下人都到奈赫鲁宛去了,唯独不见差使到来,她疑心贾法尔可能把她忘记了,甚至怀疑贾法尔的诚意。情人多疑,此乃人之常情。她很想把自己的疑虑向女仆倾吐。

几天以来,阿蒂白一直陪着女主人坐在阳台上,等待着贾法尔派的人来。

有一天,哈姆丹突然来到,只见他身上穿着阿芭萨宫中一仆人的衣服。

阿芭萨一看到哈姆丹的身影,立即派阿蒂白出去迎接。哈姆丹见到阿蒂白,向她说明了自己的来意,要她转告女主人,做好起程准备,务必轻装上路,要求女主人化装,换上女仆服饰,等待差使前来接她。

阿蒂白回宫禀报,阿芭萨高兴得喜泪纵横,随令仆人唤哈姆丹进来,以便亲耳听他报告喜讯。

哈姆丹走进房间,恭恭敬敬地站在那里。阿芭萨问:"你离开主公时,他的情况怎样?"

"主公很好,向你问安……"哈姆丹说。

"我们何时才能离开这里呢?"

"可能在明天早晨……"

阿芭萨回头望了阿蒂白一眼,女仆明白她在问两个孩子哈桑和侯赛因的情况,阿蒂白说:"两位公子由两个奴仆照管,安然无恙,只管放心。等我们离开巴格达,再派人去希贾兹或他俩所在的其他地方,把他俩接来。"

阿芭萨深深地叹了一口气,然而脸上的喜悦神色显而易见。她把哈姆丹打发走之后,回自己房间去了。阿蒂白开始做起程准备。

红日已经西沉。阿芭萨独坐在房中,不知不觉愁思缠心,想到自己就要逃出自己的宫殿,远离自己的哥哥,丢掉这已经习惯多年的享乐条件,撇下厅堂楼阁、花园丛林、家具摆设、男仆女婢及宫中的一切一切……

是的,她的决心已经下定,宁与心上人合住寒舍茅屋,也不愿独自高居华宫宝殿。

可是，人是习惯的奴隶，一旦习惯了某一事物，总感到与之难离难分，更何况是长公主阿芭萨呢？她在那座宫殿中长大，常年大门不出，二门不迈，罕得外出一次半回。不过，当她想到自己的理想就要实现，不久便可见到心上人及自己的两个孩子，心情又平静坦然下来了。

时隔不久，她的思路又被一种恐惧心情打断。她想：一旦哥哥得知她这样逃离的消息，定会发兵追赶抓捕。这种愁思几乎将她的决心动摇，幸好她克制住了自己的情感，方才稳定下坚决逃走的意志……

正沉思之时，忽然想起能为她保密的一个奴仆，名叫艾尔加旺，因其忠诚可靠，被任命为宫仆领班。阿芭萨每逢心神不安，总想把心事吐露给这个老奴，因此打算逃离时带上他。她呼唤阿蒂白，阿蒂白急速赶来，身上满是尘土，一看便知她正忙于准备行装。阿芭萨问："艾尔加旺在哪儿？"

"就在宫中……我叫他来？"女仆说。

"把他叫来……我想带他一道走。"

阿蒂白出门不久，带着艾尔加旺来了。

艾尔加旺本是北非的柏柏尔人，肤色偏黑，从小生活在曼苏尔宫中，与曼苏尔有亲缘关系，因曼苏尔的母亲是柏柏尔人。他天生两条长腿，故身材也显得格外高大。他当时年纪已有五十，只是因为被阉割了，故面部毛须甚少，显得很年轻；因此，单看那些太监们的面容，无法判定他们的年龄。

阿芭萨公主自幼由艾尔加旺照管，故与之相处已经习惯，十分相信这位老奴；而艾尔加旺对公主也是忠心耿耿，竭诚服侍。

老奴来到公主面前，见公主眼噙热泪，随之也哭了起来，他操着异乡口音的阿拉伯语，问道："公主有何吩咐？"

"我们要远行,我想让你和我们一道走。"阿芭萨说。

"我是你的奴仆,自当服从主人之意……"

"你晓得要去哪里吗?"

"随你走嘛……哪怕去死!"

"艾尔加旺,你真是好样的!快去跟阿蒂白一道准备行装吧!她会把一切告诉你的。"

"遵命!"

说罢,艾尔加旺与阿蒂白一道出了房门,阿蒂白把情况讲给他听,之后便开始忙碌起来。

暂且让他们忙自己的去……我们回头来看看哈里发的情况吧!

尽管哈里发十分信任伊斯梅尔,但并没有将心底的秘密全部倒给老人,也没有把自己的全部想法说出来。

其实,贾法尔放走那个阿里派分子,令拉希德深深怀恨在心。拉希德任命贾法尔为呼罗珊总督,并送给他一名美貌男仆,目的在于让男仆充当自己的耳目,侦探贾法尔的情况,及时报告哈里发。

伊斯梅尔访问贾法尔时,那男仆始终在场。听到二人之间的全部对话,立刻写信报告了哈里发。

拉希德收到奴仆的报告,确信贾法尔居心不良,当即离开座位,站了起来,觉得事情难办,一种恐惧感油然而生。他认为时间紧促,不容深思熟虑。在他看来,贾法尔一旦离开巴格达,到了呼罗珊,那里的百姓就会支持贾法尔,恰好为其反叛提供了方便条件……想到这里,拉希德的心怦怦跳个不停,一时不知如何是好,在房间里踱来踱去,仿佛患了疯癫症,感到迫切需要找个人来商量商量。可是,他知道伊斯梅尔与贾法尔之间的谈话内容之后,觉得再也不宜找伊斯梅尔商量了,虽然并不怀疑他的忠诚。拉希德想找支持他的人商量一下，不希望找像伊斯梅尔那样反对他按自己意愿行事的人交谈。

拉希德在犹豫不决中度过了一个时辰，痛感心中怒火难抑。他想一反当时风俗，破例找王后祖贝黛商量。拉希德爱恋、敬重祖贝黛，乐意同她商量事情，也知道她与贾法尔之间素有旧仇。想到这里，拉希德的心境豁然开朗。

时近黄昏，拉希德唤来迈斯鲁尔，令之鞴马一匹，以供他悄悄前往祖贝黛的静宫，并决定只带迈斯鲁尔同行。

拉希德蒙起面，骑上马，由迈斯鲁尔牵着马，来到静宫门前。卫兵们认不出哈里发，但认识迈斯鲁尔，立即打开宫门。进了花园，拉希德离鞍下马，令迈斯鲁尔先行，告诉祖贝黛。祖贝黛知道哈里发此时到来必有要事，立刻到几天前迎接儿子艾敏的厅堂迎接丈夫。

厅堂里烛光通明，显得格外辉煌壮丽。祖贝黛衣着华贵，周身散发着芳香，脖子上挂着宝石项链，头巾上别着嵌有宝石的金银簪，胸前佩戴着各种造型优美的饰物，就连靴子上也缀着珠宝。她上前殷勤地迎接哈里发。尽管拉希德怒气极盛，然而看到祖贝黛，禁不住微微笑了起来。拉希德坐下，拉住祖贝黛的手，边望着她的各种首饰，边让她在自己的身旁坐下。祖贝黛的首饰在烛光下显得更加耀眼夺目。她透过丈夫面孔上那层薄薄的笑貌，看出怒容仍在，但她故装不知，说："欢迎哈里发……哈里发的到来使我荣幸备至。你需要吃点儿或喝点儿什么吗？"

"亲爱的堂妹，我不是为吃而来的。"拉希德说。

祖贝黛神采飞扬，留心地打量着丈夫，说："安拉保佑，你来定有什么喜事相告……"

拉希德伸手从口袋里掏出探子仆人写来的信，一声不响地递到祖贝黛手中。

祖贝黛接过信打开看着,拉希德注意着她的表情。祖贝黛看完信,笑着将信还给拉希德。拉希德说:"你还笑呢,好像你没看到信上写的是什么……"

"不,我看到了。"

"我猜你不晓得信的内容,除非你能说出这个波斯佬犯了什么过错。"

祖贝黛一听,认为拉希德已经知道阿芭萨的事,但故作不知,问道:"他犯了什么过错?"

"他把我们费了九牛二虎之力才抓到的阿里派分子给放走了!我们刚刚得知,那个阿里派分子一被关押起来,这个波斯佬就赶到了,自作主张,放虎归山了。从这封信中,你能够看得出,这个奴才昂首扬眉,竟然威胁起我们来了。假若他一旦到了呼罗珊,谁能保证他不反叛我们,把呼罗珊从我们的手中夺去呢?请你给我出个主意吧!此事只有同你商量,才能想出好办法。"

祖贝黛一笑,其中显然夹带着讥笑与蔑视的意味;除了她,谁也不敢在哈里发面前如此放肆。因为拉希德爱她,尊重她的意见,与她有血缘关系,加上爱情将二人的命运相连,尤其是维护权势与地位的需要,使这对夫妻更加亲密无间。

祖贝黛常劝拉希德不要过分迁就贾法尔及其家族,而拉希德每每不听她的,反倒认为她想借机向巴尔马克家族报仇。如今拉希德来诉说任用贾法尔的恶果之苦,祖贝黛心中暗暗得意。她以胜利者的姿态望着丈夫,说道:"喂,信士们的长官,你与巴尔马克家族之间的关系,就像一个醉汉沉没在深海之中。你如能从醉中醒来,挣脱被淹没的危险,我会把更严重的事告诉你;你如若仍处在原来状态下,我也就只好抛下你不管了。"

祖贝黛的语气给拉希德以强烈刺激。假若眼前的女人不是他的发妻，他定会拔剑而起，立即将之斩杀。拉希德耐着性子，说："情况既然如此，还有什么比这更严重的事呢？"

"我想对你谈的，正是你的宰相瞒着你干的那件事，那比你已经知道的要丑陋百倍。"

拉希德生气了："你这个该死的婆娘……什么事？说呀！"

祖贝黛背过脸去，说："这样的事，真不应该由我对你讲。你还是把老奴艾尔加旺叫来，让他跟你细说吧！"

拉希德险些发火，立即站起来，大声问："艾尔加旺？我妹妹的那个老仆？"

"是的……正是阿芭萨的那个仆人。"

"他在哪儿……喊他来！"

祖贝黛一拍巴掌，站在门外的雇工应声赶来。她吩咐道："快到阿芭萨宫中，立刻把艾尔加旺叫来！"

卫兵从命外出。拉希德等在那里，忐忑不安，如坐针毡。祖贝黛安坐在哈里发旁边。夫妻俩面面相觑，谁也不说什么……

讲到这里，眼看东方透出黎明的曙光，莎赫札德戛然止声。

第二百三十九夜

夜幕垂降，莎赫札德接着讲故事：

幸福的国王陛下，卫兵从命外出，拉希德等在那里，忐忑不安,如坐针毡。祖贝黛安坐在哈里发旁边。夫妻俩面面相觑,谁也不说什么。

艾尔加旺正忙于收拾行装。他熟知女主人阿芭萨的秘密及其远行的原因。他把主人的心情舒畅看得比一切都重;为了让主人欢喜,他竭诚尽力,不辞辛劳。这些阉人,只要他们心地善良,那便是他们主人的莫大福分。因为他们这些人,抛开了私欲,会忘我地、全心全意地效忠自己的主人;其原因也许在于他们不结婚,没有子嗣后代,无须把希望寄托在子女身上,因而能与自己的主人同悲欢共甘苦,为主人勇于承受任何灾难,至于主人的行动正确与否,对他们来说是无关紧要的。

艾尔加旺心地善良,最能体贴主人,对阿芭萨尤其忠诚。因为他对女主人照顾得格外周到,常为贾法尔出入宫殿提供方便,所以阿芭萨十分敬重他,对他非常宽厚,而他也加倍效力于女主人。

那天晚上,艾尔加旺正忙于做旅行准备,女仆突然将他叫了出去。他见雇工站在门口等他,立刻知道那是祖贝黛派来的差使。他问:"有什么事?"

"女施主乌姆·加法尔叫你……"

"现在?"

"是的……现在……"

"稍等,让我告诉公主一声。"

"用不着……我们的女施主只跟你说一句话,马上就能回来……"

艾尔加旺信以为真,随后跟之出了门,阿芭萨全不知晓。

拉希德等在厅中,一声不响,心烦意乱,起身向柱廊走去。他气得周身抖动,心想:"那可能是件什么严重的事情呢?祖贝黛不肯明说,却将事情推给那个阉人艾尔加旺……"

想到这里,拉希德猜想那准是一件什么有关体面的丑事。

花园里传来动静,拉希德知道差使已经回来,转身回厅堂去了。乌姆·加法尔躲了出来,不想听拉希德与艾尔加旺之间的谈话。

雇工进厅禀报道:"哈里发,艾尔加旺等在门外。"

"把宝剑和皮垫子①拿来!"拉希德下令。

雇工从命取来宝剑与皮垫,将皮垫铺在厅外的走廊上,把宝剑留在自己身边。拉希德喊道:"艾尔加旺在哪儿……把他带进来!"

艾尔加旺一听拉希德的声调都变了,禁不住魂飞魄散,吓得两腿发软,颤颤抖抖地进了厅门,恭恭敬敬地站在一边。当他看见宝剑和皮垫子,周身战栗不止,再也站不住,头也不敢抬,两眼直瞪瞪地望着地面。

拉希德示意迈斯鲁尔将宫仆、雇工支走,把厅门关上,以免任何人知道此间发生的事情。

拉希德望着艾尔加旺,说:"你在曼苏尔刀剑下幸免于一死,好大的命啊!关于贾法尔的事,你若不说实话,我定杀掉你,绝不留情!"

艾尔加旺知道哈里发指的是宰相与长公主之间的事,但没有吱声,由于吓得要死,即使想说,舌头也不听使唤。拉希德大声说:"怎么……说吧!不然,等着你的是利剑和皮垫……"

接着喊道:"迈斯鲁尔……"

性情莽撞的迈斯鲁尔一窜来到眼前,拉希德向他使了个眼色,只见他抽出宝剑,站在皮垫旁,等候哈里发下令。艾尔加旺见此情景,急忙跪倒在拉希德脚下,哭着吻拉希德的双脚。拉希德语调沉

---

① 皮垫子,斩首时放在犯人脚下接血水用的垫子。

稳地说:"说实话,不要怕……有关宰相贾法尔及其亲属的情况,你知道些什么,立即讲出来吧!"

艾尔加旺声音哽咽,结结巴巴地哭诉道:"哈里发,能保住我这条老命吗?"

"可以……只要说实话,保你生命安全;如若不然,我们就用这口剑削下你的脑袋……你要知道,我们对一切情况了如指掌。"

为了女主人的利益,艾尔加旺有心为之保守秘密,然而终于为人的懦弱天性所征服;类似情况下,大人物尚且无力坚持己见,更何况一个被阉割了的奴隶呢……不过,他能为自己的供认行为找到借口,那就是拉希德对一切情况了如指掌;假如自己矢口否认,必将遭杀头之灾,那对女主人没有半点好处;倘若供认出事实情况,自己可免一死,也许能设法救阿芭萨,或全力为之效力……

这些想法同时从他的脑海里闪过。艾尔加旺决意供认一切,只是感到自己的良心受到责备,但可防止女主人阿芭萨受害。他低下头去,装作咽唾沫的样子;其实,因为过分惊慌,口里已没有唾液。拉希德觉察出他的动摇神态,遂高声喝道:"说……不然,我就要你的命!"

艾尔加旺结结巴巴地说:"贾法尔……七年前……与令妹阿芭萨结成夫妻,生下三个孩子……一个六岁,一个五岁,第三个仅活到两岁……不久前死了。活着的两个孩子……我已把他俩送到圣城。阿芭萨……她……她现在正怀着第四个……"

话未说完,声音已经哽咽。

拉希德听着艾尔加旺说话,只觉得眼冒金星。艾尔加旺说完,拉希德喝问道:"怎么会有此事?你为何知而不报?"

这种问话容易回答。艾尔加旺壮了壮胆,回答说:"你允许你的宰相访问你的家人,并且命令我不要阻拦他,不论白天或夜晚,任他自由出入宫门……"

拉希德咬牙切齿地说:"我不让你阻拦他……可是,出现此种事情的当初,你为什么不告诉我一声?"

他随即望了迈斯鲁尔一眼,下令说:"割下他的首级!"

迈斯鲁尔伸出铁一般的手,将艾尔加旺揪到皮垫前,仿佛与老奴之间有什么深仇大恨。艾尔加旺倒在地上,大声喊道:"饶命……"

迈斯鲁尔没等他喊出第二声,以防拉希德生怜悯之心,免其一死,因为迈斯鲁尔心毒手狠,素以杀人取乐,常以残害的人数多及动作麻利为荣,只见他手起剑落,老奴艾尔加旺顿时身首分家。

拉希德扭过脸去,问祖贝黛在哪里,宫仆把他领向她的房间。

拉希德怒容满面地走进房门,只见祖贝黛盘坐在床上,正低头沉思。祖贝黛见拉希德进来,想站起来,但未站起。而拉希德,则因盛怒至极,什么也没看见,他面已改色,胡须哆嗦,声音颤抖地说:"你瞧见贾法尔是怎样对待我的吗?他伤了我的体面和尊严,在阿拉伯人和异族人中大出我的丑啊……"

祖贝黛从容镇静地说:"这是你的爱好和意愿……是你看中了一个容貌英俊、衣饰华美、油头粉面、自尊自信的小伙子,让他自由出入公主的宫殿。公主比小伙子面容俊俏,衣饰更艳丽,香气自不用讲,可是她却没有看见过另外一个男子啊……把烈火与干柴放在一起的人,就只能得到此等报应!"

"你还在责斥我呀……凭安拉起誓,不以鲜血祭剑,难雪这奇耻大辱。"

听到这种威胁言语,祖贝黛心中暗喜,真希望让丈夫下定决心,杀掉贾法尔,以报冤仇。她说:"看情况如何吧……只怕是你见了宰相,为兄弟情谊所征服,当即回心转意,恕他无罪哟!"

她边说边假装挽金银丝绣花袖口,而眼神里的愤怒、责怨表情则显而易见。

拉希德痛感到那句话中的刻薄意味,醒悟到罪责在自己一个人身上,因为常听她劝自己,只是自己把她的劝告当作耳旁风罢了。她此时此刻的讥讽,令拉希德极为难堪;若不是拉希德内心敬重她,要忍受此种责斥,该多么困难!

拉希德强压怒火,叹了口气,望着祖贝黛,说:"够了,堂妹……有关此事,我们应该尽力设法保密,不管是谁,只要是知道了此事,格杀勿论,绝不留情;当然,你不在此列之中。我原先十分信任艾尔加旺,可是,我杀了他,因为我不忍再看到那样一个人:他晓知我的家丑,又为我的胞妹效力多年,且了解被我称兄道弟的宰相。这样的人活在世上,会玷污我的名声!"

拉希德忽然警觉起来,后悔把自己对贾法尔的看法和盘托出,尤其是在最恨贾法尔的祖贝黛面前。

拉希德竭力克制着自己,强装笑脸,说:"不过,人嘛,难免有时犯错误、健忘……"

祖贝黛知道拉希德的情感处于矛盾中,认为他要走了,便站起来,想留他多坐一会儿。拉希德无意久留,连她的面孔也不看,就要告辞;究竟是因不自在,还是憎恶,难以判断。祖贝黛拉住他的手,他站了下来,但没有回头。祖贝黛说:"且慢,难道你不想知道那两个孩子在哪儿?"

拉希德一惊:"两个孩子……我知道他俩在麦地那呀!"

"不……就在不远的一个地方,我晓得……你想见他俩的话,就给你叫来。"

"在巴格达?"

"正是。"

拉希德转过身去，喊了一声："喂，迈斯鲁尔……"

讲到这里眼看东方透出黎明的曙光，莎赫札德戛然止声。

第二百四十夜

夜幕垂降，莎赫札德接着讲故事：

幸福的国王陛下，拉希德转过身去，喊了一声："喂，迈斯鲁尔……"

迈斯鲁尔眨眼工夫来到。祖贝黛仍站在原地。拉希德问："你今夜看到什么了吗？"

"主公，我什么也没看到，因为我既瞎又聋。"

那是促使他保密的暗号。拉希德随后令他牵来马，接着翻身上马，迈斯鲁尔小跑着随后，返回永宫；此时此刻，夜已过一更天。一路之上，拉希德愁思满怀，因为过多地考虑阿芭萨的事，竟然忘记了自己身在马背上。

拉希德深思自己面临的局面，认为王权、钱财及在这个世界上所得到的一切荣华富贵，都不能减轻那场灾难的威胁。他想立即将阿芭萨叫来，或者径直去她的宫殿，将她杀死；可是，他又怕家丑外扬，只有忍耐到明天，也许能想出别的什么办法……

阿芭萨忘了一切，只顾准备行装。阿蒂白竭尽努力，安慰女主人，说离开巴格达，到了呼罗珊，那里有享不尽的荣华富贵，因为到了那里，当权者就是她的丈夫。

阿芭萨沉思着，认为自己将冒一次大险，说不定会送掉生命。然而想到就要与心上人会面，且再也不受人监视，可以平安、放心地抚养自己的孩子，没有人阻止她怜悯、抚爱自己的孩子，顿觉精神抖擞，心情舒畅，眼前一片光明。可是，想到自己的事情一旦被哥哥发觉，他定勃然大怒，禁不住犹豫重返心头。最后，她终于想出了一个主意，足以使她摆脱恐惧，心境豁然开朗：那就是隐姓埋名，与丈夫和孩子流落、生活在呼罗珊民间，听凭安拉去安排自己的命运……想到这里，尤其又想起忠实的奴仆艾尔加旺，认为他定会设法安慰自己，觉得心情轻松了许多。

阿芭萨正沉思之时，看见女仆面浮惊慌神色，急匆匆朝她跑来，不由得心怦怦直跳，血直朝脸上涌。因为知道自己被重重危险包围，尤其是察觉到女仆的恐慌神情，所以，只要听到什么意外消息，阿芭萨自然心慌难抑。

阿芭萨见女仆如此惊慌，忙问："怎么啦？"

"艾尔加旺……他……"阿蒂白欲说又止。

阿芭萨大惊："他怎么啦？"

"我不晓得他到哪里去啦……"

"他不在宫中？找找他去，也许在哪个房间整理行李……"

阿蒂白想出门，但又回过头来，张皇失措地站在那里，低下头去，伸手抓挠鬓角，只言不发。阿芭萨更害怕了，大声问道："喂，阿蒂白，你怎么啦……艾尔加旺出什么事了……告诉我，他在哪儿？"

"公主，我不晓得。不过，一个仆人告诉我，说他出去了……"

阿芭萨打断女仆的话："出去了……这样的时刻，他丢下我们不管啦……他去哪儿啦？"

"不知道……"说罢,女仆咽了口唾沫。

"你这个该死的……他到哪儿去啦?"

"我猜想他去静宫了……"

"静宫?他到乌姆·加法尔那里去有什么事?"

"他们说有个雇工来叫他,没容他取得你的同意,就急急忙忙走了。"

阿芭萨咬住嘴唇,低头思考片刻,然后又问:"雇工来叫他……为什么叫他?"

"我猜想他去那里凶多吉少……"

"凶多吉少……为什么?也许为一件什么小事!"

"而是为一件可怕的事……因为今夜哈里发在那里……"

阿芭萨一拍巴掌,惊叫道:"哈里发在那里……谁告诉你的?说呀……你真急煞我了!"

"我是从我们在永宫的那个奸细口中得知的。一个时辰之前,那奸细告诉我,说哈里发带着可恶的迈斯鲁尔,骑着马向静宫走去……当时,我没来得及把这个消息禀报你,因为我正忙于收拾行装。我以为他来这里是为了什么私事。当我得知艾尔加旺到静宫去了,心中十分害怕,才来告诉你的……公主,我实在担心此事后果不妙……"

阿芭萨深感害怕,低下头去沉思……一时不知如何是好。她说:"我哥哥在那里,叫艾尔加旺去,你怕什么呢?不管怎样,我们准备明天起程。"

"你说得对……我已准备完毕,等艾尔加旺回来,看情况需要我们快走的话,我们就立即上路……你今夜不出去了吗?"

"宰相要我们在此等候差使呀……"

"等等看吧……我再派一个太监去打探一下艾尔加旺的情况,

让他快去快回。"

"好吧!"

阿芭萨转身朝阳台走去,她习惯在那里等候贾法尔的差使来通风报信……阿蒂白出了房间,安排太监外出侦探情况去了。

讲到这里,眼看东方透出黎明的曙光,莎赫札德戛然止声。

❖ 第二百四十一夜 ❖

夜幕垂降,莎赫札德接着讲故事:

幸福的国王陛下,阿芭萨转身朝阳台走去,她习惯在那里等候贾法尔的差使通风报信……阿蒂白出了房间,安排太监外出侦探情况去了。

阿芭萨站在阳台上,两眼注视着大路,每看到一个人影,便以为那是贾法尔派来的差使……然而夜色漆黑,直至午夜降临,不见人来。

阿芭萨心烦意乱,嫌女仆阿蒂白迟迟不露面,想派人去叫她,刚一转脸,不期阿蒂白慌慌忙忙跑来,只见她披头散发,面色如土,嘴唇发白,眼泪汪汪。阿芭萨问:"阿蒂白,你怎么啦?哭什么呢?出什么事啦?"

阿蒂白上前抓住公主的手,将之拉到阳台一边,周身颤抖不止,说道:"小姐,你快走吧!快离开阳台,逃离这里吧!"

"出什么事啦?你派去的探子回来啦……他说什么?"

"回来啦……回来也没有用了……快离开阳台，躲到街上去吧！我马上派人护送你到宰相大人那里去……下去吧……下去吧！"

阿芭萨疑惑不解："究竟出了什么事……你说呀！"

阿蒂白声音颤抖、时断时续地说："哈里发……他……公主，哈里发……"

边说边用手指着房间。阿芭萨明白女仆的意思，知道哈里发已经来到她的宫中，料定情况已严重到极点，因为她的哥哥夜半之后登门，定有什么大事。

阿芭萨一时不知如何是好，呆呆地站在原地。片刻过后，公主被自尊心所征服，惊慌失措的神态消失一净，觉得自己不应该这样狼狈出逃，再说也未必能够保证脱险。想到这里，她镇静下来，仍然站在原地，一动不动。阿蒂白则使劲儿拉着公主的衣角，极力鼓动她立即逃离阳台。就在这时，门外传来急促的脚步声。阿芭萨抽回自己的衣角，说："放开我吧！我想见见哥哥，听他说些什么。"

说罢，后退了一步，对女仆耳语道："快派个脚轻手快的，让他去见宰相，把我们的情况告诉他，顺便也提醒他多加小心，免遭同种磨难……我哥哥夜半之后到这儿来，看来我们面临着巨大危险的威胁。"

阿芭萨说完，遂离开阳台，向庭院走去。刚行至走廊，便遇到迎面而来的拉希德，只见他衣着简单，外披宽大斗篷，显然是经过着意化装的。拉希德本想把胞妹的事推至明天处理，但是，想到自己身边有妹妹和宰相的探子，怕他们将自己发怒的消息传给妹妹，使之逃离巴格达，故心中十分不安，睡也睡不着，便连夜赶来；拉希德平素颇喜欢自己的这个妹妹，连她出宫门都不允许，又怎忍心看着她逃走呢！

阿芭萨强作镇静,欢迎拉希德说:"哥哥来访,令妹妹不胜欣喜。"

拉希德没有回答,径直朝宫殿一角的小房间走去,那是他每次来访与妹妹谈话的地方。阿芭萨跟着他走去,两膝不住相撞,但她竭力试图使自己镇静下来。她对死亡的恐惧已经消失,因为预想中的灾难总比现实可怕些。一个豪爽开朗的人,一旦恐惧缠心,料定危险即将降临,他就会变得理智镇静……阿芭萨鼓了鼓勇气,决计跟哥哥摊牌……之后再上断头台,死而无怨。

阿蒂白跟在公主身后,连哭带叫,口中念念有词。公主回头向她使了个眼色,女仆心领神会,知道要自己去执行那个任务。

阿芭萨见站在走廊里的迈斯鲁尔向自己问安,因知道这奴才心狠手毒,没有理睬他。女性总是恨粗俗之辈,虽然道不出什么原因。

阿芭萨随着哥哥走进小房间,拉希德坐下来。她觉察到拉希德怒云满面,眼放凶光,但故作一无所知,只是呆呆地站在他的面前,好像在静静地等待着什么似的。

拉希德要妹妹关上门,阿芭萨将门关好,回头又站在哥哥面前,看上去那样勇敢无畏,拉希德从未见过妹妹如此胆大。拉希德问:"阿芭萨,我看你已换上出门的衣服,要去哪儿呀?"

阿芭萨说:"到一个既看不见哥哥,也不受别人虐待的地方去……"

讲到这里,眼看东方透出黎明的曙光,莎赫札德戛然止声。

第二百四十二夜

夜幕垂降,莎赫札德接着讲故事:

洪福齐天的国王陛下,拉希德要妹妹关上门,阿芭萨将门关好,回头又站在哥哥面前,看上去那样勇敢无畏,拉希德从未见过妹妹如此胆大。

拉希德问阿芭萨:"阿芭萨,我看你已换上出门的衣服,要去哪儿呀?"

"到一个既看不见哥哥,也不受别人虐待的地方去……"

拉希德原以为妹妹会服服帖帖、俯首求饶,想不到竟如此胆大无畏,禁不住大吃一惊,怒火中烧。他竭力控制着,以便问妹妹几个问题,听她回答些什么。他问道:"夜阑更深,只有我和你,你知道我为什么来看你吗?"

"不知道……"

"你说话为什么这样火冒三丈、粗俗无礼?"

"你问我,我不是照实回答了吗!"

"你犯了背叛之罪,实话说得太晚了。"

"我不认为自己有什么背叛之罪。就是以前这样问我,我也不会骗你。"

"难道你不是哈里发的胞妹?"

"当然是……我期望我仍然是哈里发的胞妹。"

"你怎么依从一个被护民,而背叛自己的哥哥呢?"

"我刚才说了,我根本没犯什么背叛之罪。安拉不容我背叛任何人……"

"你怎么还敢如此无礼答话?你的事,我都知道了,致使我在朝廷中备受冷遇,简直出乎我的意料。"

"你指的是什么事……莫非你把说实话也看作背叛?"

"我指的是你与那个不顾我的尊严和王权的宰相贾法尔之间的事……"

阿芭萨想据理力争,以求哥哥宽谅、留下她。她说:"宰相没有触犯你的任何尊严,也没有对你怀有任何坏意……哥哥,你冷静些,不要急于下结论吧!"

拉希德大声喊道:"你不要叫我哥哥!我与你断亲了!"

"随你断亲吧……不管怎样,那个人没有犯什么背叛罪……"

"好一个不要脸的……你还想隐瞒?你要明白,我什么都知道了;你的奴仆艾尔加旺把一切秘密都告诉我了……你若仍然不承认,那么,你们那两个孩子会做证的……"

阿芭萨听拉希德提到她那两个孩子,怜子之情油然而生,认为自己如若仍然那样冷漠下去,势必给两个孩子带来祸殃。她的心顿时软了下来,反抗之意让位给怜子之情,为了让两个孩子好好活下去,甘愿自己忍受屈辱。对于父母来说,再没有比儿女遭灾更难以忍受的了;为救儿女,他们不惜牺牲自己的一切。求情是怜悯儿女最简单的办法。

阿芭萨立即跪倒在拉希德的双膝前,话未出口,眼泪簌簌落下。

拉希德以为她要认罪,以求宽谅,于是背过脸去,说:"你知道我对此事真相了如指掌,你无可奈何,才来承认过错,乞求怜悯同情,这怎么能行呢?先斩后奏者是不可救药的,等待他的只有惨死。"

阿芭萨擦干眼泪,镇静了一下,仍就跪在那里,说:"我求你怜悯,并非为了我自己。我不承认自己有什么罪,我只是要求我的不容否认的正当权利。"

"什么权利?"

"哈里发,容我不称呼你'哥哥',免得惹你生气。请你不要着急,等我慢慢讲来。"

"你说吧!"

"你不是把我许配给贾法尔了吗?请问这是不是正当的、合法的许配?"

"是的……但我那样做,只是允许你俩合法地相互看看,没有别的意思。"

"哪有这样的婚约……就算你的意见是正确的……那么,实践婚约的人就是叛逆者吗?"

"不要多争了!自打订婚约时起,你俩就知道此婚约的目的何在。因为我喜欢你俩,故想常常和你俩一起对坐聊天。"

拉希德摇着头,把牙咬得吱吱直响,叹息道:"这就是偏爱的报应啊!"

阿芭萨声调温柔地说:"既然如此,哈里发难道不认为如果没有这个婚约,岂不更好吗?"

拉希德打断她的话:"毫无疑问,你们俩曾是我最喜欢的人,如今已变成了我最厌恶的魔鬼……"

"为什么?难道就因为我们做了安拉认定合法、你却认为不合法的事情?莫非服从安拉意志不比服从哈里发的意愿更为重要、应该……"

讲到这里,眼看东方透出黎明的曙光,莎赫札德戛然止声。

第二百四十三夜

夜幕垂降，莎赫札德接着讲故事：

幸福的国王陛下，拉希德打断她的话："毫无疑问，你们俩曾是我最喜欢的人，如今已变成了我最厌恶的魔鬼……"

阿芭萨说："为什么？难道就因为我们做了安拉以为合法、而你却认为不合法的事情吗？莫非服从意志不比服从哈里发的意愿更为重要、应该？！"

拉希德自感被妹妹驳得哑口无言，怒气有增无减。他并非不知道妹妹有自己的权利……也不是有意虐待她，而是被习惯所征服。因为他不习惯于听别人不服从他的旨意，总期望别人照他的想法行事，尤其在那个时代，君王身边挤满了歌功颂德、阿谀奉承的庸俗之辈，他们竭尽吹拍怂恿之能事，全然不顾后果如何；与此同时，君王则异想天开，信口开河，为所欲为，直至忘掉真理尺度。不让别人干的事情，而他自己却干，仿佛他本质上与别人不同。君王认为自己永远是权力的主人；他的意志加上他的权力，他就总是天下第一，万人之上。

拉希德坚持说胞妹有罪，根本不听她的辩解，那是不足为怪的。拉希德认定自己的话天生威力大无比，直至变得独断专行，丧失理智，尤其是在盛怒之时。

听了阿芭萨的辩解，拉希德决计借自己的权势压她，说道："我警告过你们俩，可是你们就是不听我的，谁反抗哈里发，天所难容，理当遭杀！"

"假如你非要把我们的行为看作叛逆，那么，我是叛逆者，不是贾法尔，也不是……"

拉希德打断她的话，像是要站起来，呵斥道："你爱他，打算替他承担责任吗？"

阿芭萨悲伤地叹了口气，回答道："是的，我是爱他……如果不是那样，我是不会违背你的命令的……是的，我爱他，我看他值得我爱，也值得比我更高贵的人爱，因为他是真正的贵族。他做了许多了不起的工作，使他的地位高于同僚；除了哈里发，谁也不比他高尚。"

她说着，自觉被一种强烈的自尊感所启发，两眼炯炯有神，面颊渐渐泛红，好像有些害羞，在那个时代，对于女子来说，敢于如此直言是件非常了不起的事，尤其是在哈里发面前。

听妹妹这样一说，拉希德更加惊异。他说："你这个死丫头……你在我面前，还敢承认爱他？而且竟敢把他说得比哈什姆人还好？他是个奴隶；把他说得再高一些，也不过是个异族被护民。你不要跟我争啦！他该当死罪……"

阿芭萨听说要杀贾法尔，周身战栗，心也软了，为救意中人及孩子，何惜忍卑躬屈膝之辱！她克制着自己的情绪，和颜悦色地说："哈伦……哈伦哥哥……不，信士们的长官，哈里发大人……假若你现在不承认阿芭萨，还应该记得她是你的一母同胞之妹吧？你们俩孩提时期一起玩耍，相亲相爱……那么，你至少要听她跟你讲讲那位宰相的事吧！他是你的宰相，竭诚为你效劳……他没犯什么罪，你怎么能杀他呢……他没犯什么罪……如果我俩中必有一人不能免于一死的话，那就杀我吧！因为错在我的身上，而他没有错呀……"

拉希德蔑视地怒笑道："你也该杀……我把你们那两个孩子也得杀掉，以消除这耻辱的痕迹……"

说到贾法尔的两个孩子，阿芭萨浑身颤抖，头发倒竖，禁不住站起身来，声音哽咽地说："把他俩也杀掉？他俩何罪之有……那是两个无辜的孩子呀……那是两个高贵的天使，既不知道何为合法，也不晓得什么是非法……看在安拉的面儿上，难道你就不能可怜可怜他俩？"然后手抚前胸，又说："我的两个孩子……啊……信士们的长官……我求你可怜可怜那两个孩子吧！"

她的声音突然中断，泪水夺眶而出。

拉希德见妹妹这样哭泣，一母同胞的兄妹之情油然生于心间。

拉希德也是做了父亲的人，很容易理解做父母的心情。也许他在与妹妹争辩之时，很想为妹妹找个借口，或者原谅她的行为。可是，由于他先想到的是遭受耻辱之类的事，故怜悯之心被淹没了。拉希德是顶爱虚荣、最爱面子的人，任何有碍于国家和他个人体面的行为，也许他都不能原谅，而贾法尔的行为，他则认为既伤国家体面，同时也破坏了他的名声。在拉希德看来，宰相之所以要阿芭萨生孩子，目的在于让自己的孩子夺取王权；而阿芭萨，除了几个钱以外，并无什么贪求。

拉希德听到妹妹求情，认为她的理由足以战胜自己的情感，尤其是听到她为两个孩子辩护，而且他自己也认为孩子无辜；但是，他仍然觉得留下那两个孩子，将成为他的绊脚石或心病。他见妹妹哭着求他留下俩孩子，回答道："杀掉他俩，好消除背叛痕迹！"

阿芭萨连忙苦苦哀求怜悯孩子，哭号着说："哥哥，你发发慈悲吧！是啊，哥哥……你是我的哥哥……你发发善心吧！你假若仍然认为我们的行为是一种背叛，那就杀掉我们俩，留下那两个孩子，孩子是无辜的……"

"他俩因你们俩的罪过而被杀,不杀他俩就不能消除这种罪过。"

阿芭萨见乞怜无用,自尊心重新抬头,擦了擦眼泪,朝拉希德瞅了一眼,目光锐利无比,险些刺穿拉希德的胸膛。她说:"我们服从的是安拉的命令,难道你仍然把我们的行为看作是一种罪过吗?"

"不要再辩解了!你们俩背叛了哈里发,那就是犯下了不可宽恕的罪过!"

拉希德站起来,好像要出门去。阿芭萨叫住他:"喂,哈伦,你强迫我道出了真心实话,也许除了我,哪个女子也不敢这样对你说话……你禁止我做的事,为什么到了你的手下,就变成了合法的呢?"

拉希德手握匕首,大声呵斥道:"你这个不要脸的,胆敢用这种口气对我说话!你是说我也犯下了同样的罪过吗?"

"正是……我既然敢于这样说,就不怕别人责怨……我们的婚约是经你认可的,也是你亲手为我们办的,无疑是合法婚约。因此,既不用你责怪自己,我们也不怪罪你。可是,我要提醒你一下,在你的宫殿里,奴婢成群结队,你要玩弄哪一个,完全随你的便,法律在你那里完全失去了效用,而你为什么禁止我合法地与一男子结婚?难道这不是一种不公平吗?你们的妻妾数以百计,毫无顾忌,就连你的妻室,也常从女奴中挑选美女赠送给你当妾……就以你的妻子乌姆·加法尔为例吧,她曾把十名最漂亮的女奴当作礼物送给了你。她那样做,她从不会遭到凌辱,而且你和她都没有罪过;然而像我这样的,与一个你为之合法订婚的男子结婚,你们两口子却认为这是大逆不道,而且我向你求情,你大发雷霆,以死相威胁,还要杀死我的丈夫。仅仅杀死一对夫妻,你仍不满足,同时还要杀死两个无辜的孩子,断然拒绝孩子母亲的苦苦求情,虽然孩子那位可怜的母亲愿以自己的死换取两个孩子的生……天理何在……天理何在呀……"

讲到这里,东方透出了黎明的曙光,莎赫札德戛然止声。

第二百四十四夜

夜幕垂降,莎赫札德接着讲故事:

幸福的国王陛下,阿芭萨据理力争,说:"正是……我既然敢于这样说,就不怕别人责怨……我们的婚约是你认可的,也是你亲手为我们办的,无疑是合法婚约。因此,既不用你责怪自己,我们也不怪罪你。可是,我要提醒你一下:在你的宫殿里,奴婢成群结队,你要玩弄哪一个,完全随你的便,法律在你那里完全失去了效用……而你为什么禁止我合法地与一个男子结婚?难道这不是一种不公平吗?你的妻妾数以百计,毫无顾忌,就连你的妻室,也常从女奴中挑选美女赠送给你当妾……就以你的妻子乌姆·加法尔为例吧,她曾把十名最漂亮的女奴当作礼物送给了你……"

拉希德听阿芭萨出言胆大无忌,再也不想看见她,呵斥道:"我看你是死不要脸!错就错在我的身上,是我给了你说话的余地……我已忍无可忍,摆脱你的纠缠的时候到了……喂,迈斯鲁尔!"

话音未落,那个法尔加那粗壮大汉进来,只见他腰挂一口利剑。阿芭萨看见他，急忙求安拉保佑，知道自己大限已经临近。她望着拉希德，说："我无疑就要丧命，谁也保不住我……假若不相信我的自我辩解，但求你相信我对贾法尔的辩护：他没有罪，他不该死，你对他的指责是毫无道理的。你手下留情，可怜可怜那两个孩子吧……"

话未说完，泪水扑簌落下，泣不成声。

拉希德问迈斯鲁尔："把宫门关好了吗？将宫中人关起来没有？"

"都照办了，哈里发大人！"

"你带来的那两个奴仆及仆役们在哪儿？"

"就在不远的地方……我去喊他们吗？"

"只叫那俩奴仆就行了……"

迈斯鲁尔转身出门，片刻过后，只见两仆人抬来了一口大箱子。阿芭萨见之，相信自己就要死去，便朝哥哥望去，却见他背过脸去，向迈斯鲁尔使了个眼色。阿芭萨见迈斯鲁尔持剑朝自己冲来，即对哥哥说："你坚持要把我杀掉？难道你就不怕安拉保护我？你杀我，就是因为我服从了安拉的意志，而违抗了你。你们这一帮男人，不论什么事情，你们怎么干都是合法的，而到了我这里，就成非法的了。你的宫殿里妻妾成群，数以百计，而仅仅因为我按照安拉的法律和安拉使者的训导与一位男子婚配，你就要把我杀掉……公理在哪里？正义居何方……我已把话说完，死而无憾。"

她压低声音，接着说："但是，我要提醒你，不要在我亲爱的丈夫和两个亲爱的孩子那里继续犯罪！"

她把脸转向通往希贾兹的大路，她认为两个孩子就在那里，习惯于从那个方向吹来的风中嗅吸他俩的气息。她说："哈桑……侯赛因……我求安拉保佑你们！"

随后，她又把脸转向舍马西亚，仿佛想遥嘱丈夫几句，不料迈斯鲁尔手起剑落，阿芭萨登时倒在血泊里。拉希德不曾回过头去看妹妹被杀的情景，因为他太喜欢胞妹；正因爱得深，一旦确信其背叛无疑，也便恨之入骨。

阿芭萨断了气，迈斯鲁尔示意两个奴仆将尸首装入木箱。拉希德喊问道："仆役们在哪儿？"

迈斯鲁尔跑去叫来十条大汉，一个个挽着衣袖，卷着裤腿，肩扛镐头，背着草袋，活像一群魔鬼。

拉希德命令他们在那个房间当中挖坑，直刨到有水渗出，即令他们将尸箱放下去，马上填土埋好，恢复地面原状。一切工作停当，拉希德要他们离开那里，将门锁上，把钥匙留在自己的身边，命令迈斯鲁尔守住宫门，不准任何人出入。迈斯鲁尔再三叮嘱卫兵们："来这里的人，一律抓之！"

拉希德对迈斯鲁尔说："把这些人带走，发给他们工钱，然后来宫中见我。"

迈斯鲁尔明白哈里发要他把他们全部杀掉。行动后他将十条大汉的尸体装入十条口袋，缝好上口，然后一一抛入底格里斯河心。

迈斯鲁尔回到永宫，拉希德还没睡，一见面便问他："你照我的盼咐干了吗？"

"我都给他们发了工钱。"迈斯鲁尔答。

"你保存好这把钥匙，我用时再找你要。"

说罢，将那个房间的钥匙交给迈斯鲁尔。迈斯鲁尔接过钥匙，说了声："遵命！"

天快亮了，拉希德说："今天是礼拜四，正是贾法尔走马上任的日子……你不要远离我呀！"

迈斯鲁尔点头从命……

讲到这里，眼看东方透出黎明的曙光，莎赫札德戛然止声。

第二百四十五夜

夜幕垂降，莎赫札德接着讲故事：

幸福的国王陛下，迈斯鲁尔接过钥匙，说了声："遵命！"
天快亮了，拉希德说："今天是礼拜四，正是贾法尔走马上任的日子……你不要远离我呀！"
迈斯鲁尔点头从命。

让我们回过头来，看看贾法尔的情况。
贾法尔正忙于远行准备，对那些情况一无所知。自打与伊斯梅尔谈过话之后，贾法尔心中更加恐慌，决计尽快出发登程。可是，按照惯例，总督走马上任之时，一定要与哈里发告别，因此，他去呼罗珊之前，非得与哈里发拉希德告别不可。一切准备好了，只待上马登程。贾法尔决定去辞别拉希德，便喊来仆从哈姆丹，对他说："你知道，我们今天就要上路了……"
"是的，主公……"哈姆丹说，"我去把阿芭萨公主接到这里来，还是直接到奈赫鲁宛去找你？"
贾法尔赏识仆从思维敏捷、想得周到，便微笑着说："到奈赫鲁宛见面吧！不过，不要这么急于去接她，等我告别哈里发回来再决定吧！"

"听你的安排,主公!"

那天上午,贾法尔一行骑上马出了门,前有众骑士开道,像往日一样浩浩荡荡来到永宫大门前,雄赳赳、气昂昂走过一道道宫门。他骑在马背上,心想:"这是我最后一次走访这多道宫门,会见那个虚伪待我的人。等我到了呼罗珊总督任上,才算是生活在亲人、助手之中;其后再见面,恐怕就是他来同我作战了……"

不多时到了贵宾院正门,贾法尔离鞍下马,开始步行。

拉希德的客人离去后,贾法尔方才进厅,向哈里发问好。拉希德含笑热情回礼,并让他坐在靠自己最近的一个靠枕上,继而亲切地与他交谈。那里放着从各地来的许多信件,贾法尔拿起信,一封一封地读给拉希德听,然后再让拉希德签字。

一个时辰过去了,贾法尔望着拉希德,面浮感激之情,说:"哈里发待我恩深似海,如此器重我,把国家最重要的事情交我办理,我应当感谢陛下……"

拉希德笑了,开玩笑说:"你是我的兄弟,假若你与我分这个王国,我定会给你一半……"

贾法尔听了这句恭维话,故作不好意思的样子,正了正坐姿,虔敬地说:"我是哈里发的一个奴仆……我的一切都是主人恩赐的。"稍停片刻,又说:"假若哈里发要我离开座位,我作为一名奴仆,定然俯首从命。"

"好样的!毫无疑问,日后料理国家大事,我将十分需要听取你的意见;之前,因为有你在,我连自己的事情都不必操心。"

贾法尔听拉希德这样一说,想起自己昨天与伊斯梅尔见面时,向他说过同样一句话,或许使老人感到有伤自尊心,怕是老人把那句话传给拉希德的;其实,那并不是伊斯梅尔传给拉希德的。贾法尔虽然知道有人暗中监视他,但他万万没有想到,正是拉希德送给他的那个英俊男仆竟把他的消息书面报告了拉希德。不过他没有过多思考那些，因为他相信自己马上就去呼罗珊，很快便可挣脱一切恐惧。他感谢拉希德的夸奖，回答说："奴隶事其主人，不管出多少力，也绝没有什么功德好说。"

贾法尔等待拉希德下令让他赴呼罗珊上任，礼貌上哈里发应当先开口谈及此事。可是，等了一会儿，拉希德竟未提一字，贾法尔只好说："哈里发，我可以走了吗？"

贾法尔未提及呼罗珊，也许拉希德以为他说的是要求回住所去。拉希德问："做好上任准备了吗？"

"做好了，主公！"

"你想今天就赴任？"

"如果哈里发有令的话……"

拉希德想使用计谋让贾法尔晚走一些时间，以便弄清他的目的，要杀他时，也方便些。拉希德一时拿不定主意，知道贾法尔身后有庞大的巴尔马克家族，就连哈什姆族人中的大多数人也是很敬重巴尔马克家族的。因此，要杀贾法尔，还得准备一下，好好思考一番，与杀阿芭萨不大一样……所以决定设法拖延贾法尔起程的时间。拉希德问："今天你测过你那颗本命星的高度吗？"

"没有，主公！"贾法尔回答。

他们颇重视星占术，相信不同时辰里，从星宿的高度上，可以看出吉兆、凶兆。当时，达官贵人家中都备有星盘，以便需要时进行占卜。拉希德有一个星盘，做工极为精细，是从他的祖父艾布·贾法尔·曼苏尔那里继承下来的。曼苏尔就是一个极重视星占术和占卜师的人。那个星盘放在御座旁的嵌着象牙花纹的黑色檀木架上，以便用时随手取来。拉希德素喜占卜，贾法尔较之更为精通。

拉希德走去取星盘，同时令侍卫去唤星占师……片刻过后，一位星占师来到哈里发面前。当时,哈里发宫中养着许多通晓占卜术的人。拉希德问星占师:"白天过去多少时辰啦?"

"已过三个半时辰……"星占师答。

"测测高吧!"

星占师测完,告诉拉希德,拉希德亲自计算。片刻后,拉希德望望星辰,又望望贾法尔,说:"喂,我的兄弟,此时现凶兆,定有什么意外发生,你最好明天起程。因为明天恰是礼拜五,你做完礼拜再登程,夜宿奈赫鲁宛,礼拜六一早继续赶路,比今天要好。"

推迟起程时间,使贾法尔颇感为难。他有心拿来星盘自己亲自进行测算,也许得到的结论与拉希德所说的恰恰相反……可是,与哈里发们对坐谈天,反对他们的意见,那是不礼貌的……再说,也许拉希德本来就知道星占结果,因不愿意接受星占师的意见,才亲自进行计算的。

想到这里,贾法尔说:"哈里发说得对,此刻正是凶兆时辰……今天,我既没有看到亮星,也未见银河狭窄之处。哈里发陛下的意见很对。"

贾法尔等待哈里发准予他离去的命令,见拉希德稍改坐姿,贾法尔便站起身来告辞。

贾法尔步出大厅,见永宫里的人夹道欢送他,其中有文官、武将,也有侍卫、宫仆,欢声雷动,赞语不绝,谁也不晓得这位宰相的生命正面临着危险。人们通常只要看到国家要员或大财主的富贵荣华外表,便会大加称赞,往往看不到他们所经历的危险和辛苦。

贾法尔离开永宫,如在梦中,简直不敢相信自己就要逃出樊笼,远走高飞到呼罗珊,携妻带子落脚在乡亲和助手中间了。到了那里,他将平安坦然生活,永远地摆脱宫廷中的阴谋诡计及种种威胁生命的危险。

贾法尔回到舍马西亚宫中，喊来哈姆丹，告诉他明日起程，并嘱咐他关照阿芭萨上路之事，要他在自己离去之后，留在舍马西亚，等天黑下来，再去阿芭萨宫中，将阿芭萨及其想带走的人接出来，送往奈赫鲁宛，或其他安全的地方。

贾法尔知道阿芭萨喜欢阿蒂白和艾尔加旺。不过，哈姆丹天生聪明，且对贾法尔极其忠诚，像这样的事情，本来是用不着嘱咐的。

片刻过后，贾法尔脱去衣服，躺下休息了……

讲到这里，眼看东方透出黎明的曙光，莎赫札德戛然止声。

第二百四十六夜

夜幕垂降，莎赫札德接着讲故事：

幸福的国王陛下，贾法尔回到舍马西亚宫中，喊来哈姆丹，告诉他明日起程，并嘱咐他关照阿芭萨上路之事，要他在自己离去之后，留在舍马西亚，等天黑下来，再去阿芭萨宫中，将阿芭萨及其想带走的人接出来，送往奈赫鲁宛，或其他安全的地方。贾法尔知道阿芭萨喜欢阿蒂白和艾尔加旺。不过，哈姆丹天生聪明，且对贾法尔极其忠诚，像这样的事情，本来是用不着嘱咐的。片刻过后，贾法尔脱去衣服，躺下休息了。

阿芭萨得知拉希德来了，即派女仆阿蒂白去找贾法尔，告诉他处境危险，期望他自己设法逃身。

阿蒂白向宫仆房间走去，打算派一个人去执行这项任务，不料宫殿已被大兵包围，没有办法出门。她觉得事情难办，随即跑回自己的房间。她见拉希德这个时候来，又带着人，禁不住周身打战，深为女主人担忧。经过一番思考，认定女主人必将大祸临头，果不其然，时隔不久，阿芭萨就被杀掉了……

阿蒂白得知女主人被杀，痛哭号啕不止，知道危险将波及自身。不过，女主人丧命之后，阿蒂白已把自己的生死置之度外，一心想的是将女主人的遗嘱传达给贾法尔，因为她料到贾法尔很快也会遭殃，必须及早提醒他，让他设法逃生。

阿蒂白思来想去，觉得无计可施，心中更加恐慌。眼见天就要亮了，她哭号着从一个房间走到另一个房间，不知如何是好。

阿蒂白知道哭是无济于事的，心想最好还是设法跑出宫去，把消息告诉贾法尔，让贾法尔逃命，那才是对已故女主人的最佳告慰。她突然想起了艾布·阿塔希亚，认定是他造成了这所有的灾难，她咒骂他。她想到他曾爱过自己，还到哈里发那里向她求过婚，而她却拒绝了他的要求。阿蒂白心想："若能够见到艾布·阿塔希亚，做出爱他的表示，也许能使他高兴，加之诗人在哈里发眼里享有某种地位，只要他帮一下忙，是能把她送出宫门的；一旦出了宫门，就不愁没有办法到贾法尔那里去。"阿蒂白想起艾布·阿塔希亚贪财，虽然他手里有许多钱；如果爱情不能使他动心，那么，钱一定能让他头晕眼花……

想到这里，阿蒂白心中感到轻松多了，但不久又惆怅起来，因为她不知道艾布·阿塔希亚此时此刻在哪里，也不晓得如何去找他。

阿蒂白想到钱财能够征服困难、软化铁石心肠，决计破财买路。她从收拾好的行李中取出女主人的一条宝石项链,然后穿上一件怪里怪气的衣服,蒙上面纱,穿上靴子,装作不知道有关门的命令在先,径直向宫门走去。

来到宫门,她发觉门关得紧紧的,先敲了敲门,然后喊了喊阿芭萨委派的那个看门人,但没有听到答声……她又敲了敲门,便门开启了,有一个人探出头来,一看便知那是拉希德的卫兵。她问:"看门人到哪儿去了……你们怎么把门锁住了?"

那卫兵关上门,转身就走,并且说:"回去吧!不能外出!"

"天哪……为什么?"

"回去吧,不要多废话!这宫门是根据哈里发陛下的命令关闭的。"

阿蒂白拍着巴掌喊:"怎么把我关在这里啦……"

卫兵听她这样一喊,知道她不是宫里人,便推开便门,只见她的头和脸蒙得严严实实。她说:"看在安拉的面儿上,你就把门打开,放我走吧!我没犯什么罪,也不是这座宫里的人。"

"你怎么……"

"我昨晚有事来找阿芭萨公主,事还没办完,天就黑了下来,只有在女仆那里过夜。现在,我想回我主人那里,免得他嫌我迟迟不归,对我产生什么猜疑……"

"你的主人是谁?"

"我的主人……是哈里发的宫廷诗人艾布·阿塔希亚。"

卫兵听到这个名字,感到亲切,因那位诗人名气大,而且在当时,诗人是哈里发御座前的高朋贵客。卫兵问:"你从他那里来有何事?"

阿蒂白装出不肯把话明讲的样子……低下头去,哑然无语了。卫兵又问:"你怎么不回答我呢?"

"我从他那里来有事找阿芭萨小姐……为了……你就给我开门吧!不要误了我的事!安拉会嘉奖你的……"

卫兵相信她的话,但想跟她开开玩笑,于是说:"你来是为了一件什么秘密任务吧……那么,你就站在原地,保守你的秘密吧!"

话音未落,又把便门关上了。阿蒂白哀求道:"看在安拉的面儿上,我求你给我开开门吧,不要把我关在这里!我已经迟误了一夜,也许要因之吃苦头;假若再耽误一夜,那怎么得了呢?"

卫兵再次打开便门,说:"不说你为何事而来,我是不会放你走的。"

"我看你在拿我开心。你心里没事,而我心中十分不安。你如不相信我的话,我去请阿芭萨小姐为我做证……难道你不相信她?"

阿蒂白故作天真,使卫兵更加相信她的话了。但是,他想起拉希德的叮嘱,恐怕放走她出去会带来什么严重后果,于是回答说:"这与我无关,我是奉命把门的,任务是禁止宫中人出入大门。"

卫兵想把便门关上,阿蒂白上前拉住门扇,想拉开,同时说:"如果我把来因告诉你,你能放我出去吗?"

"你为何而来?说吧!"

阿蒂白压低声音说:"我想你是知道艾布·阿塔希亚的,他的诗作得很好……"

"是的……我知道。"

"我想你也晓得他爱财……"

"他因之而闻名……"

"他每当想赚钱时,就秘密为某些王公贵族作诗。昨天,他作了一首颂扬阿芭萨公主的诗,晚间派我把诗送到这座宫中,小姐不仅给了我奖品,还留我过夜……但她没有……"

话未说完,摇了摇头,没说下去。

"什么奖品?"

阿蒂白装作害怕明说,没有回答。卫兵急忙又问:"你为什么不说话?"

阿蒂白用胆怯、求情的语调说:"我说……"

只见她伸手从衣袋里掏出一条项链,亮光闪烁,如同太阳。卫兵伸手去拿,阿蒂白藏入衣袋。卫兵说:"让我看看呀!"

阿蒂白装出很不放心的样子递过去……卫兵接过项链,翻来覆去地看,爱不释手。他说:"哦,这是一条很贵重的项链哟……可是……我一颗宝石也得不到,你认为我会让你带着这条项链走出门吗?"

阿蒂白不耐烦地说:"无论如何,我得出去呀!"

卫兵见她一心想出门,便说:"你要出去,只能你自己出去!"

"我怎么向艾布·阿塔希亚交代呢?"

"你就说,阿芭萨公主没有给他什么。"

阿蒂白一听,心中暗喜。但是,她说:"可是,他如果不相信呢……我看这样办吧:你我平分,每人一半!"

卫兵高兴极了,遂将项链割断,一大半留给自己,将另一少半递给阿蒂白,并说:"给你这么多,足够了……你如同意,那就出门;如不同意,还请进去!"

阿蒂白低头沉思片刻,然后说:"我出去……只当小姐没给我什么。"

数颗宝石落入手中,卫兵喜不胜收,随后将门打开,说:"出去吧!但有一点,不要告诉任何人!不然,你定死无疑。"

阿蒂白伸腿迈出便门,高兴得要飞起来,简直不敢相信已摆脱被囚困境,心想贾法尔逃生有了希望。那个卫兵比她更高兴。

晨光已经升起,阿蒂白不顾一切地快步走去,雇来一头毛驴,直奔位于舍马西亚门附近的相府而去……

讲到这里,眼看东方透出黎明的曙光,莎赫札德戛然止声。

第二百四十七夜

夜幕垂降,莎赫札德接着讲故事:

幸福的国王陛下,阿蒂白伸腿迈出便门,高兴得要飞起来,简直不敢相信已摆脱被囚困境,心想贾法尔逃生有了希望。那个卫兵比她更高兴。

晨光已现,阿蒂白不顾一切地快步走去,雇来一头毛驴,直奔位于舍马西亚门附近的相府而去。

贾法尔回到相府,脱下衣服,准备休息,忽然想到要吃些点心,凭以告别巴格达城。这样的茶点,宫仆们常为他安排在早晨,因而称之为早点。宫仆们上完点心、茶水,贾法尔问哪个歌手在家,他们异口同声回答:"盲歌手艾布·祖卡尔在……"

"把他叫来!"贾法尔说。

盲歌手由宫仆领进厅中,拉起幔帐,贾法尔令歌手们就位,想借此歌会告别"和平之城"——巴格达,因为他相信自己明天早晨就要起程赴呼罗珊了。

艾布·祖卡尔唱,众歌女弹奏四弦琴,贾法尔边吃边喝,欢乐如常,认为人们对他与拉希德之间的事一无所知。其实,人们的心中比贾法尔还明白,尤其是那些歌手们,他们可以借唱堂会之机,从在座者的面部表情上，洞察他们心底里的秘密；他们能看出什么，只是装作什么也不知道，把一切埋在自己的心底，唯恐自己的生命受到威胁。

拉希德尽管对贾法尔的事情守口如瓶，但瞒不过歌手穆苏里的眼睛。据说，在一次堂会上，拉希德问穆苏里："人们都在谈论什么？"穆苏里答道："人们说你将逮捕巴尔马克家族人，任命法德勒·伊本·莱比阿为宰相。"拉希德当即呵斥他："你这个该死的东西！那与你有何相干？"

艾布·祖卡尔也是这样。因为他瞎，所以听歌的人更乐意向他实话实说。他对贾法尔的处境一清二楚，也许他的歌声更可向人们暗示那一切。

那天，贾法尔让他唱歌，只听他唱道：

不论早或晚，死神叩门环。
所积财和物，总是要用完。
谁能逃夜临，我将献古玩。

在座者一听，便懂得艾布·祖卡尔歌词的意思，只有贾法尔本人蒙在鼓里。歌声刚落，厅门打开了，侍卫走了进来。贾法尔问："什么事？"

"哈里发陛下的侍从迈斯鲁尔在门外求见……"

贾法尔听后一惊，因为他素来讨厌这条鲁莽大汉。但是，贾法尔无可奈何，只有让他进来。迈斯鲁尔进了大厅，贾法尔大声问："有什么事吗？"

"主公阁下，哈里发请你去见他……"迈斯鲁尔粗声粗气地答道。

贾法尔对这意外召唤颇感不快,说道:"迈斯鲁尔,你这个该死的!我刚刚从哈里发那里回来……有什么事吗?"

"从呼罗珊来了一批信,哈里发想让你去看看……"

贾法尔心情稍感平静,边站起身,边想:"我本以为今天早晨那次见面,是我在巴格达最后一次看到这个人。不料,现在又要去见他……无可奈何,只有把一切托付给安拉了。"

贾法尔即令取来大袍和烟囱帽,穿戴完备,佩上宝剑,然后出了厅门,茶点席也散了……迈斯鲁尔前面走,贾法尔后跟。这时,忽见侍卫官走来,站在贾法尔看到的一个地方,像是有什么事要讲。贾法尔问有何事,那侍卫官说:"阿芭萨公主的贴身女仆想见见你。"

贾法尔立即想到阿蒂白来自阿芭萨那里,多半为了商量有关起程远行的事。他说:"告诉她,我马上回来,回来后再说吧!"

"她说要求立即求见你……"侍卫官说。

贾法尔有心马上见阿蒂白问问情况,但又怕被迈斯鲁尔看到,然后去报告拉希德,贾法尔停下脚步,犹豫片刻,之后想起仆人里哈尼;有关起程远行之事,里哈尼全部知道,于是对侍卫官说:"让她去见里哈尼,有什么事都可以对他说,他是我们的全权代表……"

侍卫官示意从之。贾法尔行至宫院,骑上马,在众骑士及宫仆护卫下,一行人马,浩浩荡荡向永宫走去。

迈斯鲁尔骑马前行带路,贾法尔的坐骑行走在大队中间,前后左右均有骑士护卫,他们各个是英雄豪杰,愿以生命保卫贾法尔;而贾法尔每逢骑马上路,也以有他们的虎威而感到自豪。

队伍走出舍马西亚区,通过大桥,来到永宫大门前的广场上。他们行至宫门,迈斯鲁尔离鞍下马,示意队伍停下来;众骑士勒缰住马,谁也不晓得迈斯鲁尔的用意何在。

迈斯鲁尔走进宫门,贾法尔及两名随从跟着进了门,不曾多想什么。他们到了门内,迈斯鲁尔暗示卫兵将大门关上,卫兵当即从命;这是迈斯鲁尔行前布置好的……他们走近第二道门,将两名随从留在门外,只准贾法尔进门,迈斯鲁尔随手将门关上。走进第三道门,贾法尔回头一看,不见随从踪影,后悔此时此刻到这里来,有心立即回返。贾法尔朝前望去,只见宫院里有一个土耳其式圆顶屋,那是迈斯鲁尔按照拉希德的命令搭建起来的,周围站着四条黑大汉……

贾法尔以为拉希德在那里等着他,但走进去一看,一个人影也没有,仅仅看见地上放着一柄宝剑和一张皮垫子。这时候,贾法尔方才意识到自己的死期已至,身不由己跪下来,两膝颤抖不止,心中恐惧万分,因为他深知迈斯鲁尔野蛮成性,自己已无力进行反抗。退一步说,就算能够战胜迈斯鲁尔,又有何用呢?再则,被围困在深宫之中,而且单枪匹马,怎能抵众呢?贾法尔决计用软办法,问道:"喂,兄弟,有什么事呢?"

迈斯鲁尔蔑视地一笑:"哦,我现在倒成了你的兄弟,而在你家中,你却骂我'你这个该死的'……你晓得有什么事,安拉是不会忘记你的。哈里发陛下命令我割下你的首级,立即送到他的面前。"

贾法尔一听,周身打战,心灰意懒,血几乎全凝固了。也许那种心理上的懦弱来源于酒宴。

人们猜想贾法尔这位当朝宰相,在这种情况下,定会像英雄男子汉那样镇静坚强。然而花天酒地的生活会使人意志消退,沉湎于奢侈与狂饮生活之中的人,尤其像那天早晨贾法尔刚离开酒席宴会的时刻,更会不知如何是好。贾法尔听到迈斯鲁尔用那种语气对他说话，禁不住一下扑在迈斯鲁尔的双脚前，边吻他的双脚，边说："迈斯鲁尔兄弟，你知道我是何等敬重你。我把你看得比所有的宫仆都高尚。你的所有要求，我全都答应。你知道我在哈里发陛下那里的地位，你也晓得我保守着哈里发陛下的一切秘密。也许有人在哈里发陛下面前说了我的什么坏话。这是一万第纳尔，你先拿去用……我请求你放我走吧……"

"那是不可能的……"迈斯鲁尔说。

"你把我带到哈里发陛下那里，让我站在哈里发陛下面前，也许他看到我，就会大发善心，免我一死。"

迈斯鲁尔摇摇头："不可能……我不能违抗哈里发的命令。据我所知，无论如何，你都没有活命的希望了。"

"宽限我一个时辰……你到他那里去一下，就说你已经执行了他的命令，听听他说些什么，然后回来，要怎么办，全由你决定……假若你这么办了，我得以平安生存，那么，我向安拉及其天使立誓，将我的全部财产分给你一半，让你当全军统帅，请你主宰天下大事。"

听了这些许愿，迈斯鲁尔心中颇感自在。他想，也许拉希德是在盛怒之时下令斩杀贾法尔的；息怒之后，也许会改变主意，免贾法尔一死。如果果然如此，他便可得到大批财产，享受高官厚禄……想到这里，迈斯鲁尔低下头去……贾法尔看到迈斯鲁尔低头沉思，贪生的念头更加强烈，耐心等待迈斯鲁尔回答。

迈斯鲁尔说："试试看吧！"

说罢，迈斯鲁尔伸手解下宝剑和腰带，递给卫兵，并嘱咐他们对贾法尔严加看守，然后走去了。

贾法尔见那里只剩下皮垫和宝剑，头脑清醒过来。

人无论遇上多么大的危险，求生的欲望总是十分强烈的。可是，贾法尔并没有求生的希望，因为他与拉希德那一次相互迎合、虚伪的谈话之后，就知道拉希德为什么要杀他……他相信拉希德已经知道他与阿芭萨之间的事了。他想起阿蒂白那样急匆匆赶来的情景，后悔自己不该让她等自己回去再面谈。他想，也许阿蒂白带来了什么告诫，或提醒他注意什么的；假如离开相府之前了解到那些情况，也许会有什么益处。

想到这里，贾法尔痛感灾难沉重，仿佛亲眼看到了死神，不禁满目凄凉，好像阿芭萨就站在他的面前，与最近一次见他时相约逃往呼罗珊的情形一模一样。他想起自己希望携妻带子逃生，假若昨天不辞而别，或者出门前见见阿蒂白，那该多好啊！他感到心中烦闷，灾难非同一般，禁不住泪水扑簌落下，很想在永别之前，看看阿芭萨，吻吻自己的两个孩子。

贾法尔哭着暗暗自语："啊，亲爱的阿芭萨，你是多么苦啊！啊，我多么想吻一吻我的两个儿子！我多么希望与儿子一起玩耍的时刻快些到来；当我认为这样的日子已经不远之时，而这样的日子又永别了我。阿芭萨，我亲爱的妻子，安拉已经认可你是我的合法妻子，而你的哥哥却说我们的行为是背叛。我的爱妻，你为了我，冒生命危险；为了我，不怕那个暴虐之人大发雷霆。是的，你敢于承受那一切磨难，都是为了真诚的爱情；如果没有这爱情，哪会生活得幸福、舒适、安乐！因为哈什姆族人都很敬重你……假若你的哥哥拉希德知道了我们的事情，你的情况将会如何呢？无疑他会把你杀掉……虽然他现在还没有杀你……莫非阿蒂白是来想向我报告你被杀的消息，告诉我要加倍小心，以免同样命运？也许会这样……因为你十分怜悯自己的心上人。我知道，你曾不止一次表示愿为爱情献出一切……假若你已在我之前归真，那么，我后悔自己要求再活下去，愿意立即去追赶你……如果你还活在人世，那就请你来追赶我来吧!因为你的哥哥只要把我们的事情视作背叛,就会马上把我杀掉。安拉最知我们的心,我们是根据安拉的法规和条件相爱的。"

贾法尔沉默片刻,咽了口唾沫,擦了擦汗,然后又悄悄自语道:"我们的两个孩子呢……哈桑、侯赛因……你俩现在何方?你们俩晓得你们父母正在遭受暴君的虐待吗……他是何等专制,心又是多么狠毒……"

话未说完,贾法尔已感到唇干舌燥,声音哽咽。就在这时,耳边响起钥匙开门的声音,贾法尔一惊,目光转向宫门,但见迈斯鲁尔满面愁云地走来。贾法尔一看便知他没有完成任务,正想开口问,但听迈斯鲁尔说道:"我到哈里发那里去过了,哈里发一见我,便问你的情况,我回答说已照他的命令办了……他说:'立刻将他的首级提来!'……"

贾法尔听后,强打精神说:"你看着办吧!但是,我还要问一件事,因我已临生命最后时刻,要求你如实回答。"

"问吧!"

"阿芭萨情况如何?你照实说吧,不要怕人家说什么,因为听话者马上就要死了。"

"阿芭萨已经归真了……"

"她被杀啦……你就把我杀掉吧,快一点儿!我不想再活下去了……"

贾法尔话未说完,迈斯鲁尔手起剑落,贾法尔的脑袋顿时滚落在地上。迈斯鲁尔随即提起鲜血淋漓的人头,拔腿见拉希德去了……

讲到这里,眼看东方透出黎明的曙光,莎赫札德戛然止声。

第二百四十八夜

夜幕垂降，莎赫札德接着讲故事：

幸福的国王陛下，贾法尔听了迈斯鲁尔的话后，强打精神说："你看着办吧！但是，我还要问一件事，因我已临近生命的最后时刻，要求你如实回答。"

"问吧！"迈斯鲁尔说。

贾法尔问："阿芭萨情况如何？你照实说吧，不要怕人家说什么，因为听话者马上就要死了。"

"阿芭萨已经归真了……"

贾法尔一惊，说："她被杀啦……你就把我杀掉吧，快一点儿！我不想再活着……"

贾法尔话未说完，迈斯鲁尔手起剑落，贾法尔的脑袋顿时滚落在地。迈斯鲁尔提起鲜血淋漓的人头，拔腿见拉希德去了。

迈斯鲁尔完全是按照拉希德的命令行事的。将贾法尔叫到永宫，让其单独来到土耳其式圆顶屋，也都是拉希德亲自策划的。

那天早晨，贾法尔刚离开贵宾院，拉希德便吩咐迈斯鲁尔搭起了那座土耳其式圆顶屋。贾法尔离去后，拉希德心神不安，在院子里踱来踱去，究竟立刻动手杀掉贾法尔，还是再推迟一些时间，一时拿不定主意，因为他熟知巴尔马克家族的支持者大有人在，而且个个勇武豪强，视死如归。

拉希德没吃没喝，一夜没有睡觉，心中更加憋闷、气愤。失眠往往使人心烦意乱、性情暴躁;心情平静时尚且如此,心神不安时暴躁尤甚。一方面,拉希德担心动手晚了,贾法尔会起而反抗,事情就会走向他所希望的反面;另一方面,拉希德又十分喜欢贾法尔,二人从小一块长大,相处无拘无束,他把贾法尔看作兄弟,不忍心杀之。可是,每当想到贾法尔的爱情之事,便认为他伤了自己的体面,禁不住头发倒竖,周身颤抖,觉得不杀掉他,不足以解心头之恨。

拉希德独自在庭院中信步沉思,忘掉了一切……假若这时走进一个人来,便会看到他的脚步时快时慢,有时低头沉思,有时抬眼望天,时而抓耳挠腮,时而指手画脚,像是在威胁他人,又像是无可奈何的样子,仿佛墙上艳丽的刺绣帐幔及华美的彩色地毯全不在他的眼里,而他所看到的只是一片漆黑。也许他在帐幔前站一会儿,看看绣在上面的诗句或图画;他虽读过上面的诗句,但全然不解其中的含义……因为他在想别的事情,心不在焉。碰巧他在椅子旁的一根柱子前站下来,见上面刻着这样几句诗:

　　但期杏德忠诺言,我之相思消雾散。
　　但望杏德力排难,强者能实现心愿。

人处于犹豫徘徊之时,进与退如同天平两侧秤盘上的砝码,相互平衡,只要在一侧加上一星点儿东西,另一侧立即上升,平衡顷刻消失。那几句诗就像那星点儿东西,促使拉希德下决心前进。拉希德读完那两句诗,喊道:"迈斯鲁尔……"

迈斯鲁尔眨眼之间赶来,拉希德叮嘱他按原计划行事,而他自己则等在大厅里,忐忑不安,如坐针毡。

迈斯鲁尔把贾法尔骗到永宫,贾法尔设计求免于一死,终被拉希德驳回……迈斯鲁尔返回，立即削下贾法尔的首级，然后揪着胡须，倒提着向大厅走去，鲜血滴个不止，染红了人头的双颊、双眼和头发。

迈斯鲁尔走进大厅，将人头抛在拉希德座位前面的皮垫子上，然后退到厅堂一角。拉希德一看到贾法尔的首级，顿感危险已经解除，但遏制不住心中的遗憾、悲惊之感，脸色也变了，思绪之波彼伏此起，往日友好相处的情景一幕幕浮现在眼前。拉希德望着贾法尔的首级，习惯性地用嵌着象牙花纹的檀木杖击打着地毯，说道："喂，贾法尔……难道说我没有让你与我平起平坐？贾法尔，你给我的报答是什么呢……你不尊重我的权力……你无视我的约法……你忘记了我对你的厚恩……你没有考虑到事情的结果……你没有想到日后的灾难……你不曾思量世道会天翻地覆……贾法尔，你背叛了我，背弃了我的家人，使我在本族及异族人中间丢尽了脸面……贾法尔，你害了我，同时也害了你自己……你没有好好想想事情的后果啊……"

拉希德边说边用手杖击打地面，间或点点贾法尔的牙齿，仿佛在催他说话。

迈斯鲁尔一直站在旁边看……假若他的心是肉长的，那么，也早该碎了；然而，他毕竟是个铁石心肠的刀斧手。

拉希德痛责死去的贾法尔，迈斯鲁尔既不敢说一句话，也不敢动一动……正在这时，门外传来急促的脚步声，且不断向厅门靠近，片刻后，便听到敲门声，同时传来声音："哈里发陛下，你好哇！我可以进门吗？"

拉希德听出那是伊斯梅尔·伊本·叶海亚的声音，禁不住大吃一惊，急忙示意迈斯鲁尔将贾法尔的首级拿走。迈斯鲁尔立即照办，随后，从另一个门出了大厅。未等拉希德答话，伊斯梅尔便进了厅门。

拉希德抬眼朝厅门望去,见伊斯梅尔面带惊慌神情走了进来,烟囱帽周围缠了一条与其身材很不相称的头巾,胡子也没有梳理,边幅未修,完全不像拜见哈里发时的装束。

拉希德稳定情绪,回了礼,然后示意伊斯梅尔坐下。伊斯梅尔气喘吁吁地在离拉希德很远的一只靠枕上坐下来。拉希德站起身,向伊斯梅尔走去,试图微笑着向老人表示欢迎,然而因为心中怒气未息,难以如愿表达对客人的欢迎之情。

伊斯梅尔见哈里发站起来,他也恭恭敬敬地站起来。拉希德让他坐下,他在哈里发身边坐了下来。拉希德料定老人此时此刻到来必有要事,随即问其来意,老人说:"喂,哈里发,我是来说情的……你如有事,还望迟些再办……"

拉希德晓得伊斯梅尔为贾法尔的事情而来。保密措施那样严格,还是走漏了风声。拉希德感到十分意外。伊斯梅尔是从贾法尔的男仆里哈尼那里得知那一消息的。

那天早晨,阿芭萨的女仆阿蒂白来后,贾法尔因准备到永宫去见哈里发,故将接见阿蒂白的任务交给了里哈尼。阿蒂白把情况告诉了里哈尼,这时贾法尔的队伍已经出了相府,因怕迈斯鲁尔生疑,所以没有去追赶。

里哈尼一时不知如何才好,经与阿蒂白商量,考虑到伊斯梅尔与拉希德素有交情,故一致同意委托伊斯梅尔老人前往说情。

里哈尼赶至老人住宅,见他正在花园中散步,随即将发生的一切告诉了他,并催促他前往拉希德那里求情。伊斯梅尔急忙穿好衣服,径直来到永宫,起初卫兵们不让他进门,后来还是让他进来了,而他不知道贾法尔已经被斩,更没有想到拉希德那样急于杀死贾法尔。

伊斯梅尔进门后问哈里发在哪儿，人们告诉说哈里发独自待在贵宾院，他便快步来到大厅前，未等请进令下，就推门进了大厅。

拉希德一听伊斯梅尔的话，知道他是来为贾法尔说情的，但佯装不解其来意，说道："说情……好说，好说……你的命令哟，照办，照办……哪怕是有关选择王储事宜。"

伊斯梅尔心中暗喜，说："安拉令哈里发健康长寿！我是来为你的宰相贾法尔说情的……"

拉希德摇了摇头："大叔啊，你来晚了……如今木已成舟，事情已成定局了。"

伊斯梅尔大惊，忙问："你把贾法尔杀掉啦？"

"杀掉啦……"

"哈里发，你真把贾法尔杀掉啦？他是你的宰相，他是你的掌印官，他是料理国家大事的人哪！"

"伊斯梅尔，多说也已无用……我的这位宰相死于背叛罪。假若你晓得了他所犯的罪过，你作为哈什姆人，也会判他死刑的。"

讲到这里，眼看东方透出黎明的曙光，莎赫札德戛然止声。

第二百四十九夜

夜幕垂降，莎赫札德接着讲故事：

幸福的国王陛下，伊斯梅尔大惊，忙问："你把贾法尔杀掉啦？"

"杀掉啦……"

1431

"哈里发，你真把贾法尔杀掉啦？他是你的宰相，他是你的掌印官，他是料理国家大事的人哪！"

"伊斯梅尔，多说也已无用……我的这位宰相死于背叛罪。假若你晓得了他所犯的罪过，你作为哈什姆人，也会判他死刑的。"

伊斯梅尔以为拉希德指的是贾法尔放走阿里派分子，因而判定贾法尔偏袒阿里派；二人不久前还谈论过此事。伊斯梅尔知道贾法尔的敌人对贾法尔进行造谣诬蔑，相信他不该遭杀头之祸，于是问："哈里发不是决心把他赶到呼罗珊去，然后再考虑他的事情吗？"

"我本来是那样想的。但是，后来考虑到，还是把他控制在我们的掌心中，更利于保卫我们的王权，实现我们的目的。因为他一旦到了呼罗珊，就处在自己的乡亲与党羽中间……而呼罗珊人，自打我的祖父曼苏尔杀了他们的首领艾卜·穆斯里姆，他们一直对我们怀恨在心。诚然他们无力对抗我们，却令我们担心费神。因此，我们应该早些下手，以根除后患。"

"哈里发的意见很对……不过，贾法尔的嫉妒者大有人在，他们对贾法尔竭尽诬蔑、造谣、攻击之能事，为之添加罪行。哈里发试图让哈里发职位永远掌握在哈什姆族人手中，因而急忙杀掉了贾法尔。不过，也许留下贾法尔对国家更有益，如今事情已成定局，无可挽回了……"

拉希德听伊斯梅尔提到造谣中伤者很想探听一下他们的消息，以便对他们进行报复，或者设法避免他们的伤害，于是问道："伊斯梅尔，你相信那些吗？那些造谣中伤者都是些什么人？"

伊斯梅尔想把加法尔·伊本·哈迪、法德勒·伊本·莱比阿等人的活动情况告诉拉希德……但他没有开口。他沉思片刻，认为照实说出，只会加深分裂，使国家受损；正如人们所知，他是个一心维护国家利益的人。假若贾法尔活着,即使说出真实情况,也不会带来多少危险;如今贾法尔已不在人世,再谈及那些中伤者的言行,则是另外一种诬蔑中伤。伊斯梅尔后悔自己刚才说走了嘴,决心不再讲下去。他说:"你既然已经杀掉了贾法尔,这本身已构成一种灾难;倘若我提及别人,就是把国家拖入另一场灾难之中……哈里发深知我期望这个国家完整、安定,恳请你不要让我再谈那些了。我求哈里发恕贾法尔无罪,此事已不可能,因而请哈里发不要再让我说别人的坏话;假如说出来对国家有益,我绝不将之留在心中。请服从我这一次吧!要知道,我把那些话留在心底,就像求哈里发赦贾法尔无罪一样,都是为了哈什姆族人……我恳求哈里发不要把我的守口如瓶看作无礼行为……倘若哈里发认为这冒犯了自己的尊严,那么,哈里发有权进行处置。要知道,不管怎样,哪怕生命受到威胁,我也是不往下说的。"

拉希德敬重伊斯梅尔,相信他心诚意真,因而珍视他的生命。拉希德说:"大叔,你的生命对于我们来说是十分宝贵的。我们伤害你,安拉不容啊!即使你不服从我们的意志,那也是为了我们好。假如贾法尔的罪恶只限于危害国家、支持阿里派,那么,我们也就甘心容忍了,会像过去一样对待他,因为我们早就知道他倾向于阿里派。可是,他犯下的罪远远比那严重……假如你晓得他犯下的罪过,你会赶在我们前面将他杀掉……究竟他有什么过错,你就不要过问了,我也不会讲的;倘若我的右手干出这样的事情,我也会毫不犹豫地将之杀掉……"

拉希德越说越生气,双唇颤动,胡子也哆嗦起来。过了一会儿,他摇着头,说:"唉……唉……倘若我能再杀他一次,我会起身挥剑……"

眼见拉希德大发雷霆,伊斯梅尔胆战心惊。伊斯梅尔知道拉希德指的是阿芭萨的事，但他与拉希德的看法有所不同。他假装不明白拉希德的意思；即使认为有话可说，他也不想再说，免得引起无益的争论。因为他深知拉希德爱面子，尤其珍惜哈什姆族人的声誉，故一直沉默无言。

过了一会儿，宣礼声传来，做晌礼的时间到了。拉希德站起来，伊斯梅尔随后站起，告别之后，步出厅门……

拉希德差人端来水，做罢小净，去清真寺做礼拜。聚礼毕，拉希德回到宫中，即令几个贴身侍卫去抓贾法尔的父亲、兄弟和孩子，占领他们的宫殿、公馆，查抄里面的全部东西，留下那里的男仆女奴，分而使唤之。这场变故中，只有里哈尼和阿蒂白决心追随已故主人，奋力反抗抄家的大兵，登时倒在血泊中丧命。拉希德指示迈斯鲁尔带人搜查贾法尔在奈赫鲁宛的营地，夺来了所有帐篷、武器及什物。

礼拜六早上，拉希德得知巴尔马克家族中的人及他们的侍卫已有上千人被杀，即下令：禁止活下来的巴尔马克家族人返回故乡，将贾法尔的父亲叶海亚·伊本·哈立德及其弟弟法得勒·伊本·叶海亚囚禁在酒窖里，把贾法尔的尸体悬挂在巴格达桥上……下人一一照办。

拉希德感到放心了，去见妻子祖贝黛，将事情逐件相告，妻子认为甚好。但是，祖贝黛想起那两个孩子，遂说道："你的行动果断利落，确保了哈里发职位不会落入敌人手中。可是，那两个孩子，你怎样处理呢？"

见拉希德低头沉思，祖贝黛又说："要想抹去耻辱，那就得消除痕迹。留下那两个孩子，总还算是污点吧……"

"你知道他俩在哪儿吗？"

"你如有意找他俩，可以让你的奴仆想办法嘛……"

"你马上告诉迈斯鲁尔!"

祖贝黛指明那两个孩子的隐身之地,拉希德回到永宫,坐等两个孩子到来。

法德勒·伊本·莱比阿通过艾布·阿塔希亚,将两个孩子藏在底格里斯河畔的一座房子里,并派人严加守卫。迈斯鲁尔到了,杀掉抚养两个孩子的仆人里亚士和白拉,把两个孩子带到了永宫。

迈斯鲁尔带着两个孩子来见拉希德,见拉希德正独自坐在靠枕上。

两个孩子笑着,连蹦带跳地进了大厅,两张面孔上洋溢着欢乐、幼稚与童真,他们满以为迈斯鲁尔是领他们来赏风观景或参加宴会的。拉希德见两个孩子容貌俊秀,心情沮丧不堪,痛惜他俩将面临磨难,因为他明知两个孩子是纯洁无辜的……不过,他已下决心抹掉那背叛痕迹,于是克制着自己的情感,招呼俩孩子到他跟前去。两个孩子边看厅内五光十色的陈设,便跑到拉希德的御座前。拉希德问大的孩子:"亲爱的,你叫什么?"

"我叫哈桑。"

拉希德又问小的:"小宝贝儿,你呢?"

"侯赛因。"

拉希德惊叹他俩言语清晰,能讲标准的哈什姆话。

拉希德也是一位喜欢孩子的父亲,他开始仔细思索自己将要干的那件大事。假若他不是一位做了父亲的人,怜悯之情尚未成熟,那么,做那样的事,对于他来说并不难,因为只有做了父母的人,才能体验到怜悯子女的感情。父亲不仅仅只怜悯自己的孩子,而是习惯于怜悯每一个孩子……此外,眼前的这两个孩子都有哈什姆人血统,血缘关系成为同情的原因之一,更使拉希德感到为难。

拉希德沉思之时,两个孩子不住地和他逗着玩儿,时而抓抓他的胡子，时而搂搂他的脖子，致使拉希德险些屈从于怜悯之情。拉希德终于想到了自己的处境，生怕自己心软下来，决计立即动手，免得再有人前来说情；但是，他不希望亲眼看到两个孩子倒下，也不想听到那种凄惨的喊声。拉希德一时情感冲动，号啕大哭起来，连话都说不出来；两个孩子见此情景，不胜莫名其妙。拉希德望着两个孩子，眼泪汪汪地说："你们俩长得这样漂亮，安拉不能让你们免遭灾难，真叫我难过啊！"说罢，又问迈斯鲁尔："喂，迈斯鲁尔，我交你保管的那把钥匙在哪里？"

"就在我这儿，哈里发！"迈斯鲁尔答。

"给我拿来！"

拉希德随后叫来几个仆人，让他们跟着迈斯鲁尔到那个房间去，在屋里挖一个深坑，暗示迈斯鲁尔将那两个孩子杀掉，埋在坑里……

拉希德边向迈斯鲁尔使眼色，边痛哭不止，致使迈斯鲁尔以为哈里发怜悯之心大发，很快就会改变主意，不杀那两个孩子了。然而，只见拉希德擦了擦眼泪，站起身来，示意迈斯鲁尔执行命令……迈斯鲁尔立即将两个孩子带往那个房间。

时隔不久，迈斯鲁尔回来禀报说，他已将两个孩子杀死，埋入坑中，同时斩掉了所有帮他挖坑、掩埋的仆人。

从那天起，拉希德在自己的大厅中，不但不再提巴尔马克家族，也不用那个家族中留下的任何人办事。巴尔马克家族幸存下的人隐姓埋名，背井离乡，食不饱腹，衣不遮体，流浪四方。

后来，人们聚而议之，就像当年谈及巴尔马克家族的荣华富贵、慷慨大方一样，议论着闻名遐迩的巴尔马克家族的劫难。

敌人覆灭了，他们在清洗敌对派中得到了自己想得到的一切，掌握了国家大权，尤其是法德勒·伊本·莱比阿……他当上了宰相,成了显赫人物,随后一切情况大变……

莎赫札德讲到这里,舍赫亚尔国王说:"莎赫札德,这个故事实在太精彩了。可是,那位哈里发太残忍了,连两个可爱的孩子也不放过……"

莎赫札德说:"是啊,国王陛下。但是,这个故事与《阿拉丁·艾卜·沙马特》的故事相比,那就算不上什么精彩了。"

"那就继续讲阿拉丁·艾卜·沙马特的故事!"

莎赫札德开始讲《阿拉丁·艾卜·沙马特》的故事:

相传,很久很久以前,在古埃及的米斯尔,有个商人,名叫舍姆斯丁。

舍姆斯丁是位精明能干、说话算数的生意人,家财万贯,奴婢成群,在埃及大地的商界中举足轻重,被推为首领。他与妻子一起生活了四十年,相敬互爱,却没有生育一男半女。

有一天,舍姆斯丁坐在店铺里,见商友们都有子嗣,有的有一个儿子,有的有两个儿子,还有的有更多的儿子,他们都像他们的父亲那样,坐在店铺里经营生意。那天是星期五,舍姆斯丁到澡堂里做过大净,拿过镜子,照着自己的面孔,说:"万物非主,唯有安拉;穆罕默德是安拉的使者。"

之后,他对镜细看自己的胡子,发现白须已盖过了黑须,油然想起俗语所云:"胡子白是死亡的先兆。"

舍姆斯丁的妻子十分贤惠,知道丈夫每日回家的时间,总是把一切都打理得有条有理,等丈夫回来。见舍姆斯丁走进家门,妻子迎上去问安。

"晚上好!"

丈夫对妻子说："我可没有看见什么好事。"

妻子吩咐女仆："给老爷端饭去！"

饭端来了，妻子对丈夫说："老爷，请吃饭吧！"

"我什么也不想吃！"舍姆斯丁回答道。随后，把脸扭了过去。

妻子问："你怎么啦！有什么事愁心呢？"

"愁根在你身上呀！"

讲到这里，眼看东方透出黎明的曙光，莎赫札德戛然止声。

第二百五十夜

夜幕垂降，莎赫札德接着讲故事：

幸福的国王陛下，饭端来了，妻子对丈夫说："老爷，请吃饭吧！"

"我什么也不想吃！"舍姆斯丁回答道。随后，把脸扭了过去。

妻子问："夫君，你怎么啦！有什么事愁心呢？"

"愁根在你身上呀！"

"为什么呢？"

"今天，我打开店门，看见每个商人都有子嗣，一个的，两个的，三个的，或者更多，他们都像他们的父亲一样，坐在店铺里经营生意。看见他们，我对自己说：'你很快也就步你先父的后尘离开这人世了。'与你度过洞房花烛之夜时，我曾经发誓，我既与你结为夫妻，我也绝不再纳哈卜舍、罗马或其他国家的女子为妾。自那之后，我未远离你一夜。可是实际情况怎样呢？你是个不孕的女人，与你交欢，如同在石头上雕刻。"

妻子说："安拉为我做主！障碍不在我这里，而在你的身上。因为你的精液太清。"

"精液清又有什么关系？"

"不能使女人怀孕，不能让女人生孩子呗！"

"怎么能把精液弄浑呢？如果有药，我甘愿买来，但期将精液弄浑！"

"你到香料商那里去找一找吧！"

那一夜，舍姆斯丁因责备妻子而感到后悔；妻子也因为自己责怨丈夫而后悔不已。

次日一早，舍姆斯丁便向市场走去。他找到一个香料商，问道："你这里有浑精药吗？"

"原先有，现在卖光了。你去问问临店吧！"香料商说。

舍姆斯丁问遍所有香料商，结果商人们全都笑了。他一无所获，回到自己店里，坐了下来。

市场上有位经纪头领，名叫穆罕默德·苏木西姆，是个大烟鬼，经常吸食鸦片，常常囊空如洗，十分贫穷。他每天一大早就去找商人。这天，穆罕默德·苏木西姆来到舍姆斯丁的店铺，高声问安："你早！"

舍姆斯丁怒气冲冲地回礼道："你早！"

穆罕默德·苏木西姆问："先生，你怎么那样不高兴呢？"

舍姆斯丁便把与妻子发生的口角向他叙述了一遍。舍姆斯丁说："我娶老婆都过了四十年啦，我的老婆连一男半女都没给我生。人们对我说，老婆不怀孕的原因在我的身上，因为我的精液太清。我千方百计找浑精药，可就是找不到。"

穆罕默德·苏木西姆说:"我就有浑精药。如果我有办法能让你的老婆在结婚四十年后怀上你的孩子,你有何回报呢?"

舍姆斯丁说:"你若有这种本事,我会给你大奖的!"

"那就拿一第纳尔来吧!"

"给你两第纳尔,拿去先用!"

大烟鬼收起两第纳尔,然后说:"给我一只瓷碗。"

舍姆斯丁给了他一只瓷碗,大烟鬼抱着碗向大麻烟商那里走去。他取了两欧基亚罗马精制糖,一定数量的荜拨①、桂皮、丁香、小豌豆、姜片、白胡椒、石龙子,混合后碾成碎末儿,放入精制食油中煎炸,再取桉树叶三片和一杯芫荽②子加以浸泡之后,将以上所有东西混合,加蜂蜜制成膏糊,放入瓷碗里。

大烟鬼制成药剂之后,走去送给舍姆斯丁,对他说:"这就是浑精药。你吃过羊肉之后,再吃一点儿这种药膏。这是用各种香料和精制糖配成的。"

舍姆斯丁接过药剂,回家交给妻子,并且叮嘱说:"这就是浑精药。要好好保存,我要时再给我。"

妻子按照吩咐,为丈夫做了些好吃的饭菜。舍姆斯丁吃罢晚饭,便要妻子拿来瓷碗,吃上一点儿,直到吃完。之后,舍姆斯丁与妻子行房,当夜妻子受孕。一个月、两个月、三个月过去了,妻子不见月经来潮,确信自己怀孕了。

妊娠期满,阵痛开始,家中一片欢乐。接生婆克服种种困难,高声念着安拉的使者穆罕默德和哈里发阿里的名字,不时默念"安拉至大",求安拉保佑,男婴方才平安降生。接生婆将婴儿包好,

---

① 荜拨,系胡椒科多年生藤本植物,味道辛辣,有特异香气。
② 芫荽,通称香菜。

递给母亲。母亲把乳头塞在婴儿的嘴里，婴儿吃饱，静静入睡。

接生婆在家里住了三天。婴儿出生的第七天，府中散发糖果，以示庆祝。后来又举行了撒盐仪式。

舍姆斯丁来到妻子房间，祝妻子平安。他问："安拉的赐赠物在哪里？"

妻子将男婴抱给丈夫，但见婴儿十分漂亮，虽刚满七天，但看上去却已像个满周岁的孩子。舍姆斯丁仔细观看，只见婴儿像一轮皎洁的圆月，两颊上各有一颗美人痣。

舍姆斯丁问妻子："你给儿子起了个什么名字？"

妻子说："假若生了女孩儿，我给她起名字；这是个男孩子，就只有你为他起名字了。"

当时，人们总给自己的孩子起个吉祥的名字。正当夫妻俩商量之时，忽听有人喊道："阿拉丁先生！"舍姆斯丁便对妻子说："我们就让儿子叫阿拉丁·艾卜·沙马特吧！"

舍姆斯丁把儿子委托给奶母和保姆哺乳、照看。

阿拉丁吃了两年奶，便断奶了。那时，小阿拉丁活泼可爱，已经会跑了。

阿拉丁长到七岁，因怕遭毒眼伤害，有不测之祸，舍姆斯丁便让他住在地下室里。舍姆斯丁说："不到他长出胡子来，就不让他出地下室。"

舍姆斯丁专门为儿子安排了一婢一仆，婢女负责做饭，男仆负责送饭。

之后，舍姆斯丁为儿子举行了割礼，特为他举行一次盛大宴会。

此后不久，舍姆斯丁请来伊斯兰教法学家为儿子上课，教儿子学书法，读《古兰经》，并学习各种知识，直到阿拉丁成了一位颇有学识的青年。

有一天，男仆送饭出来，忘记关好地下室的门，阿拉丁便走出地下室，来到母亲的房间。当时，母亲房间里聚集着许多大家女子。她们正和他的母亲谈话，阿拉丁便大摇大摆地闯了进去。因小伙子长相漂亮，看上去像一个喝醉了酒的奴隶，女人们见他进来，急忙放下面纱，将脸捂上，并且问女主人："怎么闯进来了一个奴隶，安拉要和你算账的！难道你不知道害羞是一种信仰吗？"

女主人说："凭安拉起誓，这不是仆人，是我的儿子，我的心头肉呀！他是商界首领舍姆斯丁的儿子啊！"

女人们说："我们压根儿没听说过你有什么儿子啊！"

"他父亲怕孩子遭毒眼伤害，一直把他养在地下室里。"

讲到这里，眼看东方透出黎明的曙光，莎赫札德戛然止声。

❖━ 第二百五十一夜 ━❖

夜幕垂降，莎赫札德接着讲故事：

幸福的国王陛下，女主人说："凭安拉起誓，这不是仆人，是我的儿子，我的心头肉呀！他是商界首领舍姆斯丁的儿子啊！"

女人们听女主人说那是她的儿子，无不惊诧，说道："我们压根儿没听说过你有什么儿子啊！"

女主人说："他父亲怕孩子遭毒眼伤害，一直把他养在地下室里。也许仆人忘了关地下室的门，所以孩子跑了出来。我们已经下定决心，孩子不长出胡子，我们是不让他出来的。"

女人们连声向女主人祝贺。

阿拉丁离开母亲的房间，来到院子里，在一条长凳子上坐了下来。他正坐着时，忽见几个仆人牵着父亲的骡子走了进来。阿拉丁问他们："从哪儿来的这头骡子？"

仆人们说："我们用这头骡子把你父亲送到店铺，然后牵着回来了。"

阿拉丁说："我父亲从事什么职业呢？"

"你父亲是埃及大地商界的首领，是阿拉伯人的君王啊！"

阿拉丁来到母亲面前，问道："妈妈，我父亲是干什么的呀？"

母亲说："你父亲是埃及大地的商界首领，是阿拉伯人的君王。孩子，你父亲是个巨商，一千第纳尔以下的生意，你父亲全让仆人们做主。从外国来的商人，不论人多人少，都要投靠在你父亲的门下；凡到外国去开商号的，都是从你父亲这里分出去的。伟大的安拉给你父亲带来了无数的钱财。"

阿拉丁说："母亲，感谢安拉使我成了阿拉伯人君王的儿子，赞美安拉使我的父亲成了商界的首领。可是，你们为什么总把我关在地下室呢？"

母亲说："孩子，我们之所以把你关在地下室，怕的是遭受人们的毒眼。因为毒眼是能使人丧命的。"

"那么，母亲，有什么办法能摆脱这种命运呢？警惕是不能阻止命运降临的。命中注定的事是没处可逃的。带走祖父者是不会放过我父亲的。父亲今天活在人世上，明天就不在人世间了。我父亲死后，我再出来，说自己是巨商舍姆斯丁之子阿拉丁，又有谁会相信呢？那些上了年纪的人会说：'我们压根儿没听说过舍姆斯丁有一男半女！'继之而来的是把我父亲的全部钱财拿走，那时候我们还有什么可说的呢?母亲,你跟我父亲讲一讲,让他带我到市场上去,给我一个店铺,摆上货物,教我做买卖、学交际吧!"

母亲说:"孩子,等你父亲回来,我就跟他说!"

舍姆斯丁回到家中,见儿子坐在母亲的房间里,便问妻子:"你为什么让他出地下室呀?"

"听我说,不是我让他出来的,而是因为仆人忘记了关门。我正和妇女朋友们坐在房中时,他突然闯了进来。"

接着,她把儿子说的那番话向舍姆斯丁讲了一遍。舍姆斯丁对儿子说:"孩子,但愿明天我能带你去市场。不过,孩子,你有所不知,坐店铺、面市场,需要懂礼貌、有修养啊!"

听父亲说明天带自己去市场,阿拉丁一夜兴奋不已。

第二天早晨,舍姆斯丁带着儿子到澡堂洗过澡,换上一身华贵衣服,吃过早饭,喝过茶,父子俩各骑一头骡子,一前一后向市场走去。

市场的人见商界首领走来,后面还跟着一个像十四日晚上圆月一样漂亮的小伙子,一个人便对自己的伙伴说:"你瞧!商界首领来了,后面还跟着一个童仆。我们本以为他是个好人,原来却像白兰瓜,皮白心绿。"

经纪头领穆罕默德对商人们说:"我们再也不把他当作我们的商界首领了。"

按照舍姆斯丁平日的习惯,他总是一早来到店铺里,坐下之后,经纪头领穆罕默德·苏木西姆马上来店铺,一道读《古兰经》的第一章"开端"。接着,商人们又来和舍姆斯丁一道读"开端"章,向这位商界首领问候早安,然后各回各的店铺开张营业。

可是那天,舍姆斯丁照平日的习惯坐在店铺中时,商人们没有像往常那样到他这里来。舍姆斯丁呼喊经纪头领,问道:"喂,穆罕默德·苏木西姆,你为什么没照习惯召唤商人们来行开市礼呢?"

穆罕默德·苏木西姆说:"我不会搬弄是非,商人们已经商量好了,决心把你从商界首领的地位上拉下来,他们不和你读'开端'章了。"

"为什么呢?"

"你是一位长者,又是商界首领,与坐在你身旁的那个孩子有什么关系?莫非他是一个奴隶,或是你妻子的近亲?我们猜想你偏爱这个童仆。"

舍姆斯丁生气了,大声说:"闭住你的嘴!安拉诅咒你的德行!这不是别人,而是我的儿子!"

"天哪,我们从未见过你有个什么儿子!"

舍姆斯丁说:"你给我送来浑精药之后,我的妻子就怀孕了,生下了这个儿子。只因为我怕遭毒眼,一直把他养在地下室里。我本想让他长出胡子,才让他出来;他的母亲不愿意这样,要求我给他开个店铺,为他进货,教他做买卖。"

经纪头领穆罕默德·苏木西姆听罢,马上去把实际情况讲给商人们。商人们知道这个情况,纷纷跟着穆罕默德·苏木西姆来到了舍姆斯丁的店铺,站在他的面前,诵读"开端"章,祝贺他有这么一个漂亮的儿子。他们说:"我们的安拉有意留下根与梢。不过,我们当中的穷人,谁家添了小子或姑娘,都要做一大锅稀饭,请亲友来吃,而你还没有请客呢!"

舍姆斯丁说:"我要给你们补上这一宴会。我们将在花园聚会!"

讲到这里,眼看东方透出黎明的曙光,莎赫札德戛然止声。

第二百五十二夜

夜幕垂降,莎赫札德接着讲故事:

幸福的国王陛下,商人们说:"我们的安拉有意留下根与梢。不过,我们当中的穷人,谁家添了小子或姑娘,都要做一大锅稀饭,请亲友来吃,而你还没有请客呢!"

听人们要求请客,舍姆斯丁说:"我要给你们补上这一宴会。我们将在花园聚会!"

第二天一大早,舍姆斯丁便派人布置花园里的大厅和殿堂。布置完毕,派人买来了厨具、牛羊肉、油和需要的一切东西,立即开始煎、烧、烤、炖,在大厅和殿堂中各摆下一桌桌筵席。

舍姆斯丁和儿子阿拉丁束上腰带,父亲对儿子说:"孩子,上年纪的客人来了,我上前迎接,让他们到殿堂入座;年纪轻的客人到时,你就迎上去,把他们带入大厅就座。"

阿拉丁问:"父亲,我们为什么摆两种筵席,一个接待老人,另一个接待年轻人呢?"

"孩子,你有所不知,年轻人在老人面前是不好意思吃的。"

阿拉丁认为父亲的安排极好。

商贾们相继到来,舍姆斯丁见老人则领入殿堂就座;阿拉丁则专门迎接年轻人,随时带他们到大厅入席。

饭菜端上来,宾客们边吃边喝,边谈边乐。他们饮酒熏香。上年纪的客人则坐在一起开始谈论学问和《圣训》。

来客当中，有一个商人，名叫迈哈姆德·白赖黑，表面上是穆斯林，而内心却是拜火教徒。此人一贯干坏事，专门毁害孩子。他望了阿拉丁一眼，那一眼给他带来无穷忧伤。撒旦把一颗珠宝挂在阿拉丁的脸上，使他具有了一种诱惑力。

迈哈姆德·白赖黑站起来朝年轻人们走去，年轻人们站起来迎接他。阿拉丁已被包围起来，他站起来，走去方便一下。迈哈姆德·白赖黑望着年轻人们，对他们说："你们若能说服阿拉丁跟我远行，我赏你们每人一套华贵衣服。"

说罢，他向长者席走去。

年轻人们正坐着时，阿拉丁方便完回来了。他们站起来，迎接阿拉丁，然后让他坐在他们中间。

一个小伙子站起来，对他的同伴说："喂，哈桑先生，请告诉我，你那做买卖的资本是从哪里来的？"

哈桑说："我长大成人后，对我的父亲说：'爸爸，给我办一些货物吧！'我父亲对我说：'孩子，爸爸一无所有，你还是去找一个商人，跟他学买卖、习交际吧！'于是，我找到一个商人，从他那里借了一千第纳尔，买了些布帛，便到沙姆去了，结果获利两倍。我在沙姆又办了货，运往巴格达销售，又赚了两倍。就这样一本二利地往上翻，终于有了现在这一万第纳尔。"

每个年轻人对自己的朋友都这样说。轮到阿拉丁说话了，大家问他："阿拉丁先生，你呢？"

阿拉丁说："我自幼在地下室长大，本周星期五才走出地下室，到了店铺，又从店铺转回家。"

伙伴们问："你习惯待在家中，不晓得离家远行的滋味。外出远行是大男子们的专利。"

阿拉丁说："我没有必要外出远行，旅行在我看来没有什么价值。"

有个小伙子对伙伴说:"这就像鱼,离开水便死。"

他们又对阿拉丁说:"喂,阿拉丁,商人之子值得自豪之处,就在于外出经商赚钱。"

阿拉丁听后大为生气,哭着离开了那些年轻人。

母亲问阿拉丁:"孩子,你哭什么呢?"

阿拉丁说:"那些商人的儿子有意为难我。他们说:'商人之子值得自豪之处,就在于外出经商赚钱。'"

讲到这里,眼看东方透出黎明的曙光,莎赫札德戛然止声。

第二百五十三夜

夜幕垂降,莎赫札德接着讲故事:

幸福的国王陛下,母亲问阿拉丁:"孩子,你哭什么呢?"

阿拉丁说:"那些商人的儿子有意为难我。他们说:'商人之子值得自豪之处,就在于外出经商赚钱。'"

母亲说:"孩子,你想外出远行吗?"

"是的。"阿拉丁回答道。

"你想去哪个地方?"

"我想去巴格达城。人们说,在那里可以一本赚二利。"

"孩子,你爸爸有很多很多钱。假若他不给你备货,我用我的钱给你办货。"

"常言说：行善之道，贵在及时。如果这是善事，那么，现在正是时候。"

母亲唤来仆人，要他们去雇打包、绑驮子的劳工，然后打开库房，搬出布匹，扎了十个驮子。

舍姆斯丁环顾左右，发现儿子阿拉丁不在花园中，便问儿子到哪里去了。他们说："阿拉丁骑着骡子，回家去了。"

舍姆斯丁马上骑上骡子，去追赶儿子。

回到家中一看，只见货驮子已经扎好。舍姆斯丁问妻子，妻子把宴会上年轻人们对阿拉丁说的话对丈夫说了一遍。舍姆斯丁对儿子说："孩子，安拉厌恶背井离乡。安拉的使者穆罕默德有训：'谋生本乡本土，乃人生一大幸福。'古人有言道：'抛弃远行吧，哪怕是一种嗜好。'"

舍姆斯丁问儿子："你已下定决心外出，无意改变想法吗？"

阿拉丁说："我一定要带着货物到巴格达去；如若不然，我脱下身上的衣服，换上苦行僧衣，云游四方。"

父亲说："我不是一贫如洗的饥民，我有万贯家财呀！"

说罢，父亲让儿子看了看自己的钱财、货物和布帛。舍姆斯丁说："我这里有适于在各地销售的布匹和货物。"

父亲让儿子看了扎绑好的四十驮子货物，每个驮子上都标有价值一万第纳尔的字样。

舍姆斯丁对儿子说："孩子，你带上这四十驮子货，再带上你母亲那十驮子货，上路吧，愿安拉保佑你平安！不过，孩子，我担心你在路途上的那个树林子处遇上什么不测。去巴格达的路上，有一个地方，那里有一片树林，名叫'狮子林'，还有个谷地，名叫'癞狗涧'，在这两个地方，人常常无声无息地就会把命丢了。"

"爸爸，这是为什么呢？"

"那里有个劫匪,是贝都因人,名叫阿吉拉。"

阿拉丁说:"谋生之路,全由安拉掌管。假若我有命,那么,任何灾难也对我无可奈何。"

阿拉丁骑上骡子,和父亲一道到牲口市去。路上,突然遇到欧卡姆,只见他离开骡背,上前亲吻舍姆斯丁的手,然后说:"好久不见,先生可好哇!先生,我们好久没有生意往来啦!"

舍姆斯丁说:"时代不同,国家、人物各异。有诗为证啊……"

舍姆斯丁吟诵道:

路遇一老翁,长髯搭双膝。
问腰为何弯,背手把话提:
青春落土中,弯腰正寻觅。

舍姆斯丁吟完诗,说道:"老朋友,我这个儿子想外出闯一闯。"

欧卡姆说:"安拉代你保佑你的公子!"

舍姆斯丁当面把儿子阿拉丁托付给欧卡姆,并且说:"老朋友,拿上这一百第纳尔,给你的孩子们买些东西吧!"

舍姆斯丁到了市上买了六十头骡子,并为先贤阿卜杜·卡迪尔·吉拉尼①购置帐篷一顶。他对阿拉丁说:"孩子,我不在,你父亲的位置就由他替代,要听大叔的话,照大叔的指点办事。"

之后,牵着骡子,带着仆人们离去。当夜举行告别仪式,还庆祝了先贤阿卜杜·卡迪尔·吉拉尼伊玛目的诞辰。

次日天亮,舍姆斯丁给儿子阿拉丁一万第纳尔,并叮嘱说:

---

① 阿卜杜·卡迪尔·吉拉尼(1078—1166),苏菲派著名伊玛目,"卡迪里教团"奠基人。

"你到了巴格达,看着布匹赚钱,就卖掉它;假若布匹滞销,你就先用这些钱。"

说罢,阿拉丁和欧卡姆吩咐奴仆们牵来牲口,同舍姆斯丁告别之后,便向城外走去。

迈哈姆德·白赖黑已经做好了前往巴格达的准备,将货物运到城外,在那里撑起了帐篷。他心想:"我只有到了旷野上,才能接近阿拉丁,把他抓在我手里。因为到了那里,再无人监督、议论我了。"

迈哈姆德·白赖黑欠舍姆斯丁一千第纳尔,故舍姆斯丁走去送别,对他说:"你把那一千第纳尔给我的儿子吧!"

舍姆斯丁把阿拉丁托付给迈哈姆德·白赖黑,说道:"就请把阿拉丁当作你的儿子吧!"

阿拉丁见到迈哈姆德·白赖黑……

讲到这里,眼看东方透出黎明的曙光,莎赫札德戛然止声。

第二百五十四夜

夜幕垂降,莎赫札德接着讲故事:

幸福的国王陛下,迈哈姆德·白赖黑欠舍姆斯丁一千第纳尔,故舍姆斯丁走去送别,对他说:"你把那一千第纳尔给我的儿子吧!"

舍姆斯丁把阿拉丁托付给迈哈姆德·白赖黑,说道:"就请把阿拉丁当作你的儿子吧!"

阿拉丁见到迈哈姆德·白赖黑,迈哈姆德·白赖黑嘱咐阿拉丁的厨子不必起火做饭,由他供给阿拉丁一行人吃喝。随后,他们一起上路了。迈哈姆德·白赖黑在米斯尔、大马士革、阿勒颇和巴格达各有一处住宅。

他们穿旷野,越荒漠,眼看就要到达大马士革城了,迈哈姆德·白赖黑派奴仆去见阿拉丁,见阿拉丁正坐着读书,便走上前去,吻他的手。阿拉丁问:"有什么事吗?"

"我们的主人向你问安,邀请你到他那里去。"

阿拉丁说:"我还没和欧卡姆大叔商量呢!"

阿拉丁走去和欧卡姆一商量,欧卡姆说:"你不要去!"

他们离开大马士革,到了阿勒颇城。迈哈姆德·白赖黑摆好酒席,派人去请阿拉丁。阿拉丁与欧卡姆一商量,老人仍不同意阿拉丁去。阿拉丁说:"我一定要去!"

阿拉丁把宝剑佩戴在外衣内,便来到迈哈姆德·白赖黑的住宅。主人站起迎接问好,立即摆上丰盛的筵席。宾主吃喝完,洗罢手,迈哈姆德·白赖黑凑到阿拉丁跟前,躬下身去,想吻阿拉丁一下,阿拉丁立即伸出手掌阻拦,并且问:"你打算干什么?"

迈哈姆德·白赖黑说:"我把你叫来,想在这方面和你共欢一次,一道欣赏诗人佳作。"

说罢,迈哈姆德·白赖黑吟诵道:

可否带给我,人间良机缘:如同些许奶,或似少量蛋?
你食薄面饼,紧抓莫乱散。容易到手物,原本皆松软。

迈哈姆德·白赖黑吟罢诗,想扑向阿拉丁。见此情景,阿拉丁立即站起身来,拔剑出鞘,说道:"好一个白发人,难道你不惧怕安拉?安拉是可畏的!难道你没听过诗人这样说……"

阿拉丁吟诵道：

护你白须发，莫让污秽玷！世间纯白物，极易遭污染。

阿拉丁吟完诗，对迈哈姆德·白赖黑说："这些货物都是安拉的寄存物，属非卖品。假若我把它卖给别人以换取黄金，那么，我卖给你只要白银。不过，凭安拉起誓，你是个坏蛋，我不再与你同行了。"

阿拉丁回到欧卡姆大叔面前，对他说："这个人很坏，我再不与他做旅伴了，不跟他走一条路。"

欧卡姆说："孩子，我不是跟你说过，不要到他那里去吗？不过，孩子，假若我们与他分手，恐怕我们会遇到什么不测。我们还是一道结队前进吧！"

"不行！不能再跟他同路！"

阿拉丁带着自己的牲口队，和欧卡姆大叔向前走去，来到了一个谷地之中，想在此地扎帐落脚休息。欧卡姆说："此处不宜久留，还是继续前进吧！但期我们能在巴格达城关闭城门之前，赶到那里。他们总是在日出之后开城门，而在日落之前就要关闭，原因在于怕异教徒占领城市，将学术方面的书籍抛入底格里斯河之中。"

阿拉丁说："大叔，我带着这些货物到这个地方来，目的不在于赚钱，而是为了游览异国风光。"

欧卡姆说："孩子，我怕你遇上什么不测，因为这里是阿拉伯劫匪出没的地方。"

阿拉丁说："你究竟是主人，还是仆人？我到明天早晨再进巴格达城，好让巴格达人看看我的货，认识我一下。"

欧卡姆说："随你的意吧！我只不过是劝劝你，大主意还是由你拿。"

阿拉丁吩咐仆人们卸下货驮子，撑起帐篷，就地过夜。他们休息到夜半时分，阿拉丁走出帐篷小便，见远处有个什么东西在闪闪放光。阿拉丁问欧卡姆："大叔，你瞧，远处那闪闪发光的是什么东西？"

欧卡姆仔细观看，终于弄清了那是矛头、剑刃。那是一群阿拉伯劫匪，为首的名叫阿吉拉·艾卜·纳伊布。

那群劫匪走进阿拉丁的商队，看见那么多驮货物时，相互议论说："今夜我们要发大财了。"

听到他们的说话声，欧卡姆说："喂，阿拉伯人中的败类，你们不得好死！"

阿吉拉一矛刺过去，只见矛头从欧卡姆的后背露了出来，他顿时倒在了帐篷门外。

仆人赛戈义喊道："你们这些坏家伙，没有什么好下场！"

劫匪们一剑砍下赛戈义的肩膀，赛戈义登时倒在血泊之中。

阿拉丁站在那里，看到了发生的一切，劫匪们挥矛舞剑，将阿拉丁商队的仆人们杀了个一干二净，然后把货驮子扎在骡子背上，赶着骡子离去了。阿拉丁呆呆地坐在地上，自言自语道："阿拉丁，阿拉丁，是你的这头骡子和你这身衣服害了你呀！"阿拉丁站起来，脱掉外衣，抛到骡背上，身上只剩下衬衣和衬裤。他朝帐篷门前一看，只见那里一片血泊，他便在血泊中打了个滚，浑身上下沾满了血，简直变成了一个周身是血的死人。

劫匪头子阿吉拉问手下人："这支商队是从米斯尔来的，还是刚出巴格达？"

讲到这里，眼看东方透出黎明的曙光，莎赫札德戛然止声。

第二百五十五夜

夜幕垂降，莎赫札德接着讲故事：

幸福的国王陛下，阿拉丁站在那里，看到了发生的一切，劫匪们挥矛舞剑，将商队的仆人们杀了个一干二净，然后把货驮子扎在骡子背上，赶着骡子离去了。阿拉丁呆呆地坐在地上，自言自语道："阿拉丁，阿拉丁，是你的这头骡子和你这身衣服害了你呀！"阿拉丁站起来，脱掉外衣，抛到骡背上，身上只剩下衬衣和衬裤。他朝帐篷门前一看，只见那里一片血泊，他便在血泊中打了个滚，浑身上下沾满了血，简直变成了一个周身是血的死人。

劫匪头子阿吉拉问手下人："这支商队是从米斯尔来的，还是刚出巴格达？"

手下人回答："这支商队是从米斯尔来，到巴格达去的。"

"再去看看那些死人，因为我猜想这支商队的主人还没有死。"

那群劫匪返回原处，对着已死的人挨个地刺，一直刺到阿拉丁那里，见阿拉丁还活着，便说："看来你是装死的！我们受命要把你扎死！"

劫匪们举矛就要往阿拉丁的胸膛上刺时，阿拉丁默念道："阿卜杜·卡迪尔老人家，吉拉尼先贤，求您保佑……"这时，阿拉丁望见一只巨手将劫匪的矛头拨向已经死去的欧卡姆。贝都因劫匪刺向欧卡姆的尸体，从而绕开了阿拉丁的胸膛。之后，他们把剩下的驮子扎在骡背上带走了。

这时,阿拉丁抬头一看,但见大鸟衔着食物飞来了,于是他立即站起来跑追大鸟去了。

劫匪首领阿吉拉对同伴们说:"弟兄们,我看见妖魔啦!"

一个劫匪抬头望去,只见阿拉丁正在飞跑,于是大声喊道:"你往哪里跑?你是跑不掉的。我们一定要追上你!"

那劫匪纵马奔驰,追赶阿拉丁去了。

阿拉丁跑着跑着,只见前面出现一个水塘,水塘旁边有座蓄水池,阿拉丁登上蓄水池的一个窗台,平躺在那里装睡。他心中默念着:"大慈大悲的幕帘之主,放下幕帘,将我遮掩住吧!"这时,那劫匪正站在蓄水池下,伸手就要抓阿拉丁。阿拉丁默念道:"奈菲赛夫人,你显灵的时候到了,默助我一臂之力吧!"就在这时,一只蝎子蜇了劫匪的手掌,只听那劫匪大声喊道:"弟兄们,蝎子蜇着我啦!"

话音未落,那劫匪跌下马背。伙伴们赶到,将他扶上另一匹马,然后问他:"兄弟,你怎么啦?"

"蝎子蜇着我啦!疼啊……"

劫匪们收拾起这些货物,带着数十头骡子离去了。

阿拉丁仍然睡在蓄水池窗台上。

迈哈姆德·白赖黑率商队来到狮子林,见阿拉丁一行数人均死在血泊之中,心中暗暗高兴。因为长途跋涉,牲口已渴得厉害,迈哈姆德·白赖黑离开鞍座,牵着牲口向水塘和蓄水池走去。

来到蓄水池旁,突见阿拉丁的影像出现在那里,迈哈姆德·白赖黑不禁心中一惊,他抬眼定睛仔细望去,但见阿拉丁果真睡在蓄水池的窗台上,只穿着衬衣和衬裤。

迈哈姆德·白赖黑走上前去,推醒阿拉丁,问道:"喂,阿拉丁,你怎么成了这个样子?"

"遇上阿拉伯劫匪了。"

"孩子,你的骡子和钱财为你赎了身。有诗为证啊!"

迈哈姆德·白赖黑吟诵道:

> 破财消灾至理言,钱去如把指甲剪。

迈哈姆德·白赖黑又说:"孩子,下来吧!不要难过,没有什么可怕的!"

阿拉丁离开窗台,骑上一头骡子,随着迈哈姆德·白赖黑的商队进了巴格达城。

到了巴格达,迈哈姆德·白赖黑带阿拉丁去澡堂洗澡,并且对他说:"孩子,你用钱财和货物换了一条命啊!你如果肯听我的话,我就给你双倍的钱财和货物。"

出了澡堂,来到一个四柱大厅,只见那里金碧辉煌。迈哈姆德·白赖黑吩咐仆人端上一桌丰盛的饭菜,阿拉丁便在他们的陪伴下吃喝起来。席间,迈哈姆德·白赖黑侧过身去,想亲吻阿拉丁的面颊,阿拉丁急忙用手掌挡住,同时说:"你到现在还存着邪念?我不是已经对你说过:假若这批货物别人买需用黄金,你买只要付白银就可以了!"

迈哈姆德·白赖黑说:"我给你货物、骡子和衣服,就是为了这个呀!因为我发狂地爱着你。诗人说得好……"

迈哈姆德·白赖黑吟诵道:

> 阿卜杜拉贤翁在,且请畅谈老人心。
> 恋者心疾赖何祛,唯有拥抱与接吻。

阿拉丁说:"这是不可能的!收起你的衣物和骡子,打开门,让我走!"

迈哈姆德·白赖黑给他打开门,阿拉丁起身走去,一群狗跟在阿拉丁的身后,狂吠不止。

阿拉丁在黑夜中行走,忽见一座清真寺的大门开着,便进门行至走廊下站了下来。这时,突有亮光向阿拉丁走来,仔细瞧去,只见两个端着一盏灯、商贾模样的人:一位年长者,面相慈祥;另一个则是个小青年。阿拉丁听青年对老者说:"伯伯,看在安拉的面儿上,就让堂妹同我复婚吧!"

老人说:"我告诫过你多少次,可是你坚持要休掉她!"

老人家朝右手侧望去,只见一个小伙子站在走廊下,容貌俊秀,就像一轮圆月。老人立即问候道:"小伙子,你是谁呀?"

"我叫阿拉丁,父亲是埃及商界的首领舍姆斯丁。我求父亲准许我外出经商,父亲便给我装了五十驮子货物……"

讲到这里,眼看东方透出黎明的曙光,莎赫札德戛然止声。

◆— 第二百五十六夜 —◆

夜幕垂降,莎赫札德接着讲故事:

幸福的国王陛下,阿拉丁告诉老人:"我叫阿拉丁,父亲是埃及商界的首领舍姆斯丁。我求父亲准许我外出经商,父亲便给我装了五十驮子货物，还给了我一万第纳尔的盘缠。我的商队到达狮子林时，不期阿拉伯劫匪突然向我们发动袭击，我的钱财和货都被他们抢去了。我好不容易才进了这座城，不知该到哪里去过夜，看见这里开着门，便进来了，以求暂时栖身过夜。"

老者说："我给你一千第纳尔，再给你一套价值一千第纳尔的衣服，你看如何？"

阿拉丁迷惑不解，问道："大叔，你凭什么给我这些钱财和衣物呢？"

"你看哪，跟在我身旁的这个小伙子，他是我的侄子。他是独生子。我有个女儿，也是独生女，名叫祖贝黛·欧迪娅，生得眉清目秀。我把女儿嫁给了我的这个侄子，侄子很爱她，而她却十分讨厌他。我的侄子因此三次发伪誓要休掉妻子，我的女儿却信以为真，便毅然离他了。他求许多人向我说情，要我让女儿与他复婚，我说：'此事要合法才行。'① 我已与侄子商量好，找一个异乡人，先和我的女儿结婚，然后再离婚，离婚后再与他复婚，以免他人因为不合法的复婚而对他说三道四。你是异乡人，我为你和我的女儿写婚书，你今夜就可以和我的女儿共度洞房花烛之夜了。明天一早，你就可以休掉她，然后我就给你一千第纳尔和一身价值一千第纳尔的衣服。"

阿拉丁听罢，心想："和新娘子同枕共眠，共享良宵，总比露宿街头要惬意多了！"

想到这里，阿拉丁便跟着老人向法官那里走去。法官一见阿拉

---

① 按照伊斯兰教婚姻法规定，夫妻因种种原因不和，只要丈夫宣布休妻，离婚便告成立，其后男婚女嫁，各听自便。女方改嫁之后，若因丈夫病故或其他原因离婚，女方本人与前夫两方情愿复婚，这种复婚视为合法。但是，已经离婚的夫妻，男方未娶，女方又未嫁，双方却自愿复婚，这种复婚又视为不合法，一定要让女方再嫁一次，离婚后，方可与原丈夫复婚，这样才视为合法。

丁貌美出众，不禁爱在心中。法官问老者："你们有什么事吗？"

"我来为我的女儿办一个复婚中转手续。不过，要立个字据，规定聘金为一万第纳尔。若这位小伙子与我女儿共度洞房花烛夜，明早就宣布离婚，我就给他一千第纳尔、一头骡子和一套价值一千第纳尔的衣服；假若明早不休掉我的女儿，他就得付一万第纳尔的聘金。"

双方同意，法官当即按此条件写下婚书和字据，老者拿在手中，便带着阿拉丁回到家中，给阿拉丁穿上了价值千金的新衣。之后，老人走到女儿的房间，对女儿说："你好好拿着这张文书，这是要彩礼的字据。我已把你许配给一个漂亮的青年，名叫阿拉丁·艾卜·沙马特。"

老者接着一番嘱咐，把文书交给女儿后，便走去了。

祖贝黛·欧迪娅的堂兄家有位保姆，常到祖贝黛·欧迪娅那里去玩。她的这位堂兄跑到保姆跟前，对保姆说："阿妈，假若我的堂妹看见那个漂亮的小伙，十有九成就不要我了。所以，我求阿妈无论如何想个办法，不让堂妹接触那个小伙子。"

保姆说："凭你的青春年少起誓，我一定设法不让那小伙子接触你的堂妹。"

说罢，保姆来到阿拉丁面前，对阿拉丁说："孩子，看在安拉的面儿上，我来劝说你一句，你千万不要接近那个姑娘，就让她自己在床上睡，你不要去靠近她，不要摸她。"

"这是为什么呢？"阿拉丁不解地问。

"因为她遍身生着癞疮。我担心你一挨她，会染上癞病，毁坏了你的青春。"

阿拉丁说："我对她没有什么要求。"

保姆离开阿拉丁，又到祖贝黛·欧迪娅那里，说了同样的一番话。祖贝黛·欧迪娅说："我不求他什么，让他独自睡在一处，明天一早就打发他走。"

保姆离开祖贝黛·欧迪娅,吩咐女仆给阿拉丁端饭。阿拉丁吃饱喝足之后,坐在那里,开始朗诵《古兰经》的"雅辛"章。他声音甜润,字正腔圆。姑娘侧耳细听,只觉得就像达伍德的笛声一样美妙。祖贝黛心想:"老太婆怎好胡说那位小伙子遍身生着癞疮呢?如果真的像她说的那样,小伙子就绝不会有如此美妙动听的声音。老太婆说的是假话呀!"

想到这里,祖贝黛·欧迪娅抱起四弦琴,调了调琴弦,玉指轻弹,琴声悠扬,足以令鸟儿停立中天,留意听赏。

她边弹边唱道:

> 我恋羚羊眼,黑白两分明。一日走原野,杨柳妒意生。
> 有人阻拦我,试图自近羚。谁得主安排,成竹自在胸。

阿拉丁朗诵完"雅辛"章,听到祖贝黛·欧迪娅唱诗,便随口吟诵道:

> 致意衣下苗条身,问候园中玫瑰唇。

祖贝黛·欧迪娅听了阿拉丁吟诵的诗句,更加爱这个小伙子,于是拉开了隔在中间的幕帘。阿拉丁看见祖贝黛·欧迪娅的面容,便吟诵道:

> 明月挂当空,杨柳随风摇。龙涎香四溢,羚羊欢声叫。
> 仿佛痛与苦,将我心缠绕。其人离去时,共享情思妙。

祖贝黛·欧迪娅站起身来,在房中来回走动,臀部摆动,衣裙起舞。两个人每望对方一眼,必定给双方送去无限的情思。她的心被他征服了,他的心也被她征服了。两人的眼光都变成了锋利的宝剑。阿拉丁吟诵道:

她看天上月,双双共夜晚。你我同见月,各用对方眼。

祖贝黛朝阿拉丁走去。这一对少男少女之间只有两步远时,阿拉丁吟诵道:

刘海三发垂,送我回夜晚。仰面她望月,双月同显现。

祖贝黛·欧迪娅走向阿拉丁时,阿拉丁说:"你离我远一点儿,以免你把病传染给我。"

祖贝黛·欧迪娅挽起袖子,露出手腕,但见腕子洁白似银。她说:"请你离我远一点儿!因为你遍身生着癞疮,免得传染给我。"

"谁告诉你我遍身生癞疮?"阿拉丁惊愕地问。

"是那位老太太告诉我的。"

"那位老太婆也对我说你遍身生着癞疮。"

说着,阿拉丁把胳膊露了出来,祖贝黛·欧迪娅见阿拉丁的双臂洁净如纯银。这时候,祖贝黛·欧迪娅按捺不住自己的情感,上前抱住阿拉丁,阿拉丁也把祖贝黛·欧迪娅紧紧搂在怀里,二人相互紧紧地抱在了一起。她把他拉过去,她躺在了床上,解开衣带,然后伸出手抚摸着他的父亲遗传给他的那柄玉茎……

阿拉丁说:"喂,好朋友,生命之根,帮助我们一把吧!"

阿拉丁伸出双臂,抱住祖贝黛·欧迪娅那白皙的细腰,胡须扫着那两座高耸的乳峰。他缓缓地将玉茎放入红门里，慢慢推进，进入诗门，再经小红门，进入礼拜一市场、礼拜二市场、礼拜三市场、礼拜四市场，一直进到宫门口。祖贝黛·欧迪娅战栗着，她的心融化了。当他进去时，一种不可名状的快乐之波涛，激烈地、温柔地荡漾着她，一种奇异的惊心动魄的感觉开始蔓延着、蔓延着、开展着，直到最后的、极度的、盲目的洪流奔泻，她完全被淹没在了快乐的波涛之中……

不知不觉，天已大亮。阿拉丁说："那么快乐的夜晚，过去了，死亡了，被乌鸦衔起飞走了。"

祖贝黛·欧迪娅说："这话是什么意思？"

"我和你待在一起的时间不多了！"

"谁说的？"

"你父亲已给我写下了文书，要我付给你一万第纳尔的彩礼。若今天交不出来，就要把我押解到法官府去，解除婚约。眼下，我手里半枚银币都没有，到哪里去弄一万第纳尔呢？"

祖贝黛·欧迪娅说："决定权在你手里，还是在他们手里？"

阿拉丁说："在我手里呀，可是，我除此身一无所有。"

"事情很简单，你什么也不必怕！你拿着这一百第纳尔！如果我还有钱，你要多少，我给你多少。我父亲喜欢他的侄子，把他的东西都搬到了他侄子的家中，就连我的首饰在内，都被他拿走了。如果有人来……"

讲到这里，眼看东方透出黎明的曙光，莎赫札德戛然止声。

第二百五十七夜

夜幕垂降，莎赫札德接着讲故事：

幸福的国王陛下，阿拉丁对祖贝黛·欧迪娅说："决定权在我手里呀，可是，我除此身一无所有。"

祖贝黛·欧迪娅说："事情很简单，你什么也不必怕！你拿着这一百第纳尔！如果我还有钱，你要多少，我给你多少。我父亲喜欢他的侄子，把他的东西都搬到了他侄子的家中，就连我的首饰在内，都被他拿走了。如果有人来，法官和我父亲对你说：'离婚吧！'你就对他们说：'根据哪家法规，要我晚上结婚，早上就离婚呢？'说罢之后，你就去亲吻法官的手，给他些好处，接着去吻每一个证人，每人给十第纳尔。他们都会和你说话，如果他们对你说：'你为什么不离婚，不遵守已经商定的条件，拿了一千第纳尔、一头骡子和一身衣服就走呢？'你就对他们说：'在我看来，我妻子的每一根头发都值一千第纳尔。我决不与她离婚，不要那一身衣服和别的东西。'如果法官对你说：'你拿出彩礼吧！'你就对法官说：'我手头正拮据。'到那时，法官就会同情你，宽限你一段时间。"

一对新人正谈话时，法官的差使来敲门了，阿拉丁走了出去。差使对阿拉丁说："先生，你的岳父叫你！"

阿拉丁给了差使五第纳尔，然后说："差使阁下，根据哪家法律，让我晚上结婚，天明便离婚呢？"

差使说:"在我们这里是绝不能这样办的。你若不熟悉法律,我当你的代理人。"

他们一同向法庭走去。

法官问:"你为什么还不与那个女子离婚,拿着规定给你的那些东西走人?"

阿拉丁走到法官面前,亲吻法官的手,把五第纳尔放在法官的手中,然后说:"法官大人,根据哪家法律,让我晚上成婚,天明就强迫我离婚呢?"

法官说:"按照穆斯林的法律,离婚是不能强迫的!"

姑娘的父亲说:"假若你不离婚,你就交我一万第纳尔的聘礼!"

阿拉丁说:"请宽限我三天时间吧!"

法官说:"三天时间不够,宽限他十天吧!"

他们商定以十天为限,十天之后,阿拉丁若交不出一万第纳尔彩礼,就得离婚。

阿拉丁一口答应,离开那里。路上,他买了肉、大米、黄油和生活需要的东西,回到家中。阿拉丁见到祖贝黛·欧迪娅,将发生的事情叙说了一遍。祖贝黛·欧迪娅说:"转瞬之间,奇迹就出现了。诗人说得好啊!"

祖贝黛·欧迪娅吟诵道:

　　灾难临头且忍耐,愤怒之时宜宽容。
　　漫漫长夜孕万事,一切奇迹此中生。

吟罢诗,祖贝黛·欧迪娅走去端来饭菜。夫妻吃完,阿拉丁要妻子唱上一曲,祖贝黛·欧迪娅便抱起四弦琴,玉指轻弹,边奏边唱;那歌声,顽石听了都会感到高兴。二人正纵情欢歌之时,忽听有人敲门。

阿拉丁走去开门一看,只见四位苦行僧站在门前。阿拉丁问:"有什么事吗?"

四个苦行僧说:"我们是异乡来的苦行僧,喜听琴声。我们想在你这里休息一夜,天亮就走。伟大安拉会报偿你的。我们喜听琴曲,我们每个人都会背诵诗歌。"

阿拉丁说:"容我去与主人商量一下。"

阿拉丁走去,将情况告诉了祖贝黛·欧迪娅。祖贝黛·欧迪娅说:"让他们进来吧!"

阿拉丁走去打开门,让四位苦行僧进来,又让他们坐下,对他们表示欢迎,然后给他们端上饭菜,他们没有吃,而是对阿拉丁说:"先生,我们以赞颂安拉养心,以听赏歌声悦耳。诗人说得好……"

苦行僧吟诵道:

> 远来只求会一面,留下吃食喂牲畜。

苦行僧接着说:"我们刚才听贵府中传出悠扬悦耳的歌声,究竟是谁在唱歌呢?唱歌人是白奴,还是黑奴,或者是良家女子?"

阿拉丁说:"那是我的妻子在唱歌。"

接着,阿拉丁把自己的情况向苦行僧们讲了一遍。阿拉丁说:"我的岳父要我交一万第纳尔的彩礼,限我十天交出。"

一位苦行僧说:"你不必发愁,只管放心就是了。我是修道院长老,手下有四十位修道士,都属于我管。我将从他们那里募集一万第纳尔,让你作为聘礼交给你的岳父。现在就请你妻子为我们唱一曲,让我们欣赏欣赏,也好让我们的精神振奋一下。听赏歌乐,对一个民族来说，如同食粮，不可缺少；又像药物，药到病除；还像扇子，清风去暑。"

原来，那四位不速之客是哈里发哈伦·拉希德、宰相贾法尔·巴尔马克、宫廷诗人艾卜·努瓦斯·哈桑和掌刑官迈斯鲁尔。他们之所以从这里经过，原因在于哈里发感到心中烦闷，于是叫来宰相贾法尔·巴尔马克，说："相爷阁下，我感到有些烦闷，不妨我们在城中逛上一逛，好吗？"

宰相欣然同意，于是四人换上苦行僧服装，漫游街头。当他们经过阿拉丁的门口时，听到里面歌声悠扬，想到门里看个究竟，于是敲门求进。

他们在欢快的气氛中，边欣赏歌声，边谈笑，直到东方吐白时，哈里发哈伦·拉希德把一百第纳尔放在地毯下面，便告辞而去了。

客人走后，祖贝黛·欧迪娅掀起地毯，见那里放着一百第纳尔，便对丈夫说："喂，阿拉丁，那四个苦行僧走之前在地毯下放了一百第纳尔，我们都没有觉察，你收起来吧！"

阿拉丁拿起那一百第纳尔，到市场上买了肉、大米、黄油和他们需要的生活用品。

第二天夜里，阿拉丁点起蜡烛，然后对妻子说："那几个苦行僧答应给我募捐一万第纳尔，他们怎么还不送来？不过，他们都很穷啊！"

夫妻正说话时，传来了敲门声。祖贝黛说："你去给他们开门。"

阿拉丁开门一看，就是昨夜那几个苦行僧。阿拉丁开口就问："你们答应下的那一万第纳尔带来了吗？"

苦行僧们异口同声："还没募捐到呢！不过，你不必着急。感赞安拉,明天我们给你做一顿美餐,让你的妻子为我们唱一曲,好叫我们心神欢悦。因为我们喜听歌声。"

祖贝黛·欧迪娅抱起四弦琴,玉指轻弹,琴声悦耳,歌喉动听,足令顽石闻之起舞。

他们在尽情欢乐、畅谈中度过了良宵,直到东方绽出鱼肚白。哈里发掏出一百第纳尔放在地毯下,然后站起身来,告别离去。

就这样,四位苦行僧连续九夜来听歌唱,每次都在地毯下放上一百第纳尔。第十夜到来时,他们没有来。

那天晚上,哈里发派人叫来一个巨商,对他说:"给我送五十驮埃及布匹,每驮价值一千第纳尔……"

讲到这里,眼看东方透出黎明的曙光,莎赫札德戛然止声。

❖❖ 第二百五十八夜 ❖❖

夜幕垂降,莎赫札德接着讲故事:

幸福的国王陛下,他们在尽情欢乐、畅谈中度过了良宵,直到东方绽出鱼肚白。哈里发掏出一百第纳尔放在地毯下,然后站起身来,告别离去。

就这样,四位苦行僧连续九夜来听歌唱,每次都在地毯下放上一百第纳尔。第十夜到来时,他们没有来。

那天晚上,哈里发派人叫来一个巨商,对他说:"给我送五十驮埃及布匹,每驮价值一千第纳尔,并在每驮上标明价格,再给我找一个哈卜涉①奴仆。"

商人一一照办。

哈里发给了那个哈卜涉一只金盆和一把金壶,让奴仆带着礼品和五十驮货物,并且以米斯尔商界首领舍姆斯丁的名义写了一封信。哈里发对奴仆说:"你带着这些货物和东西,到商界首领住的那条胡同,去问:'阿拉丁·艾卜·沙马特在哪里?'人们会把你带到他住的胡同和住宅去。"

哈卜涉奴仆带上那些东西,按照哈里发的吩咐找阿拉丁·艾卜·沙马特去了。

十天限期已到,祖贝黛的堂兄找到祖贝黛的父亲,对老人说:"大伯,我们一起去找阿拉丁,让他和我的堂妹离婚吧!"

二人一起朝阿拉丁的住处走去,出门不久,便见五十头骡子组成的商队,背驮五十驮布匹,还有一个奴仆骑在骡背上。二人问:"这些货物是谁的?"

那个奴仆回答道:"这都是我的主人阿拉丁·艾卜·沙马特的。他父亲为他准备了一批货,前来巴格达城,路上遇到了劫匪,把他的钱和货物都抢走了。这消息传到他父亲耳里,立即派我带着这批货物赶到此处,以便替补失去的货物,还让我带着一头骡子,驮着五万第纳尔、一个价值连城的包裹、一件黑貂皮大衣、一只金盆和一把金壶。"

祖贝黛·欧迪娅的父亲说:"阿拉丁是我的女婿,我领你到他家去。"

阿拉丁坐在家中正惆怅不堪之时,忽听有人敲门。阿拉丁说:"喂,祖贝黛·欧迪娅,说不定是你父亲从法官或执政官那里叫来

---

① 哈卜涉,埃塞俄比亚的古称。

了官差,要带我上公堂去了!"

祖贝黛·欧迪娅说:"你赶快去看看!"

阿拉丁走去开门一看,原来站在门外的是他的岳父、商界头领——祖贝黛·欧迪娅的父亲,还看到一个棕色皮肤、容貌漂亮的哈卜涉奴仆骑在骡子背上。奴仆立即跳下骡背,上前亲吻阿拉丁的手。

阿拉丁问:"你有什么事吗?"

奴仆说:"我是米斯尔商界首领舍姆斯丁的儿子阿拉丁的奴仆。阿拉丁先生的父亲派我送来这些货物给我的主人。"

说罢,将一封信递到阿拉丁的手里。

阿拉丁接过信,打开一看,只见信上写着:

唤声手中书,爱子若见你。先吻他的鞋,再行吻地礼。
切记莫慌张,更无须着急!我的魂与财,皆握他手里。

舍姆斯丁致信爱子阿拉丁·艾卜·沙马特:

孩子,你可好哇!

悉吾儿途中遇到阿拉伯劫匪,随行人员被残害,钱财、货物被抢,故特此另发五十驮埃及布匹、锦衣一套、黑貂皮大衣一件,另有金盆一只、金壶一把。你不必担心害怕。孩子,钱财赎出你一条命,已是大喜。你不必难过,更不要悲伤。钱财如浮云,千金散去还复来。孩子,你的母亲和家人们都好,他们问候你。

孩子,得知他们让你做了祖贝黛·欧迪娅姑娘的中转夫君,并且要你交付一万第纳尔的聘礼。因此,特让奴仆赛里姆随身带去五万第纳尔。

父草书

阿拉丁读罢信,接过所有的钱和物,转过脸去,望着岳父,说:"岳父大人,请拿去这一万第纳尔,作为祖贝黛的彩礼吧!这些货物,你拿去卖掉它,所得利润,全部归你,只还我本金就行了。"

祖贝黛·欧迪娅的父亲说:"不,不能!凭安拉起誓,我什么东西也不要,至于你妻子的彩礼,你就和你的妻子商量去吧!"

阿拉丁和岳父将货物放置好,便一起回到家中。祖贝黛·欧迪娅问父亲:"爸爸,这些货物是谁的?"

父亲回答道:"这些货物都是你丈夫阿拉丁的。他的货物和钱财被阿拉伯劫匪抢去了,你的公公给他发来这些货物弥补损失。你公公还给阿拉丁捎来了五万第纳尔、一个价值连城的包裹、一件黑貂皮大衣、一头骡子、一只金盆和一把金壶。至于你的聘礼嘛,我看你自己拿主意吧!"

阿拉丁走去打开箱子,将祖贝黛·欧迪娅的彩礼递到她的手里。

祖贝黛·欧迪娅的堂兄对伯父说:"让阿拉丁和我的堂妹离婚吧!"

老人说:"这是办不到的!决定权在阿拉丁的手中。"

小伙子听老人这样一说,忧愁满腔,失望离去。回到家中,一病不起,不久便离开了人世。

阿拉丁收到钱财和货物,到市场上采买了吃的、喝的、油肉和其他用品。每当夜幕垂降,吃饱喝足之后,夫妻弹琴吟唱,好不自在。

阿拉丁对妻子说:"喂,祖贝黛·欧迪娅,你看呀!这些苦行僧骗子,许下齐天诺言,自食其言,无声无息,无影无踪了。"

祖贝黛·欧迪娅说:"你是巨商之子,尚且有手无分文之时,更何况他们这些可怜的苦行僧呢!"

阿拉丁说:"伟大的安拉让我们富起来了。以后他们再来敲门,我连门都不给他们开。"

"那是为什么呢?你不好好想一想:他们来了,我们才得到了这些福利呀!他们每天晚上都在地毯下放一百第纳尔。以后他们来敲门,你一定要去开门。"

落日余晖缓缓沉没在夜幕之后,天色渐渐暗了下来,阿拉丁走去点燃蜡烛,顿时室内如同白昼。阿拉丁说:"喂,祖贝黛·欧迪娅,弹唱一曲吧!"

话音未落,传来"咚咚"的敲门声。祖贝黛说:"快去看一看!"阿拉丁走去把门打开,只见那四位苦行僧站在门外。阿拉丁说:"欢迎骗子们!请进!"

四位苦行僧随主人进门,入座之后,仆人端来一桌美味,一起吃喝起来,津津有味,欢欢乐乐!

僧人们说:"先生,我们的心一直在惦记着你。你与岳丈之间的事情怎么样啦?"

阿拉丁说:"安拉为我们弥补了损失,大喜过望啊!"

"我们很为你担心啊!我们之所以没到阁下府上来,原因在于我们手无分文哪!"

讲到这里,眼看东方透出黎明的曙光,莎赫札德戛然止声。

第二百五十九夜

夜幕垂降,莎赫札德接着讲故事:

幸福的国王陛下,四位苦行僧随主人进门,入座之后,仆人端来一桌美味,一起吃喝起来,大家津津有味,欢欢乐乐!

僧人们说:"先生,我们的心一直在惦记着你。你与岳丈之间的事情怎么样啦?"

阿拉丁说:"安拉为我们弥补了损失,大喜过望啊!"

僧人们说:"我们很为你担心啊!我们之所以没到阁下府上来,原因在于我们手无分文哪!"

阿拉丁说:"家父捎来五万第纳尔、五十驮布匹,每驮价值一千第纳尔,还捎来一套衣服、一件黑貂皮大衣、一头骡子、一个仆人、一只金盆和一把金壶。我与岳丈之间达成了和解,我的妻子对我很好。感赞安拉救了我的大急。"

哈里发站起身来,出去方便一下。

这时,宰相贾法尔走到阿拉丁跟前,对他说:"小伙子,要礼貌些哟!你现在是在哈里发陛下的面前。"

"我在哈里发面前何曾不礼貌过?谁是哈里发?"

"刚才与你说话的那位,他就是信士们的长官哈伦·拉希德哈里发陛下。我是哈里发的宰相贾法尔·巴尔马克,这一位是掌刑官迈斯鲁尔,这一位是大名鼎鼎的宫廷诗人艾卜·努瓦斯·哈桑·本·哈尼。阿拉丁,你仔细想一想,从米斯尔到巴格达,距离有多远?"

阿拉丁回答:"要走四十五天时间。"

"你的货物被抢才是十天以前的事情,消息怎么会传到你父亲那里去呢?他又怎样能为你准备这么多的货物,在十天之内走完四十五天的路程,给你送到这里来呢?"

"先生,那么,这些钱财和货物都是从哪里来的呢?"

"都是信士们的长官哈里发陛下给你的,因为他十分喜欢你。"

正在宰相与阿拉丁对话时,哈里发回来了。阿拉丁立即站起身来,迎上前去,向哈伦·拉希德行吻地礼,然后说:"信士们的长官,哈里发陛下,祝您万寿无疆!天下万民都沾您的福泽。"

哈里发哈伦·拉希德说:"喂,阿拉丁,让祖贝黛为我们唱一曲吧!"

祖贝黛·欧迪娅抱起四弦琴,轻弹玉指,琴声动人,足令顽石欢悦起舞;歌声回荡,厅内一片欢喜气氛,使人心花怒放。不知不觉,已见东方吐亮。哈里发对阿拉丁说:"明天请来王宫吧!"

"遵命!"

阿拉丁欣然答应。

次日清晨,阿拉丁带着十盘贵重礼物,向王宫走去。

哈里发正端坐宝椅上时,忽见阿拉丁迈步进入宫门,边走边吟诵道:

朝朝福泽临贵门,嫉妒奈何您几分?
日月在您常辉耀,与您为敌岁昏沉。

阿拉丁一进殿堂,哈里发哈伦·拉希德便说:"阿拉丁,欢迎你呀,欢迎,欢迎!"

阿拉丁说："信士们的长官圣贤德高，不拒绝礼物。这十盘礼品，是我送给哈里发陛下的，恳请笑纳。"

信士们的长官接受了阿拉丁送的礼品，随后向阿拉丁赐赠礼袍一身，并委任他为商界首领，让他在宫中处理公务。

阿拉丁刚坐上商界首领交椅，忽见岳丈来到宫中。老岳父见女婿坐在自己原来那把交椅上，且锦袍加身，便问信士们的长官："哈里发陛下，我的贤婿为什么锦袍加身，端坐在我的座位之上呢？"

哈里发说："我已委任他为商界首领。官位要实行轮换制，而不可袭用终身制。你已被免职。"

老人家说："他成了我们的首领，信士们的长官，您的举动好得很呀！安拉总是让出类拔萃的人来主持我们的事情，使多少青年人成了栋梁之材啊！"

哈里发立即为阿拉丁的新任命写了诏书，然后将诏书交给执政官，执政官将诏书交给拿着火把的传令官。传令官在宫中呼喊道："哈里发颁布诏书，任命阿拉丁·艾卜·沙马特·本·舍姆斯丁为商界首领。有请各界，言听计从，令行禁止，且望敬重……"

宫中晓知之后，执政官带着传令官来到阿拉丁面前，传令官宣布道："哈里发颁布诏书，任命阿拉丁·艾卜·沙马特先生为商界首领……"

之后，他们带着阿拉丁走遍巴格达城街巷，边走，传令官边喊："哈里发陛下颁布诏书，任命阿拉丁·艾卜·沙马特·本·舍姆斯丁为商界首领，特此公告，全城民众以及各界人士务必言听计从……"

第二天，阿拉丁为哈卜涉奴仆开了一个店铺，让他在那里经营生意。阿拉丁走马上任，到哈里发宫中处理公务。

讲到这里，眼看东方透出黎明的曙光，莎赫札德戛然止声。

第二百六十夜

夜幕垂降,莎赫札德接着讲故事:

幸福的国王陛下,哈里发立即为阿拉丁的新任命写了诏书,然后将诏书交给执政官,执政官将诏书交给拿着火把的传令官。传令官在宫中呼喊道:"哈里发颁布诏书,任命阿拉丁·艾卜·沙马特·本·舍姆斯丁为商界首领。有请各界,言听计从,令行禁止,且望敬重……"

宫中晓知之后,执政官带着传令官来到阿拉丁面前,传令官宣布道:"哈里发颁布诏书,任命阿拉丁·艾卜·沙马特先生为商界首领……"

之后,他们带着阿拉丁走遍巴格达城街巷,边走,传令官边喊:"哈里发陛下颁布诏书,任命阿拉丁·艾卜·沙马特·本·舍姆斯丁为商界首领,特此公告,全城民众以及各界人士务必言听计从……"

第二天,阿拉丁为哈卜涉奴仆开了一个店铺,让他在那里经营生意。阿拉丁走马上任,到哈里发宫中处理公务。

一天,哈里发正端坐在宝椅上,忽有来者报告说:"启禀哈里发陛下,陛下近臣奈迪姆归真了。"

哈里发问:"阿拉丁在哪里?"

阿拉丁来哈里发面前,哈里发即赐赠锦袍一袭,任命其为自己的近臣,并为阿拉丁规定了月薪一千第纳尔。从此以后,阿拉丁开始与哈里发对座共餐共饮。

有一天，阿拉丁正在哈里发身旁处理公务时，忽有一将军持盾握剑进殿禀报说："启禀信士们的长官陛下，禁军统领阁下今日归真了。"

哈里发当即赐赠阿拉丁朝服一身，任命阿拉丁为禁军统领。

已故禁军统领既无妻室，又无子女，财产暂由阿拉丁掌管。哈里发哈伦·拉希德对阿拉丁说："你送统领入土之后，他原有的钱财、奴婢都由你支配，归你所有。"

哈里发抖了抖手指，然后离开宝座走去了。

阿拉丁上任禁军统领，将禁军分为右卫军和左卫军；右卫军由艾哈迈德·戴尼夫担任首领，下率四十名卫士；左卫军由哈桑·舒曼担任首领，下率四十名卫士。阿拉丁望着哈桑·舒曼及其手下卫士，说道："你们要听艾哈迈德·戴尼夫老将军的调遣，但愿老将军看在安拉的面儿上能接受我做他的义子。"

老将军艾哈迈德·戴尼夫欣然接受了阿拉丁统领的要求。老将军说："统领阁下，我率手下四十名卫士每日护送阁下进出王宫。"

阿拉丁作为禁军统领效力于哈里发一段时间以后，家中发生了一件意外的事情。

有一天，阿拉丁出了王宫，在右卫军的护送下，回到家中。他让卫军首领及其手下卫士离去之后，与爱妻祖贝黛坐在一起。

祖贝黛·欧迪娅点上蜡烛之后，转身向厕所走去。时隔不久，当阿拉丁正坐在房中之时，突听一声大喊，阿拉丁随即跑了出去，发现发出喊声的不是别人，而是妻子祖贝黛·欧迪娅，只见她已躺在地上。阿拉丁忙俯身去摸她的心口，发觉她的心脏已停止跳动。

祖贝黛·欧迪娅父亲的房子就在阿拉丁的住宅前面。听女儿的喊声，老人家立即走来问道："阿拉丁，出什么事啦？"

阿拉丁说："父亲，您的女儿祖贝黛·欧迪娅，她，她……死啦！不过，父亲，对于死者来说，以掩埋入土为敬意。"

第二天，阿拉丁便埋葬了妻子。阿拉丁安慰岳父，岳父也安慰阿拉丁。

阿拉丁为妻子穿起孝服，眼泪滚滚，心中难过，数日没去宫中执行公务。

哈里发对贾法尔说："相爷阁下，阿拉丁为何数日不来宫中？"

宰相贾法尔说："哈里发陛下，阿拉丁妻子暴卒，如今正居家服丧。"

哈里发说："我们理应去安慰他。"

"遵命！"

随后，哈里发带着宰相和部分宫仆，骑着马，向阿拉丁的住宅走去。

阿拉丁正坐着，忽见哈里发、宰相及宫仆们到来，忙起身迎上去，向哈里发行吻地礼。哈里发说："愿安拉给你补偿。"

阿拉丁说："信士们的长官，安拉为你添寿。"

"阿拉丁，你何故几日不进宫呢？"哈里发问。

"哈里发陛下，只因妻子祖贝黛暴卒，我心中痛苦不堪。"

"阿拉丁，你要排除忧伤。你的妻子祖贝黛·欧迪娅暴卒，痛苦于你没有任何好处。"

"哈里发陛下，我只有死后葬身于妻子的墓旁，心中的忧伤才能消失。"

"安拉会给每一个过世的人以补偿。面对死亡，任何谋略和金钱都无济于事。有诗为证。"

哈里发哈伦·拉希德吟诵道：

人子纵使安久长，终有一日卧弓床。

生时无论多快乐,土掩面颊仰背躺。

哈里发对阿拉丁进行一番安慰之后,叮嘱阿拉丁不要中断去宫中执行公务,随即离去。

阿拉丁一夜安睡。次日清晨,阿拉丁骑马前往王宫。见到哈里发,阿拉丁上前行吻地礼。哈里发坐在宝椅上,欠了欠身,对阿拉丁表示欢迎,然后让阿拉丁坐在自己的身旁。

哈里发说:"阿拉丁,今夜你是我的客人。"

说罢,哈里发将阿拉丁带入自己的寝宫,唤出一个名叫姑蒂·格鲁卜的歌女。哈里发对歌女说:"阿拉丁本来有妻子,名叫祖贝黛·欧迪娅。那是位贤惠的妻子,能为阿拉丁消愁解忧,可惜不多日前一命归真了。"

讲到这里,眼看东方透出黎明的曙光,莎赫札德戛然止声。

第二百六十一夜

夜幕垂降,莎赫札德接着讲故事:

幸福的国王陛下,哈里发对阿拉丁进行一番安慰之后,叮嘱阿拉丁不要中断去宫中执行公务,随即离去。

阿拉丁一夜安睡。次日清晨,阿拉丁骑马前往王宫。见到哈里发,阿拉丁上前行吻地礼。哈里发坐在宝椅上,欠了欠身,对阿拉丁表示欢迎,然后让阿拉丁坐在自己的身旁。

哈里发说:"阿拉丁,今夜你是我的客人。"

说罢,哈里发将阿拉丁带入自己的寝宫,唤出一个名叫姑蒂·格鲁卜的歌女。哈里发对歌女说:"阿拉丁本来有妻子,名叫祖贝黛·欧迪娅。那是位贤惠的妻子,能为阿拉丁消愁解忧,可惜不多日前一命归真了。我希望你能为阿拉丁唱一曲,以便消除他心中的忧愁和痛苦。"

歌女姑蒂·格鲁卜站起身,取来四弦琴,轻弹玉指,边弹边唱,曲调动人,歌声甜润。

歌女唱罢,哈里发问:"喂,阿拉丁,这位歌女的声音如何?"

阿拉丁说:"祖贝黛·欧迪娅的歌声比她的悦耳。不过,她的琴弹得很好,足以令顽石动情欢跃。"

"你喜欢她吗?"哈里发问。

"信士们的长官,我喜欢她。"

"凭我的生命和列祖列宗起誓,这是我送给你的礼物,连她的女仆们也送给你。"

阿拉丁以为哈里发在同他开玩笑。

第二天早晨,哈里发来见歌女姑蒂·格鲁卜,对她说:"我把你送给了阿拉丁。"

姑蒂·格鲁卜一听,十分高兴。因为她一见阿拉丁,便爱上了他。

哈里发离开寝宫,回到王宫,叫来几个脚夫,吩咐他们说:"你们去把姑蒂·格鲁卜及其女仆的行李搬到阿拉丁家里去,并把她们一道送到那里去。"

脚夫们从命,将行李搬好,并将她们送到阿拉丁府邸。

哈里发回到宫中,在宝椅上直坐到红日西沉,方才离开朝殿,回到寝宫。

姑蒂·格鲁卜进阿拉丁宅邸时，带着四十个女仆，另有宦官数名。

姑蒂·格鲁卜对两名宦官说："你俩各拿一把椅子，一个坐在门左侧，一个坐在门右侧。阿拉丁来了，你们就上前亲吻他的手，对他说：'我们的小姐姑蒂·格鲁卜要你到她那里去。哈里发已把她和女仆们赐赠给你了。'"

"遵命！"两个宦官异口同声。

阿拉丁来到家门口，见哈里发的两个宦官坐在门两旁，感到奇怪，心想："也许这不是我的家，我走错了门。如若不然，出什么事了？"

宦官见阿拉丁走来，起身走上前去，亲吻他的手，并且说："我们是哈里发的奴隶和姑蒂·格鲁卜小姐的仆人。姑蒂·格鲁卜小姐向你问安。她要我们告诉你，哈里发已把她和众婢女赐赠给了你，让你到她那里去。"

阿拉丁说："告诉小姐，欢迎她！请你们告诉小姐，她在卧房之时，我是不会到那里去的。因为御用之物，奴仆是不便享用的。另外，请顺便问一下，小姐每天在哈里发那里要用多少钱。"

宦官走去，一一禀告，并问及每日开销，姑蒂·格鲁卜回答说日用一百第纳尔。阿拉丁心想："哈里发何必把姑蒂·格鲁卜赐赠给我，让我给她提供一份费用呢？可是，眼下又无法打发她走。"

姑蒂·格鲁卜在阿拉丁府邸住了一段时间，阿拉丁每天向她提供一百第纳尔。直到有一天，阿拉丁停止上朝了。哈里发问宰相："宰相贾法尔，我把姑蒂·格鲁卜赐予阿拉丁，为的是解除他失去妻子的郁闷，他何故不到宫中来了呢？"

宰相贾法尔说："哈里发陛下，俗语说得好：眼见情人，心忘友人。"

哈里发说:"也许他不来宫中,有他的理由。我们去看看他吧!"

在那之前几天,阿拉丁曾对宰相贾法尔说:"宰相阁下,我很感谢哈里发,因为他也为我失去妻子而感到难过,故把姑蒂·格鲁卜赐赠给了我。"

宰相说:"如若哈里发不喜欢你,他是不会这样关心你的悲与欢的。喂,阿拉丁,跟我说实话,你和她共度洞房花烛夜了吗?"

阿拉丁说:"没有!凭安拉起誓,我还没有接近过她。"

"那是为什么呢?"

"相爷阁下,主人的东西,仆人怎好去享用呢?"

哈里发带着宰相出了宫门,来到阿拉丁的府邸,虽然君主与宰相都换了便装,阿拉丁还是一眼认了出来,于是急忙上前亲吻哈里发的手。

哈里发见阿拉丁满面愁苦相,便问:"喂,阿拉丁,何故满脸愁云,闷闷不乐呢?莫非还未与姑蒂·格鲁卜同枕共眠?"

阿拉丁说:"信士们的长官,主人之物,仆人安可享用?直到现在,我还没有触摸过那位女子。恳请陛下让我远离她吧!"

哈里发说:"我想见见她,问问她的情况。"

阿拉丁说:"请吧!信士们的长官。"

讲到这里,眼看东方透出黎明的曙光,莎赫札德戛然止声。

第二百六十二夜

夜幕垂降,莎赫札德接着讲故事:

幸福的国王陛下，哈里发发现阿拉丁满面愁苦相，便问："喂，阿拉丁，何故满脸愁云，闷闷不乐呢？莫非还未与姑蒂·格鲁卜同枕共眠？"

阿拉丁说："信士们的长官，主人之物，仆人安可享用？直到现在，我还没有触摸过那位女子。恳请陛下让我远离她吧！"

哈里发说："我想见见那位女子，问问她的情况。"

"请吧！信士们的长官。"

哈里发来到姑蒂·格鲁卜的住处，姑蒂·格鲁卜一看见哈里发，即上前行吻地礼。哈里发说："阿拉丁与你共度春宵了吗？"

"没有，信士们的长官。"姑蒂·格鲁卜说，"我已派人请他与我同眠共枕，但他不乐意前来。"

听姑蒂·格鲁卜这样一说，哈里发立即吩咐下人将姑蒂·格鲁卜送返王宫。

哈里发走来对阿拉丁说："喂，阿拉丁，及时到宫中来吧！"

随后，哈里发回宫中去了。

阿拉丁一夜安睡，心中如释重负，轻松了许多。第二天清晨，阿拉丁骑马来到王宫，端坐禁军统领交椅，照常处理宫中的保卫公务。

哈里发令司库给宰相贾法尔一万第纳尔，司库立即行动，悉数送到宰相手中。哈里发对贾法尔说："相爷阁下，我责成你带着这一万第纳尔，到奴隶市场上，为阿拉丁买一个漂亮的女奴，许配给他为妻。"

宰相贾法尔得令，随即带着阿拉丁前往奴隶市场。

说来也巧，巴格达执政官也到奴隶市场上为儿子买女奴去了。执政官是哈里发的近亲，人称哈立德亲王。亲王的妻子名叫哈图娜，为亲王生了一个相貌奇丑的儿子，名叫哈卜祖·毕扎兹。哈卜祖年已二十出头，竟然还不会骑马，而他的父亲哈立德亲王却是位奇勇猛士，骑马射箭，超群出众。

一天夜里，丑儿子哈卜祖做了个梦，然后把梦境告诉了母亲。母亲听后，十分高兴，随即告诉了哈立德亲王。母亲说："亲王老爷，我们的儿子该结婚了，我们给他成亲吧！"

哈立德亲王说："这么呆笨、丑陋的孩子，哪个女人会喜欢他呢？"

夫人说："那就到奴隶市场上给他买个奴隶成亲吧！"

就这样，哈立德亲王在宰相带着阿拉丁去奴隶市场那天，也带着儿子哈卜祖来到了奴隶市场。

他们正在市场上走着，看见一个女奴身材匀称，容颜俊秀。宰相贾法尔走到经纪人面前，说："经纪人，我出一千第纳尔买这个女奴。"

话音未落，执政官哈立德亲王走了过来。亲王的儿子哈卜祖一看见那个女奴，顿时神魂颠倒，爱之入心。哈卜祖对父亲说："爸爸，把这个女奴给我买下来吧！"

哈立德亲王喊来经纪人，又问女奴的姓名，女奴说："我叫雅斯敏。"

哈立德对儿子说："孩子，你如果喜欢这个女奴，那就加钱吧！"

哈卜祖问经纪人："多少钱？"

经纪人说："一千第纳尔。"

"我给一千零一！"哈卜祖说。

"两千！"贾法尔说。

就这样，执政官的公子哈卜祖每加一第纳尔，阿拉丁便增加一千第纳尔。

哈卜祖生气了，他问："喂，经纪人，谁在与我竞价？"

经纪人说："与你竞价的是宰相贾法尔，他想为阿拉丁·艾卜·沙马特买走这个女奴。"

阿拉丁最后出价到一万第纳尔,与卖主成交,付了钱,便带着女奴雅斯敏走了。阿拉丁对女奴说:"看在安拉的面儿上,我释你为自由人。"

随后,阿拉丁与雅斯敏订了婚,写了婚书。

经纪人拿着经纪费要走,执政官的公子哈卜祖喊道:"经纪人,女奴到哪里去了?"

经纪人说:"阿拉丁出了一万第纳尔,把雅斯敏买走了,而且已释女奴为自由人,还写下了婚书。"

哈卜祖一听,顿时面色蜡黄,心中忧闷难言。回到家中,因相思而患病,卧床不起,不进食水,母亲见此光景,说道:"孩子,你究竟怎么啦?"

哈卜祖说:"妈妈,你给我买雅斯敏①去吧!"

母亲说:"那有什么难的?等卖花的来了,我给你买一篮子茉莉花。"

"妈妈,不是茉莉花,而是那个女奴,名叫雅斯敏;爸爸看见了,没有给我买到!"

哈图娜转身去问丈夫:"亲王啊,你见了女奴,为什么没给儿子买呢?"

哈立德说:"主人享用的东西,仆人是不宜享用的。我没有力量买下来呀!那女奴被禁军统领阿拉丁买走了。"

哈卜祖病情日渐加重,睡不安,吃不下,母亲因此痛苦不堪。一天,母亲正坐在家中为儿子的病发愁时,忽见一位老太婆走了进来;这位老太婆就是窃贼艾哈迈德·盖马古木的母亲,人称乌姆·

---

① 雅斯敏,音译,意为"茉莉花",故有下文。

艾哈迈德。

艾哈迈德·盖马古木纯属鸡鸣狗盗之徒，穿墙凿洞，无恶不作，能偷人眼上的化妆墨。后来，他当了警察，因偷钱而被当场捉住，被扭送到执政官处，执政官将之交给哈里发。哈里发下令处死窃贼艾哈迈德·盖马古木，艾哈迈德·盖马古木便去找宰相贾法尔求情。宰相贾法尔在哈里发那里颇有面子，只要宰相开口，哈里发一般情况下不驳宰相的面子。

哈里发见贾法尔为窃贼艾哈迈德·盖马古木求情，便问道："相爷阁下，你怎么为危害人的瘟疫说情呢？"

宰相贾法尔说："哈里发陛下，我很喜欢他呀！建造监牢的人，都是圣贤。因为牢狱是活人的坟墓，可使敌对方面幸灾乐祸。"

于是，哈里发改变主意，下令给窃贼艾哈迈德·盖马古木戴上脚镣手铐，并且在镣铐上砸上这样的字样："此镣铐到洗尸床上方可开启！"之后，将他投入监牢之中。

艾哈迈德·盖马古木的母亲多次出入执政官哈立德亲王的家门。她到狱中看望儿子时，对儿子说："我不是跟你说过，你要痛改前非吗？"

艾哈迈德·盖马古木说："母亲，这都是天命啊！不过，母亲，你再见到执政官的太太，你就求她在执政官面前为我说说情吧！"

艾哈迈德·盖马古木的母亲来到执政官家，见执政官太太愁眉苦脸，神情不安，便问："太太，有什么难过的事呢？"

执政官太太说："就是我那个儿子哈卜祖啊……"

"你儿子不是挺好的吗？他怎么啦？"

太太将女奴的事从头到尾对艾哈迈德·盖马古木的母亲说了一遍。

艾哈迈德·盖马古木的母亲说："如果有人能让你儿子平安快

乐,你该如何报答他呢?"

"谁能救我的儿子呢?"太太问。

"我有个儿子,名叫艾哈迈德·盖马古木,现在被关在牢里,镣铐上还写着'到洗尸床上方可开启'的字样。太太,你穿好衣服,好好打扮一番,高高兴兴地去见你的丈夫。假若他向你提出男人对女人的要求,你不要答应他,你就对他说:'多么奇怪呀!男人需要女人的时候,总是那样苦苦哀求,死乞白赖,千方百计达到自己的目的;可是,当妻子有求于丈夫时,丈夫总是不满足妻子的要求!'你的丈夫听你这样一说,他必定会问你:'你有什么要求?'这时,你就让他对你发誓,若不满足你的要求,你就要与他离婚;一定要让他发誓,等他发完誓,你再对他说:'在你的监牢里关着一个人,名叫艾哈迈德·盖马古木,他有个可怜的老娘,找到我,求我让你到哈里发那里求个情,给孩子一个悔过自新的机会,以便重新做人。'"

哈图娜听后,说:"我一定照办!"

哈立德回来见到妻子,妻子把艾哈迈德·盖马古木的母亲说的那番话向丈夫说了一遍,丈夫向太太发过誓,太太提出了要求,丈夫终于答应,方才得以与妻子共享良宵之乐……

讲到这里,眼看东方透出黎明的曙光,莎赫札德戛然止声。

第二百六十三夜

夜幕垂降,莎赫札德接着讲故事:

幸福的国王陛下,哈立德回来见到妻子,妻子把艾哈迈德·盖马古木的母亲说的那番话向丈夫说了一遍,丈夫向太太发过誓,太太提出了要求,丈夫终于答应,方才得以与妻子共享良宵之乐。

第二天清晨,执政官哈立德亲王洗漱完毕,做过洗礼,来到监狱。他对艾哈迈德·盖马古木说:"喂,艾哈迈德·盖马古木,你悔过了吗?"

艾哈迈德·盖马古木说:"我已向安拉忏悔,表示悔过了。我心口相投,乞求安拉宽恕。"

执政官听罢,便把艾哈迈德·盖马古木从监狱中放出来,戴着镣铐随执政官去见哈里发。

执政官走到哈里发面前,行过吻地礼,哈里发问:"哈立德亲王,有何事相求呀?"

艾哈迈德·盖马古木戴着镣铐走到哈里发面前,哈里发说:"喂,艾哈迈德·盖马古木,你现在还活着?"

"信士们的长官,可怜人的寿命是很长的。"

哈里发问哈立德:"亲王阁下,你为何带他来见我呢?"

哈立德说:"他有位可怜的母亲,只有他这样一个独生子,求我给他说个情,因他已经忏悔,不妨取下他的镣铐,让他恢复原职,继续担任警长。"

哈里发问艾哈迈德·盖马古木:"你忏悔了吗?"

"信士们的长官,我已向安拉忏悔了。"

哈里发即令取下艾哈迈德·盖马古木的镣铐,任命他为警长,叮嘱他洗面革新,老实做人。

艾哈迈德·盖马古木亲吻哈里发的手,穿上警服,回到岗位上。

过了几天,艾哈迈德·盖马古木的母亲来见执政官的太太。哈图娜说:"赞美安拉,让你的儿子平平安安、健健康康出了监牢。可是,你为什么没让你儿子设法把雅斯敏姑娘带给我的儿子哈卜祖·毕扎兹呢?"

"我马上找他去!"

说罢,艾哈迈德·盖马古木的母亲离开执政官太太去见儿子,发现儿子喝得酩酊大醉。母亲说:"孩子,你能出狱,完全是执政官太太的功劳。她希望你赶快想办法,杀死阿拉丁·艾卜·沙马特,把雅斯敏姑娘送到她的儿子哈卜祖那里去。"

艾哈迈德·盖马古木说:"这件事再容易不过了,我今夜就想办法。"

那正是新的一个月的第一个夜晚。

每月的第一夜,哈里发总是习惯于到王后祖贝黛那里去过夜,以便释放一个女婢或释放一个男奴为自由人,或者做别的一件什么善事。当他到王后那里去过夜时,习惯于把脱下的朝服和念珠、拂尘、宝玺放在正殿的宝座上。哈里发有一盏金灯,吊链上有三颗宝石,那是哈里发的一件至宝。哈里发把朝服、金灯和其余一切贵重东西,全都交给太监们看管,自己则放心地向王后祖贝黛的寝宫走去。

艾哈迈德·盖马古木耐着性子,等到夜半时分,老人星①出来了,人们熟睡了,夜幕笼罩了一切。他右手握剑,左手提着带勾绳索,向哈里发的正殿走去。来到正殿外,艾哈迈德·盖马古木竖起梯子,把绳索搭到殿顶上,登梯爬到殿顶,掀开殿顶天窗,顺绳索而下,但见太监们正在熟睡,便凑上前去,用麻醉药将他们一一麻醉,然后拿起哈里发的朝服、念珠、拂尘、头巾、宝玺和宝石金

---

① 老人星,船底座一等星,亮度仅次于天狼星。在阿拉伯国家,夏末可以看到。

灯，攀绳索而上，从殿顶上下来之后，直奔阿拉丁·艾卜·沙马特宅邸而去。

这天夜里，阿拉丁正抱着新婚的小娘子雅斯敏欢度春宵。

艾哈迈德·盖马古木溜进客厅，掀开地面上的一块大理石地板，挖了一个坑，将部分东西埋在那里，然后盖上石板，恢复原样，留下一样东西，原路走出阿拉丁宅邸。艾哈迈德·盖马古木心想："我把这只宝石金灯放在我的面前，借它的光明，我可以痛饮一场，一醉方休了。"边想边向自己的家走去。

第二天清晨，哈里发哈伦·拉希德来到正殿，见太监们一个个还在酣睡，便把他们唤醒。当他去拿自己的东西时，发现朝服不见了。再一找，发现念珠、拂尘、头巾、宝石金灯、宝玺都不见了，禁不住大发雷霆，随后穿上红色的"怒服"，坐在了宝座上。

宰相贾法尔走来，向哈里发行吻地礼，同时说："安拉为信士们的长官消灾祛祸。"

哈里发说："喂，相爷阁下，灾祸非小啊！"

"出什么事啦？"宰相问。

哈里发把发生的事情对宰相讲了一遍。这时，巴格达执政官哈立德亲王来到殿堂，后面跟着警长艾哈迈德，只见哈里发哈伦·拉希德满面怒色。

哈里发见执政官哈立德亲王到来，便问道："哈立德亲王，巴格达治安情况如何？"

"平安无事！"哈立德随口答道。

"你在说假话呀！"哈里发怒气未减。

"出什么事啦？信士们的长官。"

哈里发把发生的事情向执政官讲了一遍，然后说："我责令你限期把那些东西全部追回来！"

"信士们的长官,醋蛆生在醋中,外人根本进不了这个地方。"

"你若找不回来失物,我就把你处死!"

哈立德亲王说:"要杀,我得先杀艾哈迈德·盖马古木,因为他是警长,应最了解小偷和叛逆分子的情况。"

艾哈迈德·盖马古木走上前去,对哈里发哈伦·拉希德说:"哈里发陛下,替我向执政官阁下说说情吧!我向陛下保证,立即搜查,跟踪追迹,一定弄个水落石出。不过,请求法官和执政官各派两个人随我办案。干这种勾当的人,也不怕巴格达的执政官,更不怕别人。"

哈里发说:"满足你的要求!不过,要首先搜查我的宫殿,然后搜查宰相府,接着搜查禁卫军统领公馆。"

艾哈迈德·盖马古木高兴地说:"哈里发见解英明!干这种事的人说不定就是哈里发宫中的一个人,或者是哈里发陛下的一位近臣。"

哈里发说:"凭我的生命起誓,不管这件事是谁干的,一定要杀掉他,哪怕是我的儿子。"

艾哈迈德·盖马古木领到圣旨,手拿木棍、铜棒、铁棒各三根,开始了搜查行动。

讲到这里,眼看东方透出黎明的曙光,莎赫札德戛然止声。

第二百六十四夜

夜幕垂降,莎赫札德接着讲故事:

幸福的国王陛下,哈里发说:"凭我的生命起誓,不管这件事是谁干的,我一定要杀掉,哪怕是我的儿子。"

艾哈迈德·盖马古木领到圣旨,手拿木棍、铜棒、铁棒各三根,开始了搜查行动。

艾哈迈德·盖马古木带人首先搜查王宫,继而搜查相府,还依次搜查了侍卫官们的府邸,然后向禁卫军统领阿拉丁公馆走去。

阿拉丁听门外一片嘈杂,立即离开妻子雅斯敏,走去开门。

阿拉丁开门一看,只见巴格达执政官哈立德亲王神色紧张,忐忑不安。阿拉丁问:"哈立德亲王,出什么事啦?"

哈立德把发生的事情对阿拉丁讲了一遍,阿拉丁说:"请进我家搜查吧!"

哈立德说:"请原谅,阿拉丁统领阁下!你是个忠诚老实人,忠诚老实的人是不会背叛的。"

阿拉丁说:"一定要搜查我的家!"

执政官、法官们和证人们进了阿拉丁的家门。艾哈迈德·盖马古木走向客厅,来到下面埋着东西的那块大理石地板前,用手中的棒子使劲儿一敲,大理石碎了,露出了东西。这位警长抬高嗓门说:"安拉大慈大悲,给我们展示了宝库,使我们如愿以偿了!你们来看呀!"

法官和证人朝那地方一看,发现了那些东西,于是立即拟写了报告,内容载明他们在阿拉丁住处发现的东西,然后加上他们自己的印章,并且下令逮捕阿拉丁,取下他的缠头巾,将他的全部财产列出清单查封。

艾哈迈德·盖马古木立即把身怀阿拉丁孩子的雅斯敏带走,交给他的母亲,并嘱咐说:"妈,你赶快把她交到巴格达执政官的夫人哈图娜太太那里去!"

艾哈迈德·盖马古木的母亲带着雅斯敏去见执政官的太太。执政官的儿子哈卜祖一见雅斯敏,立即精神起来,高兴得站起身来,朝雅斯敏走去。

雅斯敏从腰里拔出匕首,对哈卜祖说:"你离我远点儿!如若不然,我先把你捅死,然后自尽。"

哈卜祖的母亲哈图娜对雅斯敏喊道:"你这个小贱妇,就让我的儿子娶了你吧!"

雅斯敏说:"你这条该死的老母狗!哪家法律允许一个女子嫁给两个男人?癞皮狗怎好钻入狮子洞穴之中?"

自此,哈卜祖相思病日重,终日卧床不起。执政官太太哈图娜对雅斯敏说:"你把我的宝贝儿子弄成这个样子,我非重重惩罚你不可!阿拉丁嘛,他要被绞死了。"

雅斯敏说:"我甘愿为他殉情而死!"

执政官太太上去扒掉雅斯敏的首饰和丝绸衣衫,给她换上粗布衣衫,把她送进厨房,让她和仆人们一起干活儿。太太对她说:"你给我劈柴、剥葱、烧火吧!"

雅斯敏说:"我甘愿忍受一切折磨,我宁愿做苦力活儿,也不愿意看见你的儿子!"

女仆们同情雅斯敏,纷纷替她做厨房里的活儿。

执政官哈立德亲王带着阿拉丁和哈里发的那些东西,径直来到哈里发宫中。

哈里发正坐在正殿宝椅上,见他们带着阿拉丁和他的那些东西来了。哈里发问:"你们在哪儿找到了这些东西?"

他们说:"在阿拉丁的住宅里……"

哈里发勃然大怒,面色顿改。他接过东西一看,不见宝石金灯,便问:"阿拉丁,我那宝石金灯呢?"

"我没有拿,既没有看到,也不知道任何消息。"

"好一个叛逆之徒!我对你那样亲近,你却疏远我;我对你如此信任,你却背叛我!"

说罢,哈里发下令对阿拉丁处以绞刑。

巴格达执政官押着阿拉丁通过街巷,传令官在前面高声呐喊:"这就是背叛哈里发的人应得的最轻惩罚!"

人们聚集在绞刑架的周围,你一言,我一语,议论纷纷。

就在阿拉丁被推上绞刑架的时候,阿拉丁的禁卫右军首领艾哈迈德·戴尼夫正与下属们坐在花园中。他们谈笑、玩耍得正高兴时,忽见宫廷的一名水手走来,上前亲吻艾哈迈德·戴尼夫的手,然后说道:"喂,将领阁下,您坐在水边消闲,莫非不知道发生了什么事情?"

"出什么事啦?"艾哈迈德·戴尼夫问。

"你们的统领阿拉丁被带到绞刑架那里去了。"

艾哈迈德·戴尼夫问左军首领:"喂,哈桑·舒曼,你有什么好办法吗?"

哈桑·舒曼说:"阿拉丁是无辜的,有敌人陷害他。"

"你说怎么办?"

"我们得设法救他,愿安拉默助。"

说罢,哈桑·舒曼转身向监狱走去。来到监狱,他对狱卒说:"给我提出一个该杀的犯人来!"

狱卒提出一个与阿拉丁形容极为相似的囚犯,哈桑·舒曼蒙上犯人的脑袋,艾哈迈德·戴尼夫和阿里·泽伯格·米斯里架着犯人,来到绞刑架旁。这时,刽子手已把阿拉丁推上了绞刑架。

艾哈迈德·戴尼夫走上前去,踩住刽子手的脚。刽子手说:

"你离开一点儿,让我执行任务!"

艾哈迈德·戴尼夫说:"该死的刽子手!把这个人推上绞刑架,把阿拉丁放下来!阿拉丁是冤枉的,我们要像用羊赎出伊斯玛仪那样赎出阿拉丁。"

刽子手把那个人推上绞刑架,将阿拉丁替了下来。艾哈迈德·戴尼夫和阿里·泽伯格·米斯里带着阿拉丁走向艾哈迈德·戴尼夫家的客厅。

来到艾哈迈德·戴尼夫家,阿拉丁说:"首领阁下,安拉会嘉奖你的。"

艾哈迈德·戴尼夫说:"阿拉丁,你怎么干这种事呢……"

讲到这里,眼看东方透出黎明的曙光,莎赫札德戛然止声。

第二百六十五夜

夜幕垂降,莎赫札德接着讲故事:

幸福的国王陛下,刽子手把那个人推上绞刑架,将阿拉丁替了下来。艾哈迈德·戴尼夫和阿里·泽伯格·米斯里带着阿拉丁走向艾哈迈德·戴尼夫家的客厅。

来到艾哈迈德·戴尼夫家,阿拉丁说:"首领阁下,安拉会嘉奖你的。"

艾哈迈德·戴尼夫对阿拉丁说:"阿拉丁,你怎么干这种事呢?有人这样说:'你不要背弃信任你的人,哪怕你是叛逆之徒!'哈里发给了你那样高的地位,把你称作最可信的人,你怎么能拿哈里发的那些宝物呢?"

阿拉丁说:"首领阁下,凭大慈大悲的安拉起誓,那不是我干的,我没有罪,也不知道那是谁干的。"

艾哈迈德·戴尼夫说:"那么,这样的事情显然是敌人干的。干这种事的人,定会受到惩罚。不过,阿拉丁,你不要再在巴格达待下去了。孩子,君王是不可抗拒的;君王找谁的麻烦,灾难是无穷无尽的。有道是伴君如伴虎,此话千真万确,一点儿不差。"

阿拉丁问:"首领阁下,那么,我到哪里去呢?"

"我把你送到亚历山大城去吧!那里是个平安吉祥之地。"

"好吧!"

艾哈迈德·戴尼夫对哈桑·舒曼说:"你不要担忧,只管放心就是!如果哈里发问我,你就说他到外地巡视去了。"

之后,艾哈迈德·戴尼夫带着阿拉丁,出了巴格达城。二人走过葡萄园和果园,看到为哈里发管果园的几个犹太人,其中两个人骑着骡子。艾哈迈德·戴尼夫对那两个犹太人说:"给我们派个卫兵吧!"

两个犹太人同声说:"我来为你们做警卫!"

两个犹太人保护艾哈迈德·戴尼夫和阿拉丁过了谷地,艾哈迈德·戴尼夫给了他俩一百第纳尔。之后,他将两个犹太人杀掉,夺走那两头骡子,与阿拉丁各骑一头,迅速赶到伊亚斯城。

艾哈迈德·戴尼夫和阿拉丁投宿客栈,安睡一夜,第二天,阿拉丁卖掉自己骑的那头骡子,将另一头骡子寄存在客栈看门人那里,然后在伊亚斯港乘船,一帆风顺地抵达亚历山大城。

二人下了船,走到市场,见一经纪人正拍卖一家带地下室的店铺,价格已经拍卖到九百五十第纳尔。阿拉丁走上前去,说:"我出一千！"

卖主便把店铺卖给了阿拉丁。阿拉丁付了钱，接过钥匙，走去打开店铺和地下室，发现店中铺着地毯，放着靠枕；那地下室则是一个仓库，里面放着船帆、桅杆、绳索、满装珍珠和贝壳的箱子、袋子，还有钉子、刀和剪子，因为原来的店主是一个旧货商。

阿拉丁·艾卜·沙马特坐在店铺中，艾哈迈德·戴尼夫对他说："孩子，这个店铺和地下室以及里面的东西，都成了你的财产。你坐在这里，做买卖吧！不要厌恶生意，因为安拉是保佑生意人的。"

艾哈迈德·戴尼夫在那里住了三天。第四天，他对阿拉丁说："你好好在这里经营生意，我回去看看情况，查一查陷害你的那个仇人，等哈里发恢复了对你的信任，我再回来看你。"

说罢，艾哈迈德·戴尼夫转身离去。到达伊亚斯城，从客栈里牵出寄存在那里的骡子，快速赶回了巴格达城。

见到哈桑·舒曼，艾哈迈德·戴尼夫说："喂，哈桑，哈里发问我了吗？"

哈桑说："没有，他根本没有留心你。"

艾哈迈德·戴尼夫边为哈里发效力，边留意打听消息。

哈里发哈伦·拉希德找回遗失的衣物，非常高兴，他望着宰相贾法尔，对他说："相爷阁下，你来审理一下阿拉丁所干的这件事吧！"

宰相贾法尔说："哈里发陛下，您已对他判了绞刑，真是恰如其分，罪有应得呀！"

"相爷阁下，我的意思是说，我想验验阿拉丁的尸首。"

"信士们的长官，那就请去吧！"

哈里发在宰相贾法尔的陪同下走到绞刑架旁，抬眼望去，发现被绞死的不是他的近臣阿拉丁·艾卜·沙马特。哈里发说:"相爷,这不是阿拉丁啊!"

"陛下何以看出他不是阿拉丁呢?"宰相问。

"阿拉丁个子矮,而这个人个子高啊!"

"被绞死的人通常比原来的身子要长一些。"

"阿拉丁面孔白白的,而这个人是个黑脸呀!"

"哈里发陛下,人死之后,脸色会变黑的。"

哈里发下令将尸首卸下来,卸下尸首一看,发现臂关节处刺着两个长老的名字,哈里发便说:"阿拉丁是位穆斯林,而这个人是异教徒啊!"

宰相贾法尔说:"幽冥世界之事,只有安拉知道。我们无法知道这是阿拉丁,还是别人。"

哈里发下令将尸首埋掉,自此之后,无人再提起阿拉丁,阿拉丁在人们的记忆中消失了。

巴格达执政官哈立德亲王的儿子哈卜祖·毕扎兹的相思病日甚一日,不久一命呜呼,被埋入土中。

雅斯敏妊娠期满,生下一个男婴,容貌俊秀,宛如皓月。女仆们问她:"给孩子起个什么名字呢?"

雅斯敏说:"倘若他的父亲好好的,这名字本应由他的父亲起。但现在就只有我来给他起名字了,就叫他艾斯拉吧!"

母亲给艾斯拉喂了两年奶,便断奶了。艾斯拉健康活泼,自己会跑会玩儿了。

有一天,雅斯敏正在厨房做饭,艾斯拉看见梯子,便爬上去玩儿,被坐在室外的哈立德亲王看见,于是将艾斯拉抱去。

哈立德亲王见艾斯拉生得眉清目秀,连声赞颂伟大的造物主。

当亲王仔细打量孩子的眉眼时,发现艾斯拉与阿拉丁的相貌十分相像。

雅斯敏走出厨房,不见孩子踪影,便登上梯子四下张望,但见哈立德亲王将孩子抱在怀里,因为哈立德天性喜欢孩子。

孩子看见母亲,便想找母亲,但哈立德却将孩子紧紧搂在怀里。哈立德对雅斯敏说:"喂,女仆,你过来!"

雅斯敏走过去,哈立德问:"这孩子是谁的?"

"这是我的孩子,我的心头肉。"雅斯敏答道。

"孩子的父亲是谁?"

"他的父亲是阿拉丁·艾卜·沙马特;现在嘛,他就是你的孩子。"

"阿拉丁是个叛逆之徒呀!"

"阿拉丁与叛逆无缘,他是个忠诚可靠的男子汉;忠诚的人,是不会成为叛逆之徒的。"

"这个孩子长大之后,若孩子问你:'我的父亲是谁?'你就对他说:'你的父亲是巴格达执政官哈立德亲王。'"

雅斯敏回答说:"好吧!"

哈立德亲王从此开始用心培养教育艾斯拉,给孩子请来伊斯兰教法学家、书法家,教艾斯拉读书、识字、学书法;孩子则一直称呼哈立德为父亲。

艾斯拉稍大,哈立德便把他带到校场,教他骑马、射箭、刺杀,学习战术,艾斯拉终于成了一个少年勇士;十四岁时,已经成了一位少年领袖人物。

有一天,艾斯拉与艾哈迈德·盖马古木遇到一起,很快成了朋友,然后便跟着他到一家酒馆,艾哈迈德·盖马古木从怀里掏出一盏宝石金灯——这就是从哈里发宝殿里盗出来的那盏金灯——放在面前,开始借灯光开怀畅饮起来。酒过三巡,艾斯拉说:"长官,把这盏灯送给我吧!"

艾哈迈德·盖马古木醉醺醺地说:"这盏灯嘛,可不能送给你!"

"为什么?"

"你有所不知,为了这盏灯,丢了多少条人命啊!"

"谁因为这盏灯丢了命呢?"

"十多年前,有一个人来到我们这里,当上了哈里发的禁卫军统领,名叫阿拉丁·艾卜·沙马特。这个人就是因为这盏灯死的。"

"这个人有什么故事?死因何在呢?"

"你有个哥哥,名叫哈卜祖·毕扎兹。哈卜祖二十岁,该结婚了,他的父亲就给他买了个女奴……"

艾哈迈德·盖马古木把事情从头到尾给艾斯拉讲了一遍,一直讲到哈卜祖死去和阿拉丁无辜被绞死。

艾斯拉听后,心想:"也许这个名叫雅斯敏的女奴就是我的母亲,而阿拉丁·艾卜·沙马特就是我的生身父亲。"之后,艾斯拉艰难地离开了艾哈迈德·盖马古木。

艾斯拉去找禁卫军首领艾哈迈德·戴尼夫。

艾哈迈德·戴尼夫一看见艾斯拉,便惊叹道:"哦,长得很像哟!"

哈桑·舒曼问:"喂,戴尼夫首领,你惊叹什么呢?"

艾哈迈德·戴尼夫说:"你瞧瞧,这孩子多像阿拉丁·艾卜·沙马特!"

艾哈迈德·戴尼夫呼唤道:"喂,艾斯拉!"

"有!"艾斯拉答道。

"孩子,你母亲叫什么名字?"

"我母亲叫雅斯敏。"

"艾斯拉,你愉愉快快地生活吧!你的父亲是阿拉丁·艾卜·沙马特;回去问问你的母亲,就全知道了。"

"好吧!"艾斯拉答道。

艾斯拉回到母亲那里,问起自己的父亲是谁,母亲说:"你的父亲是哈立德亲王呀!"

艾斯拉说:"他不是我的父亲!我的父亲是阿拉丁·艾卜·沙马特。"

母亲一听,哭了起来。她问儿子:"谁告诉你的?孩子!"

"艾哈迈德·戴尼夫首领告诉我的。"

母亲把事情的始末给艾斯拉讲了一遍。雅斯敏对儿子说:"既然你已知实情,我就明告诉你吧!你的生身父亲是阿拉丁·艾卜·沙马特。但是,把你养大的是哈立德亲王。亲王把你当作儿子养大成人。孩子,你再见到艾哈迈德·戴尼夫,就对他说:'大伯,看在安拉的面儿上,我求你为我报杀父之仇!'"

艾斯拉离开母亲那里,向外面走去……

讲到这里,眼看东方透出黎明的曙光,莎赫札德戛然止声。

第二百六十六夜

夜幕垂降,莎赫札德接着讲故事:

幸福的国王陛下,艾斯拉的母亲雅斯敏把事情的始末给艾斯拉讲了一遍。雅斯敏对儿子说:"既然你已知实情,我就明告诉你吧!你的生身父亲是阿拉丁·艾卜·沙马特。但是,把你养大的是哈立德亲王。亲王把你当作儿子养大成人。孩子,你再见到艾哈迈德·戴尼夫,就对他说:'大伯,看在安拉的面儿上,我求你为我报杀父之仇!'"

艾斯拉离开母亲那里,向外面走去,来到艾哈迈德·戴尼夫跟前,吻过他的手。老人问:"艾斯拉,你怎么啦?"

艾斯拉说:"大伯,我已经知道了真实情况,我的父亲是阿拉丁·艾卜·沙马特。看在安拉的面儿上,大伯,我求你为我报杀父之仇。"

"是谁把你父亲害死的?"

"艾哈迈德·盖马古木。"

"谁告诉你的?"

"我见他拿着从哈里发那里盗来的宝石金灯。我对他说:'把这盏灯送给我吧!'他就是不肯。他对我说:'为了这盏灯,送掉了几条命。'他还向我说了如何爬墙入殿偷出哈里发的宝物,放在我父亲的家中。"

艾哈迈德·戴尼夫说:"孩子,你看见哈立德亲王穿上军服时,你就对他说:'给我也穿上这样的衣服吧!'你跟着哈立德亲王去参加校场阅兵式,见到哈里发,他会问你:'艾斯拉,你希望我赏你一件什么东西呢?'你就对哈里发说:'我希望你为我报杀父之仇。'哈里发会说:'你父亲哈立德亲王不是好好的吗?'你就对他说:'我的父亲是阿拉丁·艾卜·沙马特,而哈立德亲王仅是我的养父。'你马上接着讲下去,把艾哈迈德·盖马古木给你讲的那些话,全部对哈里发讲一遍。你还要对哈里发说:'你下令搜查他,我将从他的口袋里掏出宝石金灯。'"

"大伯，我全听明白了。"艾斯拉心领神会地回答道。

艾斯拉回到家中，见哈立德亲王正准备前往王宫，便说："父亲，我希望也让我穿上这么一套军服，跟你一道去哈里发宫中。"

哈立德满足了他的要求，随后带他到了王宫。

哈立德带着军队来到城外，搭起阅兵台和帐篷。队伍列好队，开始了马球比赛。骑士们手持球拐，纵马上场，挥拐击球，你来我往，动人心弦。混在球员中的一个奸细，试图暗杀哈里发。那奸细一拐将球击向哈里发，艾斯拉见球朝哈里发飞来，忙去保护哈里发，不期马球击中艾斯拉的肩膀；艾斯拉倒了下去，哈里发有惊无险，安然无恙。哈里发扶起艾斯拉，说道："艾斯拉，安拉会报偿你的。"

球员们离开马鞍，坐了下来。哈里发下令将那个奸细带来。哈里发问奸细："是谁怂恿你这样干的？你是敌人，还是友人？"

奸细说："我是敌人，存心暗害你。"

"原因何在？难道你不是穆斯林？"

"我不是穆斯林，而是异教徒。"

哈里发下令立即将他斩首。哈里发问艾斯拉："你希望我赏你一件什么东西呢？"

艾斯拉说："我希望你替我报杀父之仇。"

哈里发愕然："你的父亲不是站在那里，好好的吗？"

艾斯拉问："谁是我的父亲？"

哈里发说："巴格达执政官哈立德亲王啊！"

"他是我的养父，不是我的生父。我的生身父亲是阿拉丁·艾卜·沙马特。"

"你父亲是个叛逆之徒呀！"

"信士们的长官，尊敬的哈里发陛下，忠诚的人是不会背叛的。

我的生父如何背叛你啦?"

"他偷走了我的朝服、念珠、宝玺……"

艾斯拉说:"信士们的长官,我的父亲是不会干这种事的。哈里发陛下,你丢掉的朝服,找了回来;你失却的宝石金灯找回来了吗?"

"始终没有找到我的宝石金灯。"

"我看见了,那宝石金灯在艾哈迈德·盖马古木的手里。我向他要那件宝物,他不给我,而是对我说:'你有所不知,为了这盏灯,几个人丢了性命。'他还向我讲了哈立德亲王的儿子如何恋上女奴雅斯敏,又讲到他如何出了监牢。哈里发陛下,偷陛下宝物的不是别人,而是艾哈迈德·盖马古木。哈里发陛下,我求你替我报杀父之仇。"

哈里发听艾斯拉这样一说,当即下令:"把艾哈迈德·盖马古木抓起来!"

艾哈迈德·戴尼夫闻言动手,将艾哈迈德·盖马古木押到哈里发面前。哈里发吩咐道:"搜艾哈迈德·盖马古木的身!"

艾斯拉走上前去,一把从艾哈迈德·盖马古木的口袋里掏出了那盏宝石金灯。

哈里发问:"好一个叛贼!这盏灯,你是从哪里弄来的?"

"信士们的长官,我是从市场上买来的。"

"你从哪里买来的?谁能做出这样的宝石金灯卖给你?"

一番拷打之后,艾哈迈德·盖马古木承认是他偷了哈里发的朝服、宝灯。

哈里发问:"叛贼,你为什么要干这种事,竟把我的近臣阿拉丁·艾卜·沙马特置于死地?"

未等艾哈迈德·盖马古木再说话,哈里发便下令将他和巴格达执政官哈立德一道逮捕。哈立德说:"我冤枉啊!阿拉丁是陛下下令将之绞死的。我对这个叛贼所干的事情一无所知,那都是那个老太婆和我的妻子策划的。"

哈立德又对艾斯拉说:"艾斯拉,你给我求个情吧!"

艾斯拉忙为哈立德求情。哈里发说:"艾斯拉的母亲现在在哪里?"

哈立德说:"在我家里。"

哈里发说:"你回去,立即让你的老婆把孩子母亲的衣服和首饰,全部物归原主,然后把阿拉丁宅门的封条揭去,给阿拉丁的妻子安排好生活。"

"遵命!哈里发陛下。"

哈立德回到家中,吩咐妻子把雅斯敏的衣服、首饰还给她,然后开启阿拉丁宅邸的封条,将钥匙交给了艾斯拉。

哈里发又问艾斯拉:"小伙子,你还有什么要求呢?"

"我希望能见到我的父亲。"

哈里发一听,泪水簌簌落下,声音哽咽地说:"你父亲,八成被绞死了。凭列祖列宗起誓,谁要是能告诉我,你父亲还活着,我定满足他的一切要求。"

艾哈迈德·戴尼夫走来,向哈里发行吻地礼,然后说:"求信士们的长官恕我无罪!"

哈里发说:"恕你无罪!"

"容我向陛下禀告,陛下的近臣阿拉丁·艾卜·沙马特仍然很好地生活在人世。"

"你说什么?"

"凭安拉起誓,我说的是真话。我用一个该杀的罪犯把阿拉丁赎了出来,然后把他送到亚历山大去了。在那里,我给他开了个旧货店。"

"我责成你把他叫回来。"

讲到这里，眼看东方透出黎明的曙光，莎赫札德戛然止声。

第二百六十七夜

夜幕垂降，莎赫札德接着讲故事：

幸福的国王陛下，艾哈迈德·戴尼夫走来，向哈里发行吻地礼，然后说："求信士们的长官恕我无罪！"

哈里发说："恕你无罪！"

"容我向陛下禀告，陛下的近臣阿拉丁·艾卜·沙马特仍然很好地生活在人世。"

"你说什么？"

"凭安拉起誓，我说的是真话。我用一个该杀的罪犯把阿拉丁赎了出来，然后把他送到亚历山大去了。在那里，我给他开了个旧货店。"

哈里发听艾哈迈德·戴尼夫说阿拉丁·艾卜·沙马特还很好地活在世上，立即命令道："艾哈迈德·戴尼夫，我责成你把他叫回来。"

艾哈迈德·戴尼夫一口答应："遵命！"

哈里发给了艾哈迈德·戴尼夫一万第纳尔，让他前往亚历山大去接阿拉丁。

艾哈迈德·戴尼夫带着哈里发给的一万第纳尔，向亚历山大进发了。

在亚历山大开旧货店的阿拉丁，眼看店里的存货就要卖光了。有一天，阿拉丁抖一个袋子，从袋子里倒出一颗玮珠，有掌心大小，上面系着一条金锁链。那颗玮珠有五个面，每一面上都有蚁迹般的文字和咒符。阿拉丁搓了搓五个面，不见任何动静。阿拉丁心想："也许这是一块缟玛瑙。"之后，他把它挂在店里。

有一天，一个商人路过店前，抬眼看见那颗玮珠挂在店里，便进店中坐了下来。商人问："老板，这颗玮珠卖吗？"

阿拉丁说："卖呀！我这店中的所有东西都卖。"

"我出八万第纳尔，把这颗珠子卖给我吧！"

"愿安拉周济你！"

"我给你十万……"

"卖给你，拿钱吧！"

商人说："我随身没带这么多钱呀，因为亚历山大小偷、大盗活动猖獗。你就跟我上船取钱吧！此外，我还送给你西洋毛料、缎子、天鹅绒、呢绒和平布各一匹。"

阿拉丁站起身，把金链玮珠交给商人，锁上店门，把钥匙交给邻居。并且说："请保存一下钥匙，我跟这位商人上船取买这颗玮珠的钱。如果我一时回不来，请把钥匙交给原先和我一起住在这里的那位艾哈迈德·戴尼夫先生。"

说罢，转身随那位商人向船上走去。

阿拉丁随商人上了船，商人让阿拉丁坐下，然后吩咐手下人："喂，拿钱来！"

手下人拿来钱，商人付了款，并赠送了五匹布料，然后说："先生，想吃点儿喝点儿什么吗？"

"给我拿点儿水喝吧!"

商人吩咐端来饮料,阿拉丁万万没有想到那饮料里有麻醉药。阿拉丁喝了几口,便仰面躺了下去。水手将阿拉丁抬进船舱,起锚扬帆起航。船驶至海中,船长吩咐水手将阿拉丁抬出船舱,用清醒剂将他熏醒。

阿拉丁闻到清醒剂,慢慢睁开眼睛,说道:"我现在在哪里?"

船长说:"你被绑来,成了寄存物。假若你再说'愿安拉周济你',我还会为你加价呢!"

阿拉丁说:"你是干什么的?"

"我是船长,我想把你带到我的心上人那里去。"

二人正交谈时,忽见一只船靠近,上面坐着四十个穆斯林商人。船长令水手将船靠过去,然后甩出勾绳,将船拉近,水手们登上船去,将人和货物抢劫一空,然后带着那四十个穆斯林商人,驶至金沃城。

船长上岸,来到盖顿宫门前,只见一位蒙面女郎走来,开口便问:"把玮珠及其主人带来了吗?"

"带来了!"

"把玮珠拿来!"

船长把玮珠递给那位女郎,转身向港口走去,然后下令放平安炮。

城中的国王听见炮声,知道那位船长已平安抵达,于是出城迎接。见到船长,国王问:"此次航行如何?"

"很顺利,而且抓获了一只船,还有四十一个穆斯林商人。"

"把他们押运到城中去吧!"

船长令水手给商人们戴上镣铐,其中包括阿拉丁·艾卜·沙马特,随后将他们押送往城中。

国王和船长骑上马，走在大队人马的前面，不多时便进了王宫。

他们坐下之后，拉出一个穆斯林，国王问："喂，穆斯林，你从哪里来？"

"从亚历山大来。"

"刽子手，把他杀掉！"

刽子手手起剑落，那个穆斯林顿时人头落地。

接着，刽子手连续杀了四十个穆斯林商人。

眼见商人们被杀，阿拉丁心中难过，心想："阿拉丁啊，阿拉丁，但求安拉怜悯你！莫非你的大限已到……"

国王问阿拉丁："你从哪个地方来？"

阿拉丁回答道："我从亚历山大来。"

"刽子手，把他杀掉！"

刽子手举起宝剑，正要杀阿拉丁时，忽见一位表情严肃的老太婆走到国王面前，国王立即站起来，以示敬重。

老太婆说："国王陛下，我不是对你说过，等船长回来，给修道院一个或两个俘虏，好让他们在教堂里听候使唤吗？"

"母亲，你早来一个时辰就好啦！不过，这里还剩下一个俘虏，你领去吧！"

老太婆转脸朝阿拉丁望去，问道："你是愿意到教堂里干活儿，还是愿意让国王把你杀掉？"

阿拉丁回答："我去教堂干活儿。"

老太婆带着阿拉丁离开王宫，向教堂走去。

阿拉丁问老太婆："我干什么活儿呢？"

老太婆说："早晨起来，牵着五头骡子到林子里去拾干柴，劈碎后运回来，然后送到修道院伙房。之后，把地毯收起来，进行清扫、擦地板，再把地毯照原样铺好。把清扫工作做完后，装上半伊达尔卜小麦，先过过筛子，再拿去磨成面粉，和成面团，为修道院做成发面饼。之后，再拿一伯威①小扁豆，过过筛子，磨碎、煮熟。干完这些活儿，就该换水了，要挑满四个水缸。之后，摆上三百六十六个盘子，每个盘子里盛上扁豆粥，然后把发面饼放在上面，一一递到修道士和大主教手中。"

阿拉丁说："还是把我送到国王那里去，让他下令把我杀掉吧！因为死去要比干这些活儿舒服些。"

老太婆说："这些活儿，你若干得出色，我就救你一条命；如果干不好，我就通知国王将你杀掉。"

阿拉丁坐在那里，愁眉苦脸，抬不起头来。

教堂里有十个瞎子，而且个个不瘸即瘫；哪个瞎子要什么东西，阿拉丁都必须马上给他拿。一天，老太婆走来，问阿拉丁："你为什么干不好活儿？"

阿拉丁说："我长多少只手，才能应付这么多差事呀？"

"疯子，我把你弄来，就是让你来干活儿的。"

老太婆把一根头上带有十字架的铜杖递给阿拉丁，并且叮嘱说："拿着这根铜杖到街上去，假若遇见本地执政官，你就对他说：'请你到教堂里去为耶稣基督效劳！'他听了这话，不敢违抗你。到那时候，你就让他筛、磨小麦，和面做发面饼。谁违抗你，你就揍他，不必怕任何人。"

"遵命！"

从此，阿拉丁按照老太婆的吩咐行事。

无论大人物，还是小人物，只要阿拉丁碰到的，都要进教堂服

---

① 伯威，容积单位，一伯威等于三十二点九公升。

劳役。不知不觉，一晃十七年过去了。

有一天，阿拉丁正在教堂里坐着，突然看见那位老太婆走了进来。老太婆说："你到修道院外面去吧！"

"我去哪儿呢？"阿拉丁问。

"今夜你去酒馆或一位朋友那里躲一躲吧！"

"为什么要把我赶出教堂呢？"

"约翰国王陛下的公主玛丽娅要来教堂参观，任何人不得挡路。"

阿拉丁从命站起身来，让老太婆看着自己走出教堂。阿拉丁心想："国王的女儿像我们的妇女一样，还是比她们更美？我不能离开，一定要看看这位大公主。"之后，他在一间有天窗的小房间里隐藏起来。

阿拉丁正从天窗里向外看时，忽然看见公主走了过来。阿拉丁望了公主一眼，心里真有一种说不出的滋味，一时不知如何是好。他发现那位公主体态轻盈，眉清目秀，婀娜多姿，真像从乌云里闪现出来的一轮皓月。公主的身旁还有一位漂亮姑娘陪伴着……

讲到这里，眼见东方透出了黎明的曙光，莎赫札德戛然止声。

第二百六十八夜

夜幕垂降，莎赫札德接着讲故事：

幸福的国王陛下，阿拉丁从命站起身来，让老太婆看着自己走出教堂。阿拉丁心想:"国王的女儿像我们的妇女一样,还是比她们更美?我不能离开,一定要看看这位大公主。"之后,他在一间有天窗的小房间里隐藏起来。

阿拉丁正从天窗里向外看时,忽然看见公主走了过来。阿拉丁望了公主一眼,心里真有一种说不出的滋味,一时不知如何是好。他发现那位公主体态轻盈,眉清目秀,婀娜多姿,真像从乌云里闪现出来的一轮皓月。公主的身旁还有一位漂亮姑娘陪伴着。

阿拉丁听公主对姑娘说:"喂,祖贝黛·欧迪娅,我见到你真高兴!"

阿拉丁仔细凝视那位姑娘,她不是别人,而是他那位已经死去的妻子祖贝黛·欧迪娅。

公主对祖贝黛·欧迪娅说:"给我们弹唱一曲吧!"

祖贝黛·欧迪娅说:"只有让我如愿以偿,实践了你的许诺之后,我才给你们唱呢!"

"我许诺过什么?"

"你说让我同我的夫君阿拉丁·艾卜·沙马特团聚。"

"祖贝黛,你只管放心就是了。你给我们唱上一曲,自然便能与你的夫君阿拉丁团聚。"

"我丈夫他在哪儿?"

"他就在一间幽室里,正聆听我们的谈话。"

祖贝黛·欧迪娅抱起四弦琴,玉指轻弹,歌喉悠扬,足令顽石起舞歌唱。

阿拉丁听到妻子的歌声,心潮起伏,立即走出小房间,冲向妻子,上前一把将祖贝黛·欧迪娅紧紧搂在怀里。祖贝黛认出自己的丈夫阿拉丁,夫妻俩相互拥抱在一起,旋即倒在地上,昏迷过去,不省人事了。

玛丽娅公主走上前去，朝二人脸上洒了些玫瑰水，二人慢慢苏醒过来。公主说："安拉已使你们夫妻团圆了。"

阿拉丁对玛丽娅说："公主，感谢你的厚爱。"

阿拉丁望着妻子祖贝黛·欧迪娅，说道："祖贝黛·欧迪娅，亲爱的，你已经死了，我们已把你埋入坟墓，你怎么又活了过来呢？"

祖贝黛·欧迪娅说："夫君，我没死，而是被一位仙女带着，飞到了这个地方来。你们埋的那具尸体，则是一位仙女的化身，和我一模一样；你们把她埋葬之后，她便破墓而出，回到玛丽娅公主这里，为公主效力。当时，我睁开眼睛，发现自己已在玛丽娅公主身旁；这一位，就是玛丽娅公主。我问公主：'你为何把我带到这里来呢？'公主说：'我命中受约要与你的丈夫阿拉丁·艾卜·沙马特结为夫妻。祖贝黛·欧迪娅，你乐意我成为你的姐妹，共事一夫，你同他睡一夜，我同他睡一夜吗？'我说：'公主，我乐意！可是，我的丈夫在哪里呢？'公主说：'安拉注定你的丈夫要走一段曲折的路；曲折之路走完之后，便会到这个地方来。在我们见到他之前，我们就以唱歌奏乐度日，等待安拉让我们与他团聚。'我在她那里待了这么长时间，现在安拉使我们相聚在这个教堂里了。"

玛丽娅公主望着阿拉丁，对他说："阿拉丁先生，你愿意让我成为你的眷属，你成为我的丈夫吗？"

阿拉丁说："公主，我是穆斯林，你是基督徒，我如何能与你结配夫妻呢？"

公主说："安拉做证，我不是异教徒，而是穆斯林，且信伊斯兰教已有十八年时间；我不曾做过任何违背伊斯兰教的事情。"

"公主，我想回我的国家去。"

"我知道你要走一段曲折的路；路尽之时，也就是你的目的实现之日。阿拉丁，我们祝贺你，你有个儿子，名叫艾斯拉；他现在在哈里发身旁，与你当年的地位相同，如今已经年满十八岁。你有所不知，有关哈里发的朝服、宝玺、金灯的盗窃案已经真相大白，盗贼是艾哈迈德·盖马古木。这个叛逆之辈已落入法网，被关押在监牢里。你有所不知，那颗金链玮珠是我捎给你，将之放在你店铺的袋子中的。船长也是我派去的，让他把你同玮珠一起带走。这位船长对我一往情深，要求与我相好，但我无意将自己许给他，而是说：'你把玮珠及其主人带来，我才能答应你的要求。'我给了他一百袋钱，让他以商人身份去亚历山大，而实际上他是一位船长。他们把四十个俘虏都杀掉了，当轮到杀你时，我派去了那位老太婆。"

阿拉丁说："安拉会报答你的善举！"

玛丽娅公主在阿拉丁面前再度皈依伊斯兰教，诵做证词道："我证万物非主，唯有安拉；我证穆罕默德是安拉的使者。"

阿拉丁相信公主的话，然后问道："这颗玮珠有何功用，又是从哪里得来的呢？"

玛丽娅公主说："这是魔力宝库里的一颗玮珠，需要之时，将为我效力。我奶奶的祖母是个巫婆，善解咒符，能从魔力宝库里取宝。这颗玮珠就是她从魔力宝库里取得的。我长大成人，年及十四岁时，读了《新约》和其他别的书籍，我在《旧约》《新约》《诗经》和《古兰经》中看到了伊斯兰教；我确信只有伟大的安拉值得崇拜，而万物之主只喜欢伊斯兰教。我的奶奶临终时将这颗玮珠给了我，将其五大功用告诉了我。奶奶死之前，我父亲对她说：'给我卜一卦吧，以便知道我今后的吉凶祸福与前程。'奶奶对我父亲说，他将死于从亚历山大来的一个俘虏之手。自那时起，父亲发誓要杀死从亚历山大来的每一个俘虏。父亲把此事告诉了船长，对船长说：'你见了穆斯林的船只，一定对之发动进攻；凡从亚历山大来的人，要么杀掉，要么把他带到我面前来。'船长服从父王的命令，故被他杀死的人多如头发。我奶奶去世了，我开始占卜，为自己卜过一卦，一直将之保留在我的心中。我问的是我的婚姻，日后谁将娶我？结果表明，一个叫阿拉丁·艾卜·沙马特的赤诚男子将娶我为妻。我感到很奇怪。我一直耐心等到现在，终于与你相会了。"

阿拉丁答应与玛丽娅公主结为伉俪。阿拉丁说："我想回我的国家去。"

玛丽娅说："既然如此，请跟我来。"

玛丽娅把阿拉丁藏在宫中的幽室里，之后去见她的父亲。父亲说："女儿，爸爸今日心中闷闷不乐，陪爸爸饮上几杯吧！"

父女坐下，令宫仆端来酒菜，女儿斟满，直至将父亲灌得酩酊大醉，又把麻醉药放入杯中，父亲喝下，顿时仰面躺在地上。

玛丽娅来见阿拉丁，将他叫出幽室，对他说："你的仇敌醉倒在地上，你可以任意行动了。我把他灌醉，又把他麻醉过去了。"

阿拉丁进来一看，见国王醉躺在地上，立即动手，将之捆绑起来。

阿拉丁用解醉药一熏国王的口鼻，国王慢慢苏醒过来……

讲到这里，眼看东方透出黎明的曙光，莎赫札德戛然止声。

第二百六十九夜

夜幕垂降，莎赫札德接着讲故事：

幸福的国王陛下，玛丽娅来见阿拉丁，将他叫出幽室，对他说："你的仇敌醉倒在地上，你可以任意行动了。我把他灌醉，又把他麻醉过去了。"

阿拉丁进来一看，见国王醉躺在地上，立即动手，将之捆绑起来。

阿拉丁用解醉药一熏国王的口鼻，国王慢慢苏醒过来，只见阿拉丁和女儿双双骑在自己的身上。国王说："女儿呀，你就这样对待我？"

玛丽娅说："假如你还认我这个女儿，你就加入伊斯兰教；因为我已成了穆斯林。我服从真理，远避虚妄。我已信奉世界之主安拉。我今世和来世都排斥与伊斯兰教相违背的任何宗教。假若你信奉伊斯兰教，那就欢迎你；如若不然，那么你死掉比活着更好。"

阿拉丁对国王进行了一番劝说，国王断然拒绝。阿拉丁拔出匕首，割断他的动脉，片刻后国王一命归阴。阿拉丁旋即取来纸，将发生的事情写上去，放在国王的前额上。

之后，玛丽娅、阿拉丁收拾好细软，逃出宫门，直奔教堂。玛丽娅取出玮珠，手摁在刻有"床"字样的一面，用力一揉搓，顿时一张床出现在面前。玛丽娅、阿拉丁及其妻子祖贝黛·欧迪娅坐在床上，玛丽娅说："根据玮珠上显示的名字、咒符和知识，床啊，载着我们飞起来吧！"

那张床顿时腾空而起，载着他们飞到一个没有草木的谷地。玛丽娅把玮珠上刻有"床"字样的一面向地，其余四面向天，床便载着他们降落在地上。玛丽娅翻转到刻有帐篷画图的那一面，然后一揉搓，顷刻间一顶帐篷撑在他们的面前；他们进入帐篷，坐下休息。

那谷地中,既无草木,又无水。玛丽娅将玮珠的四面翻转向天空,说道:"凭安拉的美名起誓,让这里长出树木,树旁河水流淌吧!"

刹那之间,树木拔地而生,树旁河水荡起波浪。

他们在河水中做过小净,继而礼拜,饮水。

玛丽娅翻转玮珠上刻有餐桌画图的一面,说道:"凭安拉起誓,给我们上几道菜吧!"

眨眼之间,一桌饭菜出现在面前,丰盛可口,色香味美。他们吃饱喝足,尽情尽兴。

王子进门见父王躺在地上,立即上前呼叫。发现父王已被人杀死,又看见阿拉丁写的那些文字。之后,他开始找姐姐,发现姐姐不见了,于是立即到教堂去找老太婆,问姐姐到哪里去了。老太婆说:"我打昨天就没看见她了。"

王子走去呼唤军队,说道:"牵马来!"

接着,他把发生的事情向他们讲了一遍。他们骑上马,一路快马加鞭,来到谷地搭帐篷的地方,玛丽娅回头望去,见烟尘下出现一彪人马,只听他们高声喊叫道:"你们往哪里跑?我们正在追赶你们!"

玛丽娅问阿拉丁:"你善拼搏、厮杀吗?"

阿拉丁说:"我对拼搏、厮杀一窍不通,既不会使矛,也不会用剑。"

玛丽娅取出玮珠,揉搓刻有马匹和骑士画图的那一面,只见一位骑士从地下钻了出来,手持宝剑,奋力厮杀,将那一彪人马击退了。

玛丽娅问阿拉丁:"你想去米斯尔,还是想去亚历山大?"

"去亚历山大！"阿拉丁回答。

他们坐上飞床，片刻之后，便降落在亚历山大。

阿拉丁将玛丽娅、祖贝黛领入一个山洞中，自己独自进城去了。过了一会儿，阿拉丁带来衣服给她俩穿上，然后带着她俩进了店铺。

阿拉丁走去为她俩买吃的东西，忽见禁军首领艾哈迈德·戴尼夫刚从巴格达来到亚历山大，二人路上相遇，相互问安，紧紧抱在一起。

艾哈迈德·戴尼夫向阿拉丁报告说，他的儿子艾斯拉已经二十岁了。阿拉丁把自己的情况从头到尾向他讲了一遍，艾哈迈德·戴尼夫听后惊异不已。

艾哈迈德·戴尼夫跟着阿拉丁回到店铺。他们各自休息，一夜安睡无话。

第二天，阿拉丁将店铺变卖，手中有了一笔钱。艾哈迈德·戴尼夫告诉阿拉丁，说哈里发要他回返。阿拉丁说："我先到米斯尔去一趟，看望一下我的父亲和母亲以及亲属。"

他们坐上飞床，向着米斯尔飞去。

时隔不久，他们降落在一条金黄色的胡同里，那就是阿拉丁的家所在地。阿拉丁上前敲门，只听母亲说："我们的亲人都失散了，谁在敲门呀？"

阿拉丁高声喊："妈妈，我是阿拉丁！"

母亲打开门，将儿子紧紧搂在怀里。随后，阿拉丁把妻子及其随行人员领入家门。

他们在那里休息了三天。

阿拉丁要去巴格达，父亲对他说："孩子，你不要远行了，留在我身边吧！"

阿拉丁说:"我不忍与我的儿子艾斯拉长久别离呀!"

阿拉丁带着父亲、母亲,一道前往巴格达城。

到达巴格达城,艾哈迈德·戴尼夫去见哈里发,向哈里发报告了阿拉丁到达巴格达的喜讯,并将阿拉丁的经历向哈里发讲了一遍。

哈里发会见了阿拉丁,阿拉丁见到自己的儿子艾斯拉。他们相互拥抱,热泪盈眶。

哈里发下令押来艾哈迈德·盖马古木,对阿拉丁说:"喂,阿拉丁,你的仇敌就在你的面前,由你裁决吧!"

阿拉丁拔出宝剑,手起剑落,窃贼艾哈迈德·盖马古木的首级顿时滚落在地。

哈里发唤来法官和证人,为阿拉丁和玛丽娅写了婚书,并举行盛大隆重的婚礼庆典。洞房花烛之夜,阿拉丁发现玛丽娅是一颗未穿孔的玮珠。

哈里发任命阿拉丁的儿子艾斯拉为禁卫军统领,并向他们一一赐赠锦袍。

自此之后,他们过着宽裕、舒适、祥和的生活,直至天年竭尽,各得其所。

莎赫札德讲到这里,舍赫亚尔国王说:"这个故事太妙了!"

莎赫札德说:"要说故事妙,还要算慷慨、仁慈者的故事更妙。"

"给我讲一个呀!"

莎赫札德开始讲《慷慨的哈帖木·塔伊》的故事:

慷慨者的故事多得很,其中有个故事讲的是慷慨的哈帖木·

塔伊。

相传，哈帖木·塔伊死后，被埋葬在一个山头上。人们在墓旁修了两个石头水池，还立了数尊披头散发的少女石刻雕像。山下的谷中有一条流淌的小河。人们夜间到这里时，便可听到呐喊声；这种凄惨、悲伤的喊声一直从初夜持续到东方吐亮。第二天早晨，除了山头上数尊少女石刻雕像，不见任何人。

有一天，希木叶尔国王祖克拉离开部落到那个山谷过夜。当他接近那个地方时，便听到了凄惨的呐喊声……

讲到这里，眼看东方透出黎明的曙光，莎赫札德戛然止声。

第二百七十夜

夜幕垂降，莎赫札德接着讲故事：

幸福的国王陛下，有一天，希木叶尔国王祖克拉离开部落，来到那个山谷过夜。当他接近那个地方时，便听到了凄惨的呐喊声。国王说："山上谁在哭喊呢？"

随从们说："这是哈帖木·塔伊的坟墓。墓旁有两座石头水池子，还有数尊披头散发的少女石刻雕像，每天夜里，来此过夜的人们都能听到这种哭叫声。"

这位国王嘲笑哈帖木·塔伊道："喂，哈帖木，我们今夜是饿着肚子来您这里做客的。"

片刻后，祖克拉国王进入了梦乡。国王没有睡多久，便从梦中惊醒过来,说道:"阿拉伯兄弟,快把我的坐驼牵过来!"

手下人发现国王的坐驼周身战栗不止,于是他们便照国王的吩咐将坐驼宰掉了,把肉烤了烤,吃了起来。

手下人问国王为什么要把坐驼宰掉,国王说:"我刚才睡着了,做了一个梦,梦见哈帖木·塔伊带着宝剑来到我的面前,对我说:'国王陛下大驾光临,可是,我们这里没有任何东西可以招待陛下。'说罢,哈帖木·塔伊举起宝剑,便把我的坐驼宰杀了。如果你们不宰我的坐驼,它自己也会死的。"

第二天早晨,祖克拉国王骑上随从的一峰骆驼,让随从坐在自己的身后,离开那座山。

日挂中天时,见一个人骑着一峰骆驼,他们便问:"你是什么人?"

那个人回答道:"我是哈帖木·塔伊的儿子阿迪。"

阿迪问道:"希木叶尔国王祖克拉在哪儿?"

他们回答道:"这位就是祖克拉国王。"

阿迪说:"请陛下骑上这峰骆驼,以替代您那一峰骆驼吧!因为您那峰坐驼已被我父亲杀掉招待您及您的随从人员了。"

"谁告诉你的?"国王问阿迪。

阿迪回答道:"昨夜我梦见父亲,他对我说:'喂,阿迪,希木叶尔国王祖克拉陛下要我招待他,我便把他的坐驼宰了,让陛下及其随从人员饱餐了一顿。你赶快牵一峰骆驼送给陛下让他骑乘吧!因为我已没有任何东西。'"

祖克拉国王接过驼缰,惊异不已,盛赞哈帖木·塔伊不论生前或死后,都是一个慷慨之典范。

讲到这里,莎赫札德说:"幸福的国王陛下,有关慷慨者的故事,真是数不胜数。现在,我给陛下讲《国王与村姑》的故事:"

幸福的国王陛下,相传,有位国王,名叫穆恩·本·札伊代。一天,他外出狩猎,干渴难忍,而手下人却没带着水。正在这个时候,有三位村姑走来,她们各顶着一个水袋……

讲到这里,眼看东方透出黎明的曙光,莎赫札德戛然止声。

第二百七十一夜

夜幕垂降,莎赫札德接着讲故事:

幸福的国王陛下,相传,有位国王,名叫穆恩·本·札伊代。一天,他外出狩猎,干渴难忍,而手下人却没带着水。正在这个时候,有三个村姑走来,她们各顶着一个水袋。

顶着水袋的村姑行至穆恩国王身边,让国王一解干渴。

国王解渴之后,要手下人给村姑一点儿东西,以示谢意,但奴仆发现自己身无分文,于是国王从箭袋里抽出羽箭,送给三个村姑各十支;那箭头全是纯金制成的。

一个村姑对其两个友伴说:"这都是穆恩国王的慷慨美德,浩荡恩泽,我们每人吟上一首诗,来赞颂国王吧!"

二姐妹欣然同意。

第一个村姑吟诵道:

赤金铸箭镞,送敌慷与慨。入土做殓衣,患者可医伤。

第二个村姑吟诵道:

慷慨一勇士,恩及敌和友。箭镞黄金制,以免战生仇。

第三个村姑吟诵道:

慷慨箭出弦,箭头黄金铸。伤用其换药,死可筹殓服。

此后不久,又有一天,穆恩国王带着臣僚、仆佣外出狩猎。当他们发现一群羚羊时,便立即分散开来,围捕羚羊群,而穆恩国王则独自追赶一只羚羊去了。穆恩国王纵马飞驰,搭弓射箭,那只羚羊中箭倒下,之后他将羚羊宰掉。

过了一会儿,穆恩国王看见一个农夫骑着毛驴从旷野上走来,便骑上马迎了过去。

穆恩国王向农夫致安,然后问:"你从哪儿来呀?"

农夫回答道:"我从古达河村来。我们那片土地,一连几年干旱,寸草不生。今年风调雨顺,我种了一片青瓜,下种虽非季节,却获得了上好的收成。我带着这些青瓜,去送给穆恩·本·扎伊代国王,以便报答国王的恩情;因为国王慷慨仗义,从善如流,名扬四海,妇孺皆知。"

"你希望国王给你多少报酬呢?"

"一千第纳尔就行了。"

"如果国王说这些数额太多呢?"

"那就给五百。"

"国王还是说太多呢?"

"那就给三百。"

"国王仍然说多呢?"

"那就给二百。"

"国王仍嫌多呢?"

"那就给一百。"

"国王还是说多呢?"

"给我五十。"

"国王还嫌多呢?"

"那就给我三十第纳尔算啦!"

"国王还是说多呢?"

"那么,我连驴子也不要了,空手而归,回见家人。"

穆恩国王一听,笑了起来。随后掉转马头,扬鞭策马飞驰,追赶随从们的队伍去了。

穆恩国王回到宫中,对侍卫说:"若有一个骑着毛驴、带着青瓜的农夫来了,立即带他进来见我。"

一个时辰过后,农夫果然来到宫门前,侍卫当即准许农夫进宫。

农夫来到穆恩国王面前,因见其威风凛凛,奴婢成群,完全没有认出这位国王竟然就是在旷野上见到的那个打猎人。

国王端坐大殿正中宝椅之上,左奴右婢,排队侍立。农夫向国王致礼问安之后,国王说:"阿拉伯兄弟,你带来了什么宝物?"

农夫说:"我给国王陛下带来了青瓜,期望国王尝尝鲜。"

"你希望我给你多少报偿?"

"一千第纳尔行吗?"

"这个数额太大了。"

"给五百吧!"

"还是太大。"

"给三百。"

"还是多呀!"

"那就给二百。"

"仍然多。"

"一百!"

"多呀!"

"那么,您就给我五十第纳尔。"

"五十嘛,也多!"

"三十怎么样?"

"我还是觉得太多。"

农夫说:"凭安拉起誓,我在旷野上遇到的那个人,真是一种凶兆。三十第纳尔,再不能少了。"

这个阿拉伯农夫终于弄清,面前的这位国王就是在旷野上遇到的那个人。

农夫说:"国王陛下,如果连三十第纳尔也不肯赏,那么,您坐您的,我的驴子就拴在宫门外,我要告辞了。"

国王听后,笑得前仰后合。随后将司库叫来,吩咐说:"给他一千第纳尔,再给个五百,再加上三百,再加上二百,再加上一百,再加上五十,最后加上三十第纳尔。让他的毛驴还在原地拴着吧!"

农夫惊喜不已,拿到手中的竟有两千一百八十第纳尔之多。

愿安拉怜悯所有的人。

讲到这里,莎赫札德说:"幸福的国王陛下,请允许臣妾为陛下讲《一个神秘古宫殿》的故事。"

舍赫亚尔国王说:"讲就是了!"

相传,有座古城,名叫鲁布塔。该城是罗马人的一个国王的都城,城中有座古宫,常年锁着。每当老国王驾崩,新国王登基,便在宫门上加一把新锁。年长日久,宫门上挂着二十四把锁,表示二十四位君王已经逝去。

后来,旧的王朝灭亡了,新的王朝建立了。新君王想打开那些锁,看看古宫里究竟有些什么东西。

消息传出,前朝的遗老们坚决反对新君王的举动,纷纷责斥他。但是,新君王断然拒绝他们的意见,说道:"我一定要打开这座宫殿!"

遗老们不甘心,随后将手中的金银财宝全部献给新王,乞求他不要打开宫殿,而新王决心已定,根本不把他们的意见放在心上。

讲到这里,眼看东方透出黎明的曙光,莎赫札德戛然止声。

第二百七十二夜

夜幕垂降,莎赫札德接着讲故事:

幸福的国王陛下,消息传出,前朝的遗老们坚决反对新君王的举动,纷纷责斥他。但是,新君王断然拒绝他们的意见,说道:"我一定要打开这座宫殿!"

遗老们将手中的金银财宝全部献给新王,乞求他不要打开宫殿，而新王决心已定，根本不把他们的意见放在心上。

随后，新王下令取下二十四把锁，宫门开启了。

新王进殿一看，首先映入眼帘的是一幅阿拉伯人图。画面上绘有若干阿拉伯人，他们个个骑着马匹和骆驼，人人头缠长巾，腰间佩带着宝剑，手里挥舞着长矛。

新王见那里放着一封书信，于是顺手拿起来读，见上面写着这样字样：

> 一旦此门开启，阿拉伯人必将征服这一地区；他们的形象如图所示。小心，警惕，千万莫开此门。

那座古城位于安达卢斯①。果然就在那一年，伍麦叶王朝沃里德·本·阿卜杜·迈里克哈里发执政时，塔里克·本·齐亚德②将军率领伊斯兰大军征服了那座城市，杀死了那位新国王，掠夺了那个国家，俘虏了无数妇女和儿童，缴获了大量钱财。

新国王发现古宫中有大量财宝：满镶珍珠、宝石的王冠一百七十多顶；名贵宝石，琳琅满目，比比皆是，令人目不暇接。

那里还有一座大殿，足以供骑士们骑马驰骋，射箭投枪。宫里的金银器皿，数不胜数。有一张绿宝石制成的餐桌，那原是安拉的使者之一苏莱曼·本·达伍德的遗物；至今此桌被收藏在罗马城，餐盘、酒器全部用黄金、宝石制成。

---

① 安达卢斯，阿拉伯和北非穆斯林统治下的伊比利亚半岛和塞蒂马尼亚。
② 塔里克·本·齐亚德，卒于公元七二〇年，柏柏尔血统的阿拉伯征服大将军，公元七一一年率大军征服安达卢斯。

在那里,新国王还发现了用希腊字体书写的"雅歌"①,抄写在镶嵌着宝石的金片上。新国王还看到两本书:其一,书中讲到了宝石的用途,还提及许多城市、乡村和符箓,以及许多关于金、银的化学知识;其二,那是一本讲宝石加工工艺和配制毒药、解药方法的书。此外,那里还挂着一张地图,上面标示着陆地、海洋、国家和矿藏。

新国王发现那宫中有一个大厅,里面满堆着炼金药,足以把一千枚银币炼成纯金。那里有一面巨大的奇妙圆镜,是专门为安拉的使者苏莱曼·本·达伍德制造的;往镜中一看,七个地域清晰可见。古宫的地上撒落着一层红宝石,数不尽,捡不完。

新国王被伊斯兰大军征服之后,所有这些宝物,都被运到了大马士革沃里德哈里发的宫中。

自那时起,阿拉伯人分散居住在那个地方的各个城市,那里成了世界上最大的国家之一。

讲完这个故事,莎赫札德紧接着讲《哈里发与牧童》的故事:

幸福的国王陛下,相传,有一天,哈里发希沙姆·本·阿卜杜·迈里克·本·麦尔旺去打猎,看见一只羚羊,便带着猎犬追赶而去。正追赶羚羊的时候,看见一个牧童,希沙姆便说:"喂,小孩儿,快把前面的那只羚羊给我抓住!"

牧童抬起头来望着希沙姆,说道:"喂,善良的蠢货,你小看我,说起话来这样蔑视我!你说的话是大话,你的举动却似蠢驴。"

---

① "雅歌",《圣经·旧约》中的一卷。原意"歌中之歌",即最高雅之歌,共八章。因其用情侣对话形式表达男女热恋的心情,故亦可称为"恋歌"。

希沙姆说:"你这个该死的小东西!难道你不认识我?"

"我认识你没有礼貌!因为你没有问好,就跟我说话。"

"你这个该死的小东西!我是希沙姆·本·阿卜杜·迈里克。"

牧童说:"安拉不再接近你的家园,你不得安身之地。你的话真是多,而你的尊严又是何等少啊!"

牧童话音未落,士兵们从四面八方围拢而来,其中一个人说:"信士们的长官,您好!"

希沙姆说:"你们少说几句,把这小子给我抓起来!"

士兵们立即动手,将牧童抓了起来。

希沙姆回到宫中,正襟危坐在宝殿之上,大声说:"把那个贝都因小牧童给我带上来!"

旋即,牧童被押送到了哈里发的大殿。他见那里站满了侍卫、大臣和国家要员,一点儿都不在乎,一声不吭,低着头,下巴贴着前胸,眼睛望着双脚。

牧童被带到哈里发面前,仍然低着头,既不向哈里发问安,也不开口说话。一个宫仆大声喊道:"狗崽子,你为什么不向信士们的长官请安问好?"

牧童怒视着那个宫仆,说:"你这个驴鞍子,我走了这么长的路,上台阶,过障碍,哪有力气再请安问好!"

哈里发希沙姆更加生气了,说道:"小崽子,你到了,你的死期也到了。你已经没有希望,生命就要结束。"

牧童说:"凭安拉起誓,希沙姆,如果时间能够推迟,寿命不能缩短,那么,你多说少说都于我无妨。"

侍卫说:"低贱的阿拉伯人,你有资格与信士们的长官一字一句对讲吗?"

牧童立即回答:"我遇上了疯子,而灾难和愚蠢并没有离开你。

莫非你不晓得安拉有言'每个人都有自我争辩的那一天'吗？"

哈里发一听，勃然大怒，说道："喂，刽子手，把这个小子的首级削下来！他的话太多，太放肆了！"

刽子手把牧童带到接血的皮垫子上，抽出宝剑，横在牧童的脖子上，说："信士们的长官，你的这个奴仆，自甘卑贱，自投坟墓，杀了他，我能免负血债吗？"

"可以！"哈里发回答。

刽子手第三次请示时，牧童意识到刽子手这一次就要真动手了，于是开怀大笑，连白齿都显露出来了。

哈里发希沙姆怒上加怒，说道："小东西，我看你是疯了！你眼看就要离开人世了，怎么还自己笑自己呢？"

牧童回答说："信士们的长官，如果生命可以迟延，那么，无论长短，都于我无妨。不过，我想起了几句诗，听我吟诵完毕，再杀我，也不算迟。"

哈里发听说牧童要吟诗，忙说："吟诵吧！快一点儿！"

牧童吟诵道：

> 曾听人讲过:命运难逃脱。偶见一猎隼,抓住一只鸟。
> 猎隼展翅飞,爪抓小鸟牢。鸟在隼爪中,开口把话唠:
> 平生位卑下,愧与君结交；君若吞下我,肉少不得饱。
> 猎隼闻其言,得意微微笑。爪子一松时,鸟儿一命逃。

哈里发希沙姆听罢牧童吟诵的诗，微微一笑道："小朋友，凭我与安拉的使者是近亲的地位起誓，假若开始时你用这样的词语与我交谈，那么，除了哈里发的宝座，你要什么我给你什么！"

继之，哈里发吩咐道："大管家，赏他一满袋宝石，外加大奖一份！"

大管家把一满袋宝石递到牧童手里，牧童道谢后，欢欢喜喜，转身离去。

莎赫札德讲完这个故事，舍赫亚尔国王说："莎赫札德，你再讲一个故事吧！"

莎赫札德开始讲《王子与飞毯》的故事：

洪福齐天的国王陛下，相传，很久很久以前，印度国王有三个儿子：长子名叫侯赛因，次子名唤阿里，三子名叫艾哈迈德。三个王子个个骁勇善战，颇得父王喜爱。他们的叔父有个女儿，名唤努哈，天生丽质，貌美动人，三位王子同时爱上了她，都想娶她为妻，这使父王十分为难。国王苦思冥想，好容易才想出了一个办法。

有一天，国王将三个王子叫到面前，对他们说："孩子们呀，为父知道你们都很喜欢你们的堂妹努哈。可是，我让谁娶她为妻呢？这件大事只能求安拉决定了。你们现在就出门寻找稀奇珍宝去，一年之后再回来；谁找到的珍宝最稀奇珍贵，谁就娶你们的堂妹为妻。"

三位王子听父王这么一说，个个心花怒放，齐声说道："父王的办法好！"

次日一早，三位王子都打扮成商人的模样，带上随从，骑上马，登程上路去了。他们行至一家客栈，稍稍停歇，相约一年后的同一天在此客栈见面，然后分手，各自择路而行。

侯赛因与一个商队一起，踏上了去往菲斯的路。他跟着商队跋涉了三个月，方才到达菲斯城。他们下榻的客栈就在城中心。离客

T. 达尔齐尔 绘

栈不远的地方有个大市场,那里商家云集,货色齐全,布匹、绸缎、玻璃器皿、中国瓷器、印度珠宝、也门宝剑等,应有尽有。侯赛因不时到市场上去转上一转,那里的古玩引起了他的极大兴趣。

一天,侯赛因正在市场上走来走去,忽见一个商人举着一块毯子高声叫道:"纯羊绒毯,金币四万!金币四万,纯羊绒毯……"

侯赛因急忙走上前去,问道:"什么宝贝,竟敢要这么大的价钱?"

商人说:"客官大人,你有所不知,我是替我家老爷卖货的;主子定下的价,奴才不敢变更。

"客官大人,这绒毯可不是一般的毯子,它可是一块飞毯;谁要坐在这飞毯之上,他想飞到哪里,眨眼便可到哪里。"

听商人这么一说,侯赛因想:"这……可真是一件宝贝,实在是一件稀奇珍宝!我若把它带回去,岂不正合父王的意,堂妹努哈不就成了我的妻子了吗……"

讲到这里,眼看东方透出黎明的曙光,莎赫札德戛然止声。

第二百七十三夜

夜幕垂降,莎赫札德接着讲故事:

洪福齐天的国王陛下,商人说:"客官大人,你有所不知,我是替我家老爷卖货的;主子定下的价,奴才不敢变更。

"客官大人,这绒毯可不是一般的毯子,它可是一块飞毯;谁要坐在这飞毯之上,他想飞到哪里,眨眼便可到哪里。"

听商人这么一说,侯赛因想:"这……可真是一件宝贝,实在是一件稀奇珍宝!我若把它带回去,岂不正合父王的意,堂妹努哈不就成了我的妻子了吗?"

想到这里,侯赛因问商人:"怎么能证明这毯子会飞呢?"

商人说:"这好办!你只要坐上去,心想去什么地方,这毯子立即腾空而起,眨眼就到你想去的地方。"

说着,商人把毯子铺在地上,遂请王子和他一起坐上去。侯赛因刚一想回客栈,只见那毯子随即腾空而起,眨眼间降落在了客栈门前。侯赛因欣喜不已,当即解囊,掏出四万金币,递给商人。

T.达尔齐尔 绘

侯赛因如获至宝,把毯子紧紧抱在怀里,回到房间,心想:"有这宝贝在手,堂妹努哈自然就是我的妻子了!我应该立即回返……"但是,他又一想,父王规定的时间是一年,他只得在菲斯城等待了。

二王子阿里跟随另一支商队跋涉四个月时间,到达了波斯京城。他像他的哥哥一样,几乎每天到市场上寻觅稀奇珍宝。

一天,阿里来到市场,看见一个商人手里拿着一根管子高声叫卖道:"象牙魔管,稀世珍宝,四万金币,价钱免讨……"

阿里听后一愣,问随从道:"什么宝贝,竟敢要这么大价钱?"

随从说:"波斯帝国,历史悠久,宝物很多。兴许真是一件什么好宝贝呢……"

于是,阿里走上前去,问商人:"你这根管子是什么宝物,竟要卖这么高价钱?"

商人说:"这是根象牙魔管,非同一般宝物。透过这根魔管,可以看得很远很远,而且想看谁就能看见谁,想看什么物,就能看见什么物。"

"当真?"阿里惊喜地问。

"如若不信,就请试上一试。"

阿里接过象牙魔管,心想看看父王,透过管筒一看,果见父王正坐在宝座上发号施令;他又想看看堂妹努哈,果见努哈正与使女们一道谈天嬉戏。阿里暗暗惊叹:"果然是个稀世珍宝!我若把它带回去,堂妹无疑就是我的妻子了……"

几乎在同一时间,三王子艾哈迈德一行人马到了撒马尔罕。有一天,艾哈迈德正在市场上寻宝时,忽听有人大声叫卖道:"神奇苹果,金币四万,货真价实,神力无边……"

艾哈迈德急忙走上前去,问道:"一个苹果这么值钱?它神在哪里,奇在何处呀?"

商人说:"这苹果能祛百病;无论谁得了什么病,只要闻闻这个苹果,立即康复如初。我已用它医好了数百人的病。不论谁花四万金币,就是用皇家金库来换,也是值得的。"

艾哈迈德丝毫没有犹豫,立即付给商人四万金币,买下了那个苹果,心想:"谁还能找到比这更神奇的宝贝!我若把它带回去,父王定会让堂妹做我的妻子……"

一年光景,飞逝而过,兄弟三人约定见面的日子到了。当艾哈迈德赶到那家客栈时,发现二位长兄已等在那里。

三位王子相互问寻到了什么宝物,大哥侯赛因拿出飞毯,对两个弟弟说:"你们看,这块羊绒毯可不是一块寻常的毯子;人坐上去,想飞到哪里,立即就能飞到哪里。"

二弟阿里拿出象牙魔管,说:"这是一根神奇的象牙魔管,透过它可以看得很远很远,想看谁就能看见谁,想看什么物,就能看见什么物。"

艾哈迈德拿出一个苹果,说:"这苹果能祛百病,神力无边;不论什么人,也不论得了什么病,只要闻一闻它,立即康复如初。"

这时,侯赛因从阿里手里拿来象牙魔管,放在眼上一看,大惊道:"哎,不好啦!你们看,堂妹脸色蜡黄,病入膏肓……"

阿里和艾哈迈德接过象牙魔管,果然看见堂妹身卧病榻,面黄肌瘦。艾哈迈德说:"我们赶快回去,让堂妹闻一闻这神奇的苹果,她就会立即康复的。"

侯赛因急忙说:"我们赶快坐上这块飞毯,一想堂妹,便会立即飞到她身边。"

T. 达尔齐尔 绘

三兄弟随即坐上飞毯。那绒毯立刻腾空而起，眨眼间落在了堂妹努哈的房间。使女们惊魂未定，艾哈迈德已走到堂妹身边，并将神奇苹果放在了堂妹的脸前。顷刻之间，努哈睁开了眼，面色变得红润，满面笑容，精神抖擞，惊喜地看着三位堂兄。

三位王子见堂妹康复如初，便放心地去见父王。

父王听他们讲过各自的经历，看过他们带来的宝物，又高兴，又犯愁。老国王皱起眉头，说："你们离家不久，努哈就病了。幸亏你们如期赶到，救了你们堂妹一命。是啊！没有阿里的魔管，你们就不能看到她病了；没有侯赛因的飞毯，你们就难以这么快赶来；没有艾哈迈德的神奇苹果，也就祛不了她的病。可是，你们只有一个堂妹，也不能同时嫁给你们三个人呀！我该怎么办呢？"

国王低头沉思片刻，然后抬起头来，说："这样吧，你们再比赛一下射箭；谁的箭射得远，谁就娶你们的堂妹为妻。"

三位王子一致表示赞同。

次日一早，三位王子跟着父王来到了校场，开始射箭比赛。

侯赛因将箭搭在弦上，用力拉弦，羽箭飞射而出，只见那箭落得很远很远。阿里接着搭弓，一箭射出，那羽箭落的地方比哥哥的箭还远。

轮到艾哈迈德射箭了，只见他不慌不忙地将箭搭在弦上，用力把弓拉满，猛一松手，那箭飞去，竟不见了踪影。随即派了许多人去找，始终没有找到箭。

比赛结束，国王宣布："阿里的箭比侯赛因射得远，理当娶努哈为妻。"

就这样，堂妹成了阿里的新娘。

侯赛因眼见努哈成了自己的弟媳，心中闷闷不乐，失望至极，于是离开王宫，远走他乡，做了一个流浪汉。

T.达尔齐尔 绘

艾哈迈德明知自己的箭射得最远,却没能得到心上人,甚不甘心,于是顺着箭飞去的方向走去,一直走了九法尔萨赫,才发现自己的箭落在了一块巨石上。他感到奇怪,心想:"怪呀……我哪有这么大的力量,怎么能把箭射得这么远呢……"他围着巨石转来转去,最后发现一座大门。他推门进去一看,见院中有一座宫殿,巍峨高大,雄伟壮观。他正四下张望时,忽见一位女子走来。女子说道:"艾哈迈德王子,你好哇!我已在此等候多时啦!"

王子好生奇怪:"你怎么知道我的名字?"

讲到这里,眼看东方透出黎明的曙光,莎赫札德戛然止声。

第二百七十四夜

夜幕垂降,莎赫札德接着讲故事:

幸福的国王陛下,艾哈迈德推门进去一看,见院中有一座宫殿,巍峨高大,雄伟壮观。他正四下张望时,忽见一位女子走来。女子说道:"艾哈迈德王子,你好哇!我已在此等候多时啦!"

王子感到奇怪,问道:"你怎么知道我的名字?"

女子说:"我叫菲丽,是神王的女儿,人间的事情无所不知。你们三兄弟都想娶你们的堂妹努哈为妻,因此离家远行寻宝,一去三百六十天。你们三兄弟分别得到了飞毯、魔管和神奇的苹果,但最后与你堂妹成亲的是你的二哥。我见你文质彬彬,心中十分敬佩,于是将你射出的箭抓在手里,然后放在了石头上,并在此等你。如果你来取,那就证明你我有缘相见。"

艾哈迈德听她这样一说,心中欣喜不已,万万想不到天下竟有此等奇闻怪事。他慌忙走上前去,说:"你真是天下最美的姑娘,庆幸我们有缘相识。我愿意做你的奴仆。"

神女忙说:"我在这里等你到来,绝不是要你做我的奴仆,而要你当我的郎君。如今,我们神女仙姑可以自己选择自己的丈夫了。"

艾哈迈德一听,不禁欢欣若狂,随即与神女喜结良缘。

欢乐的日子总是过得很快,不知不觉六个月过去了。艾哈迈德王子对妻子说:"爱妻呀,我离开家已有半年时光了,心中十分想

T. 达尔齐尔 绘

念父王。父王年迈体弱，我许久离家不归，他老人家一定会坐卧不宁。恳请你允许我回家几天，也好看望一下老人。"

神女菲丽欣然同意，并叮嘱说："我有一事相求：回到父王跟前，千万不要同他人谈起这里的事，更不要说起我们的婚姻；如若不然，引起别人嫉妒，我们就不得安宁了。不过，你可以告诉父王，只说你在这里很快乐。"

"我记住啦！"

说罢，艾哈迈德王子飞身上马，一路快马加鞭，不多时回到了父王身边。他对父王说："那天我去找箭，走了很远很远，找到一处很好的地方，我便在那里住了下来。过几天，我还要回去。以后，我会常来看您的。"

国王说："孩子呀，你可要常来呀，免得为父思念你。"

艾哈迈德王子在王宫住了几日，便告别父王，回到了神女菲丽那里。夫妻相见，分外欢喜。

从此之后，艾哈迈德每个月回去看望父王一次。果不其然，有一位大臣嫉妒之意暗生，对国王说："三王子不回宫里来住，想必是对陛下将努哈许配给二王子而耿耿于怀。他若在外征兵习武，势必有一天要来夺取王位。陛下要想个办法，把他关进牢里，才是万全之策。"

国王年老昏聩，果然听信了这位大臣的谗言，随即召来一个老巫婆，令她去探查艾哈迈德究竟住在什么地方。

有一次，艾哈迈德回来探望父王，骑马返回菲丽那里时，王子前脚走，老巫婆身后紧跟，一直跟到那块巨石旁。到了那里，她突然不见马蹄踪迹，无奈只得返回宫中，报告说没能找到王子所在之地。国王命令她继续努力，等有机会再度侦探。

一个月后，艾哈迈德又来探望父王，老巫婆预先隐藏在那块巨

T.达尔齐尔 绘

石之后。当王子的一行人马来到巨石旁时,老巫婆边呻吟,边喊道:"好心的先生啊,我年老体弱,又摔了一大跤,路也走不动了。先生,行行好,拉我一把吧……"

王子见四下无人,只得吩咐随从将她送到妻子菲丽那里,请她差人照料。

菲丽凝神一看,悄悄对艾哈迈德王子说:"夫君哪,你太善良了!这老太婆不是个好东西,而是个骗子,她在欺骗我们呀!"

神女虽然看破了老巫婆的阴谋,还是差人好好照料她。不几日,老巫婆精神起来,在菲丽的宫中转来转去,一心想看个究竟。一切看清之后,老巫婆向王子夫妇告别,神女菲丽一直把她送到巨石旁。当老巫婆回头再看时,她发现身后是一片荒野,只有她一个

T. 达尔齐尔 绘

人孤零零地站在那块大石头旁。

老巫婆独自回到京城,向国王禀报说:"国王陛下,您的三王子与一位神女结为伉俪,如今财大气粗,兵多将广,过不了多久,恐怕陛下王位难保……"

国王一听,如五雷轰顶,一时不知如何是好。过了好大一会儿,国王才问:"老夫该怎么办呢?"

老巫婆说:"他有很多宝贝,陛下就一件一件地向他要吧!先向他要一顶小帐篷;那东西虽小,撑开却可容千军万马,收起来可握在掌中。等到一件件宝贝到了皇家宝库里,他也就不敢轻举妄动了。"

一个月过去,艾哈迈德王子来了。父王对他说:"孩子,父王知道你娶了一位神女,她本领出众,非同凡人。现在,父王需要一顶小帐篷,撑起来可容千军万马,收起来可握在掌中。让你的妻子把它给我吧!"

艾哈迈德说:"我能办到的事情,我一定办。可是,这件事太难办了,儿子实在办不到。"

几天之后,艾哈迈德回到神女身边。神女见丈夫闷闷不乐,便问:"夫君,你为何愁眉不展呢?"

艾哈迈德随即把父王的要求告诉了妻子。菲丽说:"一顶小帐篷,此事好办,我送给父王一顶就是了。不过,看来一定是有人从中挑拨离间。"

又一个月过去了,艾哈迈德把小帐篷带给了父王。这时,老国王说:"孩子,听说狮子泉的神水能医百病;老夫年迈多病,你给我带些神泉水来吧!"

艾哈迈德回去后,向妻子述说了父王的心愿。

菲丽听后,说:"我会满足父王要求的。不过,取泉水是很危

T.达尔齐尔 绘

险的,因为那泉门上有四头雄狮把守,两醒两睡,要想取水,必须带着罐子和四块鲜羊肉,骑上快马。到了狮子泉门口,先把两块羊肉丢给醒着的两头狮子,就赶快用罐子灌泉水,然后扬鞭策马,急速回返。"

次日一早,艾哈迈德王子带上羊肉,骑上"乌骓"快马,按照妻子的嘱咐,向狮子泉进发了。

王子顺利取到了狮子泉水,立即送到父王面前。

王子对父王说:"父王,每当您患病之时,喝上一口这狮子泉水,您会立即痊愈。"

国王听后很是高兴,又说:"孩子,我想要一个侍卫,这人身高三尺,胡子长三丈,手持棍棒,为我护身。"

T.达尔齐尔 绘

艾哈迈德王子返回之后，只能如实向菲丽求情。菲丽说："夫君啊，莫发愁，这个人就是家兄。我请他来一趟就是了，只是你见到他时不要害怕。"

菲丽随即点燃一包香料，哥哥立刻出现在香料的烟雾当中，果见他身高三尺，胡子长三丈，手拿棍棒一根，与国王所要求的一模一样。

菲丽看到哥哥，忙介绍说："哥哥，这是我的丈夫，他是印度国王的小王子。因为我们彼此离得太远，今日特请你来见面。他的父王很想见见你，就让他领你一道去吧！"

讲到这里，眼看东方透出黎明的曙光，莎赫札德戛然止声。

第二百七十五夜

夜幕垂降，莎赫札德接着讲故事：

大福大贵的国王陛下，菲丽随即点燃一包香料，哥哥立刻出现在香料的烟雾当中，果见他身高三尺，胡子长三丈，手拿棍棒一根，与国王所要求的一模一样。

菲丽看到哥哥，忙介绍说："哥哥，这是我的丈夫，他是印度国王的小王子。因为我们彼此离得太远，今日特请你来见面。他的父王很想见见你，就让他领你一道去吧！"

哥哥听妹妹这样一说，随即答道："我们这就动身吧！"

随后，菲丽把大臣进谗言、老巫婆探路及二者挑拨离间等事情

T. 达尔齐尔 绘

——告诉了哥哥。

第二天，菲丽的哥哥与艾哈迈德一起来到了国王面前。

国王一看菲丽哥哥的模样，不禁周身战栗，双目顿时昏花，旋即倒在地上，一命呜呼。因为他从来没有见过这样的怪矮人，竟被活活吓死了。

菲丽的哥哥生气地说："好一个懦夫啊！胆子如此之小，怎成大器！"

稍停片刻，他又说："快把那个进谗言的大臣和那个老巫婆给我带来！"

顷刻之间，那两个人被带到了他的面前。只见他抡起大棍，手起棒落，一棍下去，那大臣立即丧命，又一棍下去，那老巫婆魂入黄泉。

国王既死，艾哈迈德王子痛惜不已。

国不能一日无君。艾哈迈德王子在诸位大臣的拥戴下被推上国王宝座，菲丽成了王后。而那位拥有飞毯的侯赛因王子，此时此刻仍在异乡游荡，不知身居何方。

莎赫札德讲完这个故事，舍赫亚尔国王说："天亮还早，再讲个故事，好吗？"

莎赫札德开始讲《皇叔与黑奴》的故事：

幸福的国王陛下，相传，哈里发哈伦·拉希德的胞弟名叫易卜拉欣·本·马赫迪，在他的侄子马蒙继位时，他没有宣誓效忠，而是远走莱易城，自称哈里发。

易卜拉欣·本·马赫迪在莱易城为王一年零十一个月又十天。当哈里发马蒙感到这位皇叔归顺无望之时，便带人骑马来到莱易城去见他。

易卜拉欣听到这个消息,自感无路可逃,于是回到巴格达城,隐藏起来,恐怕因之丧命。马蒙得知叔父已回巴格达城,便以十万第纳尔作为悬赏,缉拿易卜拉欣。

易卜拉欣这样述说他的这段经历:

我听说悬如此大赏缉拿我,害怕不已,一时不知如何是好。将近中午时分,我化装走出家门,不知道该往何方去,不巧走入了一条死胡同,自言自语道:"我们属于安拉,我们都要回到安拉那里去。"我心想:"我是自取灭亡啊!假如我原路回去,人们见我化了装的打扮,必然怀疑我。"就在这时,我看见胡同中有个黑奴,正在自己家门口站着,于是走了过去,问他:"你家有个地方可让我白天待上一个时辰吗?"

"有哇!"黑奴说。

黑奴把门打开,我走进一间房子,那里干干净净,床上铺盖齐全,地上铺满地毯,放着几个皮靠枕。

黑奴把我领进屋后,便把门锁上走了。我猜想他听到了悬赏缉拿的消息,心想:"他一定是告密去了,好带人来抓我。"此时此刻,我坐立不安,就像坐在火山上大开的一锅水一样。

我正在胡思乱想之时,黑奴回来了,身后跟着一个脚夫,带着发面饼、肉、新锅、炊具等。黑奴打发走脚夫,然后望着我,对我说:"我是个兼营放血的理发师,我甘愿为你赎身。我知道你一定会厌恶我做的食品;不过,这些食品我未曾经手,吃不吃,就看你的意愿了。"

我对黑奴说:"我离家之前,吃过饭了,吃的也是这些东西。"

我的目的达到了。黑奴对我说:"先生,安拉要我为你赎身。

你想喝点儿什么吗?因为酒可以消忧解闷儿。"

为了使那位黑奴理发师感到愉快,我欣然说道:"不妨喝上几杯!"

黑奴拿来没有人用过的崭新酒杯和一瓶佳酿,对我说:"请随意痛饮几杯吧!"

我自斟自饮,那酒确实芳香可口。之后,黑奴又拿来一只新杯,还端来一盘子水果和鲜花,说:"先生允许我坐在一边,独自喝上一杯,借此为先生助兴吗?"

我说:"请便吧!"

酒过三巡,我和黑奴都有了些醉意。黑奴站起来,到里间取出一把四弦琴,对我说:"先生,我自感不配求你歌唱。不过,你的高尚人品是应该得到我的尊重的。假若先生能够赏脸,让奴听上一曲,那么,先生的仗义豪爽之气,在我的心目中,地位自然高贵无比。"

我决定满足黑奴的愿望。我接过四弦琴,调好弦,刚要开口唱时,情不自禁地想起了妻室儿女,于是边弹边唱道:

优氏遇磨难,遭谗落牢监;①有神搭救之,送他把家还。
期神救我们,赐赠一团圆。赞美世上主,全能力齐天。

黑奴听罢我的歌,说道:"先生,允许我一诉心中之情吗?"
我随口说:"你就直诉吧!"
于是,黑奴抱起四弦琴,边弹边唱道:

---

① 指优素福,因拒绝女主人的勾引而被下狱之事。

> 我向朋辈诉,黑夜长漫漫;
> 朋辈对我言:夜更何其短!
> 睡梦遮眼目,顷刻即消散。
> 伤情夜近人,我急人却欢。
> 他们得相会,似我梦境见。

我说:"喂,机灵鬼,你唱得好啊!你的歌声赶走了我的忧愁和痛苦。再唱上一曲吧!"

黑奴边弹边唱道:

> 体面无损者,貌美不择衣。
> 责我人数少,听我一言及:
> 世间高贵者,来着人稀少。
> 人少无损我,我有好邻里。
> 多数人邻居,地位贱无比。
> 厮杀非谩骂,我们信此理;
> 阿苏两部族,却与我为敌。
> 我们不畏死,视死若归期。
> 他们却贪生,一生陷昏迷。
> 他们言既出,为我视离奇;
> 我们看言论,他们无理弃。

我听罢黑奴吟唱的这首诗,顿感惊异不已,心中有说不出的高兴。之后,我睡着了,晚饭之后,方才醒来。我洗了洗脸,又开始思考这个黑奴理发师的高贵品格和周到礼貌。

我把黑奴唤醒,拿出装着很多钱的袋子,甩给了他,并对他说："求安拉保佑你！再见吧，我走了。这袋子里的钱，你就花去吧！如果你能帮我渡过这一难关，我定有重报。"

黑奴把钱袋退给我，说道："先生，我们这些穷苦人在你们的心目中是没有地位的。我也是个讲义气的人，先生光临寒舍，有幸与先生相处这么长时间，我怎好要先生的钱呢？如果你再说此话，把钱袋再次丢给我，我只好自杀。"

我把钱袋装在衣袖里，便离去了，自感钱袋沉重无比。

讲到这里，眼看东方透出黎明的曙光，莎赫札德戛然止声。

第二百七十六夜

夜幕垂降，莎赫札德接着讲故事：

幸福的国王陛下，易卜拉欣继续讲自己的经历：

我把钱袋装在衣袖里，便离去了，自感钱袋沉重无比。

当我走到门口时，黑奴对我说："先生，对你来说，这个地方比别的地方更隐蔽，而且保护你并不是我的负担，就请你住到安拉解救你的时候再走吧！"

我转身回到屋里，对他说："不过，有一个条件，你得花这袋子里的钱。"

黑奴表示乐意接受我提出的条件。就这样，我舒舒适适地在他那里住了一些天，而他却不曾花钱袋中的一文钱。

住在黑奴家，得到人家的保护，自感加重了人家的负担，我觉得不好意思再住下去，便走去换上一身女人的衣裙，戴上面纱，出了他的家门。

我走在路上，胆战心惊。我来到一座小桥前，正准备过桥时，发现那个地方洒过水。我正犹豫时，过去随从侍候过我的一个士兵认出了我。立即高声喊道："喂，这就是哈里发马蒙要抓的那个人！"

之后，那个士兵抓住我不放。见此情景，我奋力挣扎，将那个士兵连人带马推搡到泥泞之中，其余的士兵没有再动手，人们纷纷围过来观看。我趁此混乱之机，快走几步，进了一条胡同。

在胡同里，我看见一家大门开着，一个女人站在走廊下，便呼叫道："喂，太太，可怜可怜我，救我一命吧！我害怕得厉害！"

女人说："不碍事的，请进吧！"

女人把我领进一个房间，为我铺好床铺，然后端来饭菜，对我说："你只管放心就是了。"

正当此时，忽听有人敲门，而且声音很响，女人急忙走了出去。

女人开门一看，原来是在桥头被我搡倒的那个士兵，但见他头上裹着绷带，衣服上满是血迹，只是没有牵着马；他就是女人的丈夫。

女人说："天哪，你怎么啦？"

那个士兵说："我抓住了一个逃犯，他挣脱了！"

接着，他把情况告诉了妻子。妻子给他包扎了一下，给他放好被褥，那个人躺下睡了。

女人走来，对我说："我猜想你就是被官方通缉的那个人。"

"是的。"我说。

"你不要害怕，住在这里无妨。"

女人待我仍是那样热情、敬重。我在她那里住了三天之后,女人对我说:"我担心你被我丈夫发现,他去官府告密,你就要大祸临头了。你赶快设法逃命吧!"

我求她容我住到天黑,她说:"那倒没什么关系。"

夜幕垂降之后,我男扮女装,离开那里,来到我原来的一个女奴家中。她一认出我来,难过地哭了,连声赞美安拉,庆幸我安然无恙。过了一会儿,她出门去了,仿佛要去市场买些东西,以便回来招待我。

时隔不久,忽见易卜拉欣·穆苏里带着宫仆和士兵闯了进来,领路的是一个女人。我仔细一看,原来带他们来的那个女人就是这家的主人,就是我原来的那个女奴。她把我交给了他们。就这样,我穿着一身女人衣裳,被带到了哈里发马蒙那里。

哈里发马蒙升堂审案,宫役们将我带到哈里发面前。我来到大殿,便向哈里发致敬、问安。马蒙说:"像你这样的人,安拉是不会喜欢的,也不会使你平安无事。"

我对哈里发说:"信士们的长官,你大权在握,严惩与宽容只待你一言定案。不过,宽容更接近敬畏安拉。安拉认定你的宽容至高无上,同时裁定我的过错是罪大恶极。信士们的长官,你对我进行严惩,理所当然;倘若你能赦我无罪,应说功德齐天。"

之后,我吟诵道:

　　于你我罪大,你高入云天。惩处与宽恕,权握你手边。
　　切望高抬手,但求一赦免。我行非丈夫,你贵恰吾愿。

哈里发马蒙抬起头来,把目光转向了我。我立即又吟诵道:

> 我犯罪过大,你是宽容君。宽容恩情厚,惩治亦公允。

马蒙低下头,吟诵道:

> 昔日有朋伴,存心惹我怒;致使我气生,唾沫难咽肚。
> 我谅其过错,其罪我宽恕;原因怕日后,伴与朋皆无。

我听完马蒙诵罢这首诗,嗅到了宽恕的气息,心中顿时宽舒了许多。

之后,马蒙走到堂弟阿拔斯及其兄弟艾卜·伊斯哈格以及诸位近臣面前,问他们:"你们说怎样处置他?"

他们都表示要处死我,但在处死的方法上有不同的意见。

马蒙对艾哈迈德·本·哈立德说:"喂,艾哈迈德,你有什么意见?"

艾哈迈德说:"信士们的长官,如果陛下杀掉他,我们会发现像你这样的人杀掉像他那样的人,那是很平常的;如果陛下免他一死,那么,我们却找不到像你这样的人会赦免像他那样的人。"

讲到这里,妹妹杜娅札德说:"姐姐,你讲的故事真精彩,真动听,真吸引人!"

莎赫札德说:"这个故事还没有讲完,假若国王陛下再留我一夜,我一定把这个美妙、精彩的故事讲下去。"

舍赫亚尔国王听后,心想:"我要听她把这个故事讲完,不能杀她……"想到这里,舍赫亚尔国王说:"明晚你接着讲下去!"

讲到这里,眼看东方透出黎明的曙光,莎赫札德戛然止声。

第二百七十七夜

夜幕垂降，莎赫札德接着讲故事：

幸福的国王陛下，马蒙问艾哈迈德有什么意见，艾哈迈德说："信士们的长官，如果陛下杀掉他，我们会发现像你这样的人杀掉像他那样的人，那是很平常的；如果陛下免他一死，那么，我们却找不到像你这样的人会赦免像他那样的人。"

哈里发马蒙听艾哈迈德·本·哈立德这样一说，低下头去，吟诵诗人的诗句道：

胞弟被杀害，凶手是族人；拉弓报仇怨，箭伤吾自身。

马蒙又吟诵前人的诗句道：

兄弟一时错，宽容当为本。行善莫理会，负义与谢恩。
公正与偏激，责斥莫过分！可爱可憎者，相伴互为邻。
长寿乐常在，发白愁缠身。玫瑰朝在枝，被采值夕辰。
谁未做错事，谁是完美人？若得仔细看，多数面浮尘。

我听罢马蒙吟诵的这首诗，立即取下蒙在头上的面具，连声赞扬安拉至大。我对哈里发说："信士们的长官，安拉保佑你！"

马蒙说："叔父，再没什么事了，你放心吧！"

我说:"信士们的长官,我的罪过太大了,本来是难以原谅、宽容的。你对我的宽恕大恩,我是无法用言语感谢的。"

我心情激动,欣喜难抑,顺口吟诵道:

> 创造美德者,取之注人心;
> 第七伊玛目,首领美德人。
> 人们面对你,敬意满心神。
> 你以虔诚心,关怀臣与民。
> 一日我反你,敌者对我亲;
> 其因何所在,贪欲令智昏。
> 今我得宽恕,论理无路门。
> 因为此宽恕,中无说情人。
> 你怜稚与雏,似母一片心。

马蒙说:"我要仿照我们的先知优素福的话,重说一遍:'今天对你们毫无谴责,但愿真主饶恕你们。他是最慈爱的。'① 叔父,我把你的钱财全部还给你。你没有什么事了,只管放心就是了。"

我太高兴了,连忙为哈里发虔诚祈祷。我吟诵道:

> 财钱发还我,毫无吝啬情。还我财产前,已保我性命。
> 我愿尽吾力,为你献忠诚。献财肯脱鞋,不惜赤脚行。
> 此为还债务,财归你箱笼。当初不出借,亦在情理中。
> 一旦我遗忘,你赠我恩情;我当遭责怨,胜过你受敬。

---

① 见《古兰经》"优素福章"第九十二节。

马蒙听罢我吟诵的诗,十分高兴,对我格外敬重。他对我说:"叔父,艾卜·伊斯哈格和阿拔斯都建议我把你杀掉。"

我说:"信士们的长官,尽管艾卜·伊斯哈格和阿拔斯劝你,你还是做出了合适的决定,排除了你所害怕的结果。"

马蒙说:"我对你的怨恨消失了。没经任何人说情,我便饶恕了你。"

之后,马蒙久久跪拜。当他抬起头来,对我说:"叔父,你晓得我为什么久久跪拜吗?"

我说:"也许你久久跪拜,为了感谢安拉;因为安拉默助你战胜了自己的敌人。"

"不是为了那个,而是感赞安拉默示我宽恕了你。"

之后,我向哈里发马蒙讲述了我的经历,还讲了我与黑奴、士兵及其妻子、女奴之间发生的事情。我之所以被抓住,就是因为那个曾侍奉过我的女奴告了密,领来了官兵。

哈里发马蒙立即下令去抓那个女奴;与此同时,女奴正在家中等着有人去给她送赏金。

那女奴被带到哈里发马蒙面前,马蒙问她:"你为什么要那样对待你过去的主人?"

那女奴说:"想弄点儿钱花。"

"你有孩子和丈夫吗?"

"没有。"

哈里发下令打她一百鞭,然后投入牢中,监禁终身。

之后又把士兵及其妻子带来。哈里发问那个士兵为什么抓人,那士兵回答说为了得赏钱。哈里发说:"你应该去当放血人!"

随后将之送到放血店铺里,让其学放血术。

哈里发一番热情款待士兵的妻子,将她接进宫中。马蒙说:

"这是个聪明的妇道人家,适于做些重要的事情。"

马蒙对黑奴理发师说:"你讲义气,够朋友,值得加倍敬重。"

随后将那个士兵的家宅赏给黑奴,另外还赏给他一万五千第纳尔现金。

讲到这里,莎赫札德说:"这个故事讲完了,我现在讲关于《大漠上的金银城》的故事。"

相传,阿卜杜拉·古拉拜外出寻找走失的骆驼。当他正走在也门沙漠地区和赛伯邑①大地上时,忽见一座巨大城郭映入眼帘。城郭的四周有数座巍峨宫殿,高大无比,摩云接天。

当阿卜杜拉·古拉拜走近城郭时,以为那里一定住着人,想问问他们看见他的骆驼没有,于是向城里走去。走进城中一看,发现那是一座废墟,那里一个人影都没有。

阿卜杜拉·古拉拜这样讲述他的经历:

我离开驼背,把坐驼拴好,出于消遣解闷的心理,向城郭走去。

当我接近城郭时,发现城郭的两扇门又高又大,举世罕见。大门上镶嵌着各种宝石,有红色的,有白色的。眼见此情此景,我心中惊异不已,自感这是了不起的发现。走进城郭,不免心惊肉跳,只见城郭很长很宽,简直就像一座城市。那里有许多高大的宫殿,每座宫殿里有许多房间,所有的建筑物都是用金和银建成的,上面

---

① 赛伯邑,阿拉伯半岛南部的一个古代王国,昌盛于公元前八世纪,以文化和建筑著称,在今也门境内。

镶嵌着五颜六色的宝石和珍珠、黄玉。宫殿的大门都像城堡大门一样精美高大,地上撒满大珍珠以及散发着麝香、龙涎香和番红花香味的大小圆球。

当我走进城中时,空旷的街巷里连一个人影也看不见,不禁胆战心惊,简直害怕得要死。我登上殿顶向下看,但见那里河水流淌,大街两侧果树成行,高大的椰枣树像卫士一样;那里的建筑物都是用金砖银砖砌成的。我心想:"毫无疑问,这就是安拉许给人们的来世天堂。"

我拿了一些宝石,抓了些散发着麝香气味的土,还拿了些能够拿得动的东西,回到了家中。之后,我把我看到的一切告诉了人们。

消息传到在希贾兹任哈里发的穆阿维叶·本·艾卜·苏福扬那里,这位哈里发便写信给他派驻也门萨那的总督,命令总督把我送到他那里去,以便打问一下真实情况。

萨那总督得令,立即行动。首先将我叫到他那里去,向我打听我所看到的情况,我一一如实告诉了那位总督。之后,总督把我送到哈里发穆阿维叶那里,我同样一一如实禀告。

哈里发穆阿维叶听后有些不相信,我便拿出从金银城带回来的部分珍珠、宝石和龙涎香、麝香、番红花香圆球给哈里发穆阿维叶看。香球依旧芬芳四溢,香气扑鼻,只是珍珠的颜色变了,有些发黄。

穆阿维叶一看,惊奇不已,随后派人叫来凯阿卜·艾哈巴尔。

哈里发穆阿维叶对凯阿卜·艾哈巴尔说:"喂,凯阿卜·艾哈巴尔,我今天把你叫来,有件事情想证实一下,希望你能把真实情况讲明。"

凯阿卜·艾哈巴尔说:"信士们的长官,什么事啊?"

"听人说有那么一座城市,建筑物全用金砖、银砖砌成,柱子都是黄玉和宝石雕刻成的,地上撒满珍珠和麝香、龙涎香、番红花香球。真有这样的一座城市吗?"

凯阿卜·艾哈巴尔说:"信士们的长官,世上的确有那么一座金银城,那就是'有高柱的依莱姆城'——一座世间无双的城郭。依莱姆城为舍达德·本·阿德大帝所建。"

穆阿维叶说:"先生,那就请你给我们谈谈这座城市的历史吧!"

凯阿卜·艾哈巴尔开始讲述金银城的来历:

阿德大帝有两个儿子,一个叫舍迪德,另一个叫舍达德。阿德大帝驾崩,舍迪德及其弟弟舍达德继任,普天下的君王都服从这两兄弟的支配。舍迪德·本·阿德逝世后,其弟舍达德单独执掌王权。

舍达德大帝喜欢博览古书。当读到来世和天堂,看到书中对天堂的宫殿、房舍、树木、花果和其他景物的描写时,这位大帝动心了,想在世上建造一座那样的天堂。

舍达德大帝手下有一百位国王,每位国王手下有十万名将领,每位将领手下有十万名士兵。舍达德大帝把国王们全召到自己的面前,对他们说:"我听人们讲到,也在古书中看到了有关来世天堂的描述,故想在人间建造一座那样的天堂。你们要立即行动,找一个最好、最宽广的地方,在那里为我建造一座金银城,黄玉、宝石、珍珠铺地,宫殿全部用玉石柱子支撑,大街小巷遍栽各种果树,还要引来河水,让其在金银城河道中缓缓流淌。"

将领和士兵们异口同声道:"大帝所描绘的城郭,我们怎么能建造呢?黄玉、宝石、珍珠……我们到哪里去找呢?"

舍达德大帝说:"普天之下的君主都是我的王臣,都在我的管辖之下,谁都不能违抗我的命令。这一点,难道你们不晓得吗?"

众将士说:"我们一清二楚。"

"你们要立即前往满是黄玉、宝石的地方去!你们要立即到盛产珍珠的地方去!你们要马上前往到处都是金矿、银矿的地方去!你们要立即采宝石,采珍珠,开金矿,开银矿,要把世间的宝石、珍珠、金银全部集中起来!你们要不遗余力,千方百计,不得违抗我的命令!"

讲到这里,眼看东方透出黎明的曙光,莎赫札德戛然止声。

第二百七十八夜

夜幕垂降,莎赫札德接着讲故事:

幸福的国王陛下,凯阿卜·艾哈巴尔继续给哈里发穆阿维叶讲:

舍达德大帝对将士们说:"你们要立即前往满是黄玉、宝石的地方去!你们要立即到盛产珍珠的地方去!你们要马上前往到处都是金矿、银矿的地方去!你们要立即采宝石,采珍珠,开金矿,开银矿,要把世间的宝石、珍珠、金银全部集中起来!你们要不遗余力,千方百计,不得违抗我的命令!"

紧接着,舍达德大帝修书给天下各位君王,命令他们把民间的宝石、珍珠、金银全部集中起来，要他们去开矿探海，将宝石采出，哪怕藏在海底。

就这样，天下君王收集宝石、金银，整整忙碌了二十个春秋；当时，天下共有三百六十位君王。

之后，舍达德大帝召集天下的工程师、建筑师、工匠和劳工，令他们遍走四面八方，终于找到了一片平原，那里地平天高，没有丘陵、高山，却有清泉道道，河水流淌。

他们异口同声地说道："这就是大帝令我们寻找的那块地方。"

他们随即开始照舍达德大帝设想的规模建造人间天堂。他们引来河水，按设计的长和宽奠基。各国君王相继运来宝石、珍珠；渡海用大船装运，过沙漠用骆驼驮送。不计其数的宝石、珍珠运到工匠们的手中，他们整整忙碌了三十年。

施工完毕之后，他们来到舍达德大帝的面前，向他报告了金银城竣工的消息。舍达德大帝对他们说："你们再去建造一座高大的城堡，在城堡周围建造一千座宫殿，每座宫殿前插一面旗子，供一千位大臣居住。"

工程人员们听后，立即动工，他们又忙碌了二十个冬夏。完工之后，他们向舍达德大帝报告了喜讯。

舍达德大帝得知金银城已经全部竣工，随即令一千位大臣、贴身侍卫和信得过的军队随从他迁往有高柱的依莱姆城；与此同时，他还命令他所喜欢的嫔妃、宫女和宫仆们开始做迁居的准备，他们整整准备了二十年时间。

舍达德大帝率领着庞大队伍，并带着军队，浩浩荡荡、兴高采烈地向有高柱的依莱姆城进发了。

讲到这里，眼看东方透出黎明的曙光，莎赫札德戛然止声。

第二百七十九夜

夜幕垂降,莎赫札德接着讲故事:

幸福的国王陛下,凯阿卜接着讲下去:

宫中上下为舍达德大帝迁居整整准备了二十年时间。

迁居的日子到了,舍达德大帝率领着庞大的队伍,带着军队,兴高采烈地向有高柱的依莱姆城进发了。当他们的队伍距依莱姆城仅有一天路程之时,安拉对舍达德大帝及随之而行的忘恩负义的叛教者们发怒了,只听晴天一声霹雳,将他们全部击死,舍达德大帝也未能幸免,一行数千人,谁也未能进到有高柱的依莱姆城。不仅如此,就连通往金银城的路,也被安拉从大地上抹去了。但是,那座有高柱的依莱姆城,至今仍在,而且将存在到世界末日来临。

穆阿维叶听罢凯阿卜·艾哈巴尔这段长长的谈话,惊异不已。他问凯阿卜:"有人到过那座城市吗?"

"穆圣手下的一个人曾经到过那里;毫无疑问,那个人和在座的这个人的情况是一样的。"

接着,凯阿卜·艾哈巴尔讲了一段史话:

舍阿比曾经提到这样一个史实:据也门希木叶尔的学者们说,舍达德大帝及其随行人员,因晴天一声霹雳,顿时全部丧命,舍达德大帝的儿子伊本·舍达德继承王位。舍达德大帝率群臣、军队和奴婢起程迁往有高柱的依莱姆城之前,将哈达拉毛和赛伯邑两个地方交给儿子。父亲到达金银城之前遇难的消息传到伊本·舍达德的耳里,伊本·舍达德立即下令将父王的遗体从荒野运到哈达拉毛,并下令开凿山洞,为其父王建造陵墓。陵墓造好之后,伊本·舍达德将其父王的遗体放在一张金床上,又放上七十套用金丝织成、嵌上名贵宝石的寿衣,一并置入墓室,并在灵床前竖了一块金牌,上面刻着这样的诗句:

　　自负长寿者,借鉴登此堂。
　　吾名舍达德,筑城劳财伤。
　　当年实力握,威名四海扬。
　　天下王与臣,皆畏我权杖。
　　王权雄风在,声震东西方。
　　有主指正道,灯明路坦荡。
　　我却违圣旨,灾祸自天降。
　　晴天响霹雳,尸碎撒漠上。
　　理想成泡影,末日地狱葬。

赛阿莱卜还谈到这么一段史实:有两个人,凑巧走进舍达德大帝陵墓所在的那个山洞,发现洞中间有一台阶,于是拾级而下,便有一墓穴出现在眼前,其长有一百腕尺,宽四十腕尺,高一百腕尺。墓穴正中有一金质灵床,上面躺着一具巨人尸体,还放着金银丝织成的寿衣若干套;灵床的前头,竖着一块金牌,上面刻着诗文。那两个人想拿走那块金牌,使尽周身力气,结果金牌动都没动,什么东西也拿不出去。

讲到这里,莎赫札德说:"幸福的国王陛下,趁天色未亮,我再讲讲哈里发马蒙成亲的故事。"

舍赫亚尔国王说:"哈里发马蒙成亲是个什么故事呀?"

莎赫札德开始讲《马蒙成亲》的故事:

阿拔斯王朝的著名歌手伊斯哈格·穆苏里这样讲述他亲身经历的故事:

一天夜里,我离开哈里发马蒙那里,向我的家门走去。因为憋了尿,又怕在墙边出什么意外,于是迅速拐进一条小胡同去小解。

我刚小解完,便看见那里的一座房子上吊着一件东西,于是好奇地走上前去摸了摸,想知道那究竟是什么东西。我发现那是一只大篮筐,上面有四个把手,里面铺着锦缎垫子。我心想:"这其中必有原因。"我站在那里,有些发呆,一时不知如何是好。因为刚喝过酒,又有些醉意,便坐在了那只大篮筐里。我刚刚坐进去,便觉得房子的主人在往上拉大篮筐了,以为我就是他们要等待的那个人。他们把大篮筐提到墙头上,四个婢女异口同声地对我说:"欢迎,欢迎!请下来吧!"

我随着一个手里端着蜡烛的姑娘走了下去,进了一个厅堂,但见那里摆设讲究,富丽堂皇,一派皇家风貌,那是只能在哈里发宫中才看得到的景象。

我坐下来,过了不多时,只见墙一边的那道布幔拉开了,少女们手里端着蜡烛和沉香炉,簇拥着一位皓月般的漂亮姑娘姗姗走来。我急忙站起身,那位窈窕淑女说:"欢迎你,欢迎客人来访!"

那位姑娘让我坐下,问我的情况。我对她说:"我离开朋友那里时,天色已晚。回家路上,因想小解,便走进了这条胡同,见房上吊着一只大篮筐,不期酒性发作,不知不觉便坐在了那只大篮筐里,随后大篮筐将我送到了这座房子里。情况就这样。"

姑娘说:"不碍事的!但期你交好运。"

姑娘思考片刻,问我:"你是干什么的呀?"

我说:"我在巴格达市场上经商。"

"你会吟诵诗吗?"

"会一点点。"

"那就给我吟诵一首,唱上一曲吧!"

"我心里有些紧张,还是你先开始吧!"

"你说得对!"

姑娘开始吟诵古今诗人的一些名言佳句,我留心细听,欣喜不已,不知自己是敬佩姑娘的礼貌周到,还是喜欢她的优美音色。

姑娘问我:"你内心里不紧张了吧?"

我回答道:"凭安拉起誓,不那么紧张了。"

"那就请你吟诵几首诗吧!"

我立即吟诵了几组古人的诗句。姑娘听后连声叫好,赞不绝口。

她说:"凭安拉起誓,真想不到,生意场上还有你这样的才子!"

说罢,令女仆们端来饭菜……

讲到这里,眼看东方透出黎明的曙光,莎赫札德戛然止声。

第二百八十夜

夜幕垂降,莎赫札德接着讲故事:

洪福齐天的国王陛下,歌手伊斯哈格·穆苏里继续讲自己所经历的事情:

姑娘问我:"你内心里不紧张了吧?"
我回答道:"凭安拉起誓,不那么紧张了。"
"那就请你吟诵几首诗吧!"
我立即吟诵了几组古人的诗句。姑娘听后连声叫好,赞不绝口。她说:"凭安拉起誓,真想不到,生意场上还有你这样的才子!"

说罢,令女仆们端来饭菜。姑娘亲自动手,把饭菜摆放在我们面前。厅堂里摆放的多种奇花异草和新鲜水果,就是在宫廷里也难以见到。

姑娘给我敬酒,我举杯一饮而尽。她又递给我一杯,同时说:"现在是谈天讲故事的时候了。"

我自告奋勇,首先开始讲故事:"相传,许久许久以前,有一个……"

我一口气讲了好几个故事。姑娘听后,十分高兴,说道:"奇妙啊!一个整天在生意场上拼搏的人,怎么会讲这么多好听的故事呢?这都是帝王将相的故事呀!"

我说:"我有个邻居,他常与帝王对饮聊天。他没事时,我就去他那里玩。我讲的这些故事,都是从他那里听来的。"

姑娘说:"凭安拉起誓,你的记忆力可真好!"

片刻后,我们又开始谈天了。每当我沉默时,姑娘便滔滔不绝地讲上一阵,不知不觉大半夜过去了。厅堂内香烟缭绕,我自感心旷神怡,乐不可支;假若哈里发马蒙知道此处别有洞天,他一定会起驾飞临。

姑娘对我说:"你是最文雅、最风趣的男子之一。不过,还缺一点……"

"缺什么?"我问。

"假若你能边弹边唱诗歌,那该多好啊!"

"我过去很喜欢弹唱,只是用它挣不来饭吃,才将之丢掉了;但我的内心还是对此很留恋的。不妨趁今夜良宵,我来弹唱一曲,为今夜助兴,也好使今夜过得更圆满完美?"

"看来你是要一把四弦琴,是吗?"

"你说得很对!全托你的福,沾你的光啦!"

姑娘吩咐女仆拿来四弦琴,调好弦,玉指轻弹,歌声飞扬,词佳曲美,都是我从来没有听赏过的。

姑娘唱罢,问我:"你知道这曲子是谁谱出来的,这诗又是谁作的吗?"

"不知道。"我随口答道。

"这诗是艾卜·努瓦斯的,这曲子是伊斯哈格的。"

"伊斯哈格的曲子是这样?"

"好啊,妙哉!在作曲方面,伊斯哈格是出类拔萃的。"

"感赞安拉!伊斯哈格称得上得天独厚,才高过人呀!"

"假若你能听他唱上一曲,那该多好呢!"

就这样,我们一直唱到东方吐出鱼肚白。这时,一位老太婆走了进来,好像是位保姆。老太婆说:"时间到啦!"

姑娘站起身来,叮嘱我说:"你要好好保密,不要对外说这里的事情。因为这里只接待忠诚可靠的人……"

讲到这里,眼看东方透出黎明的曙光,莎赫札德戛然止声。

第二百八十一夜

夜幕垂降,莎赫札德接着讲故事:

幸福的国王陛下,伊斯哈格继续讲自己的经历:

那位姑娘站起身来,叮嘱我说:"你要好好保密,不要对外说这里的事情。因为这里只接待忠诚可靠的人……"

我说:"我愿为你赎身,不用叮嘱。"

我告别姑娘,由一位女仆领我走出大门,我便径直转回家去。回到家中,做完晨礼,就上床睡觉了。

我刚刚进入梦乡,哈里发马蒙的差使便来叫我了。我跟着差使走去,白日里和哈里发马蒙一起度过。

夜幕垂降,我想起昨天的欢乐情景,实在忍耐不住,径直向那条胡同走去。我坐在大篮筐里,又到了昨夜欢聚的那个厅堂。那位姑娘说:"看来你已习惯了,是吗?"

"我觉得我的行动全在无意之中。"

我们像昨夜一样,聊天、吟诗、唱歌,直到东方吐亮。之后,我回到家中,做罢晨礼,即入梦乡。

刚刚睡着,哈里发的差使又来敲门了。我来到宫中,和哈里发一起度过了整个白天。夜幕降临时,哈里发马蒙对我说:"你在这里坐着,我去办件事,一会儿就回来。"

哈里发一走,我就坐不住了,想起了昨夜的快乐情景,把哈里发的嘱咐忘到了脑后,于是一跃而起,一路小跑来到了大篮筐旁,坐进去,片刻后又进入了那个厅堂。

姑娘说:"也许你是我们的好朋友!"

我说:"凭安拉起誓,正是。"

"你能住在这里吗?"

"我愿为你赎身。不过,作为客人,理当仅仅被招待三天;之后我若再来,你们可要我的命。"

我像往日一样坐下。欢乐时光快过去时,我意识到哈里发马蒙一定会问我,那时我只有跟他说实话。

我对姑娘说:"我看你很喜欢唱歌,是吗?我有位堂弟,长相比我漂亮,地位比我高,更懂礼貌,也更了解伊斯哈格。"

她说:"我的食客呀,你还有什么建议?"

我回答道:"由你裁决!"

"假若你的堂弟真像你说的那样,不妨认识他一下。"

时间到了,我站起身来,径直回家去了。我还没回到家中,哈里发马蒙的差使便来叫我,几个人硬把我架到了哈里发的面前。

讲到这里,眼看东方透出黎明的曙光,莎赫札德戛然止声。

第二百八十二夜

夜幕垂降,莎赫札德接着讲故事:

幸福的国王陛下,伊斯哈格继续讲自己的经历:

那位姑娘说:"假若你的堂弟真像你说的那样,不妨认识他一下。"

时间到了,我站起身来,径直回家去了。我还没回到家中,哈里发马蒙的差使便来叫我,几个人硬把我架到了哈里发的面前。我发现哈里发坐在宝座上,正生我的气。

哈里发马蒙怒道:"伊斯哈格,你敢不听我的话?"

"哪敢呀?信士们的长官。"

"你干什么去啦?给我说实话!"

"说实话,说实话。不过,这事只能单独谈。"

哈里发使了个眼色,左右相继迅速退下。

我把事情从头到尾对哈里发讲了一遍。我对他说:"我已答应姑娘带你去见她,姑娘说愿意见你。"

那一天,我和哈里发一起过得很愉快,哈里发马蒙一直思念着那位姑娘。

时间到了,我和哈里发一起向那条胡同走去。我边走边嘱咐哈里发:"到了姑娘面前,你可不要呼唤我的名字!我呢,在她面前,只是你的一个随从。"

我俩商量妥,不多时走进了那条胡同,只见那里有两只大篮筐。我和哈里发一人坐一只,随即被提上去,片刻后,相携走进了那个熟悉的厅堂。

那位姑娘走来,向我们问好。

哈里发马蒙一见姑娘相貌那样俊美,顿时神魂颠倒,如痴如醉。

姑娘先给马蒙讲故事,然后吟诵诗歌。接着姑娘取来葡萄酒,我们把盏交杯,开怀畅饮。姑娘很喜欢马蒙,而马蒙也很喜欢姑娘。

之后，姑娘抱起四弦琴，唱了起来。

唱罢，姑娘问我："你的堂弟也是经商的？"

姑娘指的是马蒙。我回答说："是的。"

姑娘说："你们俩长得真像啊。"

"是的。"我说。

马蒙喝下三杯酒，兴奋不已，高声喊道："喂，伊斯哈格！"

我立即回答："有！信士们的长官。"

"给我唱一曲！"

当姑娘知道面前这位就是哈里发时，便离去了，躲到了一个地方。

我唱罢歌，马蒙对我说："你去看看，这家主人是谁？"

这时，有一个老太太跑过来回答道："这是哈桑·本·赛赫勒的家。"

"把他给我叫来！"马蒙说。

老太太走去片刻，带着哈桑走来。哈里发马蒙问哈桑："你有一个女儿吗？"

"是的。"

"她叫什么名字？"

"她叫海迪洁。"

"结婚了吗？"

"凭安拉起誓，尚未许配人家。"

"我要向你的女儿求婚。"

哈桑说："小女是你的女仆，信士们的长官，她的事情由你安排就是了。"

哈里发说："我与海迪洁成亲，拿三万第纳尔作为聘礼，天亮之后就派人把礼金送来。你收到钱后,就把女儿送到宫中。"

"遵命!"哈桑欣然一口答应。

之后,我们离开了那里。

哈里发马蒙对我说:"喂,伊斯哈格,此事不要对任何人讲!"

直到马蒙去世,我都没有把此事透露给任何人,没有任何人像我度过这样的四天时间:白天与哈里发马蒙一起,夜晚与海迪洁相伴吟唱聊天。

凭安拉起誓,我没见过像马蒙这样的男子,也没见过像海迪洁这样的女性,简直没有一个女性能与海迪洁的聪明、智慧和口才相比。

安拉是全知全能的。

莎赫札德讲完马蒙成亲的故事,接着讲《清洁工与贵妇人》的故事:

幸福的国王陛下,相传,有一年,正值朝觐时节,朝觐者们聚集在天房周围,吻拜、绕行①,拥挤非常。正在这时,有一个人拉着天房的帷幔,衷心祈祷道:"安拉啊,我求求你,让那个女子厌恶她的丈夫,允许我与她亲热吧!"

众朝觐者闻之大惊,立即动手将他抓住,一顿毒打之后,把他带到朝觐团总管那里。他们说:"总管兄弟,我们亲耳听到这个人在庄严的圣地说不庄严的话……"

总管听罢,立即下令对其处以绞刑。那个人自我辩解道:"总管兄弟,看在安拉使者穆罕默德的面儿上,请听我说明我的情况;

---

① 吻拜、绕行,均是伊斯兰教朝觐活动的宗教仪式,指朝觐者入觐天房时瞻吻"玄石"。按规定,朝觐者须环绕天房七周,口不绝赞,心不外驰,每过玄石必吻之,或以手抚之,以示尊崇,故名。绕天房七周称为"绕行"。

听明白之后，再随便处置我吧！"

"你有什么话，就快说吧！"

"总管阁下，你有所不知，我是宰羊场的清洁工，负责收集羊血和污物，然后运往垃圾场。"

接着，清洁工开始讲自己的奇遇。

讲到这里，眼见东方透出了黎明的曙光，莎赫札德戛然止声。

第二百八十三夜

夜幕垂降，莎赫札德接着讲故事：

幸福的国王陛下，那清洁工开始讲自己的奇遇：

有一天，我赶着毛驴，往垃圾场送羊血和污物，路上发现许多人惊慌而逃。其中一个人对我说："你赶快躲到这条胡同来吧，免得他们把你杀掉。"

我问他："人们为什么逃跑呢？"

有一个仆人对我说："那一位是贵妇人。她的奴仆们在前面为她开道，逢人就打，概不留情。"

我立即牵着毛驴拐进胡同，等待拥挤的人们散去。这时，我看见众多奴仆，人人手持棍棒，个个怒容满面，不住地吆喝、驱赶行人。他们的身后，有三十多个女子，当中的一个女子容颜俊秀，体态苗条，颇有姿色；看上去，其余女子都是她的奴婢。

那个女子来到我停脚驻足的胡同,一番左顾右盼,然后把一个奴仆叫到她的面前,对那个人耳语了几句。

片刻之后,那奴仆径直向我走来,将我牢牢抓住。人们见此情景,吓得一哄而散。接着又走来一个奴仆,牵起我的驴子就走。之后又上来一个奴仆,用绳子将我绑起来,拉着我向前走去。

我不知道究竟是怎么回事。人们跟在我们后面,边喊叫边说:"天哪,究竟出什么事啦?这是个清洁工,身无分文,为什么要捆绑他呢?"

他们向那几个奴仆乞求说:"你们可怜可怜他呀,安拉也会怜悯你们的!看在伟大安拉的面儿上,你们把他放掉吧!"

我心想:"他们之所以抓我,无非是他们的女主人嗅到了垃圾的臭味,感到不胜厌恶罢了,或许他们的女主人怀有身孕,我给她带来了什么损害。无能为力,只有依靠伟大安拉了!"

我跟着他们,来到一个大公馆门前,随他们进了门,他们一直将我带进一个大厅,那大厅里陈设豪华,简直难以用语言形容。当一群女人进大厅时,我仍被捆绑着。我心想:"这群女人一定会惩罚我,说不定要在这个大厅里把我折磨死,谁也不知道我的死活。"然而他们却把我带进厅内的一间干净浴室。

我正在浴室里时,突然进来了三个女仆,站在我的周围。她们对我说:"把你的衣服脱下来!"

我脱下身上的脏衣服,三个女仆为我忙碌起来:一个给我搓脚,一个给我洗头,一个为我按摩。洗浴之后,她们给我拿来一包新衣服,对我说:"穿上这几件衣服吧!"

"凭安拉起誓,我不知道该怎么穿呀!"我说。

她们走上前来,边笑边给我穿衣。然后取来香水瓶,为我喷洒。

我跟着三个女仆走进另一个大厅,只见那里摆设考究,富丽堂皇之至，简直不知道该怎样描述。一位女子坐在一把象牙腿的竹椅上，面前有数名婢女侍候。

讲到这里，眼看东方透出黎明的曙光，莎赫札德戛然止声。

第二百八十四夜

夜幕垂降，莎赫札德接着讲故事：

幸福的国王陛下，清洁工继续讲自己的经历：

我跟着三个女仆走进另一个大厅，只见那里摆设考究，富丽堂皇之至，简直不知道该怎样描述。一位女子坐在一把象牙腿的竹椅上，面前有数名婢女侍候。

女子见我进去，当即站起来呼唤我，我便走了过去。女子让我坐在她的身边，随后吩咐婢女们端来饭菜。那真是一桌丰盛筵席，菜肴品种很多，色彩纷呈，令人眼花缭乱，目不暇接，既叫不出名字，又不知其滋味。我顾不得再说什么，吃了个足饱。

吃罢饭，洗过手，女子吩咐去取水果，刹那间，大盘鲜果送到我的眼前。女子让我吃，我便吃了起来。吃罢水果，女子要婢女们拿来酒，然后点燃起各种香，顿时厅堂里香烟缭绕，香气四溢，令人心旷神怡。一位如花似月的姑娘纵情欢歌，我和那位坐着的女子已有几分醉意。我眼见这一切，简直不敢相信自己的眼睛，仿佛自己是在梦中。

过了一会儿，那位女子令女仆们为我铺床，她们迅速在指定的地方为我搭好了床铺。那位女子站起身，走来拉着我的手，将我领到床前，她躺下，让我与她一起睡下，直到天亮。每当我把她搂在怀里，闻她身上的麝香气味时，我总认为自己是在天堂之中，或者是在梦乡。

次日清早醒来，女子问我住什么地方，我告诉了她。女子送我出门，给了我一块银丝绣花手帕，里面似乎还包着什么东西。女子对我说："你带着这个走吧！"

我感到欣喜不已，心想："假若这手帕里包着五个菲勒斯，那么，我今天的饭钱就有保证了。"

我离开女子那里，好像从天堂里走出来一样。我回到我住的地方，打开手帕，发现里面包着五十砝码黄金。我立即把它埋了起来。之后，我买了两个菲勒斯的发面饼和小菜，吃罢，便在门外坐着，思考自己的事情。

我在门外坐到晡时，忽见一位女仆走来，对我说："我们的太太要你到她那里去呢！"

我跟着女仆走去，进了大门，来到那位女子面前，首先行了吻地礼，那女子让我坐下，照例端来饭菜和酒，我吃饱喝足，便与她同枕共眠。

第二天清晨告别时，女子又送给我一块绣花手帕，里面包着五十砝码黄金。我回到住处，照样把黄金埋藏起来。

就这样，一直度过了八天时间，我每天晡时去见那女子，次日清晨就回来。

第八天夜里，当我正与她同床共眠时，一个女仆跑来，对我说："你快起来，到阁楼里躲一躲吧！"

我赶紧爬起来，躲到了阁楼里，只见那间阁楼下临街道。我刚坐下,便听到胡同里传来一阵嘈杂声和马蹄声。

阁楼有个小窗子。我透过那小窗子朝大门望去,只见一个青年骑着高头大马,相貌英俊,如同一轮圆月,后面跟着士兵和奴仆若干。来到大门前,青年离鞍下马,进了大门,步入厅堂。青年见女子坐在床边,上前行吻地礼,然后走向前去,吻女子的手,而那位女子则没有和他说什么。那青年对女子百依百顺,二人终于和好;当夜,青年就睡在女子那里。

讲到这里,眼看东方透出黎明的曙光,莎赫札德戛然止声。

第二百八十五夜

夜幕垂降,莎赫札德接着讲故事:

幸福的国王陛下,清洁工接着讲自己的所见所闻:

那位漂亮青年上前吻女子的手,而女子却没有和青年说什么。
那青年对女子百依百顺,二人终于和好;当夜,青年与女子同枕共眠。
第二天早上,士兵们来了,那位青年骑马离去。
之后,女子登上阁楼,问我:"你看见那个小伙子了吗?"
"看见了。"我回答。
"他就是我的丈夫。我把我和他之间的事情对你说一说吧!有一天,我和他坐在家中的小花园里,他突然站起来离去,好久没有回来。我见他久久不回,心想他一定是去解便了,便去找他,结果发现他并不在厕所。于是我向厨房走去,向女仆打听他的去向。女仆领我去看,天哪,但见我的丈夫正和一个给我们做饭的女仆睡在一起。自那天起,我愤怒地立下誓言,我一定和世上从事最肮脏活计的人同床交欢。在仆人抓住你的那一天之前,我曾一连四天,到处搜寻这样的人,没有找到一个比你从事的职业更脏的人。因此,把你叫到我这里来;这也是安拉给我们作的安排呀!我终于实现了我的誓言。"

女子对我说:"我丈夫什么时候去找那个女仆,或者再跟她睡觉,我就会把你叫来,与我同眠共寝,合度良宵佳辰。"

听了这位贵妇人的话,我的心似被她的目光之箭射穿,不禁眼泪夺眶而出,潸然流淌而下。

我吟诵道:

> 伸出你左手,让我一亲吻。
> 我借你右手,知左手功真。
> 左右尽人晓,揩便最凑近。

之后,贵妇人让我离开她那里。我从她那里得到了四百砝码的黄金,平时靠花这些黄金度日。我来到这里,祈祷安拉让贵妇人的丈夫再去找女仆,以期盼我能有机会与那贵妇人欢聚。这就是我祈祷的原因所在。

朝觐团总管听罢那个人的申辩,当即释放了他,然后对众人说:"看在安拉的面儿上,他的情况是可以原谅的,你们就为他祈祷祝福吧!"

莎赫札德紧接着讲《真假哈里发》的故事：

相传，一天夜里，哈里发哈伦·拉希德感到甚为烦闷不安，于是叫来宰相贾法尔·巴尔马克，对他说："相爷阁下，我心中甚是烦躁，想趁夜色，到巴格达大街上转上一转，看看老百姓的情况。不过，有一个条件，我们必须换上商人的装束，也好不让任何人认出我们来。"

宰相贾法尔·巴尔马克说："遵命！愿随哈里发陛下前往。"

旋即，他俩脱下豪华的朝服，换上商人的服装，带着掌刑官迈斯鲁尔，一行三人离开王宫，向巴格达大街走去。

他们走过一个地方又一个地方，终于来到了底格里斯河畔，看见一条小船上坐着一位老艄公，便走上前去向老人问好。他们说："喂，老人家，我们想借借你的光，乘船到河中观观夜景。这是一第纳尔，你就收下当辛苦费吧！"

讲到这里，眼看东方透出黎明的曙光，莎赫札德戛然止声。

第二百八十六夜

夜幕垂降，莎赫札德接着讲故事：

幸福的国王陛下，哈里发哈伦·拉希德一行三人走过一个地方又一个地方，终于来到了底格里斯河畔，看见一条小船上坐着一位老艄公，便走上前去向老人问好。他们说："喂，老人家，我们想借借你的光，乘船到河中观观夜景。这是一第纳尔，你就收下当辛苦费吧！"

老艄公说："先生们难道不知道谁也不敢在河中观景吗？哈里发哈伦·拉希德每夜都乘舟在河上巡游，还带着传令官，不时高喊：'各位，无论大小人物、官员百姓、年老年少，一律不准夜间泛舟河上！违者斩首，或绞死在桅杆上！'好像哈里发的船就要过来了。"

哈里发和贾法尔·巴尔马克说："老人家，给你两第纳尔，你就让我们到船篷下躲一躲，等哈里发的船过去，再让我们走吧！"

"好吧，那就上来吧！一切全托付给安拉了。"

老艄公收下钱，便将他们藏在了船篷里。

片刻刚过，一条船从河心驶来，船上灯火辉煌，火把明亮。老艄公对他们说："我不是刚对你们说过，哈里发每天夜里都乘船来河上巡视吗？你们看哪，哈里发的船来了。"

片刻后，老艄公又说："小心帘子，不要撩开！"

老艄公把他们藏在船篷里，又用黑围裙将他们盖上，让他们藏在围裙下观景。

他们看见那条船船头上站着一个人，那个人手握金柄火炬，燃点的是沉香。他身穿红绸丝袍，身披金黄色绣花斗篷，头裹摩苏尔产缠头巾，肩挎绿丝袋一只，里面满装点火把用的沉香。他们看到船尾上也站着一个人，衣着和手持火把、站在船头上的那个人一模一样。船的左右两旁站着二百名奴仆，船的中间放着一把赤金宝椅，上面端坐着一个美貌青年，就像圆月一样漂亮。那青年身穿金丝绣花黑礼袍，面前站着一个人，很像贾法尔宰相。奴仆队伍前头站着的那个人很像掌刑官迈斯鲁尔，手握一柄明晃晃的宝剑。他们看见船上站着二十名手把银盏的酒友。

眼见此情此景,哈里发呼唤道:"喂,贾法尔·巴尔马克!"

"信士们的长官,有何吩咐?"贾法尔·巴尔马克问。

"也许这是我的哪个儿子!不是马蒙,就是艾敏。"

哈里发仔细凝视坐在赤金宝椅上的那个青年,但见其容貌俊秀,身材匀称,精神抖擞。

哈里发回过头来,对宰相说:"相爷阁下,你瞧坐在宝椅上的那个小伙子,简直跟哈里发一模一样。你再瞧他面前的那个人,不是很像你吗?站在一旁的那个人,与迈斯鲁尔没有什么差别。再看那些酒友,很像是我的那帮酒友。这简直把我的头脑都给搞糊涂了。"

眼见此景,哈里发哈伦·拉希德一时不知如何是好。

讲到这里,妹妹杜娅札德说:"姐姐,你讲的故事多么离奇、多么有趣、多么动人啊!"

莎赫札德说:"如果国王陛下能多留我一夜,我来夜讲的会更精彩、更动听,这些故事就算不上什么有趣了。"

舍赫亚尔国王心想:"我不能杀她,要把故事听完……"想到这里,国王说:"明夜你接着讲就是了!"

讲到这里,眼看东方透出黎明的曙光,莎赫札德戛然止声。

第二百八十七夜

夜幕垂降,莎赫札德接着讲故事:

幸福的国王陛下，哈里发哈伦·拉希德看到这种情景，一时不知如何是好。

他说："凭安拉起誓，贾法尔，这件事真是太奇怪了。"

宰相贾法尔·巴尔马克说："凭安拉起誓，信士们的长官，我也觉得奇怪。"

船过去了，不久消失在他们的视野里。

这时，老艄公把船撑出去，并且说道："赞美安拉，好在他们没有发现我们，总算平平安安地过去了。"

哈里发问老艄公："老人家，哈里发每天夜里都来底格里斯河里巡视吗？"

老艄公回答说："是的，先生！这样巡夜，有一年时间了。"

"老人家，明天晚上，我们希望你在这里等我们。我们将给你五第纳尔的船钱。我们是外乡人，住在客栈里，总想到处转转看看。"

"好吧！我明晚准时等你们。"老艄公欣然答应。

哈里发哈伦·拉希德、宰相贾法尔·巴尔马克和掌刑官迈斯鲁尔离开老艄公，上岸回到宫中，脱下商人服装，换上朝服，开始上朝。王公大臣、文武官员、将军侍卫等前来朝拜哈里发。

一日忙碌，群臣们相继散去了。哈里发哈伦·拉希德对宰相说："贾法尔·巴尔马克，我们还是去看看那位哈里发吧！"

贾法尔·巴尔马克和迈斯鲁尔不禁一笑，他们换上商人衣着，欣喜异常地步出王宫便门。

君臣三人来到底格里斯河畔，看见老艄公果然信守约言，正坐在那里等候他们，他们便快步上了船。

他们刚刚坐稳，假哈里发的船便朝他们驶来了。他们留心望去,发现船上的二百名奴仆不是昨夜的那一伙人,而手持火炬的人还是像昨夜那样呼喊着。

哈里发说:"喂,贾法尔·巴尔马克,这件事啊,假如我只是听人们一说,我是不会相信的;不过,这一次,我算是亲眼看到了。"

哈里发又对老艄公说:"老人家,这是十第纳尔,请收下吧!把船划过去,和他们并行。因为他们在明处,我们在暗处,我们能看见他们,而他们是看不见我们的。"

讲到这里,眼看东方透出黎明的曙光,莎赫札德戛然止声。

第二百八十八夜

夜幕垂降,莎赫札德接着讲故事:

幸福的国王陛下,哈里发说:"喂,贾法尔·巴尔马克,这件事啊,假如我只是听人们一说,我是不会相信的;不过,这一次,我算是亲眼看到了。"

哈里发哈伦·拉希德又对老艄公说:"老人家,这是十第纳尔,请收下吧!把船划过去,和他们并行。因为他们在明处,我们在暗处,我们能看见他们,而他们是看不见我们的。"

老艄公接过十第纳尔,将船划过去,正好前进在他们那条大船的黑影里……

小船随着那条大船驶至一座河边花园,船靠岸后,把船缆系在花园的护围栅栏上,只见岸边站着许多奴仆,他们牵着鞍辔齐备的骡子。假哈里发上岸后,骑上骡子,在酒友们的簇拥下离去。持火把的人依然高声呼喊着;侍卫们则忙前忙后,精心照顾假哈里发。

哈里发哈伦·拉希德、宰相贾法尔·巴尔马克和掌刑官迈斯鲁尔登上岸,拨开奴仆们,向前走去。

举火把的人朝身后一看,见三个商人打扮的外乡人跟在后面,心中生疑,便回过头去,将三人抓住,送到了假哈里发的面前。

假哈里发望着他们三人,问道:"你们怎么到了这个地方?谁在这个时候把你们带到这里来的?"

他们说:"主公大人,我们是异乡客,到此地经商,今天才到京城。夜晚来临,出来逛逛,正巧遇到你们,这些人便把我们抓住了,把我们带到了主公的面前。"

假哈里发说:"既然你们是外乡人,那就不用害怕了。如果你们是巴格达人,我非削下你们的首级不可!"

假哈里发回过头去,望着假宰相说:"把这三位领去吧!今天夜里,他们是我们的贵客。"

"遵命!主公大人!"

假宰相带着他们三位来到一座建筑极为精美的高大宫殿前;那是任何君王都不曾拥有的宫殿,拔地而起,摩云接天。宫门是用麻栎木做的,外面镶嵌着黄金。进入宫门,出现在眼前的是一座大殿,里面有喷泉和水池,那里铺着地毯,摆放着丝绒靠枕,还摆放着多张桌子。此外,那里的窗子全都挂着金丝绣花窗帘,美不胜收,令人眼花缭乱,难以道出其妙。殿门上刻着这样几行诗:

虔诚顶礼辉华殿,漫长岁月赋其美。
无穷奇迹内里藏,艺绝表述笔自馁。

假哈里发在众仆役的陪伴下走进大殿,坐在一个镶嵌着宝石的宝椅上,上面铺垫着金黄色的丝毯。酒友们以及刽子手已经各就其位。

片刻后,摆上丰盛饭菜,众人吃罢之后洗过手,随即端来葡萄美酒、金杯玉盏。轮到哈里发哈伦·拉希德举杯时,他却执意不喝。

假哈里发对宰相贾法尔·巴尔马克说:"喂,异乡客,你的朋友怎么不喝酒呢?"

宰相贾法尔·巴尔马克说:"主公大人,我的朋友好长时间不喝酒了。"

假哈里发说:"我这里还有别的饮料,一定适合你的朋友喝,那就是苹果露。"

假哈里发一声呼唤,仆从们应声送来了苹果露。他走到哈里发哈伦·拉希德面前,说:"该你喝酒时,你就喝这苹果露代酒吧!"

他们举杯把盏,开怀畅饮,直喝得酒酣耳热,醉眼迷离。

讲到这里,眼看东方透出黎明的曙光,莎赫札德戛然止声。

❖❖ 第二百八十九夜 ❖❖

夜幕垂降,莎赫札德接着讲故事:

幸福的国王陛下,假哈里发一声呼唤,仆从们应声送来了苹果露。他走到哈里发哈伦·拉希德面前,说:"该你喝酒时,你就喝这苹果露代酒吧!"

那位假哈里发与酒友们举杯把盏,开怀畅饮,直喝得酒酣耳热,醉眼迷离。

哈里发哈伦·拉希德对宰相贾法尔·巴尔马克耳语道:"喂,贾法尔·巴尔马克,凭安拉起誓,我们都没有这样漂亮的酒具呀!我真想知道这个青年人的底细。"

君主与相爷悄悄谈话时,假哈里发瞟了一眼,见贾法尔·巴尔马克小声与哈里发谈话,便说:"喂,窃窃私语,有伤雅兴!"

贾法尔·巴尔马克说:"没什么伤雅兴的。我的朋友说,他曾云游四海,不知与多少位帝王举杯畅饮,也不晓得见过多少外国客人,却没有见过比这里更加井然有序的地方,更不曾度过比这更欢乐的良宵。我的朋友还说,巴格达人有句名言:有酒无歌唱,头昏脑袋涨。"

假哈里发一听,开心地笑了起来。他用手中的短杖往一只圆环上一敲,只见一座门应声开启,从中走出一个奴仆,搬着一只镶银嵌金的椅子,后面跟着一位花容月貌的窈窕女子。奴仆将椅子放下,那女子坐在椅子上,真像晴空中的一轮艳阳。女子就像母亲抱着孩子一样,怀抱着一把印度产的四弦琴,轻弹玉指,边奏边唱。她变换了二十四种演奏方法,令观赏者如痴如醉。然后女子又采用第一种方法,边弹边唱道:

> 爱舌在我心,对你把话谈。它会告诉你,我已将你恋。
> 人为我做证,心受爱摧残;泪水不住流,无眠熬红眼。
> 不知何为爱,时在爱你前。安拉司天命,裁决在事先。

假哈里发听罢姑娘的弹唱,一声大喊,将身上的衣服撕裂开来,随后幕帘当即垂落下来。奴仆们为他取来一套更漂亮的服装,给他穿上,然后他坐在原处,继续饮酒。当轮到假哈里发喝酒时,只见他又用短杖击打圆环,一座门应声开启,走出一个搬着金椅子的奴仆,后面跟着一位姑娘,衣着与长相比第一位姑娘更俊美、俏丽。姑娘怀抱一把足令嫉妒之心忧伤的四弦琴,且弹且唱道:

思火肝中烧,叫我怎忍受?情泪脱眶出,洪水纵横流。
凭主我起誓,生活快事休。心满忧与伤,欢乐何处求?

假哈里发听完第二位姑娘的弹唱,又是一声大喊,将衣服撕裂开来,幕帘立即垂降,奴仆们为他更换衣服,然后他坐在原处,边谈边饮。轮到他喝酒时,他用手中短杖击打圆环,一座门应声开启,一个奴仆搬着椅子走来,后面跟着一位美女,比先前两位姑娘的衣着模样均胜一筹。美女坐在椅子上,怀抱四弦琴,玉指轻弹,放开歌喉唱道:

别离当减少,相去距宜近。凭主我起誓,心未忘记您。
心遭病折磨,皆因恋情深。切望神襄助,保全心与身。
唤声月般人,他们居我心。如果没你们,世间选何人?

假哈里发听完第三位姑娘的弹唱,一声大喊,将衣服撕扯开来,奴仆们当即放下幕帘,为他更衣。之后,他又和酒友们把盏对饮起来。轮到他喝酒时,但见他用短杖击圆环,一座门打开,先走出一个搬着椅子的奴仆,后面跟着一位姑娘,面如白玉。姑娘坐下,怀抱四弦琴,调好琴弦,玉指轻弹,且弹且唱道:

别离何时终,憎恶何日隐?当初快活景,何年得复临?
　　回想昨天里,相处一堂亲。只见嫉妒者,全是粗心人。
　　时光弃我们,骨肉各分离。此处只留下,房空无人问。
　　且问责难者,盼我忘情真?敢言我的心,绝不从你们。
　　抛弃埋怨语,凭我情中沉。堂堂君心里,安能无情韵?
　　尊敬先生们,背约由你们;你们走天涯,我永不变心。

　　假哈里发听罢姑娘的弹唱,一声大喊,撕破身上的衣服,倒在地上,昏迷过去。

　　讲到这里,眼看东方透出黎明的曙光,莎赫札德戛然止声。

第二百九十夜

　　夜幕垂降,莎赫札德接着讲故事:

　　幸福的国王陛下,假哈里发听罢姑娘的弹唱,一声大喊,撕破身上的衣服,倒在地上,昏迷过去。奴仆们照例放下幕帘,但拉帘子的绳子出了毛病,拉不上了,只好作罢。

　　哈里发哈伦·拉希德朝假哈里发望了一眼,只见他的身上鞭痕处处。仔细看过之后,哈里发对宰相说:"贾法尔·巴尔马克,凭安拉起誓,这个漂亮青年不过是个无耻的盗贼。"

　　贾法尔·巴尔马克说:"信士们的长官,你是从哪里看出来的?"

　　"我看见他身上鞭痕处处。"

奴仆们一番努力,幕帘终于落下来了。他们拿来衣服,为假哈里发换上。

假哈里发苏醒过来,原位坐好,继续与酒友们对饮。他偶然一回头,发现哈里发正与贾法尔·巴尔马克悄悄交谈,便说道:"两位青年人,你们正在谈论什么?"

贾法尔·巴尔马克说:"好事啊,主公!不瞒主公说,我的这位商人朋友虽然云游四方,见过无数君王将相,但他对我说:'今天夜里,我看我们这位哈里发陛下,真是太挥霍了;价值一千第纳尔的锦袍华服,撕了一套又一套,真是太浪费了。我在别的地方,从来没有见过这样的君王。'"

假哈里发说:"我说你这个人呀,钱是我的钱,衣是我的衣,这也是我对奴仆和侍卫的赏赐。因为我撕的每套衣服都会送给在座的一个酒友,而且每套衣服里还夹进了五百第纳尔。"

宰相贾法尔·巴尔马克听假哈里发这样一说,对答道:"主公陛下,你干得好啊!"

贾法尔·巴尔马克吟诵道:

功高人慷慨,建房你掌中。
你将自己钱,献给世人用。
慷慨门上锁,待你手启封。

假哈里发听罢贾法尔·巴尔马克的吟诵赞诗,立即吩咐赏给他一千第纳尔,外加一套华贵礼服。

片刻过后,杯盏在众酒友手中传递。大家酒兴正浓,哈里发哈伦·拉希德说:"喂,贾法尔·巴尔马克,你问问他身上的伤痕是怎么来的,看他如何回答。"

贾法尔·巴尔马克悄声说:"主公,莫急!请稍忍耐,忍为上啊!"

哈里发说:"凭我的生命和阿拔斯王朝列祖列宗起誓,你若不问,我必要你的命。"

这时,假哈里发望着宰相贾法尔·巴尔马克,问道:"你又在与你的朋友嘀咕什么?你要实话实说!"

贾法尔·巴尔马克回答:"主公陛下,我们谈的都是好事啊!"

假哈里发不放心地追问:"看在安拉的面儿上,把你俩谈的事情告诉我吧!不要瞒着我!"

贾法尔·巴尔马克说:"主公陛下,我的朋友见你两肋鞭伤处处,感到非常奇怪,他想,谁敢抽打哈里发陛下呢?因此,他想问问原因究竟何在呢?"

假哈里发听罢,微微一笑,继而说道:"你们有所不知,说来话长,我的故事也真是奇怪罕见,假若记录下来,足以令后人借鉴,或引以为戒。"

说罢,假哈里发一阵长吁短叹,然后吟诵道:

> 我的故事奇,怪妙盖古今。凭爱我起誓,倍感路狭隐。
> 若欲听吾言,堂中无二音。诸位仔细听,我言句句真。
> 我被恋情杀,有舌难辩论;伤我女妖艳,羞煞众星辰;
> 明眸含双剑,柄烙天竺①印;双眉弓搭箭,我肋落箭痕。
> 来者尽贵客,我感颇开心;首属哈里发,天子开明君。
> 二曰贾法尔,当朝一品臣;三是刽子手,迈斯鲁尔临。
> 此中无假话,句句有证人。我愿俱已偿,开怀尽欢欣。

---

① 天竺,指印度。当年印度宝剑名冠天下。

听罢假哈里发吟诵诗句,宰相贾法尔·巴尔马克竭力掩盖自己的真实身份,庄严起誓,说他们不是假哈里发提到的那一君二臣。

假哈里发一笑,说道:"先生们,你们有所不知,我并不是信士们的长官;我之所以自称哈里发,是为了达到制服本城人的目的。我名叫穆罕默德·阿里·本·高海里。"

接着,假哈里发穆罕默德开始讲述自己的真实身世:

我的父亲是位显贵。父亲辞世时,留给我大批钱财,有金银、珍珠、黄玉和宝石,还有房产、浴池、田园、果园和店铺,家丁无数,奴婢成群。

一天,我坐在店铺里,身边站着数名仆人。就在这时,突然看见一位女子骑着骡子走来。她身旁有三个女仆相随,个个花容月貌。当她们走近我时,便在我的店铺前离开了骡鞍。女子说:"你就是穆罕默德·高海里吗?"

"是的,我正是你的奴仆。"

"你有适于我用的珠宝吗?"

"小姐,我把自己的东西都给你拿来,如果其中有你所喜欢的东西,奴仆将感到不胜快慰;如果没有你能看中的东西,那只能说奴仆的命运欠佳。"

我有一百条项链,全都摊展在女子的面前,结果她一条也没看上。她说:"我想要比这更好的。"

我有一条小项链,那是家父花十万第纳尔给我买的,举世罕见,任何帝王都没有这样的宝贝。于是,我对女子说:"小姐,我还有一件宝贝,那是任何帝王都没有的宝贝。"

"让我看看呀!"女子迫不及待。

我拿出那条项链让她一看,她便说:"这正是我所要的东西,是我毕生所期望得到的项链。"

片刻后,她问我:"这要多少钱?"

我回答她:"我父亲用十万第纳尔买来的。"

"我再给你添上五千第纳尔的赚头。"

"小姐,项链及其主人都在你的手中,你看着办吧,我没有意见。"

"做买卖一定要赚钱;此外,我还要衷心感谢你。"

说罢,女子站起来,纵身坐上骡鞍,然后对我说:"老板,看在安拉的面儿上,请跟我们去取钱吧!对于我们来说,你今日恩重如山。"

我站起身来,关上店门,放心地跟着那位女子走去,一直来到一座宅门前。

我抬头望去,但见宅门堂皇非常,大门上镶嵌着金银和宝石,上面刻着这样几行诗:

痛苦不入此宅门,时光不弃院主人。
为客地窄无去处,此处温暖客沐春。

女子离开骡鞍,我随女子走进宅门。女子让我坐在门厅的长凳上,等待管家送钱来。

我在门厅的长凳上坐了一个时辰,忽见一女仆走来,对我说:"先生,进走廊吧!在这里坐着不大雅观。"

我站起来,进了走廊,在一张椅子上坐下来。我坐了片刻,便见一个女仆出来,对我说:"先生,我们的小姐让你进去,坐到客厅门里,等着拿钱。"

我站起身,走进了客厅门,坐了下来。

片刻过后，厅里的一道丝帘拉开了，露出一把金质座椅，椅子上坐着一位女子。仔细一看，那位女子就是买我那条项链的窈窕女子；她的脸完全露了出来，如同圆月；那条项链就戴在她的脖子上。因为她长得眉清目秀，风姿如玉，闭月羞花，我一眼望去，不禁心荡神驰，兴奋难抑。

女子看见我，便站起身，朝我走来，她对我说："亲爱的，每一个像你这样的美男子，都不同情自己的心上人吗？"

我立即回答："一切美都在你身上；美只是你的一部分。"

"喂，高海里，你要知道，是我把你带到这里来的。"

之后，她弯下腰亲吻我，我也亲吻她；她把我拉向她，把我搂在她的怀里。

讲到这里，眼看东方透出黎明的曙光，莎赫札德戛然止声。

❖❖❖ 第二百九十一夜 ❖❖❖

夜幕垂降，莎赫札德接着讲故事：

幸福的国王陛下，高海里继续讲自己的身世经历：

那女子弯下腰亲吻我，我也亲吻她；她把我拉向她，将我紧紧搂在她的怀里。她感觉得出来，我的欲火在炽燃，想立即与她亲热。

她对我说："先生，你想与我非法亲热吗？凭安拉起誓，谁也不愿犯这样的罪，只满足于这些悄悄话。我是一个处女，不曾有任何人靠近我。在本地,我并非无名之辈。你认识我,知道我是谁吗?"

我回答说:"凭安拉起誓,小姐,我不认识你。"

"我叫杜妮娅,是叶海亚·伊本·哈立德·巴尔马克的女儿。哈里发的宰相贾法尔·巴尔马克是我的哥哥。"

听女子这样一说,我的思想上立即打了退堂鼓,不敢有任何非分之想。我对她说:"小姐,我来见你,不是我的罪过,而是你让我来的。"

"你不必害怕,没关系的。你的目的一定能够达到,安拉会让你满意的。因为我的事情由我决定。"

之后,杜妮娅叫来法官和证人。她对他们说:"这就是穆罕默德·阿里·高海里。他已向我求婚,送了彩礼,我已表示同意与他成亲。"

法官和证人为她和我写就了婚书,继之大摆筵席,请来乐队奏乐助兴。当我们喝得均有几分醉意时,杜妮娅令歌女演唱,只见一个歌女抱起四弦琴,奏起欢快的乐曲,接着吟诵道:

> 他一出现时,我便见羚羊;
> 杨柳随风摆,圆月挂天上。
> 可恨那颗心,不容我衷肠。
> 责备者搭话,我却将其挡。
> 仿佛我不喜,他把此话扬。
> 喜之非话语,融会是思想。
> 先知美皆奇,大奇在面庞。
> 美痣居颊盘,青春闪晨光。
> 莫笑我无知,决不背信仰。

杜妮娅听完歌女美妙的琴声和诗歌，喜不胜收。歌女们一个接一个地唱歌，直至十个歌女唱完；这时，杜妮娅方才抱起四弦琴，玉指轻弹，边奏边唱道：

> 你那苗条身，凭之立誓言：
> 我因离你远，正遭烈火燃。
> 怜我肺与腑，你显黑暗间。
> 赐我亲近礼，英姿在杯盏。
> 玫瑰色种种，花开清华艳。

杜妮娅唱完，我从她手中接过四弦琴，边弹边唱道：

> 赞美慈悲主，将美全赐你。致使我沦为，你之俘虏一。
> 呼声锐眼者，万物膜拜你；我失安全感，恐落你箭的。
> 水火本不容，相生谈何易？同挂你面颊，形式各奇异。
> 你是心上火，你令心惬意。你在我心中，多苦多甜蜜！

杜妮娅听完我的歌，欣喜若狂。之后，她将歌女、女仆们打发走，我们便走到一个极为漂亮的房间，那里陈设豪华，床铺讲究，四壁挂着彩幔。杜妮娅脱下衣服，我与她上床亲热，发现她还是一颗未曾穿孔的玮珠，也是一匹未曾鞴鞍的宝驹。我与她相抱合欢，快乐难以用语言表述，简直可以说，我生平从来没有享受过如此美好的夜晚。

讲到这里，眼看东方透出黎明的曙光，莎赫札德戛然止声。

第二百九十二夜

夜幕垂降，莎赫札德接着讲故事：

幸福的国王陛下，高海里这样叙说他与杜妮娅一起度过的那个夜晚：

杜妮娅脱下衣服，我与她上床亲热，发现她还是一颗未曾穿孔的玮珠，也是一匹未曾鞴鞍的宝驹。我与她相抱合欢，快乐难以用语言表述，简直可以说，我生平从来没有享受过如此美好的夜晚。我欣然吟诵道：

　　展臂搂腰抱臀，伸手揭去面巾。
　　巨大欢乐在享，相抱不思离分。

我丢下店铺，离开亲人，在杜妮娅那里整整住了一个月。

有一天，杜妮娅对我说："亲爱的，穆罕默德先生，我想到浴池去洗个澡，你待在床上，不要挪地方，等我回来。"

她恳求我发誓不离开床铺，我慨然答应："遵命！"

她再次要我立誓不动地方之后，方才带着女仆们向浴池走去。

兄弟们，凭安拉起誓，杜妮娅不过刚刚走到胡同口，我所在的那间房门便开启了，走进一个老太婆，对我说："喂，穆罕默德先生，祖贝黛王后请你去她那里，因为她听说你文雅，而且颇善歌唱。"

我对老太婆说:"凭安拉起誓,我们有约在先,杜妮娅不回来,我是不能离开这里的。"

"先生,你可不要惹祖贝黛生气呀!你去跟她说一声,然后再回来吧!"

我立即站起来,向王后那里走去,老太婆一直把我送到祖贝黛王后面前。王后看见我,对我说:"亲爱的,你恋上了杜妮娅小姐了吗?"

我回答道:"我是您的奴仆。"

"哦,别人说的真是不假,你果然英姿勃勃,文雅礼貌;其实,你比他们说的还漂亮、潇洒。给我唱上一曲,让我欣赏欣赏吧!"

我立即答应:"遵命!"

王后吩咐女仆送来四弦琴,我且弹且唱道:

情侣心受缠,体亦染病痛。
已上鼻弦驼,主骑方受用。
安拉寄明月,存于你帐篷;
我心由衷喜,眼悦姿甜浓。
可爱者所为,尽在情理中。

我唱完歌,王后对我说:"你果然才貌双全,歌喉悦耳,愿安拉使你体健神爽。你赶快走吧,趁杜妮娅小姐还没有回来,赶到房中;如若不然,小姐看不见你,她会生气的。"

我向王后行了吻地礼,老太婆把我领出门,我快步向我原来所在的那个房间走去。

我回到房中一看,发现杜妮娅已经从澡堂回来,躺在床上。我在她脚后坐下,替她按摩双腿。杜妮娅睁开眼睛,见我坐在床后头,一脚将我踢到床下,怒气冲冲地说:"不忠实的东西,你背弃约言,该当何罪?你本来口口声声答应我不离开这里,片刻后却忘了个一干二净,跑到祖贝黛王后那里去了。凭安拉起誓,如若不是怕出丑,我会把她的寝宫捣毁的!"

杜妮娅对她的奴仆说:"喂,萨瓦卜,把这个不忠实的叛逆拉出去杀掉!这样的人是没有用的!"

奴仆走来,从自己的长袍上撕下一条布,将我的眼睛蒙上,想把我拉出去斩首……

讲到这里,眼看东方透出黎明的曙光,莎赫札德戛然止声。

第二百九十三夜

夜幕垂降,莎赫札德接着讲故事:

幸福的国王陛下,高海里继续叙述自己的经历:

杜妮娅对她的奴仆说:"喂,萨瓦卜,把这个不忠实的叛逆拉出去杀掉!这样的人是没有用的!"

奴仆听到命令,便走了过来,从自己的长袍上撕下一条布,将我的眼睛蒙上,想把我拉出去斩首……

就在这时,大小女仆们走来,对杜妮娅说:"小姐,他不知道你的脾气,第一次做错事。他没有做该杀的错事。"

杜妮娅说："凭安拉起誓，我一定要给他的身上留下些痕迹。"

说罢，小姐下令鞭抽我的两肋；你们所看到的这些伤痕，就是这样来的。之后，小姐下令把我赶出宫门。我拖着沉重的脚步，一步一步地挪到家里。然后请来外科医生，让医生看过我的伤口，医生一番好言安慰，随后为我设法进行医治。

我的伤口愈合后，到澡堂里洗了个澡，待疼痛感消退之后，方回到店铺里。我把店铺里的东西全都拿去卖掉了，将所得的钱集中起来，买了四千名奴仆；任何一个帝王都不曾拥有这么多仆人。每天，有二百名奴仆骑马跟我外出。我建造了这么一条船，花去数千第纳尔，从此自称为哈里发，并且按照哈里发手下人员的那些等级，为每个奴仆安排了职位，还使他们的外表力求逼真。我下了一道命令，凡在底格里斯河上游览者，格杀勿论。

就这样，整整一年时间过去了，我既没有听到杜妮娅小姐的任何消息，也没有发现她的任何踪迹。

假哈里发穆罕默德·高海里说罢，哭了起来，泪珠簌簌落下，凄然吟诵道：

  我凭主起誓，毕生难忘她。未近她之人，我亦不近她。
  她似月一轮，品格不胜夸；赞美造物主，歌颂雕塑家。
  她令我苦闷，长夜望星华。我心生彷徨，不解她意下。

哈里发哈伦·拉希德听罢假哈里发穆罕默德·高海里的这段长长的身世自述，知道了青年的苦闷、忧伤和恋情，一时觉得奇异难解，不知如何是好。他说："赞美安拉，有道是事出有因，无风不起浪啊！"

之后，哈里发、贾法尔·巴尔马克和迈斯鲁尔起身告辞，穆罕默德允之离去。哈里发暗自想:"我一定要还这位青年以公道,还要送给他最珍贵的礼物。"

哈里发一行离开那里,径直返回哈里发宫中去了。

刚刚坐稳,换上朝服,哈里发对贾法尔·巴尔马克说:"把昨天我们见到的那个青年给我带到宫里来!"

讲到这里,眼看东方透出黎明的曙光,莎赫札德戛然止声。

第二百九十四夜

夜幕垂降,莎赫札德接着讲故事:

幸福的国王陛下,哈里发哈伦·拉希德径直返回哈里发宫中,刚刚坐稳,换上朝服,哈里发对贾法尔·巴尔马克说:"把昨天我们见到的那个青年给我带到宫里来!"

贾法尔·巴尔马克说:"遵命!"

宰相贾法尔·巴尔马克立即找到穆罕默德·高海里,问候之后,对青年说:"信士们的长官哈伦·拉希德哈里发请你去宫中见面。"

穆罕默德·高海里跟着宰相贾法尔·巴尔马克来到哈里发宫中。

穆罕默德见到哈里发,首先行吻地礼,祝福哈里发万事如意、尊容长在、吉星高照、除贫消灾。之后,穆罕默德说:"信士们的长官,宗教尊严的维护者,祝你万寿无疆!"

接着,穆罕默德·高海里吟诵道:

你的家门楼,人崇为天房。门上尘与土,俱为画中芳。
致使国人称,易氏你堪当;当年驻足处,就在此地上。①

哈里发哈伦·拉希德冲着穆罕默德·高海里微微一笑,回过礼,用敬重的目光望着小伙子,然后把他叫到自己身边,让他坐在自己面前。哈里发对他说:"喂,穆罕默德·高海里,我想让你给我谈谈你昨夜是怎样度过的;听说奇妙无穷啊!"

穆罕默德·高海里说:"信士们的长官,请宽谅!望哈里发恕我无罪,好让我放心大胆地讲述。"

哈里发说:"你不要担心害怕,只管如实讲来就是了。"

穆罕默德·高海里把昨夜的事情从头到尾给哈里发讲了一遍。哈里发由此知道恋人与被恋人之间有很大不同。哈里发问:"你希望我把姑娘给你找回来吗?"

穆罕默德·高海里连忙道谢:"多谢信士们的长官的厚恩……"

穆罕默德·高海里欣然吟诵道:

我吻其指非指尖,那却是谋生关键;
我谢其恩非恩泽,那却是脖颈项链。

这时,哈里发望着宰相贾法尔·巴尔马克,说:"相爷阁下,把你的妹妹、叶海亚·伊本·哈立德大臣的女儿杜妮娅小姐喊来吧!"

---

① 易氏,即先知易卜拉欣。他晚年时受安拉之赐获伊斯玛仪和伊斯哈格两子。据载,易卜拉欣与子伊斯玛仪是麦加天房的奠基人。天房前的巨石上有一"足印",穆斯林认为是易卜拉欣建天房时留下的痕迹。诗中的"驻足者"指的就是这"足印",迄今仍为朝觐者所景仰。

"遵命！信士们的长官。"

贾法尔·巴尔马克走去不久，叫来了杜妮娅，哈里发问杜妮娅："你认识这个人吗？"

杜妮娅说："信士们的长官，女子怎能认识男子呢？"

哈里发微微一笑，对杜妮娅说："喂，杜妮娅，这就是你的心上人穆罕默德·阿里·高海里。我们刚刚同他相识，听他把故事从头到尾讲了一遍，知道了事情的前前后后、里里外外。其实，任何事情都是掩盖不住的。"

"信士们的长官，那都是命中注定。我求伟大安拉宽谅所发生的这一切，同时也求你宽恕。"

哈里发哈伦·拉希德笑了。随后请来法官和证人，重新为她和她的丈夫穆罕默德·高海里书写婚书，结为百年之好，平息外来的嫉妒之情。

随后，哈里发纳穆罕默德·高海里为自己的近臣和酒友。

从此以后，他们过着欢乐、舒适、轻松、宽裕的生活，直到天年竭尽，各奔东西。

讲到这里，妹妹杜娅札德对姐姐莎赫札德说："姐姐，你讲的故事多么精彩啊！看在安拉的面儿上，再给我讲几个有趣的故事吧！"

莎赫札德说："假若国王陛下允许，我就讲。"

"莎赫札德，继续给我们讲吧！"

莎赫札德开始讲《哈里发与阿基米》的故事：

相传，有一天夜里，哈里发哈伦·拉希德派人把宰相叫到自己的面前，对他说："喂，贾法尔·巴尔马克，今天我心神不安，烦闷异常，我希望你能想个主意，让我开开心，给我安安神。"

宰相贾法尔·巴尔马克说："信士们的长官，我有个朋友，名叫阿里·阿基米，他能讲很多故事，趣味颇浓，足以使陛下开心怡神，解除忧闷。"

"快去把他叫来！"

"遵命！信士们的长官。"

讲到这里，眼看东方透出黎明的曙光，莎赫札德戛然止声。

第二百九十五夜

夜幕垂降，莎赫札德接着讲故事：

幸福的国王陛下，哈里发哈伦·拉希德听宰相说他有位能讲故事的朋友，而且讲的故事趣味颇浓，当即说："快去把他叫来！"

宰相贾法尔·巴尔马克回答道："遵命！信士们的长官。"

贾法尔·巴尔马克离开哈里发，随即差人去请阿基米。

阿基米来到宰相面前，贾法尔·巴尔马克说："走吧！哈里发在等着你呢！"

"遵命！"阿基米欣然答道。

阿基米随宰相贾法尔·巴尔马克来到哈里发面前，哈里发让他坐下，然后说："喂，阿里，今夜我觉得心中烦闷。听说你有好多动人的故事、逸闻趣事，给我讲上一讲，也好消忧解闷、安神开心啊！"

阿基米说:"信士们的长官,陛下想听我讲亲眼所见的事情,还是想听我讲亲耳所闻的故事?"

哈里发说:"倘若是亲眼所见,那就更妙啦!"

"遵命!"

阿基米开始讲自己亲身经历的故事:

有一年,我离开家乡,就是巴格达城,外出经商。随我一起外出的只有一个童仆,他带着一个漂亮的马褡子,我们进入了一个陌生的城市……

我正在做买卖时,一个凶狠的库尔德人向我袭来,抢走了我的马褡子,并且说:"这是我的马褡子,里面的所有东西都是我的。"

我高声呼喊起来:"喂,穆斯林兄弟们,救命啊!坏蛋把我的马褡子抢走啦!"

人们异口同声对我说:"你们俩去找法官吧!法官会做出令人满意的判决。"

我真的去找法官了,期望法官能够给我们做出令人满意的判决。

我们见到法官,行过礼。法官问:"你俩来为了何事呀!"

我说:"我俩要打官司,但期阁下给我们以公正的判决。"

"你俩谁是原告?"法官问。

库尔德人走上前去,说道:"安拉支持我们的法官大人。这个马褡子是我的,里面的东西都是我的。这个马褡子是我丢的,我发现这个人拿着我的马褡子。"

法官问:"是什么时候丢的?"

库尔德人说:"是昨天丢的;因为丢失了这个马褡子,我一夜没有合眼。"

法官说:"你的马褡子,你一定很熟悉;里面有些什么东西。你讲一讲吧!"

库尔德人说:"我的马褡子里有眼药棍两根,眼药数瓶,手帕一块。我还在我的马褡子里放了金杯两只,烛台两个,房子两座,阁楼两座,茶匙两把,皮垫子两个,水壶两把,瓷盘一个,盆子两个,大锅一口,罐子两只,大匙一把,大针一支,干粮袋两条,雌猫一只,母狗两条,木盘一只,女人两个,大袍一件,皮衣两件,黄牛一头,牛犊两个,山羊一只,公绵羊两只,母绵羊一只,羊羔两只,绿布幔两条,公驼一峰,母驼两峰,母水牛一头,公黄牛两头,母狮两头,雄狮一头,母熊一只,雄狐两只,靠椅一张,木床两张;此外,我的马褡子里还有宫殿一座,大厅两个,柱廊一条,宝座两个,双门厨房一个。我还有一伙库尔德朋友,他们都能证明这只马褡子是我的。"

法官听罢库尔德人这番话,然后问我:"喂,你有什么可说的?"

信士们的长官,那个库尔德人的话使我大感惊异。我听法官问我,便走上前去,说道:"法官阁下,安拉喜欢你!我那个马褡子里没有别的什么东西,有破房子两座,其中一座没有门;还有狗窝一个,孩子读书的私塾一座,青年玩羊趾骨游戏的地方一个,帐篷一顶和撑拉帐篷的绳子;我把巴格达城和巴格达城以及舍达德·本·阿德的金银城①都放进了我的马褡子里;此外,我的马褡子里还有铁匠炉一个,渔网一张,棍杖一条,木桩一个,还有姑娘和小伙子若干名。将领一千名都能证明这马褡子是我的。"

那个库尔德人听我这样一说,哭了起来,边哭边说:"法官大

---

① 请参看本书第二百七十七夜的《大漠上的金银城》。

人,我的这个马褡子是大家都知道的,里面的东西都是能说出来的。我的这个马褡子装着城堡数座,还有仙鹤、狮子、下象棋的青年人;我这只马褡子里还装着小马驹两匹,种马一匹,高头大马两匹,长矛两杆;里面有雄狮一头、兔子两只,城市一座,乡村两个,妓女一名,龟鸨两名,两性人一个,骗子两个,瞎子一个,明眼人两个,跛子一个,驼背人两个,牧师一名,教会执事两名,大主教一名,修道士两名,法官一名,证人两名;所有这些人,都能证明这马褡子是我的。"

法官听罢,对我说:"喂,阿里,你还有什么可说的呢?"

信士们的长官,听库尔德人这样一说,我满腔愤怒,走上前去,对法官说:"法官大人,安拉支持你……"

讲到这里,眼看东方透出黎明的曙光,莎赫札德戛然止声。

第二百九十六夜

夜幕垂降,莎赫札德接着讲故事:

幸福的国王陛下,阿里·阿基米继续讲自己的经历:

那个库尔德人又说了一番,法官听罢,对我说:"喂,阿里,你还有什么可说的呢?"

信士们的长官,听库尔德人这样一说,我满腔愤怒,走上前去,对法官说:"法官大人,安拉支持你!我的马褡子里有锁子甲一身，利剑数柄，武库一座，羝羊一千只，羊栏一座，吠犬千条，花园数座，果园数座；鲜花和瓜果无数，无花果、苹果俱全；图画幻象，金杯玉盏，新娘新郎，歌妓舞女，欢歌笑语，婚礼庆典，此呼彼喊；开阔地域，和睦兄弟，友好旅伴；朋伴们各荷利剑、长矛、长弓和羽箭。此外，还有亲朋好友，忠实伙伴，同僚酒友，关押犯人的监牢，招待朋伴的酒场，冬不拉①、长笛、旌旗无数，少男少女，多嘴的长舌妇，能歌善舞的姑娘，计有埃塞俄比亚姑娘五名、印度姑娘三名、麦地那姑娘四名、希腊姑娘二十名、土耳其姑娘五十名、波斯姑娘七十名、库尔德姑娘八十名、格鲁吉亚姑娘九十名；我的马褡子里还有底格里斯河，幼发拉底河，渔网一张，火石一块，大漠上的有高柱的依莱姆城②，渔人若干名，马厩数座，清真寺多座，澡堂多座，泥瓦匠一名，木匠一名，木板一块，钉子数颗，吹笛黑奴一名，工头一名，驼队一支，还有城市若干和土地若干块；我的马褡子里装着金币十万，库法城和安巴里城，另有盛布帛的箱子二十口，粮库五十座，还有加沙地带，从杜姆亚特到阿斯旺的广大地域，波斯科斯鲁艾努·舍尔瓦尼的王宫，苏莱曼大帝的宝殿，从努阿曼谷地到呼罗珊的广大地域，还有伯乐赫城和伊斯法罕城，从印度到苏丹的广大地区。法官阁下，愿安拉使你长命百岁，万寿无疆。我的马褡子里还有内衣若干件，宽袍若干件，锋利剃刀一千把；如果法官阁下不把马褡子判给我，那么，那一千把锋利剃刀就要刮下阁下的胡须。"

法官听我这样一讲，一时不知如何是好。法官说："据我来看，你们俩是两个歹徒，或者都是没有信仰的恶棍。竟敢戏耍本官，真

---

① 冬不拉，一种弹奏弦乐器，源自阿拉伯，在中国新疆流行。
② 依莱姆城，即《大漠上的金银城》中的金银城。

是胆大妄为。你俩的陈述真是荒唐离奇,不曾有人这样说过,也不曾有人听说过。凭安拉起誓,一个小小的马褡子里装的东西,就是从中国到阿拉伯树胶的故乡,从波斯到苏丹大地,又有谁会相信你俩的这些鬼话?难道说一个小小的马褡子是无底的大海?难道小小的马褡子里容有末日审判,将善人和恶人集中在了一起?"

说完,法官下令打开马褡子,我立即走去将马褡子打开。打开马褡子口一看,那里面有发面饼一张、柠檬一个、奶酪一块,还有橄榄几粒。我把马褡子丢在那个库尔德人的面前,扬长而去。

哈里发听罢阿里·阿基米讲的故事,不禁哈哈大笑,笑得前仰后合。随即,哈里发给了阿里·阿基米最高奖赏。

讲完哈里发与阿基米的故事,莎赫札德说:"幸福的国王陛下,天还没亮,请允许我再给您讲个故事!"

舍赫亚尔国王问:"什么故事?"

"我要讲一个法官巧断婚案的故事。"

"讲吧!莎赫札德。"

莎赫札德开始讲《法官巧断婚案》的故事:

相传,有一天夜里,宰相贾法尔·巴尔马克与哈里发哈伦·拉希德对杯畅饮。酒过三巡,哈里发说:"喂,贾法尔·巴尔马克,听说你买到一名女奴,花容月貌,闭月羞花,我早已垂涎,痛感欲火中烧,你就把她卖给我吧,怎么样?"

贾法尔·巴尔马克说:"信士们的长官,我不能卖给你呀!"

"那就送给我吧!"

"也不能送给你哟!"

"假若你不能卖给我,也不送给我,我就三休王后祖贝黛。"

"假若我把她卖给你,我也要三休妻子。"

君臣二人从微醉中醒来,都意识到自己陷入了一个难题之中,谁都没有能力去解决。哈里发哈伦·拉希德说:"这个案子,只有请法官艾卜·优素福来断了。"

时值夜半时分,哈里发派人去请艾卜·优素福。

当差使来到法官艾卜·优素福家时,这位法官从梦中惊醒,心想:"他们这个时候来叫我,肯定是发生了触及伊斯兰教法律的重要事情。"艾卜·优素福迅速起来,骑上骡子出了家门,并且嘱咐家仆说:"带上饲料袋吧!到了哈里发宫中,让牲口接着吃草料,因为牲口今夜还没有喂饱呢!"

"遵命!"家仆带上饲料袋,为法官牵着牲口走去。

来到哈里发哈伦·拉希德面前,行过吻地礼,哈里发让法官与自己坐在同一把宝椅上;这是从未有过的事情,因为哈里发未曾让任何人与自己共坐宝椅。

哈里发说:"我们在这深更半夜请你来,有一件重要事情,因为我们自己无法办理,特请你来公断。"

接着,哈里发将事情向法官艾卜·优素福交代了一遍。

艾卜·优素福说:"这件事好办,再容易不过了。"

他对宰相贾法尔·巴尔马克说:"贾法尔·巴尔马克,你把那女奴的一半卖给哈里发,另一半送给哈里发;这样,既非卖,也不是送,与你的誓言没有任何相违之处。"

哈里发一听,高兴极了。随后,君臣二人便照法官的裁决办了。

哈里发说:"快把女奴给我送来吧,我很想她呀!"

讲到这里,眼看东方透出黎明的曙光,莎赫札德戛然止声。

第二百九十七夜

夜幕垂降,莎赫札德接着讲故事:

幸福的国王陛下,哈里发哈伦·拉希德对宰相贾法尔·巴尔马克说:"快把女奴给我送来吧,我很想她呀!"

片刻之后,美丽的女奴来到了哈里发的面前。哈里发对法官艾卜·优素福说:"法官阁下,我想与女奴今夜就入洞房,享受天伦之乐,因为我实在忍耐不到法定约期过去。你有什么好办法吗?"

艾卜·优素福说:"请从信士们的长官的未曾解放的奴隶中挑一个奴隶来。"

法官说罢,他们便去物色奴隶去了。

艾卜·优素福说:"请允许我把女奴许配给奴隶,然后让其入洞房之前便把女奴休掉,这之后您再与女奴成亲,就不必再等到法定约期过去。"

哈里发觉得这比第一个办法更妙。

奴隶来到法官面前,哈里发对法官说:"你可以为他们订婚了。"

法官当即为奴隶与女奴订了婚约,奴隶感到高兴,上前亲吻法官的手。

片刻过后,法官对奴隶说:"你休掉你的妻子吧!我将给你一百第纳尔。"

奴隶说:"我不能休妻呀!"

法官再给奴隶加钱,一直加到一千第纳尔。奴隶问:"要我亲自休妻呢,还是要经哈里发的手呢?"

法官说:"要你亲自休妻。"

奴隶说:"凭安拉起誓,我不能那样办呀!"

哈里发发怒了,对法官说:"喂,艾卜·优素福,还有什么办法呢?"

法官说:"信士们的长官,不要着急,事情很简单,你就把这个奴隶赏给女奴吧!"

哈里发说:"我把奴隶赏给女奴。"

法官对女奴说:"你就说'我同意'吧!"

女奴马上说:"我同意。"

法官说:"我判奴隶与女奴解除婚姻关系,因为男方已成了女奴的奴隶,双方之间的婚约随之解除。"

哈里发站起身来,说:"艾卜·优素福,像你这样的法官,真是我们这个时代无与伦比的法官。"

随后,哈里发吩咐端来几盘子黄金,倒在法官的面前,并且问道:"你有什么东西盛这些黄金吗?"

艾卜·优素福想起了喂骡子的饲料袋,让仆人拿来,装了一袋子黄金,然后笑嘻嘻地离去了。

第二天清晨,法官艾卜·优素福对自己的朋友说:"学问之路是通向宗教和今世的最短的途径。我仅仅解决了两个或三个问题,便得到了这么多钱财。"

有学问、有教养的人们,你们看这个故事多么有趣啊!它包括了多项情趣,其中有宰相贾法尔与哈里发哈伦·拉希德的和谐关系,哈里发的学识及法官的超凡智慧。愿安拉怜悯他们所有的人!

讲完这个故事,莎赫札德说:"幸福的国王陛下,趁天色未亮,臣妾再给陛下讲一个执政官审案的故事。"

舍赫亚尔国王说:"故事真是太美妙了!讲下去!"

莎赫札德随即开始讲《执政官审案》的故事:

相传,哈立德·本·阿卜杜拉·盖斯里担任巴士拉城执政官期间,有一天,一伙人把一个青年扭送到执政官面前。那青年容貌俊秀,文质彬彬,聪明潇洒,端庄稳重,衣着整齐,身上散发着诱人的香气。哈立德问青年出了什么事,众人异口同声地说道:"这是一个窃贼,是我们昨夜在家中抓到的。"

哈立德望着青年,眼见小伙子眉清目秀,举止文雅,心中不胜喜欢。哈立德说:"给他松绑!"

然后走近小伙子,问他的情况。青年说:"大家说的都是实话,事情就像他们说的那样。"

哈立德说:"喂小伙子,你长得这么漂亮,怎么会干那种事呢?"

青年答:"我贪图今世享受,这都是伟大安拉的安排。"

"这太让你母亲绝望了!你容貌英俊,聪明伶俐,文质彬彬,难道这一切还不能阻止你行窃吗?"

"执政官阁下,不要再说这些了!请按照安拉的裁决行事吧!请照我的罪恶量刑吧!安拉是不会冤枉自己的崇拜者的。"

哈立德沉思片刻,然后把青年拉到自己的身边,说:"你当着这么多人承认自己有罪,这使我感到高兴。我不认为你是个窃贼。也许你有偷窃之外的故事,对吗?如果有别的事情,那就告诉我吧!"

青年说:"执政官阁下,请不要感到不安!我的事情就是我承认的那些,没有别的什么话好说。我闯入了这些人的家里,偷窃了能够拿得动的东西,他们将我抓住,夺去了我偷的东西,把我扭送到了你这里。"

哈立德听罢，下令将青年关押起来，并令传令员沿巴士拉大街呼喊："公众请注意，惩罚盗贼，砍断贼手。都来看哪！"

青年被押进牢中，戴上脚镣，这才长叹了一口气，随之泪水簌簌落下，悲吟道：

> 不吐恋人事，官要剁我手。
> 心底钟爱她，焉能道出口？
> 宁可手断掉，保她不出丑。

看守人听见青年吟罢此诗，立即到执政官那里报告了情况。夜幕垂降时，哈立德吩咐把青年带到他的面前。

青年来到执政官的面前，开始审讯时，执政官发现那小伙子是个聪明、礼貌、机智、文雅的青年。于是，执政官吩咐给他端来饭菜，让他饱餐一顿，然后和他谈了一个时辰。哈立德说："我已知道你的事情与偷窃毫无关系。天明后，人们和法官到来，问你与偷盗的关系时，你只管否认，说出你不该受到剁手惩罚的理由。安拉的使者有言：'嫌疑犯理应被免除惩处。'"

之后，哈立德下令将青年送回监牢。

讲到这里，眼看东方透出黎明的曙光，莎赫札德戛然止声。

❖ 第二百九十八夜 ❖

夜幕垂降，莎赫札德接着讲故事：

幸福的国王陛下,哈立德说:"我已知道你的事情与偷窃毫无关系。天明后,人们和法官到来,问你与偷盗的关系时,你只管否认,说出你不该受到剁手惩罚的理由。安拉的使者有言:'嫌疑犯理应被免除惩处。'"

之后,哈立德下令将青年送回监牢,青年在监牢中度过一夜。

次日天亮,整个巴士拉城的男女老少都走出家门,去观看砍手的场面。法官到来之后,哈立德即下令带青年来。

青年戴着沉重的脚镣走来;看见此情此景,人们无不伤心落泪,女人的哭声惊天动地。

法官下令女人终止哭声,然后对青年说:"这些人都说你闯入了他们的宅院,偷了他们的钱财,也许你还够不上盗贼吧?"

青年说:"不!我偷了东西,我是地道的盗贼。"

法官说:"那些东西是你与他们共有的吧?"

青年说:"不!那些东西全是他们的!没有我的份儿。"

哈立德一听,勃然大怒,走上前去,用鞭子抽打青年的脸,并吟诵了这样两句诗:

  人想实现己愿,安拉自有安排。

哈立德吟罢,唤刽子手来剁青年的手。

刽子手带着砍刀走来,伸手把刀放在青年的手腕上。就在这个时候,妇女群中跑出一个姑娘,只见她衣服破烂、肮脏,大喊一声,扑向小伙子,然后揭开自己的面纱,但见那张脸俊俏如同圆月。人群中顿时一片吵嚷,几乎酿成大乱。那姑娘高声呼喊道:"执政官阁下,看在安拉的面儿上,我求你不要急于砍这个青年的手!请看看这布片上写的东西,然后再行事吧!"

哈立德从姑娘手中接过布片,打开一看,只见上面写着这样几行诗:

> 唤声哈立德,此本痴情汉;他之心与灵,中我情眼箭。
> 伊所供出罪,从来未曾犯。似识此计妙,情侣免牵连。
> 他真钟情郎,量刑君且缓;诚系高尚人,绝无盗窃嫌。

哈立德读完这首诗,立即退到了一边,然后把那位姑娘叫到跟前,详细询问情况,那位姑娘告诉哈立德,这位青年是她的恋人,而她是小伙子的情侣。青年想与她幽会,于是来到她的家里。投石头一块于院中,意思是告诉姑娘,她的心上人已经来了。姑娘的父亲和兄弟听到石头落地的声音,立即走出房门察看,青年听到姑娘的家人们出来,便把家中的衣物抱在手里,佯装自己是个盗贼,以此掩饰他对姑娘的真实恋情。人们见青年手中抱着衣物,都说他是小偷,便把他带到了执政官面前,青年承认自己是窃贼,而且不改口;青年之所以这样行事,完全是为了保全姑娘的名声,不让姑娘出丑。青年承认自己犯了偷窃之罪,以保全恋人名誉,足见其慷慨豪爽,心地宽厚。

哈立德听了姑娘的解释,说道:"这位小伙子理当如愿以偿。"

说罢,他把青年叫到自己面前,热切亲吻小伙子的前额。旋即把姑娘的父亲叫来,对他说:"喂,老人家,我本已下定决心,执行判决,砍掉这位青年的手。但是,安拉有意保护这个小伙子。这个小伙子甘愿以失去自己的手为代价,意在保护你的体面,保护你女儿的声誉,使你们父女俩免受耻辱,品德可贵至极,我已下令赏给他一万迪尔汗。此外,你的女儿把实情告诉了我,忠诚可敬,我下令也赏给她一万迪尔汗。老人家,我希望你准予我成全他俩的婚事。"

老人说:"执政官大人,此事完全拜托你了。"

哈立德赞美伟大的安拉,继之为一对青年订了婚约。

讲到这里,眼看东方透出黎明的曙光,莎赫札德戛然止声。

第二百九十九夜

夜幕垂降,莎赫札德接着讲故事:

幸福的国王陛下,老人对执政官说:"执政官大人,此事完全拜托你了。"

哈立德一番盛赞安拉后,给那一对男女青年订了婚约。

哈立德对青年说:"征得这位姑娘父亲的允许与同意,我把这位姑娘许配给你,聘金一万迪尔汗。"

青年喜不胜收,连忙道谢,说:"我同意这桩婚事。"

哈立德立即命令下人把钱送到青年家中,以备置办酒席婚宴。人们眼见这对青年男女喜结良缘,相继高高兴兴地离去。

哈立德说他从未经历过这样奇异的一天:以哭、眼泪、刑罚开始,结果以欢乐、欣喜而告终……

讲完故事,莎赫札德对舍赫亚尔国王说:"幸福的国王陛下,请允许臣妾给陛下讲个宰相托梦的故事。"

舍赫亚尔国王说:"你只管讲下去就是了。"

莎赫札德开始讲《宰相托梦》的故事:

相传,宰相贾法尔·巴尔马克被绞死后①,哈里发哈伦·拉希德颁布一道命令:凡吊唁贾法尔·巴尔马克者,一律处以绞刑。因此,人们没有敢再搞什么吊唁活动。

有个贝都因人,本住在离京城很远的乡下。他每年都要来京城一趟,向宰相贾法尔·巴尔马克献诗一首,然后从宰相那里领取一千第纳尔奖金,高高兴兴离去,回到乡下,凭借这些钱养活一家老小。

贾法尔·巴尔马克被绞死的那年年终,那个贝都因人照例带着诗来到京城,不料得知宰相贾法尔·巴尔马克已被绞死。于是,他牵着骆驼行至宰相被绞死的地方,让骆驼卧下,一阵放声大哭,痛悼宰相遭杀,然后高声朗诵了那首长诗。之后,他就地躺下,进入了梦乡。他做了个梦,梦见贾法尔·巴尔马克对他说:"老朋友,你自讨苦吃了!你打老远的乡下来到京城,不期你我已是隔世之人。不过,你可以到巴士拉城去,打听一个名叫某某的商人,见了他,就说贾法尔·巴尔马克向他问好,并以'蚕豆'为口令,说:'贾法尔·巴尔马克让你给我一千第纳尔。'"

贝都因人从梦中惊醒,立即骑上骆驼,奔赴巴士拉城而去。到了那里,他打听到了那个商人,并且见到了他,将梦中贾法尔·巴尔马克对他说的那番话原原本本告诉了那位商人。

那位商人听后,痛苦不堪,哭得死去活来。之后,商人热情款待贝都因人,与他促膝长谈,并留宿三日,待若上宾。

---

① 贾法尔被杀之事,前后故事说法不一致,原著如此。

贝都因人欲离去之时，商人给了他一千五百第纳尔，并且说："这一千第纳尔，是宰相贾法尔·巴尔马克让我给你的；这五百第纳尔是我送给你的。从此以后，我每年给你一千第纳尔，以接济你的生活。"

贝都因人临行前，对商人说："看在安拉的面儿上，请你把蚕豆的故事给我讲一讲吧！也好让我知道'蚕豆'作为口令的缘由。"

商人开始给贝都因人讲蚕豆的故事：

朋友，当初我家境贫寒，靠在巴士拉大街上卖热蚕豆维持生计。在一个寒冷阴雨的日子里，我走街串巷叫卖，没有御寒衣，时而冻得周身颤抖，时而在雨中跌倒地上，狼狈不堪，十分可怜。

就在那一天，贾法尔·巴尔马克在相府中，坐在一座临大街的房间里，身边站着他的侍从和妻室。宰相的目光落在我的身上，怜悯之心顿生，当即派仆役把我带到他那里去。宰相看见我，对我说："把你的蚕豆都卖给我家人吧！"

我当然很高兴，立即开始用米克雅勒①给他们量蚕豆。他们每人拿一米克雅勒蚕豆，便给我同一量器的黄金。时隔不久，我的蚕豆全部卖完了，把卖得的黄金收拾在一起，堆了一大堆。这时，宰相贾法尔·巴尔马克走来，问我："还有蚕豆吗？"

"不知道。"我回答道。

我马上把篮筐仔仔细细、里里外外翻腾了一遍，结果发现只剩下一粒蚕豆。宰相贾法尔·巴尔马克把那一粒蚕豆拿去，掰成两瓣，自己要一半，另一半给了他的一个小妾，并且问道："这半粒

---

① 米克雅勒，量器，一米克雅勒能容八加仑。

蚕豆，你打算付多少钱？"

小妾说："我赏给货主两倍重量的黄金。"

我听那位妇人这样一说，一时如坠五里云雾之中，不知如何是好。我心想："这是不可能的。"

我正在惊异之时，那位妇人吩咐女仆送来了金子，果然是半个蚕豆重量的两倍。

宰相贾法尔·巴尔马克说："我要这半个蚕豆，将付整个蚕豆重量两倍的黄金。"

宰相说罢，随即吩咐仆人送来如数的黄金，然后对我说："这是你的蚕豆钱，收下吧！"

之后，贾法尔·巴尔马克吩咐侍仆们把所有黄金集中起来，装入我的篮筐。

我带着那么多金子离开相府，用那些钱作为本钱经营生意。承蒙安拉默助，我的生意十分红火。

商人讲完"蚕豆"口令的故事，对贝都因人说："宰相贾法尔·巴尔马克待我恩重如山，从今以后，每年我给你一千第纳尔，接济你的生活，这对我来说算不上什么负担。宰相贾法尔·巴尔马克生前慷慨，死后大方，值得称赞、歌颂。愿安拉怜悯他。"

讲到这里，莎赫札德说："幸福的国王陛下，请允许臣妾讲一个哈里发与懒汉的故事。"

舍赫亚尔国王说："故事太妙了！你讲下去！"

莎赫札德开始讲《哈里发与懒汉》的故事：

相传，有一天，哈里发哈伦·拉希德坐在王宫里，正处理朝政事务时，忽然有一个太监走了进来，只见他手捧着一顶镶满珍珠宝石、价值连城的赤金王冠。太监走到哈里发面前，行过吻地礼，说道："信士们的长官，祖贝黛王后向陛下问好致意。王后说，陛下知道她做了这么一顶王冠，眼下还需要一块大宝石，以便镶嵌在王冠顶上。王后说，她在她的宝库里找了许久，却没有找到一颗合适的宝石。"

讲到这里，眼看东方透出黎明的曙光，莎赫札德戛然止声。妹妹杜娅札德说："姐姐，你讲的故事多么精彩、多么美妙、多么动人心弦呀！你一定要把故事讲完哪。"

莎赫札德说："如果国王陛下还留我一夜的话，我将继续讲下去。"

舍赫亚尔国王听后，说："我再留你一夜，明天夜里接着讲，让我把这个故事听完。"

❖──第三百夜──❖

夜幕垂降，莎赫札德接着讲故事：

幸福的国王陛下，一个太监走了进来，只见他手捧着一顶镶满珍珠宝石、价值连城的赤金王冠。太监走到哈里发面前，行过吻地礼，说道："信士们的长官，祖贝黛王后向陛下问好致意。王后说，陛下知道她做了这么一顶王冠，眼下还需要一块大宝石，以便镶嵌在王冠顶上。王后说，她在她的宝库里找了许久，却没有找到一颗合适的宝石。"

哈里发听说祖贝黛王后在宝库中没有找到一颗适合缀在玉冠顶上的宝石，便对侍从官和宫仆们说："你们去给王后找颗合用的宝石去！"

众侍从官和宫仆找了许久，也未能如愿。他们把结果告诉哈里发后，哈里发一时闷闷不乐，说道："我连一颗合用的宝石都找不到，还怎么当哈里发，如何为世上王中王呢？你们这些无用的东西，赶快去找商人，问他们有没有大宝石！"

宫仆们说："看来，哈里发陛下只有在巴士拉的一个人那里才能找到那样的宝石，那个人名叫艾卜·穆罕默德·凯斯拉尼。"

哈里发得知此消息，即令宰相贾法尔·巴尔马克修书给巴士拉执政官穆罕默德·祖贝迪，让其马上将艾卜·穆罕默德·凯斯拉尼送到哈里发宫，来见信士们的长官。

宰相贾法尔·巴尔马克按照哈里发的吩咐修书一封，派迈斯鲁尔携带书信前往巴士拉城。

迈斯鲁尔带着书信来到巴士拉城，见到执政官穆罕默德·祖贝迪，执政官十分高兴，热情款待这位钦差大臣。

执政官穆罕默德·祖贝迪读完哈里发的书信，当即表示："遵命！"

随后派人陪同迈斯鲁尔去找艾卜·穆罕默德·凯斯拉尼。

他们来到艾卜·穆罕默德·凯斯拉尼宅门前，敲过门，走出几个仆人，迈斯鲁尔对他们说："告诉你们的主人，就说信士们的长官要他进京谒见。"

仆人进去禀报。片刻后，主人走出来，见哈里发的近臣迈斯鲁尔带着巴士拉执政官穆罕默德·祖贝迪的侍卫们在门外站着，当即上前行吻地礼，并且说："遵从哈里发陛下的命令！请你们进来坐坐吧！"

迈斯鲁尔说："事情紧急，信士们的长官正等你前去晤面，没有时间坐了。"

艾卜·穆罕默德·凯斯拉尼说："请诸位稍坐，容我微微收拾一下，然后随从前往。"

他们跟着主人进了大院，穿过曲径之后，走到一道走廊之中，但见那里挂着蓝色金丝绣花缎绒幕幔。艾卜·穆罕默德·凯斯拉尼吩咐仆人将迈斯鲁尔及其随行人员领进浴室沐浴。他们走进浴室，但见那里的墙壁全是用大理石覆盖，上面有用金银绒条绘成的精美画图。水池中的水掺着玫瑰香水。仆人们围在迈斯鲁尔及其随行人员身边，热情地为他们擦澡搓背，服务十分周到。他们洗完澡，仆人们给他们每人穿上一件金丝绣花锦袍，然后带着他们走出浴室，向客厅走去。

迈斯鲁尔及其随行人员走进客厅，发现艾卜·穆罕默德·凯斯拉尼已经端坐在那里，头上戴着缀有珍珠、宝石的绣花缠头巾。客厅里摆放着多把镶嵌着金银、珍宝的安乐椅。艾卜·穆罕默德·凯斯拉尼坐在一把镶嵌着宝石的椅子上。

迈斯鲁尔步入客厅，艾卜·穆罕默德·凯斯拉尼站起来，对客人表示欢迎，让迈斯鲁尔坐在自己的身边。片刻后，主人吩咐摆上筵席。迈斯鲁尔眼见那丰盛的筵席，心想："凭安拉起誓，就是在哈里发宫中，我也没有见过如此丰盛的筵席啊！"桌上摆放的各种菜肴，全都放在烫金瓷盘中。

他们吃饱喝足，一直饮到红日西斜。之后，主人赠送给每个人五千第纳尔。

第二天，主人送给每人一身绣金绿锦袍，接着又是一番热情款待。迈斯鲁尔对艾卜·穆罕默德·凯斯拉尼说："我们不能再久住了,免得哈里发责怪。"

艾卜·穆罕默德·凯斯拉尼说:"首领阁下,等明天再起程吧!到时候,我与你们同行。"

他们一夜安睡无话。

第三天早晨,仆人们为艾卜·穆罕默德·凯斯拉尼鞴好一匹骡子,配上镶嵌着各种珍珠、宝石的金鞍一副。迈斯鲁尔见之,心想:"天哪!假若艾卜·穆罕默德·凯斯拉尼这样排场阔气地出现在哈里发面前,陛下问他为什么有这么多钱,他将如何回答呢?"

过了一会儿,他们便带着艾卜·穆罕默德·凯斯拉尼离开巴士拉城,向京城进发了。

他们一路快马加鞭,马不停蹄,顺利到达京城巴格达。

他们来到哈里发的面前,哈里发让艾卜·穆罕默德·凯斯拉尼坐下。片刻后,艾卜·穆罕默德·凯斯拉尼礼貌地说:"信士们的长官,我随身带来薄礼一份,不成敬意,愿献陛下,可以拿出来吗?"

哈里发哈伦·拉希德说:"拿出无妨。"

艾卜·穆罕默德·凯斯拉尼吩咐随从抬来一口箱子,打开之后,从中取出许多珍宝,其中有一株树,金枝干,翡翠叶,红宝石、黄玉石和白珍珠做的果子。哈里发见之,不禁非常惊异。之后又取来一口箱子,从中取出一顶丝绸帐篷,上面缀着珍珠、宝石及各种名贵珠宝;帐篷的支柱用印度沉香木制成;帐篷的边角上缀着绿宝石,还缀着用玛瑙、绿宝石、黄玉石及各种金属做成的飞禽走兽,形象逼真,栩栩如生。

哈里发见之,欣喜异常。艾卜·穆罕默德·凯斯拉尼说:"信士们的长官,我带来这些东西,请陛下不要以为我害怕什么,或者贪图得到什么,只是因为我认为自己是个普通人,而这些东西,只有信士们的长官才配使用它。信士们的长官,我还有一技之长,倘若陛下想看,我可以当场为陛下表演。"

哈里发说:"你表演一下,让我们看看吧!"

"遵命!"

艾卜·穆罕默德·凯斯拉尼双唇动了动,向宫殿的女儿墙努了努嘴,只见女儿墙便向他倾斜过来;片刻后,他用手一指,那女儿墙又回到了原地。之后,他又使了个眼色,但见一座四门紧闭的宫殿出现在他面前;他一开口,只听鸟雀齐鸣,与他对话。

见此情景,哈里发万分惊奇。哈里发问艾卜·穆罕默德·凯斯拉尼:"你以懒汉艾卜·穆罕默德而闻名,[①] 这些本事都是从哪里学来的呢?人们对我说,你的父亲是澡堂里的剃头匠,并没有给你留下什么财产呀!"

艾卜·穆罕默德说:"信士们的长官,请听我慢慢讲来。"

讲到这里,眼看东方透出黎明的曙光,莎赫札德戛然止声。

❖ 第三百零一夜 ❖

夜幕垂降,莎赫札德接着讲故事:

幸福的国王陛下,哈里发问艾卜·穆罕默德·凯斯拉尼:"你以懒汉艾卜·穆罕默德而闻名,这些本事都是从哪里学来的呢?人

---

① 凯斯拉尼,艾卜·穆罕默德的号,意为"懒汉"。

们对我说,你的父亲是澡堂里的剃头匠,并没有给你留下什么财产呀!"

艾卜·穆罕默德说:"信士们的长官,请听我慢慢讲来。"

"你就慢慢讲吧!"哈里发说。

"我的故事堪称千奇百怪,如果记录下来,足以让天下后世之人作为借鉴。"

"艾卜·穆罕默德,就请告诉我吧!"

艾卜·穆罕默德开始讲自己的经历:

信士们的长官,安拉使你荣华富贵,尊严长在。人们都把我称为懒汉,父亲也没有给我留下什么财产,这都是实情。正如陛下所说,家父生前在澡堂里当剃头匠。我打小懒惰,简直可以说我是世界上最懒的人。我的性情竟然达到了人们想象不到的程度,甚至热天里睡在烈日下,连移动到阴凉下都懒得行动,甘愿经受太阳暴晒。就这样,我度过了十五年的时光。

家父归真时,什么东西也没给我留下,完全靠母亲给人家做零活儿来供我吃穿戴;我整天躺着,白吃白喝。

有一天,母亲来到我的房间,身上带着五迪尔汗银币,对我说:"孩子,听说艾卜·穆赞法尔老人已经下定决心,要到中国去经商。这位老人可是个好心人,很喜欢穷人。"

母亲沉默片刻之后,又对我说:"孩子,你拿上这五迪尔汗,带我到老人那里,求他从中国给你带些东西回来,你在这里卖掉它,说不定会赚上几个钱呢!"

我懒得跟母亲一道去找老人,母亲便凭安拉起誓,假若我不跟她去,她便不给我吃的,也不给我喝的,再也不来看我了,让我活活饿死。

信士们的长官,我听母亲发这样的誓,知道她嫌我太懒才这样做的。我说:"妈妈,扶我一下,让我坐起来吧!"

母亲把我扶起来,我眼泪汪汪地说:"妈妈,给我把鞋子拿来!"

母亲把鞋子拿来了。我又说:"妈妈,给我穿上鞋子!"

母亲把鞋子给我穿在了脚上。我说:"妈妈,扶我站起来。"

母亲立即扶我站起来。我说:"妈妈,扶我走吧!"

母亲扶着我,我跌跌撞撞地走到海边,向老人问好之后,我说:"大伯,你就是艾卜·穆赞法尔老人家吗?"

"正是!"老人说。

"请带上这五迪尔汗,从中国给我捎点儿东西回来,但期安拉默助,让我赚上几个钱花。"

艾卜·穆赞法尔问他的伙伴们:"你们认识这个小伙子是谁吗?"

众伙伴异口同声:"这是懒汉艾卜·穆罕默德。我们只是现在才看到他走出家门来。"

艾卜·穆赞法尔说:"孩子,把钱交给我吧!愿安拉默助你成功!"

说罢,老人从我手中接过那五迪尔汗。

之后,我跟着母亲回家,而艾卜·穆赞法尔老人则带着商友们远行了。

他们乘船远行,一直到达中国。艾卜·穆赞法尔又卖又买,目标实现之后,便决心带领商友们回返了。他们在大海上航行了三天三夜,艾卜·穆赞法尔老人对商友们说:"把船停泊一下吧!"

商友们问:"有什么事情吗?"

老人说:"你们有所不知,艾卜·穆罕默德·凯斯拉尼委托我的任务，让我给忘到了脑后，我们立即掉转船头，返回去给他买些东西，也好让他赚上几个钱吧！"

商友们说："老人家，我们已经航行了三天三夜，离中国已经很远了，看在安拉的面儿上，就不要让我们再回返了！因为回返还要经受千辛万苦，危险重重啊！"

"我们一定要回返，无论经历多少辛苦，也不管遇到什么危险。"

众商友说："他那五迪尔汗，我们给他出几倍利，就不要让我们再回返吧！"

老人家听商友们这样一说，打消了回航的念头，大家立即为我集了许多钱。

之后，他们航行到一个岛的岸边，岛上人口众多，他们便把船停泊在那里，商人们纷纷上岸，从那里买到许多珍珠、宝石和其他货物。

就在那个岛上，艾卜·穆赞法尔老人看见一个人坐在那里，面前有一群猴子，其中有一只猴子，身上的毛都脱了，周身光秃秃的。老人发现，每当主人不留意时，猴子们便抓那只脱毛的猴子，甚至抽打它，将之抛向主人，主人见此情景，便站起身来，把群猴抽打一顿，将那些猴子拴起来；而那些猴子则把气撒在那只脱毛的猴子身上，动辄就打它一顿。

艾卜·穆赞法尔见此情景，十分同情那只脱毛的猴子，便对主人说："能把这只没有毛的猴子卖给我吗！"

猴子主人说："可以呀！"

"有一个孤儿，只交给我五迪尔汗，你肯以五迪尔汗的价钱卖给我吗？"

"卖给你！安拉为你祝福。"

艾卜·穆赞法尔把钱交给猴子的主人，牵着那只脱毛的猴子上了船，助手们把猴子拴在船上，然后便扬帆起航了。

他们航行到另一个岛上，在那里停泊下来。那里有许多下海采珠玉的人，商人们出钱雇他们采集珍珠、玉石。

猴子见人们下海，便自己解开绳索，跳下船去，和人们一道潜海。艾卜·穆赞法尔见此情景，说道："无可奈何，只有依靠伟大的安拉了。那个可怜的孩子，我们好不容易给他买了一只猴子，也丢失了，真是苦命啊！"

大家都感到失望，认为再也找不回那只脱毛的猴子了。

过了一会儿，潜海采珠的人们上来了，而那只猴子也露出了水面，手里抓着一把名贵宝石，递到艾卜·穆赞法尔的手中。

老人接过宝石，惊喜不已，连声说："哦，这只猴子非同寻常，有惊人的本事哟！"

他们扬帆起航，到达一个岛，名叫"黑人岛"，那里住着黑人，是一个野蛮民族，他们吃人肉，喝人血。黑人发现他们，便登上船去，把船上的人全部捆绑起来，带到了国王那里，国王下令宰掉一部分商人，吃掉了他们的肉；剩下的商人，则被关押起来，经受着巨大的折磨。

夜里，那只脱毛的猴子来到艾卜·穆赞法尔老人跟前，为他解开绳索。商人们见艾卜·穆赞法尔已经松绑，便对他说："老人家，我们解脱的希望全寄托在你的身上了。"

老人说："你们有所不知，承蒙安拉的意愿，是这只猴子给我解开了绳索……"

讲到这里，眼看东方透出黎明的曙光，莎赫札德戛然止声。

第三百零二夜

夜幕垂降,莎赫札德接着讲故事:

幸福的国王陛下,夜里,那只脱毛的猴子来到艾卜·穆赞法尔老人跟前,为他解开绳索。商人们见艾卜·穆赞法尔已经松绑,便对他说:"老人家,我们解脱的希望全寄托在你的身上了。"

艾卜·穆赞法尔老人说:"你们有所不知,承蒙安拉的意愿,是这只猴子给我解开了绳索。我打算给它一千第纳尔。"

商人们说:"假若猴子能救我们,我们每人都给它捐一千第纳尔。"

猴子立即走去,一一给他们解开绳索。

商人们摆脱绳索和镣铐,逃上船去,发现船完好无损,他们立即扬帆起航了。艾卜·穆赞法尔说:"商人朋友们,你们实践对猴子许下的诺言吧!"

"遵命!"

说罢,每个商人向猴子捐了一千第纳尔。

艾卜·穆赞法尔也拿出一千第纳尔给猴子,猴子一下得了许多钱。

他们乘风破浪,顺利航行到了巴士拉港口,上岸时受到朋友们的热烈欢迎。

艾卜·穆赞法尔问:"艾卜·穆罕默德·凯斯拉尼在哪儿?"

艾卜·穆赞法尔老人返航的消息传到我母亲的耳里,母亲立即走来,把我从梦中叫醒,对我说:"孩子,艾卜·穆赞法尔回到巴士拉了,你快去看看他给你带回来的东西吧!但愿安拉保佑他。"

我对母亲说:"把我扶起来,扶我去海边吧!"

母亲扶起我,我跌跌撞撞走到海边。艾卜·穆赞法尔看见我,对我说:"欢迎你,孩子!多亏你那五迪尔汗,救了我一条命,也救了商人们的命。感赞伟大的安拉!"

老人又对我说:"把这只猴子带走吧!这是我给你买的。你先把猴子牵回家,我一会儿就到你那里去。"

我带着猴子走去,心想:"凭安拉起誓,这真是好货啊!"

我走到家里,对母亲说:"每当我睡觉时,你总是叫我起来去做生意。你亲眼看看这货色吧!"

我刚坐下不久,艾卜·穆赞法尔的家奴来了,问我:"你就是艾卜·穆罕默德·凯斯拉尼吗?"

"正是!"我回答说。

片刻后,艾卜·穆赞法尔来了。我立即站起来,上前亲吻老人的手。老人说:"走,跟我到我家去吧!"

"遵命!"

我跟着老人进了他家,老人吩咐家仆把钱送来。老人对我说:"孩子,安拉默助你,你那五迪尔汗给你带来了这么多利钱。"

老人的家仆们用头顶着那些钱箱,老人把钱箱钥匙递到我的手里,对我说:"这些钱全是你的,你带路让他们把钱箱送到你家中去吧!"

我回到母亲面前,把事情对母亲一讲,她高兴极了。母亲说:"孩子,安拉开恩,给你带来了这么多钱财。你不要这样懒惰了!丢掉这种习惯,到市场上去做买卖吧!"

从此,我抛掉了懒惰的习惯,在市场上开了个店铺。那只猴子总是和我坐在一起,和我一道吃,一道喝。猴子每天早上要外出,中午才能回来,总是带回一些钱袋,里面装着一千迪尔汗,将钱袋放在我的身边，便坐下来。

如此继续了一段时间，我手中积聚了许多钱。

信士们的长官，我用这些钱买了房产、庄园，种植了果园，还买了许多奴隶和女仆。

有一天，猴子正与我一起坐着时，忽见它左顾右盼，我觉得很奇怪。忽然间，安拉让猴子说话了。猴子呼唤道："喂，艾卜·穆罕默德！"

我听后，不禁大吃一惊。猴子说："你不必吃惊，听我把我的情况告诉你。我是一个妖魔，因知道你的境遇欠佳，才来到了你这里。如今，你已万贯家财，就连你自己也不知道家中有多少钱。现在，我有件事情求你，这件事对你有百利而无一害。"

"什么事呢？"我问。

猴子说："我想把一位美如皓月的姑娘许配给你做妻子。"

"那怎么可能呢？"

"明天，你穿上自己最漂亮的衣服，骑上你那披着金鞍的骡子，到饲料商市场，打听舍里夫的店铺，在他那里坐上一坐，告诉他说：'我是来向你的女儿求婚的。'假若他说你既没有钱，又非名门出身，你就给他一千第纳尔；如果他还想多要钱，你就给他增加，满足他的金钱欲望。"

"遵命！"我满口答应，"明天，我一定照办。求安拉保佑我如愿以偿。"

次日天亮，我穿上最漂亮的衣服，骑上鞴金鞍的骡子，向饲料商市场走去。我顺利找到舍里夫的店铺，见他在店中坐着，上前问安之后，便在他那里坐了下来。当时，我带着十个奴仆。

讲到这里，眼看东方透出黎明的曙光，莎赫札德戛然止声。

第三百零三夜

夜幕垂降,莎赫札德接着讲故事:

幸福的国王陛下,艾卜·穆罕默德继续讲自己的经历:

次日天亮,我穿上最漂亮的衣服,骑上鞴金鞍的骡子,向饲料商市场走去。我顺利找到舍里夫的店铺,见他在店中坐着,上前问安之后,便在他那里坐了下来。当时,我带着十个奴仆。

舍里夫说:"你一定有什么重要事情吧?"

"是的,"我回答,"我确实有求于您。"

"什么事?"

"我是来向你的女儿求婚的。"

"你既没有钱,又不是高贵门第出身,怎好有这种要求?"

我立即抽出钱袋,里面放着一千第纳尔金币,说道:"这就是我的出身和门第。使者有训在先:'门第钱做媒。'而且有诗为证……"

我开始吟诵古人的诗句:

世上有此人,只有两文钱;双唇学说话,开口把话谈。
弟兄走前去,争相听他言。但见他昂首,阔步天地间。
若无钱在手,凭何站人前?人们定见他,处境极可怜。
富人说错话,人们仍称赞;评之言无错,富人语安偏?
穷人讲实话,人们定诋贬;会说他撒谎,人穷辩理难。

几个钱在手,天下可走遍;给人披华衣,美上添尊严。

钱是伶俐舌,如果想发言;对于思战者,钱是刀枪剑。

舍里夫听完我朗诵的诗歌,明白了其中的意思,低下头去,沉思片刻之后,抬起头来,说:"如果你一定要向我女儿求婚,那么,我还得向你再要三千迪尔汗。"

"我如数照付。"

之后,我立即派仆人到我家去取钱。片刻过后,仆人便给我取来了舍里夫要的钱。舍里夫见钱已到,便站起来,离开店铺,并对仆人们说:"把店门关上吧!"

随后,他把市场上的朋友请到他家,给我和他的女儿写了婚书。他对我说:"十天之后,你们就可以举行婚礼了。"

我高高兴兴地回到家中,和猴子单独坐在一起,把我的事情告诉了猴子。猴子对我说:"你干得很好。"

舍里夫定的日子临近了,猴子对我说:"我有件事情要求你,倘若你给我办到了,你将要什么有什么。"

"什么事情?"我问。

"你与舍里夫的女儿同进的那个大厅里,有一个立柜,柜门上有个铜环,钥匙就在铜环下面。你取出钥匙,打开锁,拉开柜门,便看见一口铁箱子;箱子下铺着印有咒符的旗子;柜子的中间有个盆子,里面盛满了钱;盆子旁边有十一条蛇;盆子当中有一只被绑着双腿的白冠子公鸡;铁箱子旁边放着一把刀。你看见那把刀,便拿起刀,宰掉公鸡,割裂旗子,推翻铁箱。之后,你再出来,与你的新娘子合枕交欢。这就是我要求你办的事情。"

我一口答应:"遵命!"

我进了舍里夫家门,走进大厅,看到猴子说的那个大立柜。当我与新娘子单独坐在一起时，见新娘子花容月貌，身段苗条，体态匀称，禁不住惊喜万分。新娘子长得实在太漂亮了，有口难以形容，因此我非常喜欢她，由衷地爱她。

夜半时分，新娘子睡着了，我离开床，取了钥匙，打开立柜，拿出刀，宰掉公鸡，割裂旗子，推翻铁箱子。

新娘子醒来，见柜门已开，公鸡被宰，便说："无能为力，只有依靠伟大的安拉了。我被妖魔抓住了。"

新娘子话音刚落，那座房子便被妖魔包围起来，继而新娘子被抢走了，顿时响起一片嘈杂声。突然，舍里夫批打着自己的面颊走来，对我说："喂，艾卜·穆罕默德，你干了些什么事呀？难道这就是你给我们的报偿？我因为怕我的女儿遭受这个可恶妖魔的危害，所以才在这个立柜做了这种咒符。这个妖魔六年来一直想抓我的女儿，均未能得逞。我们这里已经没有你的位置，赶快走你的吧！"

我离开舍里夫家，回到自己的家中，立即寻找我的猴子，结果踪影未见。我知道我的那只猴子是妖魔，是它抓走了我的妻子，正是它让我破坏咒符、宰掉公鸡；因为那是阻止它抓我妻子的障碍。我后悔了，边撕衣服，边批打自己的面颊。我只觉得天低地窄，于是走出家门，直奔旷野。我一直走啊，走啊，走到天黑，竟然不知道该向何方而去了。当我正在沉思之时，忽见两条蛇出现在我的面前，一条褐色蛇，一条白蛇，相互厮杀搏斗着。我见褐色蛇眼看要把白蛇咬死，便捡起一块石头，把褐色蛇砸死了。

白蛇隐去片刻，带着十条白蛇来了，照直冲向那条死去的褐色蛇，将之碎尸万段，只剩下一个完整的头，然后爬走了。

我因为感到过分疲劳，便在原地躺下。正当我躺着思考自己的事情时，忽听一个无形的呼唤者吟诵道：

权且让命运,任其自由奔。
安睡长夜中,只管放宽心。
转眼一瞬间,主成世事新。

听罢这吟诵声,信士们的长官,我的疑虑有增无减。正在这时,我的身后又有一个无形的呼唤者吟诵道:

唤声穆斯林,面前有古兰①;为之尽欢悦,凭其得平安。
莫忧鬼诱惑,只需记一言:民族雄魂在,信仰磐石坚。

听罢诗歌,我对无形呼唤者说:"看在我是你的奴仆的面儿上,就请你告诉我,你是何许人吧!"

那无形呼唤者即以人形出现在我的面前,对我说:"你不要害怕!我们已经沐浴过你的恩泽。我们是信士中的神仙;你如有什么难事,只管告诉我们,我们定能为你排忧解难。"

我说:"我身遭大难,迫切需要救助。谁经历过我这样的灾难呢?"

"你是艾卜·穆罕默德·凯斯拉尼吧?"

"我正是艾卜·穆罕默德·凯斯拉尼。"

那神仙对我说:"喂,艾卜·穆罕默德,我是你救的那条白蛇的兄弟;正是你杀死了家兄的凶狠的敌人。我们有四兄弟,一母同胞,都感谢你的大恩大德。你有所不知:给你布下陷阱的那只猴子,原来是只猴形妖精;假若它不玩弄这个阴谋诡计,它是不可能将你的新娘子掳走的;因为它好久以来就想抢那位娘子,只是因为

---

① 古兰,即《古兰经》。

有咒符在那里，它无缘得手；假若咒符一直在那里放着，它根本无法接近新娘子。不过，艾卜·穆罕默德，你不必着急、发愁，我们一定能杀死妖魔，把你送到你的新娘子身边。我们是不会忘记你的大恩大德的。"

之后，那神仙一声大喊……

讲到这里，眼看东方透出黎明的曙光，莎赫札德戛然止声。

第三百零四夜

夜幕垂降，莎赫札德接着讲故事：

幸福的国王陛下，穆罕默德继续讲自己的经历：

那神仙对我说："……艾卜·穆罕默德，你不必着急、发愁，我们一定能杀死妖魔，把你送到你的新娘子身边。我们是不会忘记你的大恩大德的。"

之后，那神仙一声大喊，只见一群仙人出现在面前。神仙问："那妖猴现在在什么地方？"

其中一个仙人说："我知道妖猴在何处！"

"在何处？"

"它在不见太阳的铜城里。"

神仙对我说："艾卜·穆罕默德，你从我的奴仆中挑选一个，让他背着你，并且教你如何去找你的新娘子。你要牢记：我的奴仆是个妖精，因此当他背着你时，你千万不要提及安拉的美名；如若不然，他就会丢下你逃跑，置你于死地。"

我一口答应。

"遵命！"

我挑选一个奴仆，只见他弯下腰去，对我说："骑在我的身上吧！"

我骑在他的背上，他背着我腾空而起，顿时升入高空，人间城郭旋即消失在我的视野之中。我看到星星像一座座火山，听到天上回荡着赞颂声。妖精背着我，边和我谈话，边不住地安慰我，使我忘记了提念安拉的美名。

正在这个时候，忽有一个人迎面而来，只见他身着绿衣衫，额发前垂，容光焕发，手握火星飞溅的短矛。他来到我的面前，对我说："喂，艾卜·穆罕默德，你说：'万物非主，唯有安拉；穆罕默德是安拉的使者。'如若不说，我就用这短矛送你一死。"

我本已下定决心不提念安拉的名字，但无可奈何，只有开口说："万物非主，唯有安拉；穆罕默德是安拉的使者。"

之后，那个人挥矛杀死了那个妖精，妖精顷刻化成了灰烬。我从妖精背上跌了下来，直朝下落，跌入了波涛汹涌的大海。忽见一条船出现在我的眼前，船上有五个水手，船上的人看见我，将我拉到了船上。

船上的人跟我说话，我向他们打手势，示意听不懂他们的话。

他们带着我一直航行到红日偏西。他们撒网捕鱼，烧烤之后让我吃。他们继续航行，终于带着我到达了他们的京城，之后带我去见他们的国王。

我走到他们的国王面前，向国王行了吻地礼，国王赐赠给我一身锦袍。那位国王懂阿拉伯语。国王对我说："你就做我的近臣吧！"

我问国王："这座城市叫什么名字？"

国王答道："该城名叫'海南',是中国的土地。"

国王把我托付给宰相,让宰相领我游览市容。该城的古时居民全是异教徒,上天使他们变成了石头。我遍游城市,见那里到处是树木,果实累累;我从未见过比那里的树木、花果更多的地方。

我在那座城市住了一个月的时间。之后,我行至一条河旁,坐在岸边观景。时隔不久,只见一位骑士来到我的跟前,问我："你是艾卜·穆罕默德·凯斯拉尼?"

"是的。"我回答。

"你不要害怕。我们都曾沐浴过你的恩泽,你是我们的大恩人。"

"你是何人?"

"我是白蛇的兄弟。你现在已离你的新娘子所在的地方很近了。"

骑士脱下自己的衣服,给我穿上,并且对我说："你不要怕,死在你身下的那个奴仆是我们的一个奴仆。"

骑士让我坐在他的身后,扬鞭策马,把我带到一片旷野上。骑士说："你离鞍下马吧!从这两座山之间朝前走,就能看见铜城。你不要进城,远远地站在那里,我将告诉你该怎么办。"

"遵命!"

我离开马鞍,向那座城市走去。来到城墙之下,便围着城墙转了起来,以期找到城门,却没有找到。

我正在围着城墙转圈时,那位白蛇的兄弟来了,给了我一把画有咒符的宝剑,从来没有人看见过。之后,他便离去了。

时隔不久,只听一阵高声叫喊,但见一群人出现在我的面前,他们的眼睛都长在胸膛上。他们看见我,便问："你是何许人?是谁把你丢在这里的?"

我如实相告。他们说："你说的那位女子,就在这个城中,与妖魔待在一起。我们都是白蛇的兄弟,不知道妖魔是怎样对待女子的。"

片刻后,他们又说:"你到那道泉水那里去,看看水是从哪儿流来的,你就随着水流方向走,它会把你送到城中去的。"

我照他们的主意行事,随着泉水流进一条地下水道,然后钻出地道,发现自己已身在城中。我看见那位新娘子坐着一把金椅子,上面悬挂着锦缎幕幔,周围是一座花园,那里遍植金树,树上结满名贵珠宝的果子,有红宝石的,有黄玉石的,有珍珠的,有玛瑙的。

新娘子看见我,一眼便认出了我,向我致意问安。她对我说:"先生,是谁把你送到这个地方来的?"

我把发生的事情全告诉了她。

她对我说:"你有所不知,那个该死的东西,因为他太喜欢我,便把不利于他和有益于他的事情都告诉了我。他告诉我说,这座城中有一种咒符;倘若想杀死城中所有的人,便可借之行事;不管下何命令,魔鬼都会服从。他告诉我,那咒符就在一根柱子上。"

我问她:"那根柱子在哪里?"

她把柱子所在的地方告诉了我。我又问她:"那咒符是什么样子?"

她说:"那咒符外形像一只鹰,上面刻着字样,我不认识。你把咒符拿在手中,再拿上一只火盆,投些麝香在火盆里,便有香烟冒出,会把魔鬼引过来。你这样一做,魔鬼们便都会来到你的面前,一个也不缺;你让它们干什么,它们就会为你干什么。赶快行动吧!安拉为你祝福,愿你成功!"

"遵命!"我欣然从之。

随后,我站起身来,朝那根柱子走去,按照新娘子的叮嘱,做了一遍,便见魔鬼们都来到了我的面前。我对魔鬼们说:"把抢新娘子的妖魔给我绑起来!"

"遵命!"魔鬼们异口同声。

魔鬼们走去捆绑妖魔,将之带到我的面前。它们说:"我们已按阁下的命令完成了任务。"

我立即允许它们归返。之后,我回到新娘子身边,把结果告诉了她。我对新娘子说:"亲爱的妻子,你能和我一起走吗?"

"能啊!"

我带着妻子,下到地下水道,离开铜城,回到为我指路的那些神仙当中。

讲到这里,眼看东方透出黎明的曙光,莎赫札德戛然止声。

第三百零五夜

夜幕垂降,莎赫札德接着讲故事:

幸福的国王陛下,艾卜·穆罕默德继续讲自己的经历:

我回到新娘子身边,把结果告诉了她。我对新娘子说:"亲爱的妻子,你能和我一起走吗?"

"能啊!"

我带着妻子,下到地下水道,离开铜城,回到为我指路的那些神仙当中。我对他们说:"求你们为我指路,送我回老家去吧!"

他们带着我来到海边,把我和我的妻子送到船上。船载着我们,扬帆起航,平安抵达巴士拉城。

我的妻子回到她的父亲家中,亲人们见到她,无不欣喜万分。

我用麝香将我的房舍熏了一下，只见魔鬼们纷纷来到我的面前，对我说："我们闻香而至，阁下有何吩咐？"

我命令它们把铜城里的钱财、金银等全都搬到我在巴士拉城的家中。魔鬼们立即行动，不多时，我家里便堆满了金银财宝。

我又令魔鬼们把那只猴子抓来。片刻后，那只猴子便被带到了我的面前；此时此刻，那猴子显得那样低贱可怜。我问猴子："你为什么背弃我，为我带来这么多的灾难？"

猴子无言以对。我下令将它装入窄小的铜瓶之中，加上铅封，使其永世不得外出。从此以后，我和我的妻子过着幸福、快乐的生活。

信士们的长官，如今我的家中，钱财无数，珠宝堆积如山。如果陛下需要什么，不论是金钱，还是珠宝，只管吩咐，我会命令精灵立即为陛下送来。所有这一切，都是安拉赐予我的恩惠。

信士们的长官哈伦·拉希德听罢艾卜·穆罕默德讲的故事，惊异不已。随后，哈里发回赠了礼物，以感谢艾卜·穆罕默德的好意。

讲到这里，妹妹杜娅札德说："姐姐，你讲的故事真是美妙，真动人，真有趣！"

莎赫札德说："这与我将要讲的故事相比，就算不上什么美妙动人了，如果国王陛下允许的话。"

舍赫亚尔国王说："天还没亮，接着讲吧！"

莎赫札德开始讲《一笔债务》的故事：

相传,哈里发哈伦·拉希德在与巴尔马克家族闹翻之前,有一天,哈里发叫来他的一名近臣,名叫萨里哈,对他说:"喂,萨里哈,你到曼苏尔那里去一趟,告诉他,他欠我们的那一百万第纳尔该还了。我要你立即把这笔债收回来,并马上把钱带回来。萨里哈,假如他天黑之前还不上这笔债,你就让他的脑袋搬家,提着他的首级来见我。"

"遵命!"萨里哈满口答应。

萨里哈走去见到曼苏尔,把哈里发说的那番话如实向曼苏尔说了一遍。曼苏尔听后,说:"天哪!我非死不可了!凭安拉起誓,就是把我的全部房产、家当都卖掉,也不过得十万第纳尔啊!萨里哈,剩下的九十万第纳尔,我到哪儿去弄呢?"

萨里哈对他说:"赶快想个法子吧!如若不然,真要丧命了。哈里发定的时间,我是不能拖延片刻的。哈里发的命令,我不能违抗。你赶快想办法救自己吧!切勿错过时间。"

曼苏尔说:"喂,萨里哈,我求你把我送回家去,以便与我的妻儿、亲友告别,临行前叮嘱他们几句。"

萨里哈跟着曼苏尔走到他的家里,曼苏尔一一告别家人,顿时家中响起一片哭声和向安拉的求救声。

萨里哈说:"我想起来了!主无绝人之路,巴尔马克家族能帮助你渡过这一难关。我们到叶海亚·伊本·哈立德家去一趟吧!"

二人来到叶海亚·伊本·哈立德家中,曼苏尔把自己的情况告诉了他。叶海亚听后,为之感到忧愁,低头沉思片刻之后,抬起头来,叫来管家,问道:"家中还有多少钱?"

管家回答:"还有五千第纳尔。"

叶海亚要管家把钱拿出来,然后派人去见他的儿子法得勒,并带上一封信,信中说:"我想买一座永不损坏的大庄园,见信后即捎些钱来。"

法德勒见信后,给父亲捎去十万第纳尔。

随后,叶海亚给另一个儿子贾法尔·巴尔马克捎去一封信,信中说:"家有要事一桩,急需些钱,望见信即捎些钱来。"贾法尔·巴尔马克见信后,马上给父亲送去十万第纳尔。

叶海亚还向巴尔马克家族中的许多人求援告借,终于给曼苏尔筹集到许多钱,而萨里哈和曼苏尔对此一无所知。

曼苏尔对叶海亚说:"主公阁下,我全靠你了。这笔钱,只有从你这里才能筹集到。主公向来慷慨大方,就请替我还上这笔债,让我做你的奴隶吧!"

叶海亚听曼苏尔这样一说,低下头去,眼泪扑扑簌簌落下,哭了起来。他对一个童仆说:"孩子,信士们的长官曾赐赠给我们的歌女黛娜妮尔一颗珍贵宝石,你到她那里去,让她把那颗宝石送来。"

童仆离去片刻,便把那颗价值连城的宝石拿到了主人面前。叶海亚·本·哈立德说:"萨里哈,这颗宝石是我从商人那里买来的,花了二十万第纳尔,是特为信士们的长官买的。后来,信士们的长官把它赐赠给了我的歌女黛娜妮尔。你拿着这颗宝石去见信士们的长官。他一看见这颗宝石,便会认出它,想起往事,将你待若上宾,看在我与他往日交情的面儿上,饶你一条命。"

叶海亚又对曼苏尔说:"喂,曼苏尔,还债的钱现已凑齐了。"

萨里哈带着钱和宝石向哈里发宫中走去。曼苏尔跟在他的身后,二人正走在路上时,萨里哈听曼苏尔吟诵道:

无意登贵门,怕丧身与魂。

萨里哈听曼苏尔吟了这样两句诗，不禁大吃一惊，知其品格低下，道德败坏，本性恶劣，于是厉声责斥道："喂，曼苏尔，人世间没有比巴尔马克家族更慷慨、更善良的人家了，也找不到比你这个人更坏的人了。他们把你从死神那里赎买出来，救了你一条性命，而你呢，非但不感恩戴德，反倒说出这样的话来，岂非以怨报德？"

萨里哈来到哈里发面前，把发生的事情一一详细禀报。

讲到这里，眼看东方透出黎明的曙光，莎赫札德戛然止声。

第三百零六夜

夜幕垂降，莎赫札德接着讲故事：

幸福的国王陛下，萨里哈来到哈里发面前，把发生的事情一一详细禀报。

哈里发哈伦·拉希德听后，盛赞叶海亚慷慨豪爽，而对曼苏尔的低劣品质大感惊异，随即吩咐把宝石送给叶海亚·伊本·哈立德。哈里发哈伦·拉希德说："我们已经赠送出去的东西，不可再收回来。"

萨里哈回到叶海亚·伊本·哈立德那里，将曼苏尔的恶劣表现述说了一遍。叶海亚听后，说道："萨里哈，你当知道，人穷之时，则心地狭窄，思想混乱；此时此刻，他的任何表现，都不应该受责备，因为那并非发自于他的内心。"

叶海亚要求萨里哈原谅曼苏尔。萨里哈听后,十分感动,禁不住泪水潸然流淌。他说:"主公啊,像你这样善良、高尚、慷慨的亮星,怎么不在天上行驶,而被埋在土里呢?"

萨里哈慨然吟道:

心想善事即行善,并非时时力所能。
力能及时舍不得,想行善事两手空。

讲到这里,莎赫札德说:"幸福的国王陛下,趁天色未亮,我再给陛下讲个一封假信的故事。"

舍赫亚尔国王问:"什么假信?"

莎赫札德说:"陛下听我慢慢讲来……"

随后,莎赫札德开始讲《假信》的故事:

相传,叶海亚·伊本·哈立德与阿卜杜拉·本·马立克·赫札仪暗中不和,但却从未表露在外。不和的原因在于哈里发哈伦·拉希德偏爱阿卜杜拉·本·马立克,致使叶海亚·伊本·哈立德及其儿子们说:"阿卜杜拉用妖术迷惑了信士们的长官。"

叶海亚与阿卜杜拉之间面和心不和,一直延续了很长时间。后来,哈里发任命阿卜杜拉·本·马立克为亚美尼亚总督,不久就走马上任了。

阿卜杜拉刚在亚美尼亚总督府坐定,便有一个伊拉克人来访。那个伊拉克人,本是个很有礼貌、聪明机灵的人,只因为经济拮据,两手空空,囊空如洗,处境艰难,故以叶海亚·伊本·哈立德的名义伪造了一封写给阿卜杜拉·本·马立克的假信,然后起程直奔亚美尼亚而去。

1649

那个伊拉克人来到总督府门前,将信交给侍卫,侍卫即将信送到阿卜杜拉总督手中。阿卜杜拉打开信,留心察看,判定那信是伪造的,于是吩咐侍卫,将那个伊拉克人带进来。

伊拉克人来到阿卜杜拉总督面前,即向阿卜杜拉问安、祝福,并颂扬总督及在座的官员。

阿卜杜拉总督说:"你长途跋涉,不辞劳苦,怎么带来了一封假信呢?不过,你只管放心,我是不会使你的努力失望的。"

伊拉克人说:"总督阁下,安拉使你长寿!如果我的到来给你造成什么麻烦,你则不必用任何借口拒绝我。因为安拉的土地宽阔得很,而谋生者也是活人。我带给你的那封信是叶海亚·伊本·哈立德亲笔所写,绝非伪造。"

阿卜杜拉说:"我马上给我在巴格达的代表写封信,让他对你带来的这封信进行一番调查。假若这封信果然如你所说当真不假,我就委任你个官职,让你管辖一方土地,或者赏给你二十万第纳尔,另给纯种宝马若干,让你荣华富贵一世;如果调查证明信是伪造的,我就重打你二百大板,刮掉你的胡子。"

说罢,阿卜杜拉总督吩咐手下人为他安排客房,提供所需要的一切,等待事情的调查结果。之后,阿卜杜拉给他在巴格达的代表写了一封信,信中说:

有一男子,携书信来见我,佯装那封信为叶海亚·伊本·哈立德亲笔所写。我对此信产生怀疑。切望见信后,立即行动,亲自出马,弄明此信真伪,及时回信报告,以便知道此人所言是真是假。

总督驻巴格达的代表阅过信后,立即策马前往叶海亚·伊本·

哈立德的公馆。

讲到这里，眼看东方透出黎明的曙光，莎赫札德戛然止声。

第三百零七夜

夜幕垂降，莎赫札德接着讲故事：

幸福的国王陛下，总督驻巴格达的代表阅过信后，立即策马前往叶海亚·伊本·哈立德的公馆。走进公馆，只见叶海亚正与宾朋们坐在一起谈笑。代表走上前去问好，随后将那封信递上，并说明自己的来意。

叶海亚看过信，对那位代表说："我马上给你写封信，请明天来取吧！"

阿卜杜拉的代表离去之后，叶海亚·伊本·哈立德望着朋友们说："一个人以我的名义伪造了一封信，带着去见我的敌人，我该如何处置呢？"

朋友们相继发言，说出了无数惩罚的办法。叶海亚对他们说："朋友们，你们错了！你们提到的那些办法都是下策。你们都知道，阿卜杜拉是哈里发的近臣；你们也知道，我与阿卜杜拉之间素有敌意、隔阂。如今，出了这样一个冒我之名伪造假信之人，真是天赐良机，正好借之消除我与阿卜杜拉之间的隔阂，熄灭彼此心中延续了二十多年的怨恨之火；也正好借此机会，修复我与阿卜杜拉之间的关系，让我们之间和好如初。因此，我应该成全这个人的愿望，给阿卜杜拉写封信,让阿卜杜拉相信并且款待那个人。"

朋友们听叶海亚这样一说,纷纷为叶海亚祈祷祝福,称赞他见地高明、慷慨豪爽、仁慈厚道。

片刻过后,仆人取来笔墨纸张,叶海亚给阿卜杜拉写了一封亲笔信。信中说:

奉大慈大悲安拉之名
阿卜杜拉·本·马立克·赫札仪总督阁下:

惠书收悉。愿安拉使你长寿。读过来信,知你平安顺利、幸福康泰,本人不胜高兴。阁下怀疑那个人借本人名义伪造假信一封,携之面见阁下,其实并非如此。那封信为本人亲笔所书,绝无伪造之嫌。故希望阁下尽力善待那位朋友。为此,我将对阁下感激不尽。

叶海亚·伊本·哈立德
（签字）

信文书罢,写上地址,封好口,派人送给阿卜杜拉总督驻巴格达的代表。

代表拿到叶海亚的回信,即差人送往总督阿卜杜拉手中。

阿卜杜拉打开信一看,喜不胜收,立即叫来那个伊拉克人,对他说:"我已答应你两种赏赐,你喜欢哪一种,就照直说吧!我会马上兑现的。"

伊拉克人说:"赏我东西,在我看来,比什么都好。"

阿卜杜拉总督盼咐立即赏给他二十万第纳尔,十匹阿拉伯纯种马,其中披丝衣马五匹、披金鞍马五匹,另赏二十箱锦衣,十名马夫,还赏给了他若干贵重宝石。之后,阿卜杜拉总督赠他锦袍一身,一番盛情款待,然后派大队人马,护送伊拉克人回返巴格达,一路上威武雄壮,浩浩荡荡。

伊拉克人回到巴格达城,未去见亲人,便来到叶海亚·伊本·哈立德公馆门前。门卫见之,马上进去禀报道:"主公大人,门外有人求见;看上去,那求见之人外表腼腆,衣着考究,文质彬彬,身后跟着许多奴仆。"

叶海亚说:"让他进来吧!"

那个伊拉克人来到叶海亚面前,恭恭敬敬行过吻地礼。叶海亚问:"你是何人?"

那个伊拉克人答道:"大人,我就是那个死了许久的人,正是先生把我从死神那里抢了回来,把我送进了天堂,让我一切如愿以偿。大人,我就是以你的名义伪造假信的那个人,竟然带着假信见到了阿卜杜拉总督。"

叶海亚说:"总督待你如何?给了你些什么?"

"由于大人你心地善良、胸怀博大、情操高尚、恩泽广厚、慷慨大度,总督阁下给了我许多东西,使我一下变成了极富之人。大人,我把总督的东西全都带来了,均在贵公馆大门外放着。所有那些东西,全由大人调配。"

叶海亚说:"你给我的恩惠远比我给你的恩惠大呀!你给我办了一件大好事。通过你的惠手,把我与阿卜杜拉·本·马立克之间的多年怨恨与敌意消除了,取而代之的是友谊与亲善,真是妙手回春啊!我将像阿卜杜拉·本·马立克慷慨赐赠你种种东西一样,如数再赠送给你一份。"

就这样,那个伪造假信的伊拉克人得到了两次慷慨赐赠,穷困一去不复返,变成了最富裕的人。

讲到这里，莎赫札德说："幸福的国王陛下，请允许臣妾再给陛下讲一个关于哈里发马蒙的故事。"

舍赫亚尔国王说："天色尚早，你讲就是了。"

莎赫札德开始讲《马蒙与学者》的故事：

在阿拔斯王朝的哈里发们当中，马蒙是最有学识的一位哈里发。这位哈里发每周总要抽出两天时间去和学者们座谈、谈论。出席谈论会的有伊斯兰教法学家、教义学家，总是按他们的学术等级、地位，依次与哈里发对坐讨论、交谈。

在一次学术讨论会上，哈里发马蒙正坐在大厅里时，忽有一个异乡人走进大厅，只见他身着白色破旧衣服，不声不响地挨近最后一排，在法律学家们的后面，找了一个不显眼的位置，坐了下来。

学者们开始发言，讨论疑难问题。他们习惯于一个问题一个问题地讨论，与会者一个挨一个地发言。每当有人作有益补充或妙语要讲时，尽可及时发言讲述。轮到那个异乡人发言了，他站起来侃侃而谈，其发言比那些法律学家讲的都精彩，颇得哈里发的赏识，哈里发立即让他坐到一个较高的位置上。

讲到这里，眼看东方透出黎明的曙光，莎赫札德戛然止声。

第三百零八夜

夜幕垂降，莎赫札德接着讲故事：

幸福的国王陛下,学者们开始发言,讨论疑难问题。他们习惯于一个问题一个问题地讨论,与会者一个挨一个地发言。每当有人作有益补充或妙语要讲时,尽可及时发言讲述。轮到那个异乡人发言了,只见他站起身来,侃侃而谈,其发言比那些法律学家讲的都精彩,颇得哈里发的赏识,哈里发立即让他坐到一个较高的位置上。

学者们讨论第二个问题,结果那个异乡人的发言比第一次的发言更好,哈里发再次提高他的地位。

大家开始讨论第三个问题,那个异乡人的发言比第一次、第二次讲的都好,哈里发马蒙立即让他坐在自己身边的一个座位上。

学术讨论会结束了,仆人端来水,让大家洗罢手,随后送来了饭菜,学者们吃了起来。吃完饭,学者们相继离去,而哈里发马蒙却把那个异乡人留了下来。哈里发把异乡人拉到自己身旁,一番亲切谈话,答应日后重赏他。

旋即,哈里发马蒙举行酒会,众酒友轮流举杯畅饮。当酒杯轮到那位异乡人手中时,他跪到哈里发面前,对哈里发说:"信士们的长官,我有一句话要讲。"

哈里发马蒙说:"你有什么话,请讲吧!"

异乡人说:"陛下见地高超,蒙安拉大恩,陛下见地更加高明。陛下深知,在今天那个庄严、盛大的聚会上,学者如云,个个才高八斗,人人学富五车;相比之下,在下不才,诚属等下之才,实不堪与诸位学士才子相提并论。出乎意料的是陛下甚是宠爱在下,极力亲近在下,仅仅因为在下所表现的微不足道的智慧,而屡屡提高在下的位次,将奴才提高到了他人未曾享受过的高位,使奴才登上了别人不曾登上的高峰,以使奴才受宠若惊。陛下深知,正是由于陛下的竭力提携,奴才方才挣脱低贱,沐浴到尊荣的阳光,亦由知识贫乏，渐近知识丰富。于是，现在陛下又要令奴才抛掉所有的微不足道的学识，回到原来的低贱、贫乏老路上去。尊敬的哈里发陛下，万万不可因嫉妒在下有这么一点点学识、聪明、智慧和长处，而令在下喝这杯中之酒；因为动辄饮酒，会导致智慧、学识与在下疏远，愚昧与无知乘虚而与在下接近，礼貌因之而丧失，回到愚蠢、低贱状态中，进而成为人们眼目中的无知庸俗之辈。因此，在下恳求陛下高抬贵手，免奴才杯盏之苦，让奴才保住这一知半解。"

哈里发马蒙听异乡人这样一说，如梦初醒，顿时彻悟，连声称赞感谢他，让他坐在自己的身边，倍加尊崇。之后，赐赠他十万第纳尔，并赐予他华服一套，让他骑上御马返回家中。

此后，哈里发马蒙每次举行学术讨论会，必请这位异乡人到会，让他坐在自己的身边，对之倍加赏识、亲近、称赞，地位和座次在那些法律学家和教义学家之上，成为享受最高待遇的大学者。

讲完马蒙的故事，妹妹杜娅札德说："姐姐，你讲的故事个个精彩、动人！"

莎赫札德说："这与我马上讲的故事相比，就算不上什么精彩、动人了，如果国王陛下仍喜欢听的话。"

舍赫亚尔国王说："我喜欢听，你讲就是了！"

莎赫札德开始讲《阿里·沙尔与祖姆鲁黛》的故事：

相传，许久许久以前，呼罗珊有个商人，名叫马吉德丁。

马吉德丁家财万贯，奴婢成群。然而，美中不足的是，他年至花甲，却未得一男半女。之后，承蒙安拉恩赐，马吉德丁添一男孩儿，不禁喜出望外，取名阿里·沙尔。

阿里·沙尔渐渐长大，容貌俊秀，简直就像一轮圆月。当他长大成人时,身体健壮,英姿勃发,人见人爱。

父亲久卧病榻,自知一病难起,便把儿子阿里·沙尔叫到面前,对他说:"孩子,为父此次病倒,恐难以再起,因此想嘱咐你几句话。"

阿里·沙尔说:"父亲,你有什么嘱咐,就直讲吧!"

"孩子,我叮嘱你,千万不要与任何人交朋友,以免招致坑害与损失。不要接近坏事,与坏事接近,如同接近铁匠,即使不被火烫着,也会被烟熏着。孩子,有诗为证啊!"

马吉德丁对儿子吟诵道:

一

你处时代里,无人堪寄情。时光背弃你,无友心真诚。
莫靠任何人,只管独自生。今我劝告你,切切记心中。

二

人本是隐疾,切莫依靠之;存心欺与诈,倘若细观之。

三

与人相见无益谈,一片呓语胡乱言。
求知觅食两除外,尽力减少见人面。

四

世有聪明者,曾经考验人。我已亲口尝,他们味与品。
他们友与谊,欺骗其中隐。他们谈信仰,虚伪惊心魂。

阿里·沙尔听完父亲吟诵的诗句,说道:"父亲,你的嘱咐我都听明白了,我一定遵从。除此以外,你还有什么嘱咐呢?"

马吉德丁说:"当你有能力时,你要多做善事,要常为人们做好事;只要有机会,就不要忘记做好事。因为做好事的机会不是常有的。孩子,有诗为证啊!"

马吉德丁吟诵道:

行善之机缘,并非时时有;得机直行善,以免机缘丢。

阿里·沙尔听完父亲的吟诵,说道:"父亲,我听明白了,我一定遵从!"

讲到这里,眼看东方透出黎明的曙光,莎赫札德戛然止声。

第三百零九夜

夜幕垂降,莎赫札德接着讲故事:

幸福的国王陛下,阿里·沙尔听父亲吟完诗,说:"父亲,我听明白了,我一定遵从!"

马吉德丁说:"孩子,你要把安拉牢牢记在心中;只有这样,安拉才保佑你。你要爱护自己的钱财,不要过分浪费;如果你一旦把钱花光,就得向人告借。孩子,你要知道,人的价值取决于人手中的钱财。有诗为证……"

马吉德丁吟诵道:

手中钱财少,无友与我亲。我手钱多时,群人随我身。
世上多少敌,追钱贴我近。我财散尽时,朋友变敌人。

阿里·沙尔说："父亲，你还有什么嘱咐呢？"

马吉德丁说："孩子，有事要与比你年龄大的人商量。做事不要操之过急。你要同情比你境遇差的人；那样，比你境遇差的人就会同情你。不要欺压任何人；那样，安拉就会惩罚欺压你的人。有诗为证啊……"

马吉德丁吟诵道：

一

善听人意见，遇事多商量。独见不可靠，二人计议长。
人持一面镜，只能观脸庞。两镜前后照，方才见后项。

二

处事宜从容，千万莫着急。对人心要善，善心自得益。
世虽有高手，比主自叹低。纵有暴虐者，亦遭暴者欺。

三

纵使能力在，切莫逞霸强。强暴生恶果，仇恨其中藏。
你在沉睡中，苦者醒一旁。连声诅咒你，安拉眼明亮。

马吉德丁嘱咐儿子说："孩子，你千万不要喝酒。你要知道，酒是万恶之源，伤害人的身体，断送人的智慧。有诗为证……"

马吉德丁吟诵道：

凭主我起誓，酒与我无缘。故而魂系体，语通达所言。
平生交朋友，不把酒鬼恋。只与清醒者，对坐畅交谈。

马吉德丁说："孩子，这就是我对你的嘱咐，你要牢记在心中。

凭安拉起誓,我把你完全托付给安拉了。"

话音未落,马吉德丁昏迷过去,不省人事了。过了一会儿,马吉德丁苏醒过来,连声求安拉宽恕,然后细声哼吟做证词:"我证万物非主,唯有安拉;我证穆罕默德是安拉的使者。"

话音未落,便一命归真了。

阿里·沙尔放声痛哭父亲,之后为父亲操办丧事。众多人来为马吉德丁送殡,人们围在他的棺木周围朗诵《古兰经》,然后把他送往墓地入土。人们在他的墓碑上刻下这样的诗句:

> 你自净土来,做人世上生。学得流畅言,演讲世人听。
> 你入净土去,归魂主怀中。仿佛你本来,就与净土同。

马吉德丁溘然长逝,儿子阿里·沙尔非常难过,守丧没有多久,母亲也离开了人间。阿里·沙尔照例祭葬母亲,直至母亲入土得安。

此后,阿里·沙尔坐在店铺里,开始做生意。他完全按照父亲的嘱咐,不同任何人交往,一直持续了一年的时间。

一年过后,阿里·沙尔的生活发生了变化。许多不三不四的青年闯入了他的生活天地之中,与他形影相伴,寸步不离。而阿里·沙尔从此被带入了不务正业、远离正道、胡作非为的世界里,与那帮坏青年在一起,整日饮酒作乐,出入玩耍场所。阿里·沙尔心想:"我父亲积攒了这么多钱,我不花用,留给谁呢?凭安拉起誓,我一定要像诗人吟唱的那样去行事。"

阿里·沙尔暗自吟诵诗人的诗句:

> 平生苦积攒,一日财成山。今朝不享用,因何待明天?

阿里·沙尔挥金如土，夜以继日，吃喝玩乐，无止无休，终于把父亲留下的大笔财产挥霍一空，变得一贫如洗，家境陷入极端困难之中，一时六神无主，不知如何是好。

阿里·沙尔下定决心卖掉了店铺、庄园和其他财产，之后又卖衣物，最后只剩下身上的一套衣服。

阿里·沙尔终于摆脱了醉意，清醒过来，陷入了迷惘状态之中，从早坐到晚，连饭都吃不上了。他想："我何不到朋友们那里去求援一下呢？我过去曾为他们花过许多钱，也许他们当中的某一个人，今天会给我一口饭吃。"

阿里·沙尔饥肠辘辘，痛苦难忍，走出家门，开始一家一家地叩击那些朋友的家门。他所叩的门，主人不是装不认识他，就是避而不见他。阿里·沙尔饿得心慌意乱，便向市场走去。

讲到这里，眼看东方透出黎明的曙光，莎赫札德戛然止声。

第三百一十夜

夜幕垂降，莎赫札德接着讲故事：

幸福的国王陛下，阿里·沙尔终于摆脱了醉意，清醒过来，陷入了迷惘状态之中，从早坐到晚，连饭都吃不上了。他想："我何不到朋友们那里去求援一下呢？我过去曾为他们花过许多钱，也许他们当中的某一个人，今天会给我一口饭吃。"

阿里·沙尔饥肠辘辘，痛苦难忍，走出家门，开始一家一家地叩击那些朋友的家门。他所叩的门,主人不是装不认识他,就是避而不见他。阿里·沙尔饿得心慌意乱,便向市场走去。

阿里·沙尔来到市场,见一个地方围了一圈人,只见他们你拥我挤,像是争着看什么热闹。阿里·沙尔心想:"这么多人聚集在一起,究竟是看什么热闹呢?凭安拉起誓,无论如何,我也要走上前去看个究竟。"

想到这里,阿里·沙尔迈步朝人群走去。他走到人圈里一看,只见那里有位窈窕女子,身材苗条,体态匀称,面颊红润,胸脯丰隆,真是花容月貌,完美无缺,实堪称一代佳丽,国色天香,倾国倾城。正如诗人所云:

> 天从人之意,创生绝美娘。
> 如同美模铸,高矮正适当。
> 人见人爱之,妒者心彷徨。
> 柳枝做身条,圆月当面庞。
> 世上无二丽,呼气溢麝香。
> 仿佛天下珠,尽挂她身上。
> 细看各肢体,每每悬月亮。

那个绝代佳丽是个女奴,名叫祖姆鲁黛。

阿里·沙尔看见女奴祖姆鲁黛,由衷惊叹她的绝美容貌。他心想:"凭安拉起誓,我一定要看一看这个女奴的身价,了解谁将把她买走。"

阿里·沙尔在众商人之间站了下来。因为商人们都知道阿里·沙尔从他的父亲那里继承了万贯家财,所以都以为他是来买这个女奴的。

片刻过后，经纪人站在女奴身旁，高声喊叫道："诸位商贾，各位财东，都来瞧呀都来看！绝代佳丽、稀世玮珠祖姆鲁黛，求者不计其数；今日在市场拍卖，谁先开个价钱？先开价者，绝不会受到责备、埋怨。"

那经纪人话音刚落，一个商人开口道："我出五百第纳尔！"

另一个商人高声叫喊："五百一！"

一个名叫拉希德丁的老头儿站出来，但见他生着一双蓝眼睛，形容奇丑无比。只听他叫喊道："我出六百一！"

又有人喊道："六百二！"

拉希德丁叫道："一千第纳尔！"

听老头儿这样一叫，商人们顿时哑口无言了。

经纪人见无人再加价，便和女奴的主人商量了一阵。女奴的主人说："我只能把姑娘卖给自己选定的人。"

主人与祖姆鲁黛商量了一会儿，经纪人朝女奴走来，对她说："美如圆月的姑娘，这位商人想买你。"

祖姆鲁黛抬眼望了望那个老头儿，发现他的容貌奇丑无比，于是对经纪人说："不要把我卖给这个衰老不堪的老头儿。诗人有诗云……"

祖姆鲁黛吟诵道：

> 我家万贯财，一切尽可取。
> 我求一吻她，她盯我白须。
> 她开口说话，有理将我拒：
> 万万使不得，主为我明谕。
> 白发非我求，口怎塞棉絮？

经纪人听完女奴这番话,说道:"凭安拉起誓,你说的话很有道理。你的身价应当是一万第纳尔。"

经纪人立即告诉女奴的主人:"她不喜欢这个老头儿。"

主人说:"那么,就同她商量卖给另一个人吧!"

另一个商人走上前来,说:"既然这位姑娘不乐意跟那个老头儿走,那么,我出同样的价钱,卖给我吧!"

祖姆鲁黛听说那个人要买自己,便留心朝那个人望去,发觉那个人的胡子是染黑的,她说:"白白的胡须染成黑的,天大的缺点,少见的丑陋。"

祖姆鲁黛吟诵道:

面前这个人,表里不统一。
凭主我起誓,该挨鞋底批。
须间污垢存,蚊蝇滋生地。
额边生双角,堪把绳索系。
却恋我面颊,将我身段迷。
欲求不能事,装扮蛮在意。
白须染成黑,阴谋藏心里。
进门白胡子,外出变黑的。
仿佛造幻象,你属高手艺。

她又吟诵道:

姑娘笑开口,见你将发染。本以此瞒你,我的耳与眼。
姑娘哈哈笑,荒唐到极点!弄虚作假惯,竟至须发间!

经纪人听完祖姆鲁黛吟诵的诗歌,对她说:"凭安拉起誓,你说得很对。"

那个商人问经纪人:"姑娘说什么?"

经纪人把祖姆鲁黛吟诵的诗句向商人重吟了一遍。那商人听罢,自觉无趣可讨,便终止了买这个女奴的想法。

又有一个商人走上前去,对经纪人说:"你同女奴商量一下,我愿以刚才的价格买她,看她有什么意见。"

经纪人同祖姆鲁黛一说,她便把目光转向那个商人,发现他是个独眼龙,于是说:"这个人是个独眼龙啊!有诗嘱咐人们……"

她吟诵道:

莫伴独眼龙,哪怕一日间。
切切警惕之,谨防送忧患。
独眼能善事,主焉伤其眼?

经纪人指着另一个商人问女奴:"你愿意卖身给这位商友吗?"

祖姆鲁黛望望那个商人,发现他个子矮小,胡须长垂至腰间,便说:"有诗描绘这样的人……"

祖姆鲁黛吟诵道:

我有一朋友,胡须长且密。
主断此长髯,没有一丝益。
恰似冬令夜,冷长黑漆漆。

经纪人听完姑娘吟诵的诗,只好说:"姑娘,你自己挑选吧!在场的商人当中,你看上哪一个,就明对我说,也好让我把你卖给他。"

祖姆鲁黛朝商人圈中望去，一个一个地打量，一个一个地审视，目光终于停在了阿里·沙尔的身上。

讲到这里，眼看东方透出黎明的曙光，莎赫札德戛然止声。

第三百一十一夜

夜幕垂降，莎赫札德接着讲故事：

幸福的国王陛下，经纪人听完姑娘吟诵的诗，只好说："姑娘，你自己挑选吧！在场的商人当中，你看上哪一个，就明对我说，也好让我把你卖给他。"

祖姆鲁黛朝商人圈中望去，一个一个地打量，一个一个地审视，目光终于停在了阿里·沙尔的身上。

祖姆鲁黛看见阿里·沙尔，心中有一种难以言表的滋味，情不自禁地爱上了这位青年。因为他容貌俊秀，英姿勃勃，一表人才，有椰枣树之健美，更兼有惠风之温柔。

祖姆鲁黛对经纪人说："经纪人伯伯，我愿意将自己卖给这个美貌健壮的小伙子。有诗描绘这样的美男子……"

她吟诵道：

展示你美貌,却责迷你人。要想保护我,蒙上你面巾。

祖姆鲁黛吟完，对经纪人说："只有他才配占有我。因为他面颊舒畅丰润；唾液胜过甘泉，能够消疾祛病；容貌俊美，足以令诗人、墨客自叹才思逊色。有诗为证……"

她哂然吟诵道：

唾似酒甘甜,呼气溢麝香；
口含樟脑清,处处散芬芳。
送他出家门,仙女等路旁。
人们埋怨他,行路迷方向。
圆月情自有,迷路可原谅。

祖姆鲁黛吟完，说道："有一位诗人看见一位头发鬈曲、面颊红润、目光犀利的青年，遂赋这样一首诗……"

她吟诵道：

英姿少年郎,见我许诺言。心事生忐忑,盼望眼欲穿。
眼帘示意我,许诺诚意现。可惜眼神衰,诺言怎实践？

她又吟诵另一位诗人的诗：

他们对我讲,有位美少年：颊浮羞涩纹,怎堪谈情恋？
我来答他们:不必多埋怨！纵使羞纹在,亦属虚幻象。
相亲同迈步,踏入伊甸园；涎水胜似那,多福河水甜。

经纪人听祖姆鲁黛借诗人们的诗作赞美阿里·沙尔的英俊相貌，对姑娘的伶俐口舌敬佩不已，同时也体会到了姑娘看见阿里·沙尔时的欢悦心情。

女奴的主人对经纪人说:"经纪人,你瞧呀!我这个女奴的那种高兴劲儿,足以令艳阳羞涩。她还会背诵许多诗句呢!不过,所有这些,你都不必感到奇怪。我的这个女奴还通晓《古兰经》的七种读法,熟悉《圣训》中的故事,善写七种书体。她还通晓连大学者们都感到陌生的知识和学问。她的两只手比金银都贵重。她八天里能绣一条绸幕幔,每条幕幔可卖五十第纳尔。"

经纪人听后,说道:"凭安拉起誓,谁能把这样的一位姑娘接到自己的家中,成为自己的私藏,那将是大福临门,毕生平安吉祥。"

女奴的主人说:"你就把她卖给她想跟的人吧!"

经纪人转身走到阿里·沙尔跟前,吻了吻他的手,说道:"先生,你就把这个姑娘买下来吧!因为她已经选定了你。"

接着,经纪人把祖姆鲁黛的情况及学识向阿里·沙尔介绍了一遍。经纪人说:"先生,你就把这个姑娘买下来吧!买下她,是你的福气;买下她,你会得到意想不到的慷慨赠礼。"

阿里·沙尔低头沉思片刻,自感好笑,心想:"我连早饭都没吃上,还饿着肚子呢!不过,我羞于对商人们说我没钱买这个姑娘。"

祖姆鲁黛见阿里·沙尔低头不语,便对经纪人说:"你拉着我的手,把我领给他,让我自己向他报价,说服他把我买下吧!除了他,我不卖给任何人。"

经纪人拉住祖姆鲁黛的手,把她领到阿里·沙尔跟前,问阿里·沙尔:"先生,你看怎么样?"

阿里·沙尔没有答话,祖姆鲁黛说:"我的先生,亲爱的,你为什么不买我呢?你就随便出个价钱,把我买下来吧!你会从我这里得到幸福的。"

阿里·沙尔抬起头来,望着祖姆鲁黛,说:"你的身价高达一千第纳尔,难道非强迫我出此高价买吗?"

祖姆鲁黛说:"先生,你就出九百吧!"

"不要。"

"你出八百。"

"我不买。"

祖姆鲁黛一再减价,终于说:"你就出一百第纳尔吧!"

阿里·沙尔说:"我连一百第纳尔都没有。"

祖姆鲁黛笑了,问道:"你差多少钱?"

阿里·沙尔答道:"我不但没有一百,就是半百也没有。凭安拉起誓,我既无白银,也无黄金,身无分文,囊中空空。你还是找别的买主去吧!"

祖姆鲁黛得知阿里·沙尔身无分文,便说:"如果你有心要我,你就把我领到一条胡同中去吧!"

阿里·沙尔满足了她的要求,拉着姑娘的手,把她领到一条行人稀少的胡同里。祖姆鲁黛立即从自己的衣袋里掏出一个装着一千第纳尔的钱袋,对阿里·沙尔说:"你拿出九百第纳尔去当我的身价,剩下一百第纳尔留在手里,备我们日后安排用场。"

阿里·沙尔照祖姆鲁黛的嘱咐,从钱袋里掏出九百第纳尔付了女奴的身价给经纪人,然后领着她转回家中。

走到阿里·沙尔家中一看,只见那里只有一个空空的厅堂,既无陈设家具,亦无床单被褥,祖姆鲁黛立即给了阿里·沙尔一千第纳尔,并且对他说:"你到市场上跑一趟,三百第纳尔买床单、被褥和家具摆设。"

阿里·沙尔拿着钱到市场上采买齐备,旋即而归,祖姆鲁黛对他说:"你再拿上三百第纳尔,到市场上买点儿吃的、喝的来吧!"

讲到这里,眼看东方透出黎明的曙光,莎赫札德戛然止声。

第三百一十二夜

夜幕垂降,莎赫札德接着讲故事:

幸福的国王陛下,祖姆鲁黛走到阿里·沙尔家中一看,只见那里只有一个空空的厅堂,既无陈设家具,亦无床单被褥,祖姆鲁黛立即给了阿里·沙尔一千第纳尔,并且对他说:"你到市场上跑一趟,三百第纳尔买床单、被褥和家具摆设。"

阿里·沙尔拿着钱到市场上采买齐备,旋即而归,祖姆鲁黛对他说:"你再拿上三百第纳尔,到市场上买点儿吃的、喝的来吧!"

阿里·沙尔去不多时,买来多种食物,应有尽有。祖姆鲁黛又嘱咐阿里·沙尔:"你去买一块够做帐幔的绸子,再买一些金银线和一些七色丝线。"

阿里·沙尔去不多时,一切采购齐全。

祖姆鲁黛把厅堂布置停当,点上蜡烛,和阿里·沙尔对坐吃喝起来。

吃喝完毕,双双上床就寝,幕幔之后,洞房花烛,新人合欢,共享天伦,正如诗人所云:

若得意中人,探看切莫停。
一切能中用,梦里曾相见。
世人谁见过,比此更美景,
鸳鸯双栖在,一张床当中。

相互紧搂抱，快乐难形容；
你枕我前臂，我枕你腕弓。
一旦心相印，打铁已觉冷。
唉声世人们，何故咒爱情：
难道你有法，修复心中病？
生活时代里，发觉人钟情。
只管去追求，全心期同生。

新婚夫妻同枕共眠，不觉天已大亮。夫妻俩已经相互深深爱在心底。

几日过后，祖姆鲁黛拿出绸子、彩线和金银线，开始刺绣缝制帐幔。她把自己见到的飞禽走兽全都绣上去，形态各异，栩栩如生。她连续绣了八天时间，一顶帐幔绣成了。她把帐幔交到丈夫手里，叮嘱他说："你把这顶帐幔拿到集市上，以五十第纳尔的价钱卖给商人吧！不过，你要小心，千万不要卖给过路人，以免带来你我两个分离的悲惨后果。你要知道，我们的敌人是不会放过我们的。"

"听从夫人的安排。"阿里·沙尔答道。

阿里·沙尔带着帐幔来到市场，按照祖姆鲁黛的嘱咐，把帐幔卖给了商人，然后又买了绸子、彩线和金银线以及吃、用等物品，欢欢喜喜转回家中，将剩下的钱交到夫人的手里。

就这样，每隔八天，祖姆鲁黛便绣成一顶帐幔，之后由阿里·沙尔拿到集市上，卖五十第纳尔，再买他所需要的东西，这样一直持续了一年时间。

一年之后的一天，阿里·沙尔像往常一样，带着帐幔来到市场上，把帐幔交给经纪人。一个基督徒见经纪人拿着帐幔，立即出价六十第纳尔,经纪人不卖,基督徒加价,直加到一百第纳尔,并答应付经纪费十第纳尔。

经纪人和阿里·沙尔商量,把基督徒所出的价格告诉他,让他把帐幔卖给基督徒,并且对他说:"先生,你不要害怕这个基督徒,他不会给你造成什么不便。"

交易达成了,阿里·沙尔把帐幔卖给了那个基督徒,而阿里·沙尔的心里却感到惶恐不安。

阿里·沙尔拿上钱,转身向家中走去。走着走着,阿里·沙尔回头一看,发现那个基督徒跟在他的身后。阿里·沙尔停下脚步,问道:"喂,基督徒,你为什么总跟着我呢?"

那个基督徒说:"先生,我有事要到胡同里去呀!放心吧,上帝是不会使你缺少什么的。"

阿里·沙尔回到家门前,发现那个基督徒仍紧随着他。他大怒道:"喂,你这个可恶的东西,为什么我走到哪里,你就追到哪里?"

"先生,给我点儿水喝行吗?我口渴极了。上帝会报答你的恩惠的。"

阿里·沙尔听完,心想:"这个在穆斯林保护下的基督徒,总是跟着我,一直跟到我家,原来是为了要口水喝。凭安拉起誓,我是不会让他失望的。"

讲到这里,眼看东方透出黎明的曙光,莎赫札德戛然止声。